Knaur

Über die Autorin:

Camilla Crespi wurde in Prag geboren und wuchs in Europa und Amerika auf. Sie arbeitete als Nudelverkäuferin, Filmproduzentin, Werbetexterin und widmet sich seit 1990 ganz der Schriftstellerei. Mit ihrer Simona-Griffo-Serie gelang ihr 1990 in den USA der Durchbruch. Camilla Crespi lebt in New York.

Camilla T. Crespi

Der Tod kam al dente

Roman

Aus dem Amerikanischen
von Christine Gaspard

Knaur

Die amerikanische Originalausgabe erschien 1997 unter
dem Titel »The trouble with a hot summer«
bei HarperCollins Publishers, New York.

Besuchen Sie uns im Internet:
www.droemer-knaur.de

Deutsche Erstausgabe 2003

Redaktion: Alexandra Kosian-Krishnabhakdi
Umschlaggestaltung: ZERO Werbeagentur, München
Umschlagabbildung: Getty Images Germany
Satz: Ventura Publisher im Verlag
Druck und Bindung: Nørhaven Paperback A/S
Printed in Denmark
ISBN 3-426-67133-6

5 4 3 2 1

Für meine Schwester Carolita,
die den Sommer wieder gefunden hat

Danksagung

Viele Menschen haben bei der Entstehung dieses Buches geholfen. Ganz herzlicher Dank geht an: Joan Meisel für ihre Freundschaft, ihre Großzügigkeit und den phantastischen Blick über Gardiners Bay; Alberta, Maud und Rick Salter dafür, dass sie mir ihr Grundstück für meine eigenen unguten Zwecke »geliehen« haben; Bill und Kathy Kromer dafür, dass sie Kenntnisse und Überlieferung der Bonackers mit mir geteilt haben; Leslie und Barbara Segal für ihre Springs-Ortskenntnis; Helen Harrison, der Leiterin des Pollock-Krasner Study Center, Captain William E. Segelken vom East Hampton Town Police Department und Larry Goldenberg für ihre Zeit; Ben und Nathaniel Spencer dafür, dass sie mir gezeigt haben, wie halbwüchsige Jungen sind; Judy Keller, Barbara Lane, Maria Nella Masullo und Sharon Villines für ihre klarsichtigen Kommentare; Jason Kaufmann für seine Arbeit und Ellen Geiger für ihre unerschöpfliche Energie.

Ich bitte die East End Parsons um Verzeihung dafür, dass ich mir ihren geschichtsträchtigen Namen geborgt habe.

Meinen Herausgebern, Larry Ashmead und

Carolyn Marino, danke ich für ihr Vertrauen und ihre Ermutigung.

Und natürlich Stuart, meiner Liebe und meinem Fels.

Die Mitwirkenden

in der Reihenfolge
ihres Auftritts

Simona Griffo

Nach New York verpflanzte italienische Werbespezialistin. Heiß und kalt nach Bedarf.

Bud Warren

Trauernde Werbelegende. Verliert nicht gern.

Polly Pynes

Frühere Eigentümerin von The Pynes Cottages und Buds Exfrau. Seit einem Jahr tot.

Dmitri K.

Simonas russischer Partner.
Spielt Detektiv und Dear Abby.

Laurie Warren

Buds und Pollys Tochter. Verweigert das Vertrauen.

Stan Greenhouse

Simonas Geliebter, Ermittler in Mordsachen beim New York Police Department.
Zögert noch, sich zu verpflichten.

Willy Greenhouse

Stans fünfzehnjähriger Sohn.
Missversteht einen Albtraum.

Rebecca Barnes

Hamptons Künstlerin. Spezialisiert auf Stillleben.

Dodo Parsons

Der Dorfexzentriker. Hält Verbindung zu Jackson Pollock, Lewis Carroll und der Flasche.

Jim Molton

Ehemaliger Börsenmakler.
Bietet Meeresfrüchte und eine salzige Romanze.

Lester Kennelly

Buds Partner in der Werbebranche.
Träumt von Kalifornien.

Charlene Sobel

Lesters Assistentin. Weiß, wo die Butter ist.

Raf Garcia

Greenhouses Partner.
Sorgt sich wegen eines Codenamens.

Dick Knight

Buds Privatdetektiv.
Glaubt, das Geld stecke in seiner Akte.

Steve King
Ortsansässiger Fischer.
Kämpft mit einem Netz voll gemischter Gefühle.

Captain Comelli
Der zuständige Beamte.
Bleibt seinen eigenen Theorien treu.

Amanda Kennelly
Lesters Frau, Anwältin. Bringt Leute zusammen.

Gregory Price
Simonas Mitarbeiter bei HH&H.
Erledigt das richtige Telefonat.

Sowie ein sommerliches Arrangement von Feuerwehrleuten, Polizisten, Hunden, Vögeln, Fischen und den höchst diversen Einwohnern jenes Wunderlandes, das als die Hamptons bekannt ist.

1

Das magische Licht, das unzählige Künstler bezaubert hatte, war fort. Gardiners Bay, sechs Meter von mir entfernt, war während der Nacht verschwunden wie Brigadoon. Die weiße Windmühle von Gardiners Island auf der anderen Seite der Bucht war zu einer bloßen Erinnerung geworden. Es war ein Augustsonntag in Springs, einem Dorf nördlich von East Hampton auf Long Island im Staate New York. Um 6.03 Uhr morgens betrug die Temperatur dreiundzwanzig Grad. Die Sonne war eine weiße Blase unter grauer Gaze. Je nach persönlicher Einstellung war der Dunst trübselig, romantisch oder unheimlich.

Bud Warren war ungewöhnlich gesprächig. »Das hässliche Klischee. Habgier und Eitelkeit, die die Schönheit der Natur zerstören.« Er wischte sich mit seiner knorrigen gebräunten Hand über die Stirn. »Als ich ’56 hergekommen bin, war hier alles noch unverdorben.« Bud goss Kaffee nach. »Die Hitze, die wir zurzeit kriegen? Hausgemacht. Die Ozonschicht ist dünner als eine Ehefrau aus der Park Avenue.«

Es hieß, die Temperatur in den Hamptons werde auch heute wieder vierunddreißig Grad erreichen, zum vierten Mal an vier Tagen hintereinander. Achtunddreißig auch heute wieder in New York City. Dies war der dritte Morgen, den Bud und ich uns zu dieser Uhrzeit trafen. Wir hatten im Wesentlichen das Ufer und den Nebel, der über die Wasseroberfläche strich, angestarrt.

Bud Warren hatte sich mir mit einer roten Thermosflasche voll gekühltem Kaffee mit viel Magermilch und zu viel Zucker angeschlossen. Ich nahm den Kaffee an und rief mir die Aussicht ins Gedächtnis, die ich nicht sehen konnte. »Dies ist ein unglaublich friedlicher Ort.«

»Wenn du dir die Karte vom East End mal ansiehst, sieht er aus wie eine Hummerschere«, sagte Bud. »Er lässt dich nicht mehr los. Die Millers, die Parsons, die Kings, Talmages, Mulfords, Bennetts. Sie sind immer noch da, dieselben Familien, drei Jahrhunderte später. Sie haben ihre Heimat gefunden und sind geblieben. Ich bewundere diese Loyalität. Ich wünschte nur, sie würde auf Leute und nicht auf Orte verwendet.« Er nahm einen langen Schluck und sah dann in den Becher, als enthielte der etwas, das er brauchte. Das Wasser schlapperte laut wie ein durstiger Hund. Die Flut war auf dem Höchststand.

»Nach mehr als vierzig Jahren«, sagte er, »hat meine Frau sich scheiden lassen.«

»Meine Ehe hat sechs Jahre lang gehalten.«

»Wenn früher in den alten Zeiten die Winter hier herum schlimm wurden, hat alle Welt Gott für die Venusmuscheln gedankt. Vielleicht sollte ich auch damit anfangen. Muscheln sammeln.«

»Wenn du's tust, bring mir den Fang vorbei, und ich mache Spaghetti dazu. Das vertreibt den Nebel – garantiert.«

»Die Scheidung ist nicht das Schlimmste daran.« Ein Schweißtropfen hing an Buds Kinn. Die Schwüle hatte tropische Züge. »Heute vor einem Jahr ist Polly umgekommen. Wurde ermordet.«

Ich beugte mich überrascht vor. »Ich habe gehört, es war Selbstmord.«

»Dieser Zettel, den sie gefunden haben? Im Vokabular meiner Frau hat es den Ausdruck *Es tut mir Leid* gar nicht gegeben. Und sie hätte sich ganz bestimmt nicht dafür entschuldigt, dass sie sich umbringt. Zum Teufel, die meisten Leute hier herum wären erleichtert gewesen, einschließlich unserer Tochter.«

»Ist der Fall noch offen?«

»Er wird's bald wieder sein.« Bud goss noch etwas Kaffee in seinen Thermosbecher.

Ich löste meine klebrige Bluse von meinem Rücken. »Warum glaubst du, dass sie ermordet wurde?« Das perfekte Gesprächsthema für eine graue, erstickte Morgendämmerung.

»Ich habe meine Gründe«, sagte Bud. »Und es war auch nicht irgendein Irrer, der hergekommen ist, um jemanden umzubringen und wieder zu verschwinden. Das war jemand, der ihr nahe gestanden hat. Jemand, dem sie vertraute.«

Eine Frau schlüpfte zwischen den abblätternden roten Zedernstämmen ins Freie. Bud hob seinen Becher und winkte. Der Schweißtropfen löste sich von seinem Kinn und tropfte auf sein nacktes Knie. Die Frau drehte sich um und verschwand wieder zwischen den Bäumen.

Bud bot mir mehr Kaffee an. Ich lehnte ab. »Der Russe sagt, ihr seid Detektive.«

»Ich habe keine Lizenz.«

»*Eine* Lizenz reicht. Ich hätte gern eine Frau an dieser Sache dran. Ich werde dich jetzt nicht beleidigen, indem ich von weiblicher Intuition rede, aber ihr habt eure Art zu denken, und ein Mann hat eine andere. Es ergibt ein vollständigeres Bild. Die Geldfrage habe ich mit dem Russen schon besprochen. Sein Englisch ist schlecht, aber *Dollars* versteht er.«

Eine Möwe schrie. Weitere stimmten ein. »Wann hat die große Verhandlung denn stattgefunden?«, fragte ich.

Bud drehte den Kopf, um mich anzusehen, überrascht darüber, dass ich nicht Bescheid wusste. Kräftige Nase, hervorstehende Wangenknochen und ebensolches Kinn, das Ganze unter einem einsteinartigem Wust von weißem Haar, der sich auf seiner Brust wiederholte. Die graublauen Augen entsprachen der Farbe der Bucht, so wie ich sie in Erinnerung hatte. Seine Badehose sah genauso aus. »Gestern Abend bei dem Barbecue haben wir uns unterhalten. Sieh mal, ich weiß schon, dass ihr Neulinge seid, aber ich habe schon drei Fachleute aus New York verschlissen.«

»Heute ist mein letzter Tag hier in den Hamptons.«

»Nenn's lieber South Fork oder West End, das kommt bei den Einheimischen gut an. Ich habe deinem Partner schon einen Vorschuss gezahlt.«

»Dann hast du also eine Abmachung mit Dmitri.«

»Ich bezahle für euch beide.« Bud stand von seinem Liegestuhl auf. Sein Körper bildete einen auffallenden Kontrast zu seinem Löwenkopf – schmale Schultern, ein dünnes, ausgemergeltes Gerippe. Er musste etwa Mitte sechzig sein. »Der Russe sagt, ohne dich arbeitet er nicht.«

Jetzt würde Dmitri mich also für das entgangene Einkommen verantwortlich machen. Er war ein Hansdampf in allen nur denkbaren Gassen. Taxifahrer, Leibwächter, Haarimporteur. Und er hatte immer Schulden.

»Unsere Bleibe ist ab morgen wieder vermietet.« Ich trank meinen Kaffee aus. Er schmeckte fürchterlich an diesem Morgen.

»Ich rede mit meiner Tochter«, bot Bud an. »Vielleicht könnt ihr in Lauries Cottage unterkommen. Sie zieht heute ins Haupthaus.« Er zeigte mit dem Kinn zu einem mit grauen Schindeln gedeckten Haus hinüber, das am anderen Ende der Bucht gerade noch zu sehen war – hinter den Eichen, Zedern und Kirschbäumen, mit denen das Sechzehnmorgengrundstück von The Pynes bestückt war. Polly Pynes' Schloss.

»Das ist vielleicht ein Jahrestag«, sagte Bud. »Wir sehen uns heute Abend um acht. Hier.« Er ging hinunter ans Wasser, wo er sein Skullboot auf den Strand gezogen hatte. Ich spielte mit meinem Becher und fragte mich, was ich tun sollte. Ich war neugierig und in Versuchung.

Bud hatte seine Thermosflasche vergessen. Ich schraubte den Deckel wieder auf, stellte fest, dass der Plastikbecher einen angeschlagenen Rand hatte, und watete durch die nasse Luft hinter ihm her.

»Ich bin mir nicht sicher, was diesen Job angeht«, sagte ich. Ich hatte noch eine Woche Urlaub übrig. »Eine ein Jahr alte Spur ist ziemlich schwer zu finden.«

»Ich habe ein paar Ideen, aber ich brauche harte Tatsachen. Komm heute Abend mit ins Wasser, wenn deine Familie wieder weg ist.«

»Warum nicht jetzt gleich?«

Er sah auf die Uhr. »Ich muss los. Heute Abend erzähl ich dir, was ich meine. Acht Uhr. Wir werden uns ein bisschen abkühlen.« Er nahm seine Thermosflasche und machte sich langsam und gebückt auf in Richtung Wasser.

Weit kam er nicht. »Simone!« Mein Name ist Simona, aber ich vergab ihm. In dieser Schwüle war es einfach zu anstrengend, noch einen weiteren Vokal auszusprechen.

Ich folgte Bud zu der Stelle, wo sein Vehikel lag und wartete. Ein Skullboot mit einem nachträglich draufmontierten Ruderapparat. »Kommst du zurecht in diesem Nebel?«

»Ich kenne die Küste wie die Arterien rund um mein Herz.« Bud warf die Thermosflasche ins Boot und schnallte sich die Rettungsweste an. Genauso rot wie die Kanne. »Simone, drei Dinge solltest du wissen.«

»Nämlich?«

»Das Cottage, aus dem Laurie auszieht, hat eine Klimaanlage.«

»Sehr verlockend.«

»Wenn es nicht funktioniert, kannst du bei mir wohnen. Ich bin zu fertig, um einer Frau gefährlich zu werden.«

»Und drittens?«

»Einer von diesen New Yorker Detektiven hat was gefunden.« Seine Kiefermuskeln strafften sich.

»Und es hat dir nicht gefallen.«

»Du und der Russe, ihr werdet Besseres liefern müssen.«

»Wie?«

»Dafür bezahle ich euch.«

Bud Warren ruderte in den Nebel hinaus. Es war dies eine allmorgendliche und allabendliche Übung, nach der man die Uhr stellen konnte. Eine Reaktion auf den Herzinfarkt, den er erlitten hatte, vier Tage nachdem seine Frau Selbstmord begangen hatte. Oder ermordet worden war.

2

Eine Stunde später traf ich mich mit Dmitri zu einem Frühstück im Dreesen's im nahe gelegenen East Hampton. Die Sonne verbannte den Nebel allmählich vom Wasser. In Richtung Land war die Luft bereits klar. Die Temperatur war um ein, zwei Grad gestiegen; es fühlte sich allerdings an, als seien es mindestens zehn.

Das Café war kühl, es hatte eine Klimaanlage und dazu noch einen Deckenventilator. »Du hättest erst mit mir reden sollen«, sagte ich, während ich mich auf die Theke stützte. Ich hätte ein Vormittagsschläfchen brauchen können.

»Keine Zeit dafür.« Dmitri hob vier Finger und zeigte zu der Donutmaschine am Fenster hinüber, die perfekte Teigringe in siedendes Öl fallen ließ. Zimt hing in der Luft wie Staub. Ich schob mich näher an die Bananen heran. Sie rochen wenigstens nach nichts.

»Warum die Eile?«, fragte ich. »Als ich dich das letzte Mal gesehen habe, hast du dich gerade durch den fünften Maiskolben gearbeitet. Und die Hot Dogs zähle ich schon gar nicht mehr.« In der Nähe heulte die Sirene eines Löschzugs. Der Mann hinter der Theke sah durch das Schaufenster hinaus.

»Die Kiefern brennen«, erklärte er leise. Seine Nase verlief parallel zum Schirm seiner Baseballkappe.

»Pynes Cottages?«, fragte ich. »In Springs?« Auf der Insel hatte es seit zweiundzwanzig Tagen nicht geregnet.

»Nein. Pine Barrens weiter oben. In der Nähe vom Rocky Point. Fünftausend Morgen Wald, Staatseigentum. Feuer ist gestern Abend ausgebrochen. Es ist ziemlich übel.«

»Wie übel?«, fragte ein Mann mit klatschnassem, zurückgestrichenem Haar. Er griff nach der Sonntagsausgabe der *New York Times*, als könnte sie plötzlich verschwinden. »Ich muss heute noch zurück in die Stadt. Komme ich durch?«

Der Mann hinter der Theke gab ihm das Wechselgeld; Antworten waren nicht inbegriffen. Der New Yorker schlug die Tür hinter sich zu.

»Was können wir tun?« Ich hatte eine schläfrige Vision von einer Nudelküche, die ich für die Truppen einrichten könnte.

»Keine Kippen wegschmeißen und beten, dass der Wind nicht stärker wird. Jeder dienstfähige Feuerwehrmann ist da dran. Ich war selbst mal einer, als ich noch jünger war. Lauter Freiwillige, jeder Einzelne davon.« Er warf einen missbilligenden Blick in Dmitris Richtung. Weil der kein Feuerwehrmann war, weil er vier arterienverstopfende Donuts bestellt hatte, weil er aussah, wie er aussah, weil er aus der Stadt war – ich hatte keine Ahnung. Vielleicht war es die Kleidung. Dmitri trug eins seiner Trainingsoutfits, bereit für eine Stunde intensives Aerobic: sandbedeckte schwarze Reeboks, von denen einer mit silbernem Klebeband zusammengehalten wurde, ein zerknittertes schwarzes T-Shirt, auf dem der Borschtsch vom Vorjahr seine Flecken hinterlassen hatte, und anthrazitgraue, nadelgestreifte Wollhosen, die er unter dem Knie mit einer Nagelschere abgeschnitten hatte.

Dmitri nahm seine vier Donuts und den heißen Tee. Ich zahlte.

»Ich bin immer noch der Meinung, du hättest mich fragen sollen, bevor du Buds Angebot annimmst. Warum eigentlich die Eile? Sie ist seit einem Jahr tot.«

»Ich habe Job verloren.«

»Perelman hat dich gefeuert?« Dmitri hatte den Sommer auf The Creeks verbracht, dem Siebenundfünfzig-Morgen-Landsitz des Revlonmoguls Ron Perelman am Georgia Pond, *der* Adresse von East End. Angestellt worden war er als hauseigener Schläger, zusammen mit seinen Freunden Ivan und Igor, in den Vereinigten Staaten bekannt als Mike und Phil. »Warum?«

»Bei Party ich habe große Dame mit langen Haaren gefragt, ob sie schneiden will? Ich kaufe Haar für guten Preis. Sie hat so lang gelacht, dass Ron eifersüchtig geworden. Hat sich rausgestellt, dass Dame ist Julia Roberts, was ich natürlich kenne. Was ist so schlimm daran?, frage ich. Dame bleibt. Ich gehe. Keine Loyalität. Und nachdem ich in Schwierigkeiten mit Polizei geraten bin seinetwegen.« Etwas früher in der Saison hatte er zwei Kanufahrer mit der Pistole bedroht, als sie zu nahe an Perelmans Küstenstreifen herangerudert waren, an einer Küste, die öffentliches Eigentum ist. Ron legt großen Wert auf seine Privatsphäre. Dmitri legt großen Wert darauf, Furcht erregend zu wirken.

»Es tut mir Leid wegen deinem Job.« Ich tätschelte eine Schulter, massig genug, um im Alleingang die Berliner Mauer einzureißen. Dmitri hätte als Stalins Klon durchgehen können, einschließlich des bürstenförmigen Schnauzbarts. Nur die Größe stimmte nicht. Dmitri behauptete, er sei eins dreiundachtzigeinhalb groß; Stalin brachte es auf eins sechsundsechzig. Sein wirklicher Name ist Yakow, aber er bevorzugt Dmitri, und vorstellen tut er sich als »gewalttätig, stolz, sinnlich und grausam, aber großzügig. Wie Brudder Karamasow.« Er ist vor allem niedlich.

»Ich habe jetzt kein Zuhause in Hamptons«, sagte Dmitri, »aber das ist okay. Eintausend Dollar gibt Mr. Warren uns für Auftrag. Ich bleibe und wohne bei dir.«

»Wir haben keine Lizenz für die Arbeit.«

»Ich habe ihm goldene Marke gezeigt, er viel beeindruckt. Habe ihm gesagt, dass ich bin Ex-Bulle.« Nachdem er eine Runde um den Laden gemacht hatte, um das Angebot in Augenschein zu nehmen, machte Dmitri sich auf den Weg zur Tür. Es gab keine Stühle im Inneren. Ich nahm die letzte Großflasche Pellegrino mit. In den vergangenen drei Tagen hatte der örtliche Supermarkt 450 Kisten davon verkauft.

»Die Marke ist gefälscht«, sagte ich, »und du kannst im Knast enden, wenn du sie benutzt.« Ein Ermittler hatte seine Marke bei einer Schlägerei in einem Nachtclub in Brighton Beach verloren. Dmitri hatte sie eingesteckt, kopieren lassen und dann zurückgeschickt. Er hatte von dem Detektiv sogar einen Dankesbrief bekommen.

»Ich muss morgen Früh aus dem Cottage ausziehen«, sagte ich, als wir auf die Straße hinausgingen. »Also haben wir beide keine Unterkunft mehr.« Im August in den Hamptons ist das ein Problem von der Größenordnung der amerikanischen Staatsverschuldung.

»Hundert Dollar am Tag für jeden, plus Spesen«, sagte Dmitri.

Ich zog die Augenbrauen hoch.

»Wir schlafen im Auto.«

Wir saßen auf einer Bank in der Newton Lane, der Einkaufsstraße von East Hampton. Gegenüber lag die Barfüßige Gräfin, ein Laden, der überteuerte Blumen und Lebensmittel verkauft. Dmitris antiker Cadillac, der ihm zugleich auch als Büro dient, parkte neben einem Hydranten vor Sams Bar. Antike Autos sind in den Hamptons ein alltäglicher Anblick, aber Dmitris gehörte nicht ganz in die richtige Kategorie. Das Auto hatte sich den rosa Lack der Fünfzigerjahre bewahrt und war noch etwa ein Schlagloch vom Schrottplatz entfernt. Es war allerdings auch groß genug, dass zwei Leute bequem darin schlafen konnten.

»Deal ist noch mehr«, sagte Dmitri. »Zweitausend Dollar Prämie, wenn Killer verhaftet wird.« Er fügte seinem heißen Tee einen Schuss Wodka aus der Reiseflasche hinzu.

Ich nahm einen langen Schluck von meinem eiskalten Pellegrino, lehnte mich zurück und stellte mir vor, im Schatten grüner Dollarscheine zu sitzen. »Ich könnte mir ein echtes Armanikostüm kaufen.«

»Rock vielleicht.«

»Das ist immerhin ein Anfang.«

»Ich könnte bei Frau von meinem Cousin Caddie abbezahlen.« Dmitri trank nachdenklich und wischte sich den Schnauzbart. »Bud in Werbebranche. Du in Werbebranche. Du kennst ihn?«

Ich arbeite als Art Buyer in einer kleinen Agentur, die vor allem auf Mode und Kosmetik spezialisiert ist. Ich beschaffe die Fotografen, die Models, Haarkünstler, Kulissen, alles, was man für einen Fototermin braucht. Es ist ein verrückter, hektischer Job, in dem eine Menge Marotten und Egos berücksichtigt werden wollen, und meist macht es mir Spaß.

»Ich weiß immerhin, dass seine Schecks gedeckt sind.« Ich nahm einen langen Zug aus der Wasserflasche. Der Schwitzprozess war in vollem Gang. »Bud verdient eine Menge Geld.«

»Warum nicht wohnt südlich vom Highway wie Rest von reichen Leuten?«

»Er hat mir eine kleine Predigt über das Thema Habgier gehalten, also hat er es vielleicht nicht mit dem Zur-Schau-Stellen von Reichtum. Und was seinen Hintergrund angeht, Bud ist der kreative Kopf von Warren, Shepard, Kennelly. *Advertising Age* hat neulich einen Artikel über die Agentur gebracht. Eine private Firma, gegründet in den Siebzigern. Neunhundert Millionen Umsatz Ende der Achtziger, jetzt immer noch so um die fünfhundert herum. Letztes Jahr hat es Gerüchte über einen Zusammenschluss mit Chass/Dayton gegeben, einer international tätigen Agentur, die in Kalifornien sitzt.« Zusammenschluss war ein höflicher Ausdruck für Übernahme. Chass/Dayton war eine viel größere Agentur mit über einer Milliarde Dollar Umsatz. »Aus dem Zusammenschluss ist nichts geworden, aber es gibt schon wieder neue Gerüchte.«

Ich ließ mich nach unten rutschen und legte den Kopf auf die Banklehne. »Bud hat sich einen Namen bei Doyle Dane Bernbach gemacht, damals Ende der Fünfziger, Anfang der Sechziger. Hat mit Bill Bernbach an der Volkswagenkampagne gearbeitet – ›Think Small‹ – und an Avis – ›We try harder‹.«

Ich klemmte mir die kalte Flasche unters Kinn. Die Welt ringsum begann zu verschwimmen. »Und bei Warren, Shepard, Kennelly hat er Jeeps gezeigt, die über den Grand Canyon springen – ›We handle rough‹. Er hat eine Große-Größen-Modefirma groß rausgebracht mit seiner ›The more the merrier‹-Kampagne. Er hat mehr zu Gunsten von karitativen Einrichtungen und Aktionen gearbeitet als alle anderen New Yorker Chefdesigner zusammengenommen. Sein Partner, Lester Kennelly, ist eher für die Sparte Habgier zuständig. Er wohnt südlich vom Highway, und sein Segelboot liegt im Three Mile Harbor. Ich wette um einen Vierteldollar mit dir, dass du den Namen nicht errätst.«

»Okay.« Dmitri grinste. *»Eighteen Percent!«*

Das ist der Prozentsatz über den Spesen, den die Agentur ihren Kunden in Rechnung stellt. »Du hast das Boot gesehen.«

»Siebzig Fuß, Hinkley, acht Betten. Ich wollte anheuern, aber ich werde seekrank.« Dmitri streckte die Hand aus. »Wette ist Wette.«

Ich fischte in der Blusentasche herum. Auf seiner Handfläche sah der Vierteldollar aus wie ein Stück Konfetti.

»Was weißt du von Exfrau, Polly?«

»Du wirst Bud schon die Wahrheit sagen müssen«, sagte ich. Eine Polizeisirene begann zu heulen. Noch mehr Löschzüge. Ein Junge kam aus Dreesen's gerannt, seine Mutter auf den Fersen.

»Wenn ich Wahrheit sage, wird Bud uns feuern. Wo ist amerikanischer Kapitalistengeist?«

»›Ich kann keine Lügen erzählen.‹ Das hat George Washington gesagt. Der Vater dieses Landes.«

»Wir nehmen Fall«, sagte Dmitri. »Ich brauche Geld jetzt. Was weißt du von dieser Polly Pynes?«

»Ich hab nie gesagt, dass ich mich drauf einlasse, zu einem Ermittlerteam zu gehören.«

Er griff in die Tasche seiner improvisierten Trainingshosen und holte eine in Silber auf Weiß gedruckte Karte heraus. Russisch auf der einen Seite, Englisch auf der anderen. DimSim, Dmitri-Simona Detective Agency. Die Nummer seines Autotelefons. Keine Adresse. »Letztes Jahr hast du gemocht.«

»Ich habe gedacht, es wäre ein Witz. Außerdem wolltest du den Namen ändern.«

»Du willst zuerst kommen?«

»Ich will nicht wie eine chinesische Vorspeise klingen. Es tut mir Leid: Wenn du Bud Warren nicht sagst, dass wir Amateure sind, kann ich dir nicht helfen.«

»Du sprichst Englisch gut.«

»Ich spreche gut Englisch. Hör mal, Bud Warren kann dafür sorgen, dass ich gefeuert werde, wenn ihm danach ist.

Lass mich diesen Scheck mal sehen. Komm schon.« Ich krümmte die Finger in seine Richtung.

Dmitri musste aufstehen, um in die Tasche greifen zu können. Widerwillig reichte er mir den Scheck hin.

Er war auf mich ausgestellt. Ich gab ihn zurück. »Deshalb brauchst du mich also.«

»Mein Nachname unmöglich zu buchstabieren. Nicht mal ich weiß.«

»Wie geht deine Sozialversicherungsnummer?«

»Nummern schlecht für mich.«

Er hatte keine. Er hatte auch keine Greencard. Das Taxifahren und der Haarimport wurden meist bar abgerechnet. Seine Kumpel, Mike und Phil, hatten Perelmans Gehaltsschecks für ihn eingezahlt. »Die Polizei hat erklärt, dass Polly Pynes' Tod ein Selbstmord war. Wahrscheinlich gibt es keinen Fall. Nach dem Mittagessen fahre ich zurück in die Stadt.« Ich schloss die Augen. Zucker in heißem Wasser – genauso fühlte ich mich.

Die Bank knarrte. Dmitri musste sich bewegt haben. »Also warum zahlt Bud Geld, um Mörder zu finden?«

»Ein Selbstmord ist schwer zu akzeptieren. Er bringt Schuldgefühle mit sich, Selbstvorwürfe. Diese Hitze bringt mich noch um.«

»Du siehst aus wie Rühreier. Jetzt sage ich dir, was ich weiß.« Ein weiteres Knarren. »Im FizzEd, Trainingsleiterin ist Freundin von Tochter Laurie. Trainerin hat langes Haar, also ich werde Freund.« Dmitri ging jeden Tag in das gerade modische Fitnesszentrum, nach außen hin, um einen Teil seiner zweihundertfünfzig Pfund loszuwerden. Binnen kurzem hatte er eine Abmachung mit einem ortsansässigen Frisör getroffen. Nach einer Stunde ausgiebigen Schwitzens pflegte er ein paar langhaarigen Kundinnen so lange zu schmeicheln, bis sie sich ihre Haare kurz schneiden ließen. Der Frisör gab beim Schneiden Rabatt, und Dmitri schwamm in Haar, das er dann an Perückenmacher verkaufte.

»Polly endgültig hierher nach East Hampton gezogen vor fünf Jahren«, sagte Dmitri. »Und Bud –«

»– ist eine Weile von Manhattan aus gependelt, bis zu ihrer Scheidung. Dann ist er auch hierher gezogen. Ihm zufolge war Polly bei den Leuten hier, einschließlich ihrer Tochter, nicht besonders beliebt.«

»Und« – Dmitri stach mir einen Finger in den Arm. Ich fiel beinahe von der Bank – »Polly gefunden im Accabonac Creek, hinter Jackson Pollock Haus. Tot ertrunken. Voll mit Valium.«

Ich setzte mich auf, öffnete die Augen und holte tief Atem. »Weißt du, du solltest wirklich lernen, Artikel zu verwenden.« Die russische Sprache schien keine zu besitzen. »Als Polly beschlossen hatte, sich umzubringen, hat sie massenhaft Pillen geschluckt, so dass sie, selbst wenn die Courage sie im letzten Moment im Stich gelassen hätte, nicht mehr schwimmen konnte.« Ich hasse es, wenn er mehr weiß als ich.

»Abschiedsbrief sie gefunden drei Tage später. Nach Hausdurchsuchung. Das macht viele Gerüchte. Ich werde neugierig. Ich höre Bud Selbstmord abtun. Bei Barbecue gestern Abend, ich sehe Mann am Grill stehen. Ich rieche Barbecuesauce und Aussicht auf einträgliches Unternehmen.« Dmitri machte eine Pause, um Luft durch die Nase zu ziehen.

Ich verstand die Andeutung. »Bravo. Phantastisches Vokabular. Mach weiter.«

»Ich sage Bud, wir sind Detektive. Er beißt in Hamburger und meine Geschichte.«

»Ganz allein dein Problem.« Noch mehr Feuerwehrsirenen. Die Feuerwehrzentrale lag an einer Ecke der North Main Street, ganz in der Nähe.

Hinter uns öffnete sich knallend die Tür von Dreesen's, und der Servierer kam heraus. »Die fahren in die falsche Richtung. Da ist noch irgendwas los.«

»Unfall?« Ich richtete mich auf. Letzte Woche waren drei Autos ineinander gerast, ganz in der Nähe von Hook Mill.

Dmitri setzte mich wieder hin. »Stan und Willy sind okay.« Er bot mir das letzte Donut an.

Ich nahm es. Essen beruhigt. »Sie haben geschlafen, als ich gegangen bin.«

Leute begannen in Richtung Main Street zu rennen; Stimmen stiegen von den Gehsteigen auf wie der grelle Schimmer der Hitze: »Ein Feuer. In der Nähe.« »Ich kann keinen Rauch riechen.« »Das ist wieder ein Unfall.« »Wieder ein Betrunkener. Sechs Unfälle allein in dieser Woche.« »Ich kann's nicht erwarten, meine Stadt zurückzukriegen.« »Fireplace Road, in die Richung fahren sie.« »Sicher ist es furchtbar.«

Fireplace Road, wo Jackson Pollock das Leben verloren hatte, als er in einen Baum geschleudert worden war. Fireplace Road, an deren Ende die ersten Siedler Feuer angezündet hatten, um eine Nachricht an Gardiners Island zu senden. Die Straße, die ich gerade entlanggefahren war. Die ich nehmen musste, um zurückzugelangen. Zu Stan. Und Willy.

»Ich gehe.« Ich setzte mich in Trab, auf mein Auto zu. Dmitri polterte hinter mir her.

»Du fährst.« Ich warf ihm die Schlüssel zu und setzte mich auf den Beifahrersitz. So, wie ich mich gerade fühlte, wäre ich wahrscheinlich geradewegs in den nächsten Baum gefahren.

3

Während die Klimaanlage auf Hochtouren lief, fuhren wir an Hook Mill vorbei, die seit 1806 dort stand, an dem Polizeiauto am Straßenrand, mit Manny auf dem Fahrersitz. Alle Welt mit Ausnahme der Tagesausflügler wusste, dass er ein Dummy war. Die Geschwindigkeit entsprach der einer fußkranken Schnecke. Das war nicht ungewöhnlich, nicht einmal um acht Uhr an einem Sonntagmorgen. August in den Hamptons.

Die Polizei baute an der School Street gerade eine Straßensperre auf. Autos fuhren rückwärts, fuhren Haarnadelkurven, bogen in Seitenstraßen ab. Ich stieg aus und fragte den nächsten Beamten: »Ist es ein Unfall? Ein Feuer? Ich wohne in The Pynes. Alles in Ordnung dort?«

»Feuer. Näher dran.«

Ich sah mich nach Rauch um und konnte keinen entdecken. Das Land um Springs ist dicht bewaldet.

»Welches Haus?«

Er schüttelte den Kopf.

Andere Leute hatten sich angeschlossen, stellten ebenfalls Fragen. Wessen Haus? Wie viele Feuerwehrleute waren dran? Waren sie nicht alle in den Pine Barrens? War genug Wasser da? Wessen Haus? Wieder und wieder.

Der Beamte hob beide Hände. »Hören Sie, ich weiß auch nicht, welches Haus.« Er sah jung genug aus, um in Bars noch den Führerschein vorzeigen zu müssen. »Bitte machen

Sie die Straße frei.« Er hätte nicht einmal ein Schaf überzeugt.

Ein Auto hinter uns hupte. Der Beamte trat zurück, um die Sperre zu öffnen. Wir traten zur Seite.

»Hey, das ist ja Dave«, sagte ein Mann. »Dave, was ist los? Sind wir hier in Sicherheit?« Das Auto fuhr durch.

»Wer ist Dave?«, fragte ich meinen Nachbarn.

»Der Brandmeister.«

Ich schob mich aus der Menschenmenge ins Freie und fiel wieder ins Auto. Dmitri war gar nicht erst ausgestiegen, um die Freuden der Klimaanlage nicht missen zu müssen.

»Keine Sorge. Ich bringe dich nach Hause.« Er bog in die Gardiner ab, mit fünfzig Meilen in der Stunde; viel zu schnell in einer Dreißig-Meilen-Zone, und musste gleich wieder bremsen, als wir auf der Three Mile Harbor Road auf den Sonntagsverkehr stießen. Köpfe reckten sich aus Autofenstern und Kabrios, die Augen in den Himmel gerichtet auf der Suche nach den verräterischen Rauchschwaden. Fahrer erkundigten sich schreiend bei den Einheimischen, die ihre Vorgärten bewässerten, nach Einzelheiten. Ein Mann stand auf seinem Schindeldach, das Fernglas zur Fireplace Road und dem Accabonac Harbor jenseits davon gerichtet. Ich ließ das Autofenster zu, damit es im Inneren ruhig und kühl blieb. Während Dmitri fuhr, beobachtete ich die Blätter der Eichen. Sie bewegten sich kaum. Der Wind wurde nicht stärker.

Endlich konnten wir nach rechts in die Hog Creek Lane abbiegen, die auf das Ende von Fireplace Road stieß. Weniger Verkehr. Mehr Bäume. Die meisten Häuser in Springs sind schlicht gehalten. Ein paar Ferienhäuser, einfache Holzgebäude ohne auffällige architektonische Neuerungen. Wenig Pools. In dieser Gegend wohnen hauptsächlich Einheimische, einige davon Leute aus der Bucht, »Bonacker«, wie man sie im East End nennt, weil sie ihren Lebensunterhalt früher einmal mit den Fischen und Muscheln aus Accabonac Harbor verdient haben.

Dreißig Meter vor uns sahen wir Laurie, Buds und Pollys Tochter, in Richtung The Pynes rennen. Ein schokoladenbrauner Labrador trabte hinter ihr her.

Dmitri wurde hinter ihr langsamer. Ich drückte auf den Fensterheber und schrie: »Willst du mitfahren?«

Laurie blieb stehen, drehte sich um, ihr Gesicht hatte einen völlig benommenen Ausdruck. Sie atmete so schwer, dass sie nicht antworten konnte. Sie trug schwarze Radlerhosen und ein altes, verschwitztes graues T-Shirt. Der Hund sackte auf dem heißen Asphalt zusammen.

»Was ist los, Laurie?«

»Jim.« Ihre Brust hob und senkte sich wieder. Sie versuchte ihre Füße vorwärts zu bewegen, ohne Erfolg. Der Hund dagegen setzte sich wieder auf, keuchend, aber bereit, loszurennen.

Ich stieg aus. »Was ist mit Jim?« Jim Molton war der nächste Nachbar von The Pynes. Ein Freund von Bud. »Was ist los?« Sie zog mich am Arm.

»Jim hat angerufen. Ich muss weiter.« Sie versuchte es wieder mit den Füßen. Der Hund rannte los.

»Wir fahren dich.«

»Ich bin schneller.« Sie begann zu weinen.

»Was ist los?«

»Das Haus von meinem Dad brennt.«

4

Ich schob Laurie auf die Rückbank und stieg ebenfalls hinten ein. Der Hund sprang auf den Beifahrersitz, als gehöre er dort hin. Dmitri trat aufs Gas. Mit heulender Hupe fuhren wir an The Pynes vorbei und kurvten auf der Fireplace Road nach links. Ich packte den Türgriff, um nicht umzukippen. Laurie wurde gegen mich geschleudert. Das Auto jagte auf einen Briefkasten zu und schlingerte zurück auf die Straße. Der Hund blieb, wo er war; ganz offensichtlich war er an diesen Fahrstil gewöhnt. Autos wichen uns aus. Vor uns wallte schwarzer Rauch über den Wipfeln. Die Blätter an den Bäumen flatterten.

Während die Scheidung lief, war Bud aus dem Haupthaus in eins der Cottages gezogen. Nachdem die Anwälte die Sache geregelt hatten, hatte Polly Bud vom Grundstück geworfen, und er hatte sich ein Haus des Typs gekauft, den Immobilienmakler »postmodern« zu nennen pflegen. Ich hatte es von Weitem gesehen.

Bud Warrens Haus lag am südlichen Rand des Merrill-Lake-Naturschutzgebiets. Es war ein dreistöckiger, mit viel Weiß herausgeputzter Bau, überspannt von nutzlosen Bögen und überfrachtet mit zu vielen Terrassen. Es passte nicht zu dem schlichten, betont naturnahen Stil von Springs, aber es hatte den Vorteil einer Aussicht auf Accabonac Creek, den Hafen und den Sonnenaufgang. Es lag keine zwei Meilen von The Pynes entfernt.

Dmitri bremste fünf Zentimeter von der vorderen Stoßstange eines Löschzugs entfernt. Laurie sprang aus dem Auto, der Hund hinter ihr her. »Steve!«, schrie sie einem Feuerwehrmann zu, der gerade aus einem gelben Laster mit der Aufschrift *Bonackers* stieg. Der Hund sprang mit einem ekstatischen Kläffen an ihm hoch. Steve nahm Laurie kurz in den Arm und verschwand hinter einer Baumgruppe, den Hund auf den Fersen.

Stimmen schrieen Lauries Namen. Ich stieg aus dem Auto und erkannte einige der Bewohner von The Pynes. Der Beamte hielt sie zurück.

»Hey, Lady, Sie kommen besser hierher«, rief er mir zu. Ich blieb beim Löschteich stehen, der glücklicherweise keine sechs Meter von Buds Einfahrt entfernt war. Das Haus konnte ich nicht sehen, nur zwei Feuerwehrleute, die auf das Unterholz loshackten. Kein Donnern, nur das Knistern, mit dem das Holz von den Flammen verzehrt wurde, Flammen, die hungriger waren als Termiten. Keine Zikaden, keine Vögel. Jede Menge Hitze. Trocken. Als hätte das Feuer die Schwüle gefressen. Oder vielleicht war es auch nur meine Kehle; ich würgte vom scharfen Geruch des Rauchs.

»Wer sind Sie?«, wollte Dave der Brandmeister wissen. Ein großer Mann mit einem Feuerwehrhelm. Ruß überzog das kantige Kinn. Seine Khakihosen und das dunkelblaue T-Shirt waren schmutzig und durchweicht, die Stiefel schlammig. Der Ton dagegen ungezwungen wie auf einer Cocktailparty.

»Simona Griffo, Urlauberin. Ich hab Laurie hergefahren.« Ich sah mich nach Dmitri um. Er saß immer noch im Auto und kämpfte mit dem Sicherheitsgurt.

»Alles in Ordnung mit Mr. Warren?«, fragte ich.

»Das Haus ist leer. Bud Warren hat ein Scheißglück, dass

wir nicht alle draußen in den Pine Barrens sind. Was wissen Sie von der Geschichte?«

»Gar nichts.«

Dave ging zu Laurie hinüber, die dastand und den Briefkasten umklammerte, als wolle sie sich selbst davon abhalten, in das brennende Haus zu rennen. Ich folgte ihm, blieb aber in taktvoller Entfernung stehen, während der Brandmeister sie umarmte. Dies war ein Dorf, rief ich Großstädterin mir ins Gedächtnis. Wahrscheinlich hatte er sie gekannt, seit sie ihm bis zum Knie reichte. Steve war zwischen den Bäumen verschwunden. Den Labrador, Tanner, hatte er nach Hause geschickt; der Hund versuchte jetzt, sich in der Menschenmenge zu verstecken.

»Dein Dad ist nicht zu Haus, Laurie«, sagte Dave. »Das ist das Wichtigste. Das Feuer haben wir größtenteils gelöscht. Die Südseite sieht ziemlich übel aus, aber den Rest haben wir gerettet. Das Feuer ist in der Küche ausgebrochen, soweit wir es beurteilen können.«

»Die Küche?« Lauries Stimme schwankte. »Das ist Dads Atelier. O Gott, die ganzen Zeichnungen, die Papiere.« Sie presste sich die Faust vor den Mund, die Augen auf Dave gerichtet.

»Tut mir Leid, Laurie. Ich muss warten, bis die Leute das Feuer im Griff haben, bevor ich eine Bestandsaufnahme machen kann. Weißt du irgendwas darüber? Hast du irgendwas gesehen?«

»Was?« Laurie fuhr sich mit einer zitternden Hand durchs Haar. »Wovon redest du eigentlich?«

»Wie hast du von dem Feuer erfahren?«, fragte Dave auf seine langsame, ruhige Art.

»Jim Molton hat angerufen. Er wohnt nebenan.«

»Du warst zu Hause?«

»Nein, ich war bei ...« Sie ließ die Hand sinken und

schluckte. »Ich war bei Steve. Ich hab geschlafen, als sie ihn angerufen haben.« Sie wurde rot wie ein gekochter Hummer. »Jim hat Steve mit seinem Helm vorbeifahren sehen, ist ihm hierher gefolgt und hat mich angerufen. Dad hat er nicht finden können.«

»Wo ist Jim jetzt?«

»Was ist hier los?« Dmitris wuchtige Gestalt schob sich näher an den Brandmeister heran. Er zeigte mit seinem Schweizer Armeemesser zum Horizont. »Schwarzer Rauch.« Ich folgte der Klinge mit den Augen. Der Rauch verzog sich, verblasste zu Zinngrau. Ich fragte mich, warum Dmitri mit einem Messer fuchtelte. Dann sah ich das unregelmäßige Loch in seinem T-Shirt. An der Hüfte. Immerhin hatte er nicht Stans Sicherheitsgurt durchgeschnitten.

»Was haben denn Sie damit zu tun?«, fragte Dave Dmitri, die Stimme eine Spur weniger gelassen.

Ich griff ein. »Wir sind Bekannte von Bud Warren.« Ich erzählte ihm, wie ich Lauries Vater um halb sieben Uhr morgens in den Nebel hatte rudern sehen. »Er wollte nach Westen, auf den Lion's Head Rock zu.«

»Er macht das jeden Morgen«, erklärte Laurie. »An ruhigen klaren Tagen rudert er quer über die Bucht zu der Windmühle auf Gardiners Island. Sonst an der Küste entlang. Nach Westen oder Osten. In der Regel ist er etwa zwei Stunden weg.«

»Na, inzwischen müsste er auf dem Rückweg hierher sein«, sagte Dave. »Irgendwer sollte ihm schonend beibringen, dass er das halbe Haus verloren hat. Und jetzt, ihr Leute, verschwindet ihr besser von hier. Das Feuer ist noch nicht gelöscht.« Dave sah die Baumkronen hinauf. Sie schwankten. Wind war aufgekommen. Von Südosten.

Wir fuhren Laurie schweigend zu The Pynes zurück. Am Strand half Dmitri ihr, ein Kajak vom Gerüst zu nehmen und ins Wasser zu schieben. Ein paar Bewohner der Cottages schwirrten um sie herum, um Fragen zu stellen und ihr Mitgefühl zum Ausdruck zu bringen. Sie winkte ab. Der Nebel hatte sich verzogen. Laurie zog sich eine rote Rettungsweste über, eine zweite Ausgabe der Weste, die Bud trug, setzte sich in das Kajak und paddelte in die Gardiners Bay hinaus, um ihren Vater zu suchen.

Dmitri fuhr den gekrümmten Finger von einer Landzunge entlang, der hier als Gerard Drive bekannt ist, hinüber zum Accabonac Harbor, wo die Bonacker ihre Boote liegen haben. Er hatte vor, einen schwimmenden Untersatz zu mieten, irgendetwas, das sein Gewicht verkraftete. Er wollte in Lauries Nähe sein, wenn sie es ihrem Dad erzählte. Nur für den Fall, dass dessen Herz versagte.

Es war inzwischen zehn Uhr. Bud war seit über drei Stunden fort.

5

»Ich bleibe«, verkündete ich. Die Fliegengittertür unseres Cottages schlug hinter mir zu. »Hey, was ist denn hier los?«

Willy kehrte mitten im Wohnzimmer Abfall zusammen, das Gesicht fleckig vor Ärger. »Gottverdammte Mülltüte ist gerissen!«

»Hör auf zu fluchen!«, rief Stan.

»Komm, ich mach das.« Ich griff nach dem Besen. Willy ließ nicht los.

»Nein, das ist meine Schuld. Ich mach's.«

Befehl von Dad, keine Frage. Ich hatte gelernt, mich aus den Disziplinarmaßnahmen zwischen Vater und Sohn herauszuhalten. »Du hast Glück, dass es der Recyclingmüll ist.« Der war weniger schmutzig.

Stan saß beim Frühstück auf der kleinen verglasten Veranda, die Bucht im Rücken.

»Ich bleibe wenigstens bis morgen Früh«, sagte ich. Wir mussten die Schlüssel erst am Montagmittag zurückgeben. »Dmitri kann mich zum Bus fahren.« Ich plumpste auf einen Stuhl, meinen mürrischen Geliebten und die Aussicht im Blickfeld.

Stan schaufelte Cornflakes auf. »Du siehst fertig aus.«

»Ich muss einfach aufhören, in der Dämmerung aufzustehen. Das Feuer war in Bud Warrens Haus.« Ich hob die Stimme, damit Willy mich verstehen konnte. »Sie haben's jetzt unter Kontrolle.«

Willy kam herein, den Besen noch in der Hand, und setzte sich neben mich. Auch er hatte den Umgang mit seinem Dad nicht gerade leicht gefunden. Am zweiten Tag unseres Urlaubs hatte er mich gefragt: »Was ist eigentlich los mit ihm?« Er hatte mir nicht geglaubt, als ich sagte, ich wisse es auch nicht. Jetzt tat es mir Leid, dass ich ihnen nicht ein paar Zimtdonuts mitgebracht hatte.

»Ich hab die ganzen Feuerwehrsirenen gehört.« Willys Knie zuckten heftig. »Muss ganz in der Nähe gewesen sein.« Er wäre mit Sicherheit gern hingerannt, um zuzusehen. Stan musste es verboten haben.

Ich lächelte ermutigend. »Du hast nicht viel verpasst.«

Willy wäre das perfekte Vorbild für ein Titelblatt von Norman Rockwell – Baseballkappe auf dem blonden Haar, blaue Augen und Sommersprossen. Nur der Haarschnitt stimmt nicht. *Skate* nennen sie ihn, glaube ich. Ich habe ihn den Übermüdungsschnitt getauft. Der Frisör muss auf halber Strecke eingeschlafen sein.

Stan hätte in der Regel Rockwells freundlichen Streifenpolizisten geben können. Kurz geschnittenes braunes Haar, knapp eins achtzig, gut gebaut ohne schwellende Muskeln, mit einer Kehrseite, bei deren Anblick ich den Arm ausstrecken und sie berühren möchte, und einem freundlichen, unauffällig attraktiven Gesicht, das zum Küssen einlädt. Was mich angeht – ich glaube nicht, dass es ein Rockwell-Bild einer Italienerin gibt, deren Nase auf scharfe Kanten trifft und deren Körper noch bei Orkanstärke an der Wasseroberfläche treiben würde, mit einem olivfarbenen Gesicht, das in der Menge verschwindet, und schulterlangem braunem Haar, das aussieht wie ein Verkehrsunfall, wenn ich es nicht täglich wasche.

»Feuer scheint in der Küche ausgebrochen zu sein«, sagte ich, »was anscheinend für die meisten Brände gilt. Ich bin nicht zum Gaffen hingefahren, übrigens. Laurie hat ein Taxi gebraucht, und falls du es nicht mitgekriegt hast« – das »du« galt Stan – »sie leitet The Pynes, seit ihre Mutter letztes Jahr umgekommen ist. Und es war das Haus ihres Vaters, in dem es gebrannt hatte.«

Ich legte die Füße aufs Fensterbrett und gönnte meinem Mundwerk etwas Ruhe.

Heiteres Morgenlicht verdrängte langsam den Nebel in der Bucht. Ich saß da und starrte und vergaß sämtliche Probleme. Dann fuhr Dmitri in einem Schnellboot vorbei, in Richtung Lion's Head Rock, langsam, an der Küste entlang. Jim Molton steuerte. Kein Anzeichen von Laurie oder Bud.

»Warum bleibst du hier?«, fragte Stan. Er hatte das Boot ebenfalls gesehen. Er hatte für Jim nicht viel übrig.

»Es ist kühler als in New York, und der Blick über die Bucht ist besser als der Frühjahrsputz.«

»Ich hab dir doch gesagt, du sollst damit warten. Ich helfe dir, wenn ich zurückkomme.«

»Wir haben einen Frühling übersprungen und können genauso gut auf den Nächsten warten? Keine üble Idee. Wenn ich eine Unterkunft finde, bleibe ich vielleicht noch ein paar Tage länger.«

»Hast du den ganzen Müll rausgebracht?«, fragte Stan seinen Sohn.

»Ja, Dad. Und ich hab ihn sogar in die richtigen Tonnen geworfen.« Willy schlurfte hastig zurück ins Wohnzimmer. Er sah dürr aus in seinem viel zu großen T-Shirt und den Bermudas, als ob man ihn zu lange nackt im Trockner gelassen hätte. »Ich muss packen.« Etwas, das er bereits getan hatte. Stan ebenfalls. Beide Taschen standen mit geschlossenem Reißverschluss neben der Haustür.

»Du glaubst, du kannst helfen«, sagte Stan, während er

sorgfältig die letzten drei Cornflakes aus der Schüssel kratzte, »obwohl du diese Leute gar nicht kennst?«

»Der barmherzige Samariter ist krassem Kapitalismus gewichen.« Ich nahm eine Rosine aus Willys Schüssel. »Ich habe um acht Uhr abends eine Verabredung mit Bud Warren in den kühlen Wassern dieser Bucht.«

Sein brennendes Haus hatte meine Zweifel daran, ob ich mich auf die Sache einlassen sollte, beseitigt.

»Neugier hat mit Kapitalismus nichts zu tun.«

»Er bezahlt Dmitri und mich dafür, dass wir uns den Tod seiner Frau noch mal vornehmen.«

Stan stand auf; der Stuhl kratzte auf dem Boden. »Willy und ich machen uns besser auf den Weg. Ich will dem ganzen Verkehr zuvorkommen.«

»Stan.«

»Was?« Sein Gesichtsausdruck fror ein.

»Das ist alles, was ich zu hören kriege? ›Willy und ich machen uns besser auf den Weg.‹ Willst du dich nicht wenigstens darüber beklagen, dass ich die erste Ladung Wäsche für euch nicht erledige?«

»Ich kann meine Wäsche selbst machen.«

»Eine Beschwerde wäre mir außerordentlich willkommen. Sie ist immerhin eine Form der Kommunikation.«

Er schob seinen Stuhl wieder an den Tisch.

Ich stand auf, setzte mich wieder hin. »Stan, zum x-ten Mal, was ist eigentlich los?«

»Zum x-ten Mal, nichts. Ich kann nicht auf Befehl Mister Partylaune sein, okay, Sim? Es ist zu heiß, das ist alles.«

Das Wetter hatte nichts damit zu tun, dessen war ich mir sicher. Ende Mai war Stan zum Detective First-Grade befördert worden, ein freudiges Ereignis im Leben jedes Polizeibeamten. Eine Woche später hatten sein Partner Raf und ich ihm zu Ehren eine Party organisiert. Stans Reaktion auf den

»Überraschung!«-Chor war so klar gewesen wie ein Glas Wasser. Er freute sich überhaupt nicht.

Es wurde noch schlimmer, als Raf seiner Freundin, mit der er seit fünf Jahren zusammen war, vor versammelter Mannschaft einen Heiratsantrag machte. Tina wurde so rot wie die Salsa und vernichtete ihn mit einem unverblümten Nein. Sie hatten ihren Streit in die Küche verlegt. Stan drehte die Anlage auf, um die Stimmen zu übertönen. Die Nachbarn von gegenüber wurden ärgerlich und riefen die Polizei. Die Polizisten trafen einen frisch beförderten Ermittler an, der sich von fünfzehn weiteren Bullen und ihren Freundinnen feiern ließ, lachten und verschwanden wieder. Der Abend war kein Erfolg gewesen. Und seither war das Leben kaum erfreulicher geworden.

Stan war immer ein verschlossener Mensch gewesen – das hatte ich von Anfang an gewusst –, aber in den vergangenen drei Monaten hatte er sich allmählich in eine Ecke zurückgezogen, in der ich ihn nicht mehr erreichte. Ich hatte mich nach seinen Fällen erkundigt. Stan gab keine Auskunft. Raf, einstmals eine bereitwillige Quelle der Informationen, als wir noch einfach miteinander ausgegangen waren, lieferte nicht mehr, seit ich mit Stan zusammengezogen war. Es wurde allmählich Zeit, dass wir unsere Kommunikation selbst erledigten, sagte er.

Ich fragte wieder. Und wieder. Stan bestritt, dass seine Stimmung etwas mit seiner Arbeit oder einer anderen Frau zu tun hatte. Dann bestritt er, dass es überhaupt eine Stimmung gab.

Willy trug in der Zwischenzeit die Taschen zum Auto hinaus.

»Wenn du Schluss machen willst, sag's mir einfach«, sagte ich, ohne die Stimme zu senken.

Stan sah mich mit seinem viel zu ernsten Gesichtsausdruck an; die Augen waren dunkler, jetzt, nachdem der Humor aus ihnen verschwunden war. »Willst du?«

»Nein.« Ich liebte ihn. Stan war beständig, loyal, freundlich, sexy. Ein Traummann, dem zurzeit einfach der Humor abhanden gekommen war.

Ich folgte ihm in Willys Schlafzimmer, das er obsessiv nach vergessenen Gegenständen überprüfte. Ein holzgetäfelter Raum. Zwei Betten, ein schmaler Schrank. An der Wand ein Regal mit zwei Brettern und der fröhlichen Muschelsammlung eines Kindes. Massenhaft Sand überall und dazu eine fette Spinne, die in einer Ecke ihr Netz spann.

Stan überprüfte jede Ecke und Ritze, als sei der Raum ein Verbrechensschauplatz, und ging dann in unser Schlafzimmer hinüber. Das exakte Gegenstück zu Willys, mit Ausnahme des Doppelbetts und eines Ölgemäldes, auf dem ein Korb voller Maiskolben abgebildet war. Das herumliegende Zeug gehörte alles mir.

Er trat wieder in das kleine Wohnzimmer hinaus, wo er zunächst unter das Sofa sah.

»Stan! Willy hat wundervoll aufgeräumt.«

Dann unter den Sofatisch.

»Was war eigentlich in diesem Müll – die Whitewater-Akten?«

Stan richtete sich auf, das Gesicht gerötet. »Sehe bloß nach.« Ich tätschelte seine Kehrseite. Nicht als Zeichen der Zuneigung, nicht wirklich. Ich glaube, ich wollte eher die Muskeln dort lockern.

Stan blieb vor der Badezimmertür stehen. »Du passt auf dich auf?« Hinter ihm sah ich seine elektrische Zahnbürste auf der Heißwassertherme stehen. Stan vergisst nie etwas. Außer zu reden.

Ich ging zur Küchenanrichte hinüber. Er folgte mir. Ich

erwog, die Zahnbürste zu erwähnen. »Dmitri passt auf mich auf«, sagte ich.

»Das ist ja sehr beruhigend.«

»Ich sehe da ein ziemlich eingerostet wirkendes Zwinkern in deinem linken Auge.« Das Zwinkern kam daher, dass sich das Fenster in seinem Auge spiegelte. Ich berührte seine Wange. Er war drauf und dran, nach meiner Hand zu greifen, und überlegte es sich dann anders.

»Bud Warren hatte gehört, dass ich Ermittler in Mordsachen bin«, sagte er. »Er hat gleich am ersten Tag, den wir hier waren, von seiner Frau erzählt. Ich habe am selben Tag noch Captain Comelli von der Suffolk-County-Polizei angerufen. Er hat den Todesfall letztes Jahr bearbeitet. Er ist davon überzeugt, dass es ein Selbstmord war. Es hat einen Brief gegeben –«

»Der erst drei Tage später aufgetaucht ist.«

Stan zuckte die Achseln. »Das kann passieren. Ich habe Warren gesagt, er sollte die Tatsachen akzeptieren. Das Opfer war wegen Depressionen in Behandlung gewesen, sie hatte so gut wie keine Freunde, sie hatte eine Scheidung hinter sich, ihre Tochter hat kaum mit ihr geredet, es gibt da nichts mehr zu untersuchen.«

Ich bockte. »Ich will hören, was Bud dazu zu sagen hat.«

An der Gittertür blieb Stan wieder stehen. Draußen lehnte Willy an der offenen Autotür, die Beine gekreuzt, die Arme verschränkt, den Kopf gesenkt. Aus dem Kassettenrecorder trällerte Darius von Hootie & the Blowfish in voller Lautstärke etwas vom Nachhausegehen. Willy wollte uns weder sehen noch hören.

»Hast du den Müll rausgebracht?«, fragte Stan.

»Ja, Dad.« Willys Kopf blieb unten.

»Es tut mir Leid, Sim«, sagte Stan. »Ich hatte gedacht, es

wird ein phantastischer Urlaub. Ihr hättet mich zu Hause lassen sollen.«

»Ich hätte dich vermisst.«

»Danke.« Er versuchte selbst ein Zwinkern zu Stande zu bringen und schaffte es nicht ganz. »Ich rufe aus einer von den Hütten an.« Er gab mir einen kurzen Kuss auf die Lippen.

Ich küsste ebenso kurz zurück. »Sei vorsichtig.« Er und Willy waren unterwegs nach New Hampshire, in die White Mountains. Um in den Wäldern zu schlafen, Dosensuppen am Feuer heiß zu machen – eine Nur-wir-Männer-und-die-Wildnis-Sache. Ich wäre nicht einmal mitgekommen, wenn sie mich dabei hätten haben wollen. Ich bin eine überzeugte Fürsprecherin spülbarer Toiletten.

Ich folgte Stan zu seinem Auto, zufrieden mit mir selbst, weil ich die Zahnbürste nicht erwähnt hatte. Ich umarmte Willy. Zu meiner Überraschung drückte er mich ebenfalls.

»Keine Sorge«, flüsterte er mir ins Ohr. »Ich pass auf ihn auf.«

Und was wird aus mir?

6

Dmitri polterte über die Dielen vor meinem Schlafzimmer und weckte mich auf. Der Geruch gebratener Zwiebeln veranlasste mich, die Augen zu öffnen. Gebratene Zwiebeln und Karotten, Tomatenpüree. Ich sah blinzelnd auf die Uhr. Es war drei Uhr nachmittags. Ich hatte über vier Stunden lang geschlafen.

»Was machst du?«, schrie ich.

»Borschtsch!« Dmitri füllte den gesamten Türrahmen aus. Er trug immer noch seine Trainingskluft. Mein Strandlaken, eine Replik einer Dollarnote, hing von seinem Gürtel. Jetzt sah es aus wie eine Metzgerschürze.

Ich setzte mich auf. »Freut mich zu sehen, dass du deine Designerkombination vor Schaden schützt.« Ich wickelte mir den indischen Rock von den Beinen. Meine Bluse war schweißgetränkt. Mein Haar ebenfalls. »Ich hasse Borschtsch.«

»Bringt Rot in deine Wangen.«

»Und auf mein Handtuch. Ich persönlich nehme lieber Rouge, aber trotzdem *Grazie*.« Ich folgte ihm barfuß hinaus in den Hauptraum – halb Wohnzimmer, halb Küche. Ein Sofa mit hölzerner Lehne und zwei weiße Korbstühle standen einem niedrigen Regal und einem Panoramafenster gegenüber, hinter dem sich die Bucht ausbreitete. Der Tag war inzwischen zu einer leuchtend blauen Postkarte geworden, die meine Augen schmerzen ließ. Die weiße Windmühle von Gardiners Island und ein paar Segelboote fügten dem Bild das übliche Element altmodischer Romantik bei.

Ich griff mir ein paar saubere Sachen, die über einem Stuhl hingen, und ging ins Bad. Ich duschte in einem kräftigen Strahl von heißem Wasser. Himmlischer Druck. Bei Stans Dusche in der Stadt war ein Tröpfeln das Beste, worauf wir hoffen konnten. Nachdem ich einigermaßen wach geworden war, dachte ich an Segelboote. Und an Wind. Beim Abtrocknen schrie ich: »Wie hat Bud die Sache mit dem Feuer aufgenommen?«

Dmitri antwortete nicht.

In sauberen dunkelblauen Hosen und einem riesigen weißen T-Shirt kehrte ich ins Wohnzimmer zurück, wo Dmitri vor dem Radio am Fenster kauerte.

»Wie hat Bud die Sache mit dem Feuer aufgenommen?«, wiederholte ich.

Dmitri richtete sich auf und steckte etwas Weißes in die Tasche. »Ich weiß nicht.«

»Was hast du gefunden?«

»Ich Bud nicht gefunden.« Er zuckte unbehaglich. »Ich werde zu seekrank.«

»Was hast du da in die Tasche gesteckt?« Ich erinnerte mich noch an das Theater, das Stan wegen einer zerrissenen Mülltüte gemacht hatte. »Komm schon, was ist es?«

»Jim hat mich bei seinem Restaurant abgesetzt, und ich habe per Anhalter in Stadt gefahren.« Er schaltete das Radio ein.

»Du *bist* per Anhalter gefahren.« Ich streckte die Hand aus. »Keine Geheimnisse unter Partnern.«

Dmitri steckte eine seiner Pfoten in die Tasche und gab mir ein schäbiges, zusammengefaltetes Stück Papier. Bedeckt mit russischen Schriftzeichen.

»Tut mir Leid.« Ich gab es zurück. »Ich habe gedacht, es wäre etwas, nach dem Stan gesucht hat.«

»Vertrau mir.«

»Tu ich.« Es war Stan, mit dem ich Schwierigkeiten hatte. Dmitri und ich waren im letzten Herbst zu Gefährten geworden, als ich in das Londoner Taxi gestiegen war, das er fuhr, und ihn als Leibwächter auf Zeit engagiert hatte. Eine Woche später war ich seinetwegen fast umgekommen, aber zu diesem Zeitpunkt hatte ich Feuer gefangen. Er ist sieben Jahre jünger als ich, und inzwischen ist er zu dem Bruder geworden, den ich nie hatte. Stan war fast genauso gern in seiner Gesellschaft. Ich sage »fast«, weil Stan seine Gefühle strikt unter Kontrolle hält.

»Hast du einen gigantischen Strafzettel gekriegt, weil du vor einem Hydranten geparkt hast?«, fragte ich.

»Ich habe nichts gekriegt als Zutaten für Borschtsch. Bei barfüßiger Gräfin. Sehr vornehme Rote Beete. Polizei zu beschäftigt mit Feuer, um Strafzettel zu geben.«

Dmitri hackte mit langsamen Schlägen Kohl. »Glaubst du, Bud will seinen Scheck zurück jetzt?«

»Ich bin sicher, er ist versichert. Die tausend Dollar braucht er nicht.« Das Radio teilte uns mit, dass zwölfhundert Feuerwehrleute von ganz Long Island zusammengezogen worden waren, um die hartnäckigen Brände zu bekämpfen. Das Feuer würde bis zum Abend nicht gelöscht sein. Bisher hatte es keine Todesopfer gegeben. »Was ist aus dem Feuer bei Bud geworden?«

»Leute sind weg. Haus steht noch, aber eine Seite ist schlimm. Baumreihe ist verbrannt. Feuer hat sich zum Bach gezogen. Das ist gut.«

Mehr als gut. Das Merrill-Lake-Naturschutzgebiet, hundertdreiundvierzig Morgen groß und Teil des Accabonac Harbor Preserve, grenzte im Norden an Buds Grundstück. Im Süden lagen weitere Wohnhäuser; eins davon war Jackson Pollocks Farm, inzwischen das Pollock-Krasner Study

Center und ein Kulturdenkmal. Ich füllte ein Glas mit Leitungswasser und stürzte es hinunter. Mein Mund fühlte sich ebenfalls wie verkohlt an. »Hat der Wind nicht im Südosten gestanden, als wir hergekommen sind?«

»Ja. Vorher kein Wind. Jetzt ganzes Grundstück, ganze Straße ein großer schmutziger Aschenbecher.«

Ich hob den Deckel vom Topf. Die Rote Beete und die Rüben hatte meine Nase vorher gar nicht wahrgenommen.

»Du machst es noch heißer, Dmitri.« Ich schaltete das Radio aus.

»Warm innen, kühl außen.«

Ein Boot der Dory Rescue Squad fuhr vor unserem Panoramafenster vorbei.

»Als Männer fertig waren mit Buds Haus«, sagte Dmitri, »sie in Pine Barrens gegangen. Flugzeuge wollen Wasser aus Himmel abwerfen.«

Ich warf einen Blick auf das Telefon neben Dmitri und fragte mich, ob Stan und Willy es sicher nach Hause geschafft hatten.

»Stan angerufen, als du geschlafen hast.«

»Das Klingeln hätte ich gehört.« Dmitri mag es nicht, wenn ich mir Sorgen mache.

»Schön, ich sein Auto angerufen. Sind beide in Ordnung.« Dmitri übernimmt gern die Kontrolle. »Auf Triborough Bridge, mit tausend Autos und Blowfish-Musik.«

»Danke.«

Dmitri schöpfte Schaum aus seinem Topf ab. »Willy sollte Tschaikowsky, Rimski-Korsakow hören.«

»Das Klassischste, was er je gehört hat, ist *Saturday Night Fever*.«

Ein weiteres Dory-Rescue-Squad-Boot fuhr am Fenster vorbei. »Wenn der Wind aus Südost gekommen ist, warum hat sich das Feuer dann runter zum Bach ausgebreitet? Der ist im Osten.«

»Etwas stinkt in Dänemark.«

»Denkst du jetzt an Brandstiftung?«

»Schwarzer Rauch heißt entzündliche Flüssigkeit.«

»Sagt wer?«

»Vertrau mir.«

Ich tat nichts dergleichen. Das zweite Boot brachte mich verspätet auf einen weiteren Gedanken.

»Sind Bud und Laurie zurück?«, fragte ich.

»Ich mache Borschtsch. Ich sie nicht gesehen.«

Ich stürzte ins Freie und rannte zum Strand hinunter. Lauries grüner Kajak war immer noch fort. Buds Skullboot ebenfalls. Es war fast neun Stunden her, seit er in den Nebel verschwunden war.

Ich ging zurück, hinauf auf den grasbewachsenen Deich, und sah mich nach Leuten um. Alles war still. Zu spät schlug ich mir eine Bremse vom Nacken. Selbst im kräftigen Wind war die Hitze noch brutal.

Während meines einwöchigen Aufenthalts in The Pynes hatte ich mich mit drei Leuten angefreundet: Bud, Jim Molton, meinem nächsten Nachbarn, der seine Zeit gern in The Pynes verbrachte, wenn er nicht gerade in seinem Restaurant war, und Rebecca Barnes, die das ganze Jahr über hier lebte und es getan hatte, seit Polly die Cottages gebaut und vermietet hatte.

Ich erinnerte mich an Jims allzu denkwürdiges Lächeln und entschied mich für Rebecca.

7

Rebecca Barnes war Künstlerin. Ihre Stillleben, erleuchtet von dem vermeerartigen Hamptons-Licht, das so große Namen wie de Kooning, Pollock und Motherwell angezogen hatte, hatten sie fast so berühmt gemacht wie Jane Freilicher. Rebecca hatte sich ein Cottage in der zweiten Reihe ausgesucht, am rückwärtigen Rand des Grundstücks, wo das Blenden des Wassers von der Entfernung und dem Schutz der Bäume gemildert wurde.

»Ich mache mir Sorgen wegen Bud«, sagte ich beim Hereinkommen. Das Haus war voller Arbeitsmaterialien. Auf dem Fensterbrett des Panoramafensters eine unregelmäßige Reihe von Vasen und Gläsern. Auf dem Bücherregal und dem Sofatisch ein Durcheinander von Kunstbüchern. Auf einem der Sessel gefaltete Stoffbahnen in Frühlingsfarben. Hinter dem Sofa ein kleiner Stoß unverkaufter Gemälde, die von der Guild-Hall-Ausstellung im Frühsommer übrig geblieben waren. Ich hatte mich in ein kleines Pastellkreidebild mit einer blauen Schale voll weißer Pfingstrosen verliebt, die genau am Rand des Wassers stand. Sie sah aus wie das Geschenk eines dankbaren Poseidon. Aber fünfzehnhundert Dollar konnte ich mir nicht leisten.

»Sich um diesen Mann Sorgen zu machen ist die reine Zeitverschwendung.« Rebecca stand an der Küchenanrichte und war dabei, zwei Gläser zu füllen. Als sie mich sah, holte sie ein drittes heraus. »Er kann sich ein anderes Haus kaufen, wenn er's nicht wieder aufbauen will. War sowieso nie angetan von diesem.«

»Du oder Bud?« Ich nahm das Glas, das sie mir anbot.

»Zur Abwechslung waren wir uns da mal einig. Postmoderner Müll und sonst nichts. Sie sollten alle abbrennen, sie versauen die Landschaft.«

»Er hat es genommen, weil es in der Nähe von The Pynes war.«

»Du hältst dich wohl für clever, weil du das rausgefunden hast.«

»Sehr.«

Rebecca gurgelte, was ihre Version eines Lachens war. Sie war eine breitschultrige Frau Anfang oder Mitte sechzig, groß, mit spitz hervortretenden Wangenknochen und ebensolchem Kinn, einer noch spitzeren, nach links gebogenen Nase, klaren blaugrauen Augen hinter einer Drahtbrille und Büscheln von grauem Haar und Falten, die kreuz und quer liefen. Sie trug einen blauen Kittel über schwarzen Hosen und Birkenstocksandalen. Der größte Teil ihrer Person war von Kreidestaub in allen Regenbogenfarben bedeckt.

»Müsste Bud inzwischen nicht zurück sein?«, fragte ich.

»Unmöglich vorherzusagen, was Bud zu irgendeinem Zeitpunkt tun wird.« Sie klang plötzlich ärgerlich.

»Ich hab die Dory-Rescue-Squad-Boote gesehen.« Ich trank etwas, das aussah wie ein flüssiger Sonnenaufgang. »Das ist wunderbar. Was ist da drin?«

»Je ein Teil Orange und Preiselbeer und zwei Teile Tonic Water. Tiepolo-Farben kurbeln mich an. Du hast ausgesehen, als ob du's brauchen könntest.«

»Inzwischen geht's mir gut. Dank deinem Drink und einem langen Mittagsschlaf.«

»Diese Dory Rescue Squad, das ist Steve Kings Versuch, Laurie zu beeindrucken. Er ist freiwilliger Feuerwehrmann, freiwilliger Notrettungsdienstler, er würde alles tun, damit sie ihn beachtet.«

Ich erkannte die alte wegwerfende Masche, die auch meine Mutter gern verwendete. Es war eine Methode, sich nicht zu verraten, wenn sie sich fürchterliche Sorgen machte. Rebecca lag also an Bud, mehr, als sie sich anmerken lassen wollte.

»Lauries Kajak ist auch nicht da«, sagte ich. Das dritte Glas voll Sonnenaufgang stand immer noch auf der Arbeitsplatte und wartete dort – auf wen?

»William Morris Warren ist ein Idiot.« Rebecca durchquerte das Zimmer mit vier Schritten. »Er sitzt so hoch und prächtig auf seinem blöden Ruderapparat, dass es mich jedes Mal in den Fingern juckt, den Knopf für den Schleudersitz zu drücken und ihn auf den Mond zu schießen. Nur, dass der ihn gleich zurückspucken würde.« Sie öffnete die Tür zu der Veranda, die sie zu einem Atelier umgebaut hatte. Ein Viereck von wolkigem Nachmittagslicht fiel auf den Linoleumboden. Der Raum wurde von einem langen L-förmigen Arbeitstisch aus grauen Planken beherrscht. Unter den Brettern standen Kästen mit Pastellkreiden, Mülltüten voller Muscheln und Strandgut, weitere seltsam geformte Behälter und tote Zweige. Alles, was ich in diesem Augenblick sah, war eine Ecke des Tischs und eine getrocknete Sonnenblume in einem braunen Krug.

Rebecca hatte mich in der vergangenen Woche ihr Atelier besichtigen lassen, als sie gesehen hatte, dass ich nicht wusste, was ich mit meiner Zeit anfangen sollte, während Stan und Willy zum Kajakfahren verschwunden waren. Ich habe immer Angst, dass das Ding eines Tages umkippen wird und ich mit den Hüften drin stecken bleiben werde. Wir hatten eine ganze Weile über italienische Kunst geschwatzt, wobei ich im Wesentlichen den Part des Zuhörers übernommen hatte.

»Wir haben Bud alle schon gesagt, er soll das Ding endlich auf den Müll werfen«, sagte Rebecca. »Aber der lässt sich nicht mal von einem ordentlichen Nordostwind überzeugen. Und was ist mit Laurie? Die hat schon genug Ärger, die braucht das nicht auch noch.« Und Rebecca ebenso wenig, übersetzte ich im Stillen.

Rebecca setzte das immer noch volle Glas knallend ab. »Da kann man nicht viel machen, außer zu warten. Sie finden ihn schon. Was hat Bud dir heute Morgen eigentlich zu erzählen gehabt?«

»Warum hast du dich weggedreht, als er dir zugewinkt hat?«

»Ich hab mit Bud kein freundliches Wort gesprochen, seit Polly gestorben ist.«

»Darf man fragen warum?«

»Du darfst nicht.« Zwei scharfe Augen musterten mich. »Der Trottel hat über Polly geredet, habe ich Recht? Darüber, dass sie ermordet wurde. Sogar deinem Freund ist er damit gekommen.«

»Was ist denn deine Meinung dazu?«

»Natürlich war es Selbstmord! Bud ist einfach ein schlechter Verlierer.«

Nachdrücklich geäußerte Meinungen lassen mich zweifeln. »Hast du den Abschiedsbrief gesehen?«

»Ich hab ihn gefunden.« Sie knallte wieder mit dem Glas. »›Es tut mir Leid‹, vierzig Mal auf gutem Briefpapier. Polly hat das immer von Laurie verlangt, als sie noch ein Kind war.«

»Du hast den Brief nach drei Tagen erst gefunden. Wo war er denn?«

»Schwierige Frau, Polly. Nicht gerade liebenswert, wahrhaftig nicht, aber sie hatte ihre Vorzüge. Zum Beispiel hat sie sich nicht mit Idioten abgegeben.« Rebecca warf mir einen Blick zu, der aus einer Pflaume eine Rosine gemacht hätte.

»Ich bin immerhin ein wohlmeinender Idiot. Ich habe auch gehört, dass Polly depressive Phasen hatte.«

Rebecca warf mir einen weiteren scharfen Blick zu. »Woher weißt du das?«

»Nachdem Bud mit Stan geredet hatte, hat Stan Captain Comelli in Yaphank angerufen.«

»Gott würde Probleme kriegen, wenn er einen größeren Idioten als diesen Comelli schaffen wollte. Er und seine Leute sind stracks an dem Abschiedsbrief vorbeispaziert. Wenn man die reden hört, hätte sie Pfeile zeichnen sollen, die auf ihn zeigen.«

»Wo war er denn?«

»Hinter dem Foto von Lauries Abschlussfeier an der juristischen Fakultät. Polly Pynes hat Selbstmord begangen. Möge sie in Frieden ruhen und uns erlauben, unser Leben weiterzuleben. Nun komm schon raus, Dodo, Simona ist eine Freundin. Es wird Zeit, dass wir deine Arterien sauber machen.«

Dodo streckte den Kopf aus dem Atelier. Ein Mann weit jenseits der Siebzig, eingeschrumpft, mit einem finsteren Stirnrunzeln im Gesicht, das sich am Tag seiner Geburt dort etabliert haben musste.

Rebecca winkte mit einem langen Arm. »Simona, das ist Dodo Parsons. Die Parsons' gehen zurück auf die ersten Jahre, in denen der weiße Mann diese Faustvoll Himmel erobert hat. Ein betriebsamer Haufen. Sie behaupten, ihnen hätte früher ganz Springs gehört. Es könnte sogar stimmen.«

»Ich bin nur dem Namen nach ein Parsons.« Dodo kam langsam zum Vorschein. Er trug eine zerknitterte, schmutzige Seersuckerjacke, ein ausgefranstes blaues Hamd, dessen Kragenknöpfe fehlten, eine grüne Strickkrawatte und brandneue Jeans, das Ganze vervollständigt durch Gummisandalen. Eine Matrosenmütze bedeckte seinen Kopf. Er zog eine Spur von Sand hinter sich her.

»Alles, was ich besitze, ist mein Metalldetcktor und meine Alice«, sagte er mit einer Stimme, die klang wie ein defekter Auspufftopf. »Ein großer Mann, dieser Lewis Carroll. Seine Worte sind universelle Wahrheiten.«

»Dodo zieht es vor, den ortsansässigen Exzentriker zu spielen«, erklärte Rebecca. »Jedes Dorf hat einen. Hier herum gelte ich als sein weibliches Gegenstück.«

»Du trinkst nicht.« Dodo näherte sich der Küchentheke, streckte den Arm aus. Wir gaben uns die Hand. Er roch nach Whiskey und Meersalz.

»Ich habe Sie auf dem Atlantic Avenue Beach gesehen«, sagte ich. Ein paar Mal hatte ich ihn auf meinen Morgenspaziergängen dabei beobachtet, wie er daherschlurfte, gebeugt, den Kopfhörer über den Ohren, und den Metalldetektor über dem Sand schwenkte; ein gelber Kindereimer mit Schaufel hing an seinem Arm. Ich hatte nie gesehen, dass er etwas gefunden hätte.

»Ich fürchte, das Gleiche kann ich von Ihnen nicht sagen«, sagte er. »An heißen Tagen fühle ich mich immer sehr schläfrig und benommen.«

»Das hier weckt dich auf.« Rebecca drückte ihm das Glas in die Hand.

Er trank widerwillig. »Wie hast du es fertig gebracht, dass ich nüchtern aussehe?« Sein Daumen wies zurück zum Atelier.

»Hab dich gezeichnet, als du fest geschlafen hast. Den Rest habe ich mit Vorstellungskraft ergänzt. Künstler haben so was, weißt du.«

»›Seltsamer und merkwürdiger!‹«

»Bud ist wieder verschwunden.«

Dodo zuckte die Achseln. »›Ende des Wettlaufs! Aber wer ist Sieger?‹ Nicht Bud.«

»Warum nicht Bud?«, fragte Rebecca stirnrunzelnd.

»›Früher beim Märchenlesen‹«, sagte Dodo, »›dachte ich mir immer, solche Dinge könnten ja doch nicht geschehen.‹«

Ich hatte keine Ahnung, wovon er redete.

»Was weißt du, Dodo?« Rebecca nahm ihn ernst.

»Nur was ich sehe, Becky. Säufer haben keine Phantasie.«

Dodo ging zurück auf die Veranda. Wir folgten ihm. Der Raum ragte über das Haus hinaus und bot einen umfassenden Blick auf The Pynes. Es war beinahe fünf Uhr, und aus den Lecks im Himmel begann orangefarbenes Licht zu sickern. Die Schatten wurden länger und verschluckten es wieder. Dodo deutete in Richtung Osten. Möwen flogen in Paaren von der untergehenden Sonne fort. Die Zikaden lärmten. Eine Krähe krächzte. Der Wind raschelte. Die Flut kam herein. Das einzige Geräusch der Zivilisation war Lauries Bewässerungssystem.

Jim Molton und Steve King gingen schweigend über das Gras auf das Haupthaus zu. Steves brauner Labrador, Tanner, und eine üppige, elegante Frau folgten ihnen in respektvoller Entfernung. An der merkwürdig verdrehten Haltung der beiden Männer erkannte ich, dass sie etwas zwischen sich hielten. Als sie am Holzschuppen abbogen, wurde das Etwas als Laurie sichtbar. Sie ging. Mit Müh und Not. Ihre Beine machten die entsprechenden Bewegungen, ohne ihr Gewicht tatsächlich tragen zu können. Ihr Kopf war tief gesenkt. Sie trug immer noch die schwarzen Radlerhosen und das graue T-Shirt. Sie war durchweicht. Barfuß. Sie hatte die Rettungsweste nicht ausgezogen.

Rebecca rannte aus der Veranda und über den Rasen. »Laurie!«

Laurie drehte sich um. In beiden Händen hielt sie eine zweite Rettungsweste. So rot wie ihre eigene. Aber doppelt so groß.

Buds Weste.

8

»Wie hat Laurie es inzwischen verkraftet?«, fragte Jim Molton. Dmitri und ich saßen an der Bar seines Restaurants, Jim's Pit. Im Inneren summten die Ventilatoren auf Hochtouren. Draußen brachte eine Meeresbrise eine Spür Kühle auf die breite hölzerne Terrasse. Draußen wie drinnen schwelgten die Gäste in Meeresfrüchtespezialitäten und sahen zu, wie die Sonne im Three Mile Harbor versank. Der Himmel hatte die Farbe von Himbeersorbet mit Heidelbeersahne.

Der kleine Yachthafen unterhalb des Restaurants lag voller Boote, deren Verkaufspreis sich weit oben im sechsstelligen Bereich bewegte. Jims Rennboot lag dort neben Kennellys Siebzig-Fuß-Segelboot. Wenn ich den Kopf reckte, konnte ich an der schmalen Einfahrt vorbei nach rechts sehen, wo die Boote der professionellen Fischer an einem breiten Asphaltstreifen angedockt waren. Nur fünf Boote. Eins davon war *No Wife*, Steve Kings Trawler.

»Wir wissen überhaupt nichts«, sagte ich. »Laurie hat sich mit Rebecca in ihrem Haus eingeschlossen. Und du warst weg, bevor ich mit dir reden konnte.« Ich hatte kostbare Minuten damit verschwendet, einfach dazustehen und ungläubig zu starren. »Steve ist ungefähr zwanzig Minuten später gegangen und hat sich geweigert, irgendwas zu sagen. Was ist passiert?«

»Der erste Hinweis war dic Weste«, sagte Jim Molton.

»Jake Bennetts Kids, Ronnie und Joe, waren draußen in der Bucht fischen, auf der Gardiners-Island-Seite. Sie haben die Netze rund um einen Schwarm Blaufisch ausgelegt, und da war sie. Schwamm im Wasser. Das Rot ist nicht zu übersehen. Ronnie und Joe haben sich weiter nichts dabei gedacht. Sie waren zu sehr mit ihrem Netz beschäftigt.«

»Und?«, drängte Dmitri.

»Sorry.« Jim hob die Hand zu jemandem in unserem Rücken hin. Er nickte einem vorbeigehenden Paar zu und zeigte dabei ein mechanisches Lächeln, das keinerlei Ähnlichkeit mit seinem atemberaubenden Speziallächeln hatte: verblüffend weiße Zähne als Kontrast zu makelloser Haut in der Farbe gerösteter Mandeln und dunkelbraunen, lachenden Augen.

»Als sie das Netz eingeholt hatten, hat Ronnie die Weste behalten. Dachte wohl, er bekäme ein paar Dollar dafür«, sagte Jim. Sein Gesicht war wieder ernst geworden. »Dann haben die beiden Steve und den Rest der Rettungsmannschaft gesehen. Ronnie hat sie hergerufen. Laurie war bei Steve im Boot. Sie hat einen Blick auf die Weste geworfen und ist zusammengebrochen. Steve hat sie hergebracht. Wir haben sie nach Hause gebracht. Das war es, was du gesehen hast.« Jim füllte mein Glas erneut mit Pinot Grigio auf.

Dmitri fragte nach mehr Wodka. Warm diesmal. »Russischer Stil.«

Jim hielt einen Kellner an und bestellte. »Danke«, sagte er, bevor der Junge davonstürzte.

»Was ist mit Bud und seinem Boot?«, fragte ich.

»Hinweis Nummer zwei, das verdammte Boot mit der Rudermaschine, gefährlicher als Ginnie-Maes-Aktien. Als die Weste aufgetaucht ist, haben sie die Küstenwache hinzugezogen. Vor einer halben Stunde hat Steve angerufen. Sie haben das Boot im Cherry Harbor gefunden. Umgekippt. Der Ruderapparat hat sich in einer Hummerfalle verfangen.«

»Verzeihung, Jim.« Ein dünnes junges Mädchen flüsterte Jim etwas ins Ohr. Dmitri warf einen flüchtigen Blick auf ihr Haar und ihren Busen. Das eine war zu kurz, der andere nicht vorhanden.

Der Name Melanie war nicht zu überhören.

Jim schoss von seinem Hocker hoch. »Gleich wieder da.« Seine Hand streifte meinen nackten Arm, als er an mir vorbeiging.

»Melanie wie?«, fragte Dmitri.

»Griffith.«

»Ah, sie ist gut.«

Ich konnte sie im Barspiegel sehen; sie trug Jeans und ein blendend weißes T-Shirt, das zu ihren Zähnen passte. Jim küsste sie auf beide Wangen. Er trug gebügelte Khakihosen und ein blauweiß gestreiftes Hemd, hochgekrempelte Manschetten, keine Krawatte. Sein braunes Haar, dunkler und länger als Stans, lockte sich im Nacken. Ein attraktiver Mann. Aber das war Stan auch, rief ich mir ins Gedächtnis.

»Hast du einen Filmstar im Restaurant«, sagte ich, »kommen alle anderen auch, in der Hoffnung, ihn zu sehen zu kriegen.« Ich hatte eine halbe Stunde lang geduscht und mich mit einem beigen Leinenhosenanzug herausgeputzt, den ich in der Erwartung gekauft hatte, während meines einwöchigen Aufenthalts in den Hamptons wenigstens eins der Moderestaurants von innen zu sehen zu bekommen: Nick & Toni's, Della Femina, The Laundry. Und Jim's Pit, den Geheimtipp dieses Jahres. In Stans Gesellschaft war das Leinen vollkommen unzerknittert geblieben.

Dmitri hatte sich selbst übertroffen mit einem schwarzen Seidenhemd, einer breiten silbrigen Countess-Mara-Krawatte, die er in einem Secondhandladen am unteren

Broadway erstanden hatte, schwarzen Wollhosen, die an den Knien glänzten, und hellbraunen Stiefeln à la Desert Storm. Zusammen trugen wir nicht unerheblich dazu bei, das Niveau des Ladens zu heben.

»Barbra kommt her«, sagte Dmitri mit einem nostalgischen Schnüffeln. »Baldwin-Brüder, Kim Basinger, Ron.« Er hatte als Perelmans Leibwächter ein höchst mondänes Leben geführt.

»Hey, ich bin doch ein Star, oder vielleicht nicht?«

Dmitri nahm einen Schluck von seinem warmen Wodka und sah zweifelnd drein. »Vielleicht für Keanu Reeves, der Rennboot hat statt Bus.« Er starrte drohend in den Barspiegel.

»Jim?« Die Ähnlichkeit war da. Sie hatten den gleichen düsteren, sexy Look. »Jims Lächeln ist besser.«

»Wird Bank Scheck verweigern, jetzt, wo Bud tot ist?«

»Dmitri!« Ich runzelte missbilligend die Stirn. »Sei nicht so herzlos.«

»Mein Herz ist groß wie Amerika. Meine Tasche ist groß wie Kopeke.«

»Der Scheck ist vor dem Todestag datiert, es dürfte eigentlich keine Probleme geben.«

»Wir machen weiter?«

»Bud wollte eine Antwort, und tot oder nicht, Bud bekommt seine Antwort. Das ist das Mindeste, was wir für eine Werbelegende tun können.« Der Plan hatte noch den zusätzlichen Vorteil, dass er mich von meinem Privatleben ablenken würde.

Dmitri strahlte. »Jetzt findet er nie raus, dass wir keine Fachleute sind.«

»Du bleibst hier und versuchst, zwei Zimmer zu finden. Ich weiß, es ist so gut wie unmöglich, aber versuch es. Geh später in die Danceteria. Vielleicht kriegst du noch mal einen Tipp, während du Electric Slide tanzt.« Auf diese Weise hatte er mich auf The Pynes gebracht.

»Slide ist nicht chic. Was ist mit Lauries Haus, mit Klimaanlage?«

»Ich glaube, wir sollten unabhängig bleiben. Außerdem, ich sehe mich eigentlich nicht zu Laurie gehen und sagen ›Dürfen wir hier wohnen, damit wir beweisen können, dass deine Mutter ermordet wurde?‹«

»Gibt auch noch mein Büro.«

»Die Polizei mag es nicht, wenn Leute in Autos schlafen. Vielleicht können wir in irgendeine Yacht einbrechen. Hör zu, Folgendes tun wir morgen. Ich nehme den Bus um sechs Uhr fünfzig –« Jims Hand versengte diesmal meinen Nacken und brachte mich jäh zum Schweigen.

»Tut mir Leid. Wie wäre es mit einem Abendessen auf meine Kosten? Mit mir zusammen?« Er schenkte mir dieses Mal das echte Lächeln. »Ich habe einen freien Tisch.«

Dmitri stand auf. »Ich habe sibirischen Hunger.«

»Wunderbar.« Jim schob seinen Arm unter meinen und führte uns zu einem Tisch in einer verglasten Ecke. Er setzte sich zu uns.

»Erzähl uns den Rest über Bud«, sagte ich. Ein Mädchen im Collegealter in Khakibermudas und einer blauen Bluse gab uns Karten. Dmitri grinste sie an. Sie hatte Unmengen von Haar.

»Ich bestelle für euch, wenn ihr wollt«, sagte Jim, »aber ich persönlich finde das ein bisschen anmaßend.«

Ich stimmte zu. »Gegrillter Schwertfisch für mich und ein Salat«, sagte ich. »Danke.«

»Aber die Muschelpastete solltet ihr probieren. Sie ist eine Spezialität hier herum.«

»Muschelpastete dann«, sagte ich. Der Mann war praktisch unwiderstehlich.

Dmitri bestellte Muschelpastete und vier weitere Gerichte. Er tut das auch dann, wenn er selbst zahlt. Jim brauchte nicht zu bestellen. Eine weitere Flasche Pinot Grigio erschien neben mir. Dmitri bekam mehr warmen Wodka.

»Wo war ich?«, fragte Jim.

»Boot gefunden in Cherry Harbor«, erinnerte Dmitri.

»Das ist alles, was ich weiß.«

»Bud muss wieder einen Herzinfarkt gehabt haben«, sagte ich.

»Vielleicht, aber Hinweis Nummer drei fehlt – Bud.« Sie hatten ihn nicht gefunden. Die Küstenwache hatte die Suche abgeblasen, als es dunkel wurde. Sie würden am Morgen weitersuchen. »Die Helikopter wollen helfen, jetzt, wo sie das Buschfeuer in den Pine Barrens unter Kontrolle haben.«

»Eintausendzweihundert Morgen Waldgebiet verbrannt«, sagte Dmitri.

Jim machte sich über ein blutiges Steak her. »So wie die Gerüchte hier herumfliegen, hab ich das Gefühl, ich bin wieder an der Wall Street.« Er bot mir Pommes frites an.

Ich nahm eine, um nett zu sein. Die Muschelpastete war gut, aber ich hätte den Teig weggelassen. »Was hat die Weste da getrieben, ohne einen Körper drin?«

»Vorläufig ist von Selbstmord die Rede.«

»Nein«, sagte ich. Dmitri warf mir einen warnenden Blick zu. Er hält mich für zu vertrauensselig.

»Warum nicht?«, fragte Jim. Er drehte den Kopf, um mich mit besorgten Augen zu mustern.

Weil Bud uns dann nicht angestellt hätte, um mehr über seine Frau herauszufinden. Weil er sich nicht für diesen Abend mit mir verabredet hätte. »Bud ist mir nicht wie der Typ dazu vorgekommen.«

»Bud war verrückt nach Polly«, sagte Jim. »Er hat mit

allen Kräften gegen diese Scheidung angekämpft. Aber er hat verloren, und Bud, mein Freund Bud, war ein schlechter Verlierer. Dass sie Selbstmord begangen hat, hat ihn erledigt.«

»Also hat er auch Selbstmord begangen«, sagte Dmitri. »Leidenschaft ist Herrscher der Welt.« Er war mit seinen gebratenen Calamares fertig und nahm sich nun einen Berg von Pasta mit Shrimps vor. »Lest *Anna Karenina.*« Dmitri redet gern von großen russischen Schriftstellern, zieht persönlich aber romantische Paperbacks vor. Die glücklichen Ausgänge lassen ihn hoffen.

»Anna Karenina« – er schnalzte mit den Lippen – »sie definiert Leidenschaft!« Die Wodkaflasche war halb leer.

Ich hörte auf, Wein zu trinken. Irgendwer musste ja noch nach Hause fahren. »Bud hat geglaubt, Polly wäre ermordet worden.«

Jim schüttelte den Kopf. »Das Gerücht ist aufgekommen, weil sie den Abschiedsbrief nicht gleich gefunden haben. Und es hat genug Leute gegeben, die begeistert gewesen wären, Polly für ein Jahr oder zwei unter Wasser zu drücken. Mich eingeschlossen. Bud hat angefangen, das Gerücht zu glauben. Es war einfacher, als sich damit auseinander zu setzen, dass Polly sich selbst das Leben genommen hat. Glaubt nicht an diese Mordgeschichte.«

»Ich kann nicht glauben, dass Bud Selbstmord begangen hat.«

»Mir gefällt es auch nicht«, sagte Jim. »Ich habe mich als seinen Freund betrachtet. Ich würde gern glauben, ich hätte etwas derart Übles vorher gemerkt. Im Aktiengeschäft konnte ich sagen, wenn der Wind umschlägt, bevor er auch nur aufgekommen war.«

»Leute sind keine Aktien.« Wodka inspiriert Dmitri zu tiefsinnigen Feststellungen.

»Vielleicht ist er ja gar nicht tot«, sagte ich. Ich selbst hatte auch schon klarer gedacht.

»Das ist auch so ein Gerücht« – Jim stützte die Ellenbogen auf den Tisch, »dass er absichtlich verschwunden ist.«

»Warum sollte er?«

»Ich weiß nicht. Das Feuer in seinem Haus? Steve sagt, der Brandmeister ist sich ziemlich sicher, dass es absichtlich gelegt wurde. Davon weiß Laurie vorläufig noch nichts. Eine langsam brennende Kerze in einer Plastikwanne mit Benzin.«

Dmitri wackelte mit dem Finger. »Werk von Amateur. Benzin sehr gefährlich. Dämpfe stark. Kann unter Nase von Brandstifter explodieren.«

»Er muss gewusst haben, was er tut«, sagte Jim. »Sie haben geschmolzenes Plastik in der Nähe der offenen Ofentür gefunden. Wenn die Kerze aus irgendeinem Grund ausgegangen wäre, hätten die Dämpfe die Zündflamme erreicht, und es wäre immer noch ein Feuer ausgebrochen. Der einzige Grund, warum nicht alles in Flammen aufgegangen ist, war, dass jemand es früh genug gemerkt hat. Ein paar von den Einheimischen glauben, Bud hätte sein eigenes Haus angezündet und wäre dann abgehauen.«

»Warum sollte er?«, fragte ich.

»Braucht keinen speziellen Grund, würde ich sagen. Die Einheimischen denken, unsere Denkfähigkeit steht in einem umgekehrt proportionalen Verhältnis zu dem Geld, das wir verdienen.« Jim lächelte.

Irgendwas muss in meinem Gesicht vorgegangen sein. Auf der Heimfahrt zu The Pynes begann Dmitri zu predigen.

»Altes russisches Sprichwort sagt ›Dritte Person ist Licht im Schlafzimmer‹. Auch wenn dritte Person nur im Kopf.«

»Was liest du gerade? *Flamme des Herzens* oder *Lodernde Leidenschaft*?«

»Tschechow. *Onkel Wanja.* Auf Englisch.« Er schniefte. Ich biss nicht an. »Alle unglücklich wegen Sex.«

»Ich habe Jim in keiner wie auch immer gearteten Form mit ins Schlafzimmer genommen!«

»Vielleicht Zeit, dass du's tust. Gibt auch gutes italienisches Sprichwort.«

Dmitri hatte ein Jahr in Ostia verbracht, einer Küstenstadt südlich von Rom, wo emigrierende Russen sich sammeln, während sie auf ihre Visa nach Kanada, den Vereinigten Staaten und Israel warten. Der italienische Hintergrund hatte unsere Freundschaft gestärkt.

»Ich kenne das Sprichwort, das du meinst. ›Vergewissere dich, dass es kein Salzwasser ist, bevor du deinen Durst stillst.‹«

»›Liebe ist wie der Mond: Wenn sie nicht wächst, dann schwindet sie.‹«

9

Am nächsten Morgen, dem Montagmorgen, kam der Verkehr auf dem Long Island Expressway zum Stillstand. Plötzlich wieder aufflammende Brände in den Pine Barrens hatten die Feuerwehrleute in Scharen zurückgeholt. Der Fahrer des Jitney-Busses drehte das Radio auf volle Lautstärke. Wir erfuhren, dass die Regierung versprochen hatte, C-130-Tankerflugzeuge zu schicken, von denen jedes fünftausend Gallonen Wasser transportieren konnte. Ich umklammerte den Bagel, den die Busgesellschaft zusammen mit der *New York Times* ausgibt, und sah zu, wie Sprühflugzeuge und Hubschrauber durch den Rauch schossen. Sie sahen aus wie Spielzeugflugzeuge und zogen Wassereimerchen hinter sich her, die neben Sandburgen weniger fehl am Platz gewesen wären. Im Radio wurde angekündigt, dass man vor Ort um Verpflegung für die Feuerwehrleute bat.

Ich ließ den Bagel los und studierte die Zeitung. Bud Warrens Verschwinden wurde nirgends erwähnt.

Am Mittag war ich endlich in New York und zu Hause. Im viel zu heißen Keller stopfte ich schmutzige Kleidung, einschließlich Dmitris, in eine der beiden Gemeinschaftswaschmaschinen. Mir fehlte ein Vierteldollar zu den erforderlichen $1.50, also musste ich wieder hinaufrennen, mir die Münze aus Willys Glas leihen, wieder hinunterklettern und auf den Knopf drücken, nur um festzustellen, dass ich das Waschmittel vergessen hatte. Wieder oben in der Wohnung, stellte ich fest, dass Stan den letzten Rest verbraucht hatte. Er hatte mir sogar einen sorgfältig in Druckbuchstaben geschriebenen Klebezettel hinterlassen, dort, wo es am wahrscheinlichsten war, dass ich ihn sehen würde: auf dem Glas mit sonnengetrockneten Tomaten im Kühlschrank.

Ich ließ die Wäsche Wäsche sein, rief Buds Agentur WSK an und ließ mich zu Kennellys Sekretärin durchstellen. Ich stellte mich vor, erwähnte meine eigene Agentur, um dem Namen ein bisschen Nachdruck zu verleihen, und bat um einen Termin mit ihrem Boss – es sei wichtig.

»Worum geht es?«, fragte sie vorsichtig.

»Um einen Todesfall«, sagte ich.

»Was für ein Todesfall?«, quiekte eine männliche Stimme dazwischen. Lester Kennelly hatte den Hörer abgenommen. Todesfälle funktionieren immer.

»Möglicherweise Bud Warrens.« Ich verließ mich darauf, dass er es noch nicht wusste. Jim Molton hatte weder ihn noch seine Frau erreichen können.

»Wovon reden Sie? Bud Warren müsste in einer Dreiviertelstunde hier sein.«

»Dreiviertelstunde? Ich komme vorbei.«

Ich legte auf. Werbeleute reagieren auf plötzliche Gelegenheiten schnell, nicht rücksichtsvoll. Ich duschte und schlüpfte in meine Konferenzkluft, ein graues DKNY-Baumwollkostüm, das förmlich »aufstrebender Werbeprofi« brüllte. Ich milderte die Hamptonbräune mit etwas Puder, zog die Augen nach, verzichtete auf Lippenstift, um den Ernst der Lage zu betonen, und stürzte zur Tür. Das Telefon klingelte.

Dmitri. Er hatte den Morgen damit verbracht, den Strand nach dem Mann abzugrasen, der seinerzeit Pollys Leiche gefunden hatte – Dodo. Keinerlei Erfolg. Und keine Nachricht von Bud. »Dein Cottage wir können haben für eine

Woche, wenn wir versprechen, keine Zigarette anzuzünden.« Die ursprünglichen Nachmieter hatten es sich angesichts der erneuten Brände anders überlegt. The Pynes war wie ganz Springs dicht bewaldet. Und nichts wies auf Regen hin.

»Fünfhundert Dollar Untermiete für Woche«, sagte Dmitri. Das war die Hälfte dessen, was Stan und ich gezahlt hatten, und die Hälfte von Buds Scheck. Dmitri war dafür, am Strand zu schlafen.

»Wir nehmen es. Wir machen das nicht wegen dem Geld.«

»Dann warum?«

»Wir erfüllen einen letzten Wunsch.«

»Wenn er am Leben, kriegen wir mehr Geld. Ich brauche Geld. Ich will wieder nach Moskau zurückgehen.«

»Du warst im Mai erst dort.« Er flog einmal im Jahr hin, um Haar aufzukaufen, das er hier drüben an Perückenmacher verkaufte. Russisches Haar, gerade das helle, brachte gutes Geld.

»Pavel hatte seine Frau an Rotes Meer mitgenommen«, sagte Dmitri kauend – wahrscheinlich an einem weiteren Dreesen-Donut. »Ich sie nicht gesehen.« Pavels Frau war Dmitris große Liebe. Sie erwiderte seine Gefühle. Es war ausschließlich platonisch, wie er mir versicherte. Pavel war sein Bruder. Er würde niemals seinen Bruder hintergehen. »Ich glaube, Pavel hat Verdacht.«

»Bete einfach darum, dass Bud noch lebt. Wir nehmen das Haus. Ich muss los. Ich rufe dich später zurück.« Ich wollte gerade auflegen.

»Willy angerufen.«

Das ließ mich innehalten. »Alles in Ordnung?«

»Abholen von Fuß von Mount Jefferson. Ich zugesagt.«

»Yeah, in Ordnung. Was hat er gesagt?«

Willy hatte mich in den zwei Jahren, die ich ihn jetzt kannte, vielleicht fünfmal angerufen.

»Er will, dass du weißt, Stan redet über dich viel.«

»Phantastisch. Was genau? Sie meckert dauernd? Sie ist meine große Liebe?« Mein Finger strich durch den Staub auf dem Fensterbrett. »Sie ist die übelste Hausfrau, mit der ich je zusammengelebt habe?«

»Redet viel über deine gute Küche.«

»Richtig. Die Pastakönigin. Die leben gerade aus Büchsen.«

Dmitri atmete laut. Er liebt Dramatik. »Willy besorgt wegen euch beiden.«

Willys Besorgnis rührte mich. Vielleicht bekam er etwas aus seinem Vater heraus. »Hat er dir eine Nummer gegeben?«

»Sie steigen auf Mount Adams.«

»Danke. Ich ruf dich an, wenn ich weiß, wann ich zurückkomme.«

»Rebecca Borschtsch geliebt, geliebt!«, schrie Dmitri, gerade als ich den Hörer auflegte.

WSK lag an der Hudson Street in der oberen Hälfte eines sechsstöckigen, aus gelben Ziegeln errichteten Fabrikgebäudes aus den Zwanzigern. Die breiten Doppelfenster gingen auf der einen Seite auf den Hudson River, auf der anderen auf den ummauerten Garten von St. Luke's hinaus. Drei Blocks weiter südlich hatte einmal Saatchi & Saatchi Advertising Hof gehalten. Als interne Querelen und Missmanagement Saatchis Niedergang einläuteten, ging auf der Madison Avenue der Witz um, Kennelly habe sich damit gebrüstet, Gott für eine Kampagne gewonnen zu haben, mit der der Lauf der Sonne geändert und S&S in WSKs Schatten gebracht werden sollte. WSK war eine bedeutende Agentur, aber ganz so groß wie Kennellys Ego war sie nicht.

Von seinem Ego wusste ich nicht viel, aber der Mann hatte den Umfang und die Energie eines Linebacker. Er war mindestens zehn Jahre jünger als Bud, mit einem großen, zerfurchten Gesicht, das überraschend freundlich aussah. Sein Haar war kurz geschnitten und graublond. Bud war der kreative Kopf, Kennelly der Geschäftsmann des Hauses. Ich fragte mich, wie sie miteinander ausgekommen waren. Bei meiner eigenen Agentur, HH&H, flogen täglich die Fetzen zwischen Buchhaltung und Kunst.

»Ich hab Laurie angerufen.« Lester Kennelly setzte sich in einen Donghia-Sessel an einem Ende des riesigen Zimmers. Ich ließ mich auf das weicher aussehende Sofa fallen. Einrichtungsthema war die Kraft der Farbe. Ein blauer Teppichboden, ein zitronengelber Schreibtisch von der Form einer Elsa-Peretti-Bohne. Das Sechssitzersofa, auf dem ich saß, war selleriegrün. Lester Kennelly saß auf Fuchsia. Schwarze, ultramoderne Fußbodenlampen. Ein stromlinienförmiges Möbel aus hellem Holz für Fernseher und Videorecorder. Das einzige Stück Kunst an den Wänden war ein leuchtend blauer Pool von David Hockney.

»Sie wollte nicht ans Telefon kommen«, sagte er. »Was ist eigentlich los?« Kennelly wusste mittlerweile also Bescheid. Man bleibt nicht Chef einer landesweit renommierten Werbeagentur, ohne seine Informationsquellen zu haben. Außerdem hatte er selbst ein Haus in East Hampton, in der noblen Lily Pond Lane, wo die Telefon- und Stromleitungen so tief vergraben sind wie die Taschen der Eigentümer. Nachdem ich ihn auf die Spur gebracht hatte, hatte er Leute gehabt, die er anrufen konnte.

Er schätzte mich ab, versuchte herauszufinden, was ich mit alldem zu tun hatte.

Ich erwähnte, ich sei eine Freundin von Bud, womit ich

etwas übertrieb, und erzählte ihm, was Jim mir erzählt hatte, einschließlich der Brandstiftung in Buds Haus.

Kennelly drückte einen Knopf auf dem neben ihm stehenden Telefon. »Charlene, Buds neue Sportkampagne hat sich wahrscheinlich gerade in Luft aufgelöst. Sag der kreativen Abteilung Bescheid.« Er wandte sich mit einem freundlichen Lächeln wieder mir zu.

»Eine Kampagne für Sport4Life?« Die Firma war WSKs wichtigster Kunde.

»Neue Produktkampagne. Das Probestück ist Freitag reingekommen. Der Kunde hat für morgen mit unserem Angebot gerechnet. Bud hatte eine neue Idee, an der er übers Wochenende arbeiten wollte.« Kennelly trommelte mit den Fingern auf seine teuren hellbraunen Hosen. Unter dem passenden Jackett trug er ein blaues Oxfordhemd und eine Nicole-Miller-Krawatte mit Segelbooten darauf. »Brandstiftung ist schwer vorzustellen.« Seine Augen richteten sich auf den David-Hockney-Pool hinter seinem Schreibtisch. »Hat sein Herz ihn schließlich doch erwischt?«

»Das hartnäckigere Gerücht sagt, es war Selbstmord.« Ich verschränkte die Arme fest. Es war kalt genug in seinem Büro, dass man sich nach der Straße draußen sehnen konnte, wo die Temperatur inzwischen wieder bei siebenunddreißig Grad lag. »Wegen der Rettungsweste.«

»Vielleicht hat er sie ausgezogen, weil er schwimmen wollte.«

»Nicht sehr wahrscheinlich. Das Boot wäre abgetrieben. Es tut mir Leid, dass Sie die Nachricht von einem völlig fremden Menschen bekommen. Jim Molton hat gestern Abend versucht, Sie oder Ihre Frau zu erreichen. In East Hampton und hier in der Stadt. Ich weiß nicht, warum er heute Morgen nicht wieder angerufen hat.« In Wirklichkeit wusste ich es recht gut. Jim schlief gern aus. Er hatte behauptet, das sei einer der Gründe, weshalb er sich aus dem Aktiengeschäft zurückgezogen hatte.

»Ich überwache meine Anrufe. Jim Molton hat nichts von einem Notfall gesagt.«

»Ich hatte gehofft, Sie bei dem Barbecue zu treffen.« Was nicht stimmte. Ein Generaldirektor in meinem Leben reicht mir, und das ist mein Chef. Aber ich hatte Kennelly am Samstagmorgen am Amagansett Market gesehen, wo er mit dem Rest der Sommergäste zwischen Rosen und riesigen Hibiskussträuchern nach Frühstück anstand. Ich war neugierig, weshalb er bei dem Barbecue nicht aufgetaucht war. Rebecca hatte es ein geheiligtes jährliches Ritual des Warren-Pynes-Clans genannt. Außerdem hatte die Party am Jahrestag von Polly Pynes' Tod stattgefunden. Ein Freund hätte eigentlich kommen sollen.

»Meine Frau war da, obwohl sie nicht lang geblieben ist. Amanda verbringt den ganzen Sommer da draußen und mag Partys nur, wenn sie Geld für eine gute Sache sammeln. Bud hat das gehasst. ›Reiche Leute Arsch an Arsch mit noch reicheren Leuten‹ – das war seine Beschreibung. Ich weiß nicht recht, was daran so schlimm sein soll. Sie bringen eine Menge Geld.« Kennelly stand auf, ging hinter seinen Schreibtisch. »Samstagabend musste ich die Marketingstrategien für Sport4Life durchgehen. So gegen zehn Uhr, als ich im Radio von dem Feuer in den Pine Barrens gehört habe, habe ich zusammengepackt und bin schlafen gegangen. Ich bin früh am Sonntagmorgen in die Stadt zurückgefahren. Ich konnte nicht riskieren, in den Hamptons festzusitzen.« Er fischte in einer Schublade herum. »Jetzt wünsche ich mir natürlich, ich wäre zu dem Barbecue gegangen.«

Kennelly warf mir ein Foto zu. Er zielte phantastisch. Das Bild landete in meinem Schoß. Drei Männer – Bud und Lester Kennelly in jüngeren Jahren, dazu ein dritter Mann mit beginnender Glatze, der eine Clio hochhielt, einen Preis, der für die besten Fernsehwerbespots verliehen wird. Sie standen auf einem Segelboot.

»Unsere erste Auszeichnung, für Grin-Zahnpasta.«

Kennelly ließ sich wieder in seinen rosa Sessel fallen; die Emotion war ein fernes Licht in einem staubigen Korridor seiner Augen. »Bud war der Beste. Ich hatte ein elendes Glück, ihn zu kriegen. Er hatte sich eine Menge Lorbeeren verdient bei Doyle Dane Bernbach, aber die Firma hatte ihre besten Tage hinter sich. Das war 1976. Bob Shepard und ich haben beide in der Buchhaltung bei Ogilvy & Mather gearbeitet, und wir hatten absolut keine Chance. Eines Tages haben Bob und ich in unserem üblichen Café an der Forty-Sixth Street zu Mittag gegessen und auf einer Serviette Pläne notiert, wie wir uns selbstständig machen könnten. Da kommt Bud rein, ein Mann, der jeden Tag im Four Seasons hätte essen können. Geld hat ihm nie viel bedeutet, was ziemlich entnervend sein kann, wenn man versucht, eine Firma zu leiten.« Er strich sich mit der Hand über sein glatt rasiertes Grübchenkinn.

»Wir hatten seit einem Jahr manchmal gleichzeitig in diesem Café gegessen. Aber an diesem Tag hat er uns gegrüßt. Zum ersten Mal. Er hat an der Theke gesessen, hat Kaffee bestellt, dann hat er sich umgesehen und uns gefragt, ob wir uns dazusetzen wollen.«

Die rote Thermosflasche. Ich fragte mich, ob jemand sie gefunden hatte. Thermosflaschen schwimmen oben. Leichen auch, irgendwann.

»Eine Woche später hab ich ihn in East Hampton getroffen.« Die Sprechanlage summte. Kennelly drückte auf den Knopf. »Ja, Charlene?«

»Mrs. Kennelly ist auf Apparat eins.«

»Ich rufe sie zurück.«

»Sie hat's gerade erfahren. Sie ist ziemlich aufgeregt.«

»Ich rufe sie zurück.« Er nahm den Finger vom Knopf. »Wo war ich?« Sein Ton war unverändert.

Bezaubernde Ehe. Vielleicht hatte ich mit Stan wirklich keinen Grund zur Klage. »Sie sind Bud in East Hampton begegnet.«

»Richtig.« Sein Gesichtsausdruck wurde weicher; es war unverkennbar eine angenehme Erinnerung. »Wir waren beide im Iacono's und haben Hühnchen für unsere Frauen gekauft. Sie sollten die Hühnchen in dem Laden probieren. Freilandhaltung, unübertroffen. Zwei Pantoffelhelden. Das war zu einer Zeit, als noch alles in Ordnung damit war, von der Ehefrau zu erwarten, dass sie die Einkäufe erledigt. Jedenfalls haben wir beide angefangen zu lachen. Und da ist mir der Kronleuchter aufgegangen«, sagte Kennelly. »Wir drei – Warren, Shepard und Kennelly. Ich habe ein halbes Jahr gebraucht, um Bud zu überzeugen. Die Idee hat ihm gefallen, aber er wollte Bill Bernbach nicht im Stich lassen.«

Für einen viel beschäftigten Mann hatte Lester Kennelly erstaunlich viel Zeit für seine Erinnerungen.

»Wir haben jeweils sechzigtausend investiert. Am Ende unseres ersten Jahres haben wir alle Gehälter von dreißigtausend bezogen. Nicht viel, nicht mal damals, aber wir hatten das Sagen. Und sehen Sie uns jetzt an.« Seine Augen hefteten sich wieder auf den Hockney-Pool, ein Gemälde, das weit über eine Million Dollar gekostet haben musste. »Wir waren ein tolles Team.«

»Gibt es irgendeinen Grund, weshalb Bud hätte verschwinden wollen?«

»Die Firma ist drauf und dran, ihren bisher größten Vertrag zu unterzeichnen.«

»Sie haben aber gerade gesagt, Bud lag nicht viel am Geld.«

Ein kleines Stirnrunzeln. »An der Agentur hat ihm gelegen.«

»Der Zusammenschluss mit Chass/Dayton?«

Er warf einen Blick auf die Uhr, eine von diesen Tag-Heuer-Unterwassermaschinen mit genug Knöpfen dran, um ein Raumschiff zu starten. »Das ist nichts als ein übles Gerücht, genau wie Buds Selbstmord. Wenn Sie eine Freundin von Bud sind, wie kommt es dann, dass ich Sie nicht kenne?«

»Ich bin neu. Am Samstagabend bei dem Barbecue hat Bud Warren meinem Partner einen Vorschuss von tausend Dollar gezahlt. Beim Kaffee am Sonntagmorgen hat er mich gebeten, den Tod seiner Frau zu untersuchen.« Ich entfaltete den Scheck, den ich einzureichen vorhatte, sobald ich WSK wieder verließ. *Ti prego, Dio*, lass nicht zu, dass der Mann jetzt nach meiner Zulassung als Privatdetektivin fragt. »Dieses Stück Papier ist kein besonders überzeugender Abschiedsbrief für einen Selbstmörder.«

»Sie glauben also, er hat seinen eigenen Tod inszeniert?«

Ich atmete aus. »Es wäre nicht das erste Mal, dass jemand das tut.«

»Er hatte keinen Grund dafür. Jede Menge Geld. Sein Gesundheitszustand hat sich gebessert. Er war der einzige kreative Kopf in Manhattan, vielleicht auf der ganzen Welt, der einen Vollzeitjob auf die Entfernung gemacht hat.«

»Mit Fax und Computer ist das nicht so schwer.«

»Führungsqualitäten kann man nicht per E-Mail vermitteln.« Kennelly reckte seinen dicken Hals. »Bud hatte keinen Grund, aus diesem Leben zu scheiden, auf welche Art auch immer.«

»Er hat geglaubt, seine Frau wäre ermordet worden.«

Kennelly wirkte nicht überrascht.

»Glauben Sie das auch?«

Er warf einen weiteren Blick auf die Uhr. »Da muss ich mich auf mein Zeugnisverweigerungsrecht berufen. Bud ist mein Partner.« Er stand auf – ein deutlicher Hinweis darauf, dass die Unterhaltung zu Ende war.

»Er hat drei Detektive angestellt, um ihren Tod zu untersuchen«, sagte ich, als ich ihm zur Tür folgte, »aber die Papiere sind wahrscheinlich verbrannt. Haben Sie die Namen?«

»Natürlich. Die Agentur hat sie bezahlt. Charlene kann sie für Sie raussuchen.« Er öffnete die Tür und gab seiner Sekretärin Anweisungen. Eine knochige, breitschultrige Frau mit Haaren rot wie eine Clownsperücke und mit Fäusten anstelle von Wangenknochen legte mit einem hörbaren Seufzer einen Stoß Papier zur Seite und erhob sich auf Zwölf-Zentimeter-Absätzen.

»Danke.«

Kennelly lächelte. Wir gaben uns die Hand. Seine war warm. Ich wartete, bis Charlene ihren Schreibtisch verlassen hatte, und sagte dann: »Bud war mit den Ergebnissen, die diese Detektive ihm gebracht haben, nicht zufrieden.«

»Ich auch nicht.«

»Warum?«

»Ich habe den Eindruck, der einzige Mensch, der Polly hätte ermorden können, war Bud.«

10

Ich ging quer durch das Büro und suchte nach Charlene. Ich kam an fensterlosen Kabinen vorbei, in denen gehetzte Anzeigenvertreter in Hemdsärmeln saßen, die Telefonhörer am Ohr und die Jacken über den Stuhllehnen. Sie aßen koreanischen Fertiglunch aus durchsichtigen Plastikbehältern, den Blick auf die neuesten Marktforschungsergebnisse gerichtet, während sie gleichzeitig am Telefon ihre Kunden umwarben.

Gerahmte Belegblätter erfolgreicher Werbekampagnen hingen wie Trophäen an den Gangwänden. Sly Stallone schwebte zum Beispiel an einem roten Seil in der Luft: *Sport4Life Saves Your Life.* Ein makelloses blondes Paar schlief auf einer Matratze, während weltbekannte Kunstwerke über die beiden hinwegzogen: *Sleeping Is a Fine Art on Magic Mattress.* Grin-Zahnpasta, Fingerfast-Computer. Und so weiter und so fort.

Ich trieb Charlene am anderen Ende des Büros auf, in einem fensterlosen Raum neben der Damentoilette. Sie war umgeben von metallenen Aktenschränken. In einer Ecke hing ein gedruckter Zettel über dem Kopiergerät: KEIN KOPIEREN VON KÖRPERTEILEN, BITTE. Ich versuchte nicht darüber nachzudenken, was das bedeuten mochte, und gestattete meinen Augen, sich anhand des neuen Farbschemas zu erholen. Grau in Grau, dankenswerterweise. Außer Charlene selbst mit ihrem clownsroten

Haar und dem violettgrünen Kostüm natürlich, das zu dem Kraft-durch-Farbe-Thema von Kennellys Büro passte. Ich schätzte sie auf Mitte vierzig.

»Bud tot?«, fragte Charlene. Sie klang nach Long Island oder New Jersey. Ich als Italienerin kann die beiden Akzente immer noch nicht auseinander halten.

»Es ist durchaus möglich«, sagte ich.

Charlene schloss die Schublade mit dem Buchstaben P auf. »Er war ein netter Kerl.« Der Interesseanzeiger blieb unten.

»Haben Sie seine Frau gekannt?«

»Nette Kerle sind solche Idioten.«

»Sie haben sie nicht gemocht?«

»Ich hab sie zu den P-Akten gesteckt. P wie Polly Pynes, Partner und Pest an den Hals.« Charlenes Finger marschierten über die Akten in der voll gestopften Schublade. Ihre Nägel waren rot wie getrocknetes Blut. Der Lippenstift passte dazu.

»Inwiefern war Mrs. Pynes unangenehm?«

»Sie hat der kreativen Abteilung dazwischengefunkt. Wenn eine Anzeige in den Zeitschriften erschienen ist, die sie nicht mochte, hat sie aller Welt erzählt, wie grässlich die wäre.« Sie lehnte sich mit einer gut gepolsterten Hüfte an den Aktenschrank. »Mrs. Kennelly, die ist richtig süß. Ich habe für Bud gearbeitet, und wenn seine Frau angerufen hat, hieß es immer ›Meinen Mann bitte‹, als wäre der irgendwas, das ich ihr mit Pickles und Krautsalat hätte servieren sollen. Wenn Mrs. Kennelly anruft, geht das so – ›Hallo Charlene, wie war das Wochenende? Alles Gute zum Geburtstag, Charlene, mein Mann bringt ein Geschenk für dich mit. Wenn's dir nicht gefällt, tausch es einfach um.‹ Und das von einer viel beschäftigten Rechtsanwältin.« Charlene wandte eine Wange zur Decke, um mir die silberne Elsa-Peretti-Bohne zu zeigen, die sie am Ohr trug. »Weihnachtsgeschenk. Warum fragen Sie nach Polly?«

»Bud hat mich angestellt, damit ich den Tod seiner Frau untersuche.«

»Was, im Ernst?« Charlene warf einen weiteren Blick in die Schublade und beäugte mich interessiert. »Sie sehen nicht tough genug aus für eine Detektivin.«

»Auf die Verpackung sollte man sich nie verlassen.«

Sie schlug sich vor die Stirn. »Ich arbeite in der Werbebranche. Das müsste ich wirklich wissen.«

»Manche Leute glauben, Bud hätte sie umgebracht.«

Charlene machte sich wieder auf die Suche nach der Akte. »Ich hätte ja einen Profikiller angeheuert, aber Bud war ein Softie. Er hat den Tod seiner Frau wirklich nicht verkraftet.« Sie schob die Lippen vor. »Wo zum Teufel ist eigentlich diese Akte? Ah, da ist sie ja. Falsch abgelegt.« Sie zog eine dünne Akte heraus und schrappte auf ihren Absätzen zum Kopiergerät hinüber.

»Wer hat sonst noch den Schlüssel zu den Aktenschränken?«, fragte ich, als Charlene ihn wieder einsteckte.

»Was hat das mit Polly Pynes zu tun?«

»Ihre Akte war am falschen Ort, und Sie sehen aus wie der Typ, der richtig ablegt.«

Sie runzelte die Stirn. »Yeah, in so was bin ich gut. Nur dass es hier ziemlich hektisch hergegangen ist, und ich bin total ausgebrannt.« Sie lehnte sich mit einem Ellenbogen auf das Kopiergerät und seufzte wieder. »Dieses ganze Womens-Lib-Zeug wird überschätzt.«

»Die Ehe aber auch. Wer hat außer Ihnen noch die Schlüssel?«

»Die Partner, Lester und Bud.«

»Was ist aus Bob Shepard geworden, dem dritten Partner?«

»Er hat seine Anteile letztes Jahr zurückgegeben. Jetzt lebt er in der Karibik.« Sie warf mir einen Würden-wir-das-nicht-alle-gern-Blick zu.

»Da unten ist es noch heißer«, erinnerte ich. »Außerdem haben sie Hurrikane dort.«

»Hier im Büro haben wir auch gerade einen.«

»Buds Verschwinden?«

»Das auch.«

»Der Chass/Dayton-Zusammenschluss ist wieder aktuell?«

»Nie von denen gehört.« Sie blinzelte mir zu.

Ich hatte Recht gehabt! Ich konnte es kaum erwarten, Gregory in meinem Büro davon zu erzählen. Das Stück Klatsch würde mir mindestens zwei Stücke Peperonipizza einbringen und alle Welt veranlassen, ihre Lebensläufe auf Vordermann zu bringen. Ein Firmenzusammenschluss bedeutete, dass eine Menge Leute sich nach neuen Jobs umsehen würden. Meinem vielleicht.

»Haben Sie Akten über die Ehefrauen aller Partner?«, fragte ich.

»Es ist nichts, das irgendwen interessieren würde. Ich muss sie selbst verlegt haben. Ich bin auch bloß ein Mensch, wissen Sie.« Ich spähte in die offene Schublade. Lesters und Buds Akten waren so dick wie einer von Dmitris Liebesromanen. Mrs. Kennellys ebenfalls.

»Was ist denn drin?«

»Sie wissen schon. Ihre Geburtstage. Was für Blumen sie mögen. Solches Zeug eben.«

Und die vollständige Dokumentation all der kleinen Extras, die als Werbungskosten verkleidet wurden. Der Designer für die Wohnungsgestaltung, der Kurztrip nach London zu einem Essen mit einem Kunden, an den dann noch zehn Tage in Schottland angehängt werden, die Kleider, die man der Stellung des Gatten schuldig ist, et cetera pp. Das Übliche eben. Nach Pollys dünner Akte zu urteilen hatte sie nicht viele Extras bekommen – oder gewollt.

Charlene nahm drei Quittungen aus der Akte, faltete sie so zusammen, dass nur noch die Namen und Adressen zu sehen waren, gab eine Zahl ins Kontrollfeld des Kopierers ein und drückte auf den Knopf. Irgendeinem unseligen Kunden würden für diese Kopien fünfundsiebzig Cent in Rechnung gestellt werden. Am Ende des Jahres kommt auf diese Weise einiges zusammen.

»Einer von diesen Typen ist tot«, sagte sie, während sie mir die Kopien gab. »Ungefähr einen Monat, nachdem er sein Geld gekriegt hatte, hab ich's in der Zeitung gelesen. Er war mit der Kamera hinter irgendeiner reichen Frau und ihrem Liebhaber her. Sie hat ihn genau zwischen die Augen geschossen. Passen Sie besser auf.«

»Welcher ist denn tot?«

»Dan Hartman.«

Damit blieben noch Richard Knight und James McCreedy übrig.

11

Im Wissen um die Hundertschaften hungriger Feuerwehrleute auf Long Island ging ich ins Balducci's an der Ecke Sixth Avenue/Ninth Street. Es ist wie ein überfülltes Stück Italien, voll gestopft mit allem, was mein Heimatland an Nahrungsmitteln anzubieten hat. Ich riss mir in der Delikatessenabteilung eine Nummer ab und wartete. Vier Jahre meines Lebens in New York hatte ich nur einen halben Block von hier entfernt verbracht. Ich war todunglücklich, glücklich, einsam und manchmal ekstatisch gewesen, allein zu sein. Im vergangenen Oktober war ich in die Seventy-Seventh Street zu Stan gezogen. Die Upper West Side hat ihrerseits wunderbare Lebensmittelläden – Zabar's, Fairway und Citarella liegen allesamt in ein und demselben Block und auch noch auf ein und derselben Seite der Straße –, aber meine Amerikabeine waren mir in Greenwich Village gewachsen und bei den täglichen Ausflügen zu Balducci's.

Ich kaufte zehn softballgroße Mozzarellakugeln, drei Pfund Prosciutto, ein halbes Pfund Arugula und acht Laibe frisch aufgeschnittenes Semolinabrot. Ein nicht unerheblicher Teil meiner Hälfte von Buds Scheck – den ich immer noch einreichen musste – war damit verschwunden.

Ich ließ vier Taxis vorbeifahren, bevor ich eins mit einer Klimaanlage fand. Die WSK-Unterkühlung hatte sich längst verflüchtigt. In der Upper West Side ließ ich das Taxi mit meiner gesamten Balducci-Beute warten, während ich

Waschmittel und Frischhaltefolie kaufte und dann auf der anderen Straßenseite Buds Scheck einreichte. Zu Hause stellte ich die Taschen im Vorraum ab und ging mit dem Waschmittel hinunter in den Keller. In der Wohnung schaltete ich die Küchenlüftungsanlage ein, schälte mich aus meinem schlaffen DKNY-Kostüm, ließ die Jalousien herunter und ging zum Kühlschrank, um die sonnengetrockneten Tomaten aus dem Öl zu fischen. Ich leckte mir die Finger und rief Dmitri an. Bud war immer noch nicht gefunden worden. Das Feuer in den Pine Barrens breitete sich weiter aus. Ich ließ den größten Teil des Öls von Küchentüchern aufsaugen, während ich zuhörte. Er hatte Dodo schlafend in einem für die Jagd getarnten Boot angetroffen.

»Ich überlasse ihn dir. Er redet komisch. Was bedeutet ›kaiserliche Kinkerlitzchen‹?«

»Gib den Tschechow auf und versuch es mal mit Carroll.« Ich biss in eine dunkle, runzlige Tomate und fühlte mich augenblicklich eins mit allem Glück der Welt. »Finde raus, ob die Thermosflasche, die Bud gestern bei sich hatte, aufgetaucht ist. Sie ist rot, und der Becher hat einen angeschlagenen Rand.«

»Wichtig?«

»Ich weiß nicht. Die Weste haben sie gefunden. Das Boot haben sie gefunden. Wo ist die Thermosflasche?«

»Wo ist Bud?«

»Ich fürchte, der taucht noch viel zu früh wieder auf.« Ich ließ mir eine weitere sonnengetrocknete Tomate in den Rachen fallen und erzählte Dmitri von meiner Begegnung mit Kennelly. »Freundlich. Schwelgt in Erinnerungen. Ist das mit dem Cottage geregelt?«

»Ich Sonderpreis ausgehandelt. Dreihundert Dollar die Woche. Du sparst zweihundert.«

»*Ich* spare?« Dmitri ist ein Meister der kreativen Mathematik. Als Italienerin bin ich an derlei gewöhnt. »Wir sind Partner. Wir zahlen und sparen das Gleiche.«

»Ich schlafe am Strand. Raf angerufen, nach Stan gefragt. Und Jim auch angerufen.«

»Was hatte Jim zu sagen?«

»Er will dich heut Abend zum Essen ausführen. Nick & Toni's, ich ihm habe gesagt.«

»Dmitri! Er hat selbst ein Restaurant!«

»Ich weiß. Jim's Pit. Aber Jim will dich ausführen überallhin. Hamptons-Extravaganza! Er mich nicht eingeladen, also ich ihm gesagt, ich habe zu tun.«

»Ich kann nicht gehen.«

»Tschechow sagt, es ist unmoralisch, Jugend und Vitalität zu unterdrücken.«

»Was ist mit dir und Pavels Frau? Du siehst sie zweimal im Jahr, du rührst sie nicht an, du bist zweiunddreißig, und du willst nicht mal mit jemand anderem ausgehen. Ich lebe mit Stan zusammen. Ich kann nicht mit einem anderen Mann ausgehen.«

»Pavels Frau ist große Liebe meines Lebens. Ist Stan große Liebe deines Lebens?«

Ich kaute auf einem Arugulablatt herum. »Worauf willst du jetzt raus?« Es hinterließ einen bitteren Geschmack im Mund.

»Mach Rausfinden zum Teil von Nachforschungen.« Dmitri legte auf.

Nachdem ich sechs oder sieben Sandwiches gemacht hatte, rief Raf an. Er war gerade von einem Besuch bei seiner Mutter in San Juan zurückgekommen.

»Ich muss irgendwie an Stan rankommen.«

»Hast du's mit seinem Autotelefon versucht?«

»Geht nicht dran. Der ist schon auf irgendeinem Berg.« Er atmete schwer. »Ruft er dich an?«

»Aus einer von den Hütten vielleicht. Was ist los, Raf?«

»Nichts. Sag einfach, er soll anrufen, okay?«

»Komm schon, Raf. Was ist los?«

Ein langer Atemzug. »Hat Stan irgendwas gesagt?«

»Worüber?«

»Arbeit, was sonst? Alter Fall, der sich gerade klärt. Er freut sich wahnsinnig, wenn er's hört.«

»Welcher Fall?«

»Simonita! Arbeit und Privatleben sind wie Milch und Zitrone. Schmeiß sie zusammen, und sie gerinnen.« Die Stimme klang so angespannt, dass ich den Eindruck hatte, er würde mich jeden Augenblick anfahren.

»Sag mal, ist alles okay, Raf? Hat sich die Sache mit Tina gebessert?«

»Klar. Sag Stan, er soll so bald wie möglich anrufen. Es ist wichtig.« Er legte auf.

So wie er es sagte, stimmte es nicht. Ich erwog Tina anzurufen, aber das hätte mich den Rest des Nachmittags gekostet. Stattdessen versuchte ich es bei Jim McCreedy. Er hatte eine Adresse in Manhattan. Ich bekam eine Bandansage.

»Kein Anschluss unter dieser Nummer.«

Im Telefonbuch stand dieselbe Nummer. Ich machte noch mehr Sandwiches für die Feuerwehrleute und versuchte es bei Gregory, meinem einzigen echten Freund in meiner Agentur. Ich wollte ihm von Bud Warren erzählen, von dem möglichen Zusammenschluss von Chass/Dayton mit WSK. Vor allem wollte ich seine unvoreingenommenen Ratschläge bezüglich Jim. Gregorys Voicemail teilte mir mit, dass er die nächsten drei Tage nicht im Büro sein würde. Und zu Hause erklärte mir der Anrufbeantworter, er würde am Donnerstag zurückkommen. August. Ferienzeit.

Sandwiches türmten sich auf der Arbeitsplatte zu Bergen. Als mein Rücken zu schmerzen begann, setzte ich mich auf einen Hocker und versuchte es bei Richard Knight, der zwei U-Bahn-Linien und eine Dreiviertelstunde entfernt wohnte. Irgendwo mitten im überfüllten Herzen von Queens. Knight nahm nach dem ersten Klingeln ab.

Ich stellte mich vor und erklärte ihm die Sache mit Bud.

»Sie'n Privatdetektiv?« Seine Stimme hätte einen vollwertigen Ersatz für einen Scheuerschwamm abgegeben. Ich stellte mir eine halb leere Flasche Old Forester neben ihm auf dem Tisch vor und eine Luger in seinem Schulterholster.

»Eine Freundin.« Privatdetektive haben sehr wenig Verständnis für Amateure ohne Zulassung, die sich in ihren Jagdgründen versuchen. »Eine gute Freundin.«

»Meine Quellen in den Hamptons sagen, er treibt irgendwo in der Bucht.«

»Sie haben ihn noch nicht gefunden.«

»Ich würde sagen, er hat mit irgendeinem Püderchen nachgeholfen.«

»Püderchen?« Der erste Gedanke, der mir dabei kam, war eine Vision von Bud, der rasch in der Damentoilette verschwand. Manchmal geraten mir amerikanische Ausdrücke durcheinander. »Können Sie sich irgendeinen Grund vorstellen, weshalb Mr. Warren hätte verschwinden wollen?«

»Was hätte ich davon?«

»Ein spätes Mittagessen. Frühes Abendessen.« Ich war immer noch hungrig und wollte nicht die Sandwiches essen. »In Manhattan.« Außerdem wollte ich zu einer vertretbaren Zeit wieder in den Hamptons sein. Nicht zum Abendessen. Vielleicht um noch etwas zu trinken und dabei zu schwatzen. Jim kannte alle Beteiligten. »Das ist mein Angebot, Mr. Knight.«

»Plus einen C.«

»Einen … bitte?«

»Ein Hunderter!« Der Scheuerschwamm kratzte noch etwas mehr. »Und ich heiße Dick.«

»Das ist eine Menge Geld, Dick.«

»Ich sollte mehr berechnen. Sie sind die dritte Person in einem einzigen Monat, die diese Akte will.«

Ich hätte mir fast den Finger abgeschnitten. »Wer sind die anderen beiden?«

»Haben wir einen Deal?«

»Kein Essen. Und ich komme nach Queens.«

»Hören Sie, mir hämmern die Kunden jetzt schon an die Tür. Ehefrauen draußen in den Dünen mit dem Leibwächter, Ehemänner, die ihre Sekretärinnen auf dem Konferenztisch ficken. Ferienzeit ist Hochsaison für mich. Heute Nachmittag geh ich nach Southampton wegen 'ner gekidnappten Katze. Menge Geld drin. Muss Sie also später irgendwann reinquetschen.«

Ich überredete ihn, mich bis nach Southampton mitfahren zu lassen. Dmitri konnte mich dort abholen. »Wir können unterwegs reden.«

»Okay, wir treffen uns am Willets Point, das ist die Shea-Stadium-Haltestelle, wenn Sie die Sieben nehmen. Ist eine Hochstation. Ich lese Sie an der Straße auf, unten an der Treppe. Um Punkt vier Uhr.«

»Und wie erkenne ich Sie?«

»Dick Knight trägt eine Rüstung.«

Knight. Ritter. Rüstung. Ein Witzbold. Um sicherzustellen, dass wir einander nicht verfehlten, teilte ich ihm mit, was ich tragen würde. Marineblaue Hosen und eine kurzärmlige weiße Bluse. Die Sache mit den Hosen gefiel ihm, aber er sagte, ich sollte eine Jacke mitbringen. Vielleicht arbeitete er nebenher als Stilberater. Oder er fuhr ein Kabrio. Ich nahm mir vor, an Kühlakkus für die Sandwiches zu denken. Und an ein Halstuch. Das Kabrio war wahrscheinlich rot. Er hörte sich an wie die Sorte Typ, die auf Penispumpen steht.

Ich nahm einen neuen Text für den Anrufbeantworter auf. Ich machte die letzten Sandwiches. Ich bückte mich und berührte meine Zehen, um meinem Rücken etwas Gutes zu tun. Der Anblick des staubigen Fußbodens erinnerte mich an die Wäsche. Ich rannte zwei Stockwerke hinunter. Irgendein freundlicher Mitmieter hatte die nassen Sachen auf dem Tisch zwischengelagert. Ich warf sie in den Trockner. Diesmal hatte ich genug Geld mitgebracht. Ich saß auf der Kellertreppe, lehnte mich mit dem Rücken an die heiße Mauer und schwitzte.

Über einem Glas Pinot Grigio würde ich Jim dazu bringen, mir eine Kurzbiographie von Polly, Laurie und Bud zu erzählen. Weitermachen würde ich mit intelligenten und relevanten Fragen wie: »Zu welchem Zahnarzt gehen Sie? Stan könnte so ein Lächeln brauchen.« Oder: »Ist Ihre gute Laune spontaner Natur oder beruht sie auf Medikamenten? Stan könnte etwas Prozac brauchen.« Oder: »Haben Sie einen Therapeuten? Behandelt er auch Polizeibeamte?« Und dann natürlich die wichtigste Frage von allen: »Warum hätten Sie Polly Pynes gern ein Jahr lang oder auch zwei unter Wasser gedrückt?«

Was sollte ich nur im Hinblick auf Stan tun? Mir weiter Sorgen machen? Raf zurückrufen und einzelne Tropfen Information aus ihm herauspressen?

Die Stimme meiner Mutter meldete sich laut und deutlich. »*Chi rompe le uova, fa la frittata.*« Der, der die Eier zerbrochen hat, macht auch das Omelett. Sollte Stan von selbst über seine schlechte Laune hinwegkommen.

Nick & Toni's. Mamma, was sollte ich bloß anziehen?

12

Dick Knights Rüstung bestand aus schwarzem Leder. Vom Kinn bis zu den Zehen. Auf dem Kopf hatte er einen schwarzen Helm. Plastik. Ein weiterer Helm, diesmal weiß, hing am Rücksitz. Zwischen den Beinen ein dröhnendes Motorrad, glänzendes Schwarz und blinkender Chrom, lang und schnittig, kaum genug Platz für Knights breiten Hintern. Von jedem Spiegel hing schlaff ein rotes Cowboyhalstuch.

Dick klappte das Visier hoch und sah auf meine Füße hinunter. Er hatte Schielaugen. »Sie haben nichts davon gesagt, dass Sie die Möbel gleich mitbringen.« Er bezog sich lauthals auf die Tasche, in die ich einen Wochenvorrat an sauberer Kleidung gestopft hatte, und die beiden Einkaufstüten voll in Plastik eingewickelter, eisgekühlter Sandwiches.

»*Sie* haben nichts davon gesagt, dass wir auf einer Höllenmaschine unterwegs sind«, schrie ich zurück. Ich hatte das Zeug zu viele Treppen hinauf und hinunter gezerrt, um jetzt einfach aufzugeben.

»Mein Ross. Harley-Davidson Bad Boy, das Beste, was es gibt.« Er schob das Visier nach unten, stellte die Bestie ab und zerrte ein Gummiseil aus der Innentasche. Fünf Minuten später waren wir unterwegs in Richtung Long Island Expressway, die Sandwiches in die Satteltaschen gequetscht, die Tasche auf meinen Rücken geschnürt, der weiße Helm auf meinem Kopf und mein Herz in meiner Kehle. Ich hielt den Mund. Teilweise weil der Krach des Motorrads die Unterhaltung erschwerte. Hauptsächlich weil ich keine Fliegen in den Zähnen hängen haben wollte.

Nach anderthalb Stunden, die wir bei siebzig Meilen die Stunde damit verbracht hatten, von einer überfüllten Spur auf die andere zu tanzen, erreichten wir Ausfahrt Nr. 70 und Route 111. Auf der anderen Seite der Straße sah ich Grace's. Ich schlug Dick auf die Schulter und deutete hinüber.

»Ich zahl's«, schrie ich.

Die Worte waren kaum heraus, als er das Motorrad quer über die Straße zog und drei Meter vor einem grünen Bentley eine Haarnadelkurve fuhr.

»Arschloch!«, brüllte der Bentley.

»Manieren und Moneten mischen sich nicht«, verkündete Dick, während er abrupt vor einem Picknicktisch bremste. Er stellte den Motor ab. Die plötzliche Stille war ohrenbetäubend. Ich schwankte vom Sitz und lehnte mich und meine Tasche einen Augenblick lang an den Tisch.

»Sie sind neu als Beifahrer, was?«

Das rechtfertigte keine Antwort. Außerdem war ich viel zu beschäftigt damit, den Helm abzunehmen. Mein Kopf war angeschwollen. Als ich ihn endlich herunterbekam, prickelte die Luft angenehm auf meiner nassen Kopfhaut.

»Ich wette, ich hab eine Schwiele quer überm Bauch von Ihrem Arm«, sagte Dick. Er nahm mit einer einzigen mühelosen Bewegung seinen eigenen Helm ab. Ein Mann, der aussah, als sei er Ende vierzig – vielleicht jünger, wenn er es mit Drogen oder Alkohol hatte; kinnlanges graues Haar, zerdrückt von Schweiß und dem Gewicht des Helms; ein rundes, zerfurchtes Gesicht mit Pausbacken, einer eingedrückten Nase, fleischigen Lippen, kleinen staubfarbenen Augen und einem schwachen Kinn, das einen Bart hätte brauchen können.

Ich nahm meine Tasche vom Rücken und schüttelte die Jacke von den Schultern. Die Hitze war unerträglich.

»Das ganze Leder muss Sie doch umbringen«, sagte ich.

»Das ist wie eine zweite Haut.« Er rutschte von seinem Motorrad, trat den Ständer nach unten und öffnete ein paar Reißverschlüsse. Knight war zwei oder drei Zentimeter kleiner als ich, was bedeutete, dass er um die eins sechzig sein musste. »Wir essen hier draußen, wegen dem Rad, und ich will rauchen.« Er setzte sich auf die Bank, ein Bein auf jeder Seite, womit er den Tisch einer vierköpfigen Familie wegnahm, die sich gerade hatte setzen wollen. »Zwei Dogs mit Chili, Sauerkraut und Zwiebeln, Pommes und entkoffeinierte Cola.« Er hob die Hände. Sie zitterten. »Zu viel Kaffee.«

»Hier herrscht Selbstbedienung, Machomann.«

Knight zuckte die Achseln. »Muss auf Bad Boy aufpassen. Außer Sie wollen's machen. Wenn einer die Maschine anfasst, schreien Sie.« Er stand auf und streckte mir seine zitternde Hand hin. Wenn er mir sein Baby anvertraute, konnte ich ihm wohl meine Börse geben.

»Einen Hot Dog ohne alles«, sagte ich, »und eine Cola Light. Danke.«

Ich sah zu, wie seine Stiefel durch den Kies pflügten. Er watschelte etwas, und zwischen seinen Knien hätte man einen Tanklaster hindurchsteuern können.

Ich ließ mich nieder. Bienen summten um die Plastikflasche mit Ketchup. Ich wischte mit einer liegen gebliebenen Serviette den Tisch ab. Grace's sieht nach nichts aus, hat aber die besten Hot Dogs von ganz Long Island. Ursprünglich war es ein Verkaufsstand an der Straße; der Erfolg hat es zu einem einstöckigen verglasten Gebäude mit Tischen drinnen und im Freien anwachsen lassen. Einheimische sitzen hier zusammen mit denjenigen, die unterwegs in die

Hamptons sind; Graces Dogs sind das Einzige, was sie verbindet. Dmitri und ich lieben Hot Dogs. Für uns repräsentieren sie Amerika.

Ich rannte Dick nach und streckte den Kopf zur Tür hinein. »Zwei Dogs. Einen zum Mitnehmen mit allem Drum und Dran!«

»Warum glauben Sie also, dass Bud Warren seine Frau ermordet hat?«, fragte ich, nachdem wir unsere Hot Dogs mit Ketchup und Senf verziert hatten. Den Hundertdollarschein schob ich unter meine Coladose, wo wir ihn beide im Auge behalten konnten.

»Er hatte die Möglichkeit, die Gelegenheit und das Motiv dafür.«

»Was die Möglichkeit angeht, jeder hätte sie unter Wasser drücken können. Sie war eine kleine Frau.« In Rebeccas Atelier hatte ich ein altes Foto gesehen, auf dem Polly zwischen Bud und Laurie am Strand stand. Laurie überragte sie bei weitem.

»Zugegeben, Simone. Größe sechsunddreißig und voll gepumpt mit Muskelrelaxanzien. Keine Spuren eines Kampfs an ihrer Leiche.«

»Simona, mit a. Wenn sie keine Spuren gefunden haben, wie können Sie dann so sicher sein, dass sie ermordet wurde?«

»Mein Wort drauf.« Er biss in seinen Hot Dog. Chilisauce lief ihm über die Hand. Er leckte sie ab. Ich stellte mit Befriedigung fest, dass die Bienen sich eher zu ihm hingezogen fühlten. An dem Tisch hinter mir begann die vierköpfige Familie darüber zu zanken, wer den Senf wohin spritzen durfte. Ich hätte auf Dicks Seite wechseln können, aber Senf ist mir immer noch lieber als Bienen.

»Ich soll einen Hunderter für Ihr Wort bezahlen?«

»Sehen Sie mal, die Möglichkeit engt es ein«, sagte Dick.

»Bud war der Letzte, der sie gesehen hat. Sie hatten am Abend davor einen Riesenkrach in aller Öffentlichkeit, am Strand von The Pynes. Sie hat gesagt, sie würde ihn per gerichtlicher Auflage auf Abstand halten, wenn er sie nicht in Frieden ließe, und das haben die meisten Anwohner mitgekriegt und sein Partner Kennelly samt Frau außerdem, die haben währenddessen nämlich in ihrem Jaguar gesessen und drauf gewartet, dass sie mit ihm zum Abendessen fahren können. Bud hat zu ihr gesagt, sie hätte sein Leben ruiniert und das von ihrer Tochter außerdem.« Dick nahm einen weiteren, vorsichtigeren Bissen. Diesmal landete die Chilisauce tatsächlich in seinem Mund. »Am nächsten Morgen kommt er bei ihr vorbei, um sich zu entschuldigen – erzählt er jedenfalls hinterher der Polizei. Sie ist mit dem Kajak weg, er nimmt seinen eigenen, den er bei ihr in The Pynes liegen hat, fragen Sie mich jetzt bloß nicht, warum sie's ihm erlaubt hat, wenn sie ihn nicht dahaben wollte –«

»Sie war in ihren Gefühlen wohl etwas ambivalent.« Etwas, das ich nur zu gut verstand.

»Das ist Psychoblabla. Ich würde sagen, sie hatte 'nen Vogel. Sie ist nicht da, er fährt ihr nach. Bud Warren gibt das alles zu, verstehen Sie? Muss er ja. Dieser komische Vogel Dodo hat ihn gesehen. Haben Sie den schon getroffen? Ist vor Jahren mal in einen Kaninchenbau gefallen und kann den Ausgang nicht finden.«

»Weshalb er auch einen furchtbaren Zeugen abgibt.«

Eine schwarze Limousine mit getönten Scheiben bog in den Parkplatz ein. Der Fahrer stieg aus und ging ins Innere. Der Motor lief weiter. Die Klimaanlage.

»Die alte Dame, Rebecca Barnes, die hat Bud Warren auch gesehen. Genau genommen hat sie mit Dodo 'nen Morgenspaziergang auf dem Gerard Drive gemacht – hat ihn zum Ausnüchtern mitgeschleift.« Er nahm sich seinen zweiten Hot Dog vor. Meiner war nach drei Bissen verschwunden. Bienen sind ein guter Grund, schnell zu essen.

»Dodo bestätigt Rebeccas Geschichte.« Knights Stimme kratzte durch die Chilisauce. »Und das ist kein Typ, der normalerweise mit den Bullen redet, Sie verstehen.« Knight warf den Kopf zurück. Sehr weit kam er nicht damit – sein Hals war zu kurz. »Hat mal die Nacht im Bau verbracht, weil er den Dummy kaputtgemacht hat, den sie draußen in dem Polizeiauto sitzen haben.« Sein Lachen hätte eine Einreibung mit Robitussin-Creme brauchen können.

»Manny meinen Sie?«

»Ja, Manny, so heißt der Typ.«

Der Fahrer der Limousine kam wieder heraus, sechs Hot Dogs zwischen die gespreizten Finger geklemmt. Papierservietten quollen aus der Tasche seiner Uniform.

»Wir haben also zwei Zeugen.« Knight knallte den Boden seiner Coladose auf eine Biene. »Diese Scheiß –«

»Zeugen für was?«

»Dass Bud und Polly sich draußen im Accabonac Harbor getroffen haben. Er hat sie wieder genervt, und sie hat ihr Paddel nach ihm geschmissen.«

»Wann genau ist das passiert?«

»Acht Uhr morgens. Und so gegen eins findet Dodo Polly im Schilf hinter der alten Pollock-Farm. Ertrunken.«

»Moment mal.«

»Ich hab 'ne gekidnappte Katze, um die ich mich kümmern muss.«

»Eine Minute noch. Dodo und Rebecca. Was haben sie noch gesehen?«

»Nichts.«

»Hat irgendwer gesehen, wie Bud allein losgepaddelt ist?

Gibt es hinterher denn keine Zeugen mehr? Das ist doch ein ziemlich beliebter Spazierweg. Hat denn kein Anwohner irgendwas gesehen?«

»Nichts. Nada. Kajaker gibt's viele. Ich hab sogar diesen Kochbuchschreiberling gefragt, Pierre Franey. Hat ein Haus am Gerard. Er hat gerade Brot gemacht, als ich vorbeigekommen bin. Hat mir auch welches angeboten. Hätte nie gedacht, dass ein Gallier so nett sein würde. Tolles Brot.

Die Polizei und hinterher ich. Wir haben die ganze Gegend abgefragt. Sogar die Leute, die von der Fireplace Road aus den Hafen sehen können. Wer erinnert sich schon an so was, wenn er's jeden Tag sieht?«

»Was hatte Bud denn für eine Erklärung dafür, was er gemacht hat, nachdem er in der Bucht mit Polly geredet hatte?«

»Ist weiter rausgepaddelt und hat Steve King getroffen. Der war im Boot unterwegs, die Hummerfallen abfahren. King hat's bestätigt. Er hat Bud an Bord geholt, und die beiden waren ungefähr zwei Stunden lang zusammen. Nun sind die zwei aber nicht miteinander ausgekommen, jeder, den ich gefragt habe, hat das bestätigt. Also was hatten sie dann zwei Stunden lang zu bekakeln – na?« Er zündete sich eine Camel an und nahm einen tiefen Zug. »Steve King war den größten Teil seines Lebens hinter Buds Tochter her. Auf wessen Seite wird der schon stehen? Außerdem, zu dem Zeitpunkt war Polly Pynes ja vielleicht schon erfreulich tot. Todeszeitpunkt zwischen acht Uhr morgens und dem Mittag, genauer kriegen sie's nicht hin.«

Der Wind musste umgesprungen sein, denn die Bienen wechselten die Seite. Dick beobachtete eine, die über meine linke Augenbraue kroch, die Hand bereits in der Luft.

»Versuchen Sie sie bitte nicht zu erschlagen.« Ich sah mich

schon mit einem riesigen blauen Auge im Nick & Tony's auftauchen. »Und das Motiv?«

»Jede Menge davon. Erstens sagt alle Welt, Bud wär immer noch verrückt nach ihr gewesen.«

Dmitris Lieblingsbeweggrund für alles und jeden – Leidenschaft.

»Ich sage mal, sein Ego hat drangehangen. Er ist ein stolzer Mann, und sie hat ihn abserviert.«

Ich saß vollkommen reglos da und wartete darauf, dass die Biene verschwand. »Das als Motiv für einen Mord reicht mir nicht.«

»Und das Geld. Jetzt, wo sie tot ist, braucht er nicht mehr zweiundsiebzigtausend im Jahr an Alimenten zu zahlen.«

»Es sieht so aus, als läge Bud nicht viel an Geld.«

»Sie hat bei der Scheidung die Hälfte seiner Anteile an WSK gekriegt.«

»Sind Sie sicher?« Jedes derartige Arrangement, von dem ich jemals gehört hatte, stellte sicher, dass Anteile im Fall eines Todes oder einer Scheidung nicht verteilt wurden.

»Und das Grundstück ist auch noch da. Ich sag Ihnen, die Frau war gierig. Und verrückt. Sie lässt sich von dem Typ scheiden, aber als sie ein Jahr später den Löffel abgibt, kriegt er The Pynes. Die sind glatt eine Million wert.«

Ich setzte mich auf und riskierte, gestochen zu werden. »Was ist mit Laurie?«

Die Biene flog davon. Eins der Kinder hinter mir begann zu kreischen.

»Sie hat das Haupthaus gekriegt und den Rest vom Vermögen von ihrer Mum, das waren ungefähr zweihunderttausend.« Er griff nach dem Hundertdollarschein.

Ich schnappte ihn mir, bevor er es tun konnte. »Das ist alles? Haben Sie sich denn niemanden sonst vorgenommen, der vielleicht ein Motiv hätte haben können?«

»Doch, klar. Ihre Tochter, diesen Fischerfreund, den Typ nebenan mit dem Restaurant, ein halbes Dutzend andere Leute, die aus diesem oder jenem Grund auch nichts dagegen gehabt hätten, wenn sie 'n Abgang gemacht hätte, aber Bud ist der Einzige, der mit ihr gesehen wurde, kurz bevor sie gestorben ist.« Er stand auf und ließ seine Zigarette in die Coladose fallen. »Hören Sie, ich muss los.«

Ich hielt den Schein fest. »Die Polizei hatte dieselben Informationen, die Sie haben, aber sie haben Bud nicht verhaftet.«

»Keine brauchbaren Beweise. Mann hat sich in der Gegend eine Menge Respekt erworben. Spendet dauernd Geld für alles Mögliche. Und dann der Abschiedsbrief.«

»Sie verheimlichen mir nichts?«

Knight setzte sich auf sein Motorrad. »Ich schwör's bei Bad Boy, Silver, Trigger und Rocinante. Jetzt geben Sie mir den Hunderter, und wir machen, dass wir wegkommen.« Er schloss den Reißverschluss seiner Jacke, setzte den Helm auf und warf den Motor an.

»Wer hat noch nach der Akte gefragt?« Ich schnürte mir die Tasche auf den Rücken.

»Einer ist vertraulich.« Er warf mir den zweiten Helm zu. »Hat dafür bezahlt.«

»Der andere ist die Polizei?«

»Wie haben Sie das rausgefunden?«

»Wer könnte Sie sonst dazu zwingen, Information kostenlos rauszugeben?«

»Stimmt beides. Letzten Donnerstag ist meine Akte Polizeibesitz geworden.« Er ließ einen Fingerknöchel knacken und rollte langsam die Schultern, wie um seine neu erworbene Bedeutung zu untermalen. »Was glauben Sie, warum Buddy aus Springs getürmt ist? Die Bullen sind jetzt eben doch hinter ihm her.«

13

Woods Lane war zu Ende. Dmitri lenkte seinen rosa Caddie auf die Main Street hinaus. Er hatte mich an der Feuerwehrzentrale in Southampton abgeholt, wo Dick Knight mich abgesetzt hatte. Wo ich fünfzig matschige Sandwiches abgegeben hatte, was nicht viel war, wenn man bedachte, dass zwölfhundert Feuerwehrleute da draußen waren. Das Feuer in den Pine Barrens brannte immer noch. Die C-130-Tankflugzeuge, die die Regierung versprochen hatte, waren noch nicht da. Der Wind blies kräftig.

Dmitri hatte seine Zeit in der öffentlichen Bibliothek von East Hampton verbracht und die Berichte über Pollys Tod in der *New York Times* und dem *East Hampton Star* durchgesehen. Das Einzige, was er dabei entdeckt hatte, war eine neue Autorin von Liebesromanen.

Bud war nicht gefunden worden.

Als wir am Dorfteich vorbeifuhren, bat ich Dmitri, das Auto abzustellen. »Ich vergesse immer, es zu genießen.« Ich zwang mich dazu, mich auf dem Beifahrersitz zu entspannen. Dmitri raschelte mit Papier. Das feuchte Aroma von Senf und Zwiebeln trieb mir in die Nase.

»Hot Dog kalt, aber gut.«

»Ich rede nicht von deinem Hot Dog. Sieh mal zum Fenster raus.« Die Einfahrt nach Hampton Village hat etwas von einer Zeitschleife – als beträte man eine gepflegte Kleinstadt der amerikanischen Kolonialzeit, ein idyllisches Gemälde von Constable, eine Pappmachérekonstruktion von anno dazumal.

»Verdräng den Verkehr einen Moment lang. Lass die Augen auf dem Teich einfach ruhen. Den Ulmen, dem Friedhof.« Ich konnte beinahe Kühe zwischen den Grabsteinen weiden sehen, das Rufen der Gänse hören, während sie in einer ordentlichen Reihe zum Wasser hinunterwatschelten. »Atme die schiere Schönheit dieses Ortes ein. Die Geschichte.«

»Ich habe mir Führer eingeprägt.« Dmitri zeigte nach Nordosten. »Mulford House erbaut Mitte siebzehntes Jahrhundert.« Er sprach mit vollem Mund. »Präsident Tyler hat in Studio gelebt im Sommer 1845. 1660 ist Maidstone Arms Inn Gerberei gewesen. Clinton Academy –« Er unterbrach sich, denn ich hörte nicht zu.

Wir waren ganz in der Nähe des Meeres. Es war eine Spur kühler hier als in der Stadt, aber immer noch unangenehm heiß. Der Caddie hatte keine Klimaanlage. Der Geruch von Hot Dog und seinen diversen Garnituren mischte sich mit dem Kieferngeruch eines frisch angebrachten Pappbaums, der am Spiegel baumelte. Keine Bienen. Ich legte den Kopf zurück und beobachtete das Spiel des spätnachmittäglichen Lichts auf dem Teich. Plötzlich war ich traurig.

»Was bedeuten dir drei Jahrhunderte, Simona? Rom hat sechsundzwanzig Jahrhunderte altes Abwassersystem.« Er leckte sich die Lippen und die Finger. »Ich wette einen Dollar, ich weiß, was du denkst.«

»Du verlierst.«

»Du denkst an Abendessen mit Jim. Macht dich romantisch.«

Ich schüttelte den Kopf. »Die Häuser sind aus Holz, nicht aus Marmor. Das ist der Unterschied zwischen East Hampton und Rom. Hier ist die Schönheit sehr zerbrechlich. Sie ist liebevoll erhalten worden, und viele Leute haben sich viel Mühe um sie gegeben. Und die meisten von uns hetzen einfach her mit unserem ganzen Strandspielzeug – dem Mercedes, dem Handy, dem Calvin-Klein-Outfit – und einer hektischen Sucht danach, die beste Party, das schickste Restaurant, den angesagtesten Strand, jemanden zum Flachlegen zu finden. Wir machen nicht mal wegen all der Schönheit Halt.«

»Du denkst, Geschichte mit Stan ist vorbei. Das macht dich traurig.«

Dmitri konnte einen wirklich auf die Palme bringen. »Ich denke an Feuer. Nach fünfundzwanzig Tagen ohne Regen fehlt nur noch eine weggeworfene Zigarette, und es heißt: Addio, East Hampton.«

»Die Barrens sind weit weg.«

»Buds Haus nicht.«

»Das war Brandstiftung.«

»Es ist das Resultat, wegen dem ich mir Sorgen mache, nicht die Ursache.« Ein Polizist kam zu uns herübergeschlendert. »Setz deinen rosa Leichenwagen in Bewegung, du übergroßer Trottel, sonst kriegst du einen Strafzettel, weil du im Parkverbot stehst. Irgendwann ist deine Glückssträhne auch mal vorbei. Genau genommen schuldest du mir einen Dollar.«

»Ha!«

»Und schnall dich an.«

Dmitri fädelte seinen Cadillac wieder in den fließenden Verkehr ein. »Ich trage neues Hemd.«

Das aktuelle Hemd war violett und hatte lange Ärmel, deren Manschetten er tatsächlich zugeknöpft hatte. Der Rest seiner Person steckte in schwarzen Trainingshosen, türkisen Socken und robusten Sportsandalen. Dmitri hängte sich den Gurt über die Schulter, ohne ihn zu schließen, und winkte dem Beamten zu, als wir an ihm vorbeifuhren.

Ich wollte Dmitri schon einen Vortrag über Sicherheit im Straßenverkehr halten, entschied dann aber, dass Mammas Regel von den zerbrochenen Eiern auch hier galt. Stattdessen gab ich die von Dick Knight erhaltene Information an ihn weiter. »Er verheimlicht uns irgendwas. Er ist sicher, dass Bud Polly umgebracht hat, was bedeutet, dass er irgendwelches Beweismaterial hat, das die Polizei bei ihren Untersuchungen nicht gefunden hat.«

Wir überquerten die Newton Lane, auf der sich der Abendverkehr drängte. Es war fünf Minuten nach acht. Jim würde mich erst um drei viertel zehn abholen. Unser Tisch im Nick & Toni's war für zehn Uhr reserviert. Bis dahin würden Graces Hot Dogs mich auf den Beinen halten.

»Warum Polizeiinteresse auf einmal?«, fragte Dmitri.

»Das konnte oder wollte Knight mir nicht sagen. Vielleicht macht er sich Sorgen, sie könnten ihm die Zulassung entziehen. Alles, was ich aus ihm rausgekriegt habe, war, dass sie sich letzten Donnerstag die Akte haben geben lassen. Vor vier Tagen also.« Und das war zwei Tage nach Stans Telefonat mit Captain Comelli gewesen, der ihm versichert hatte, die Polizei sei überzeugt davon, dass Polly Pynes' Tod ein Selbstmord gewesen war. Entweder hatte Comelli Stan angelogen, oder es war nach dem Telefongespräch neues Material aufgetaucht.

Ich stieß einen erleichterten Seufzer aus. »Gestern früh kommt mir vor wie vor hundert Jahren.« Wir passierten die Pantigo Road, die zum Amagansett führt, und hielten uns links, um in die North Main Street abzubiegen. »Ist Buds Thermosflasche aufgetaucht?«

»Küstenwache kann Leiche nicht finden, sucht stattdessen Thermosflasche?«

»Ich hab mich ziemlich grässlich gefühlt, nachdem ich Buds Kaffee getrunken hatte.«

»Du hast auch so ausgesehen.«

Ich begann an den zerrissenen Bezügen herumzuzupfen. Er kann das nicht leiden. »Ich hab gedacht, es wäre die Hitze, aber jetzt bin ich mir nicht mehr so sicher.« Das letzte Mal, dass ich das Gefühl gehabt hatte, einen vierstündigen Mittagsschlaf machen zu müssen, war gewesen, als ich beschlossen hatte, meinen Mann zu verlassen. Ich hatte zehn Milligramm Valium geschluckt, um die nächste Woche irgendwie hinter mich zu bringen. »Ich wette, in dem Kaffee war irgendwas drin.«

Dmitri kicherte leise. »Schau, was ich für dich getan, nachdem ich aus Bücherei fortgegangen.« Er öffnete das Handschuhfach, verwendete ein Fensterleder, um eine kleine orangefarbene Plastikflasche herauszufischen, und ließ sie mir in den Schoß fallen. Sie roch nach Rauch.

»Nicht anfassen!«, warnte er.

Ich hob ergeben die Hände. Die Flasche stammte aus einer New Yorker Apotheke. Auf dem Etikett stand Polly Pynes' Name. »Eine Tablette vor dem Schlafengehen«, las ich. »Kann zu Schläfrigkeit führen. Valium. 5 mg.« Keine Nachfüllung. Das Datum war der Juli des Vorjahres. Ein Monat, bevor Polly gestorben war. »Wo hast du das her?«

»Flasche ist leer.«

»Das sehe ich auch. Was hast du gemacht, bist du in Pollys Haus eingebrochen?«

»Ich gefunden in Buds Waschbecken in verbranntem Haus.«

»Das ist ein Verbrechensschauplatz!«

»Keine Polizei. Keine Hintertür. Ich über gelbes Absperrband gestiegen und nach oben gegangen. Es ist nicht Einbruch.«

»Wenn es kein Einbruch ist, wie wäre es dann mit unbefugtem Betreten, Behinderung der Rechtsfindung und Begünstigung eines Brandstifters?«

»Flasche hat nichts zu tun mit Brandstiftung.«

»Erste Regel bei der Ermittlungsarbeit – niemals ein Indiz berühren. Du bist kein amerikanischer Staatsbürger, du hast wahrscheinlich nicht mal eine dauerhafte Aufenthaltsgenehmigung. Die schieben dich ein für alle Mal nach Russland ab!«

»Vertrau mir. Ich komme wieder mit anderem Namen.«

Ich gab es auf. »Du hast Glück gehabt, dass die Treppe nicht zusammengebrochen ist.

»Ich auf Zehenspitzen gegangen.«

»Wie umsichtig. Hat dich jemand gesehen?«

»Zwei Enten, ein Reiher und zu viele Möwen. Ich hingeschwommen von Gerard Drive. Danach zurückgeschwommen. Sehr lang, sehr kühl.«

»Es ist nicht gerade schwer, an Valium heranzukommen. Von einer Überdosis kann einem ziemlich schlecht werden, aber umbringen wird es einen nicht, und jeder Arzt würde einem Valium verschreiben. Warum also hat Bud die Pillen seiner Frau all die Zeit über behalten? Und erzähl mir jetzt bitte nicht, es wäre Sentimentalität gewesen.«

Dmitri kratzte sich den Schnauzbart. »Weil er gewusst, eines Tages er folgt geliebter Frau. Er nimmt Pillen mit Kaffee. Draußen auf Meer er nimmt Weste ab, er stürzt in eisiges Wasser und lässt Dunkelheit überwältigen ihn.« Dmitris Stimme zitterte. Er hätte sich phantastisch in einem Boris-Karloff-Film gemacht.

»Dick Knight würde sagen, er hat sie Polly gegeben, die Flasche versteckt und sie dann leer in seinem Badezimmer liegen lassen, damit die Polizei glaubt, er hätte Selbstmord begangen.« Ich fächelte mir Luft mit dem Fensterleder zu.

Die reine Energieverschwendung. »Wenn das der Fall gewesen wäre, hätte er auch dafür gesorgt, dass die Thermosflasche gefunden wird. Er hätte einen Brief hinterlassen. Wenn er einen Selbstmord geplant hätte, vorgetäuscht oder nicht, warum hätte er dir dann einen Scheck über tausend Dollar geben sollen, damit du den Tod seiner Frau untersuchst? Warum hätte er sich mit mir verabreden sollen?«

Links von uns blieb Cedar Street zurück. Ich sah mich um. Nur ein einziger Löschzug parkte im Hof der Feuerwache. Ich verwendete das Fensterleder, um das Pillenfläschchen ins Handschuhfach zurückzulegen. Nach vollbrachter Aufgabe ließ ich mich wieder in meinen Sitz fallen.

»Du bist geschlafft, Simona.«

»Geschafft. Oder geschlaucht.«

»Geschlafft. Wie Nadel in Ballon.«

»Alle drei.« Wir bogen nach rechts in Richtung Fireplace Road ab, und ich kletterte nach hinten auf die Rückbank und schob Dmitris Liebesromane mit den Füßen in eine Ecke. Ich streckte mich aus. »Erinner mich daran, dir das Bild einer haarlosen Katze namens Uma zu zeigen. Wenn wir sie finden – sie ist Dick Knight achtzigtausend Dollar wert. Ich könnte mir vorstellen, für so viel Geld wird er ein bisschen gesprächiger.«

»Was du gesagt?«, fragte Dmitri. Offenbar hatte ich gemurmelt.

»Ich habe gesagt, weck mich, wenn wir da sind.«

14

Ein Ruck und das Geräusch von brechendem Glas weckten mich. Dmitri brüllte etwas auf Russisch. Ein weiterer Ruck warf mich gegen die Rückseite des Vordersitzes. Ich hörte einen lauten Schlag. Das Auto schlingerte scharf zur Seite, polterte über irgendein Hindernis. Inzwischen war ich auf dem Boden vor der Rückbank gelandet und versuchte etwas zu finden, an dem ich mich festhalten konnte – möglichst etwas Solideres als *Unsterbliche Liebe*. Das Auto kam mit einem Knirschen und dem Zittern eines sterbenden Tiers zum Stehen. Die Hupe blökte.

»Dmitri, Hilfe!« Ich wedelte mit Armen und Beinen. Mit der Hüfte steckte ich fest.

Dmitri antwortete nicht, und die Hupe lärmte weiter. Ich zappelte, stieß, zog den Bauch ein, und schließlich bekam ich die Hüfte frei. Ich kämpfte mich hoch und lehnte mich über die Vordersitze. Das Lenkrad war in Dmitris Brust verschwunden. Sein Kopf baumelte in einem seltsamen Winkel. Ich schluckte mehrmals krampfhaft, um nicht in Panik zu geraten, und griff über ihn hinweg, um die Stelle unter dem Ohr zu berühren. Vorsichtig, um ihn nicht von der Stelle zu bewegen. Er lebte. Tränen strömten mir übers Gesicht, als ich auf dem Handy die Notrufnummer eingab.

»Wo sind Sie?«, fragte die Vermittlung.

»Irgendwo auf der Fireplace Road«, schrie ich über das Tuten der Hupe hinweg, während ich gleichzeitig durch die

Windschutzscheibe nach einem Briefkasten, irgendeinem identifizierbaren Zeichen suchte. Der Kühler des Autos war gegen einen dieser dicken, knorrigen, jahrhundertealten Bäume geprallt, für die die Hamptons berühmt sind. Bei einem Blick aus dem Seitenfenster teilte mir eine schattenhafte Reihe unterschiedlich geformter Steintafeln mit, dass ich mich an einem Ort befand, an dem ich vorläufig noch nicht sein wollte.

»Wir sind auf einem Friedhof!«

»Es gibt keine Friedhöfe an der Fireplace Road.«

»Ich habe keine Ahnung, wo wir sind.«

»Wir finden Sie.« Er legte auf. Ich war ihm dankbar für den Optimismus. Ich rührte mich nicht von der Stelle, weil ich Angst hatte, das Öffnen der Autotür könnte Dmitri erschüttern und noch übler verletzen. Als ich eingeschlafen war, waren wir noch eine Viertelstunde von The Pynes entfernt gewesen. Wie wir es geschafft hatten, an einem Baum auf einem Friedhof zu landen, war mir vollkommen schleierhaft. Hinter mir lag eine gepflasterte Straße und ein dichter Wald, bestehend aus den ortsüblichen Zedern. Kein Haus in Sichtweite. Kein Verkehr. Die Helfer würden bald da sein, betete ich. Das Licht war schwach. Über mir ein dichter Gobelin von Zweigen, ein Flecken malvenfarbener Himmel; unten eine ernüchternde grüne Lichtung mit verstreuten Grabsteinen, Blumen und jeder Menge Toter.

Ich ließ den Blick auf Dmitris breitem Rücken ruhen, der Wendung seines Nackens. Ich konnte nicht anders, als an die Wale zu denken, die man manchmal an den Stränden von Long Island findet. Legendäre Geschöpfe, die irgendwo die falsche Richtung eingeschlagen haben. Die in der Regel sterben.

Ich biss mich vor Ärger auf die Lippen. Ich hätte Dmitri ans Schienbein treten können seiner Sturheit wegen, sein albernes neues Hemd in Fetzen reißen. »Warum hast du auch den Scheißgurt nicht zugemacht!«, hätte ich gern geschrien.

Ich erzählte ihm einen Witz. Dmitri sah nicht aus, als könnte er ihn hören, aber vielleicht konnte er ja. »Weißt du, was eine Notlüge ist?«, schrie ich. Die Autohupe lärmte unerschütterlich weiter. »Ein Mann kommt früh von der Arbeit nach Hause. Im Schlafzimmer findet er einen nackten Mann im Kleiderschrank seiner Frau. ›Was machen Sie denn hier?‹, fragt er –«

Ein Pick-up hielt hinter uns. Tanner, der Labrador, sprang von der Ladefläche. Steve King stieg aus. Sie kamen im gleichen schnellen Tempo auf uns zu.

»Ich hab die Neun-Eins-Eins angerufen«, schrie ich. »Er sollte nicht bewegt werden.«

»Was ist mit Ihnen? Sind Sie okay?«

»Ich hab ihm gerade einen Witz erzählt. Dmitri liebt Witze.« Meine Wangen wurden wieder nass. Der Hund war schuld. Er war zu Dmitri hinübergelaufen, wie immer mit erhobener Schnauze. Er roch Blut. Ich hatte zwar kein Blut gesehen, aber Dmitri war ja auch vornübergesackt. Ich konnte überhaupt nicht viel sehen. »Dieser Mann, er findet einen nackten –«

Steve King streckte den Arm durch das offene Fenster und legte mir die Hand auf den Kopf, so wie er es bei dem Hund hätte tun können. »Ich bin sicher, es ist ein komischer Witz, Ma'am, aber wir wollen nicht, dass es Ihren Freund vor Lachen schüttelt, oder? Vielleicht konzentrieren Sie sich besser darauf, einmal tief Atem zu holen. Und dann noch ein paar Mal.«

Ich befolgte den Befehl und fühlte mich sofort besser. Steve ging neben mir in die Hocke, um mehr oder weniger auf gleicher Augenhöhe mit mir zu sein; seine Hand lag im offenen Fenster. Sie war ledern und gebräunt und mit Kratzern übersät. Sie roch nach dem Fisch, den er an diesem Tag gefangen und gerade bei Stuart's Market Place in Amagansett abgeliefert hatte. Deshalb war er auf dieser Straße unterwegs, erklärte er, er war auf dem Heimweg. Ich ließ die Finger auf Dmitris Hals liegen, um das Leben dort ticken zu hören.

Steve erklärte, dass wir uns auf dem Green River Cemetery befanden, in der Nähe des Accabonac Highway und des Old Stone Highway. »Sind eine Menge berühmte Leute hier bestattet.« Seine Stimme war laut und stetig. Die Hupe gab immer noch nicht auf. »Frank O'Hara, das war ein Dichter. Der Maler Jackson Pollock und seine Frau, Lee Krasner. ›Alle Welt will fürs Leben gern auf den Green River Cemetery‹, sagen sie hier überall, aber ich hab noch nie jemanden getroffen, der so scharf drauf war wie Sie beide.« Er lachte leise. Ich fand meinen Witz besser. Wenn ich jemals Gelegenheit bekam, ihn Dmitri zu Ende zu erzählen.

»Ich weiß nicht, was passiert ist«, sagte ich. »Ich habe geschlafen.«

»Die hintere Stoßstange ist zertrümmert, und die Rücklichter sind aus. Irgendein Besoffener ist Ihnen ins Heck gedonnert, und Ihr Freund hat die Kontrolle über den Wagen verloren.«

Dmitri stöhnte und nahm sein Gewicht von der Hupe. Die plötzliche Stille hielt nur ein paar Sekunden lang an. Ich brüllte: »Beweg dich nicht!« Der Hund bellte, und die Sirene des Krankenwagens heulte die Straße entlang.

Dmitri sah auf sein kostbares neues Hemd hinunter. Es war blutgetränkt von einem Schnitt im Kinn.

»Wie fühlst du dich?«, fragte ich.

»Wie russische Rache.«

Die Polizei traf ein, als die Sanitäter Dmitri vorsichtig aus dem Cadillac halfen. Ich gab ihnen unsere Namen, unsere

Adressen in East Hampton und New York. Ich hatte geschlafen. Nein, ich hatte nicht gesehen, wer in uns hineingefahren war. Dmitri auch nicht. Das war alles, was ich an Information hatte, teilte ich ihnen mit. Unser Interesse an einem Todesfall im Vorjahr zu erwähnen, der vielleicht, vielleicht aber auch nicht ein Mord gewesen war, kam mir überflüssig vor. Die Hüfte, die ich freigekämpft hatte, brannte, meine linke Schulter schmerzte, und ich spürte, wie die Wange, mit der ich den Türgriff gerammt hatte, anschwoll.

Steve King trug seine Theorie eines betrunkenen Autofahrers vor. Während er sprach – er redete die Polizisten mit Vornamen an –, warf ich einen raschen Blick auf die Vorderseite seines Pick-up. Sie war in makellosem Zustand. Ich kraulte Tanner noch ein zusätzliches Mal hinter den Ohren, um mein schlechtes Gewissen zu beruhigen. Der Mann war doch nur nett zu mir gewesen.

Er bot sogar an, mich ins Southampton Hospital zu begleiten, aber Dmitri wollte nicht ohne mich in den Krankenwagen steigen. Auf dem Weg zum Auto hielten wir Händchen. Er war mit dem Kinn auf dem Lenkrad aufgeschlagen. Seine Schläfe hatte den Rahmen der Windschutzscheibe gerammt. Deshalb, so meinten die Sanitäter, war er bewusstlos gewesen.

Dmitri sah beschämt aus, als er da mit seinen Verbänden auf der Bahre lag. Was geschehen war, vertrug sich nicht mit dem Bild, das er von sich selbst hatte. Furcht erregend, mutig, überlebensgroß. Und immer noch etwas schlauer als der jeweils Andere.

»Jemand ist hinter uns her«, erklärte er.

Ich lachte. »Schwer vorzustellen, dass wir im Moment eine Gefahr für irgendwen sind. Ich tendiere zu Steves wild gewordenem Säufer.« Vielleicht hatte Dmitri sogar Recht, aber die beiden Sanitäter hörten uns zu. Dies war weder der richtige Augenblick noch der richtige Ort.

»Kein Säufer«, sagte Dmitri. »Dreimal hat er mich gerammt. Es tut mir Leid, Simona, es ist meine Schuld.« Er erklärte, dass er mein Schläfchen auf der Rückbank dazu genutzt hatte, auf den Old Stone Highway abzubiegen und in Richtung Amagansett zu fahren. Eine Viertelstunde später hatte er FizzEd betreten, wo Kelly Klein sich mit Aerobics fit hielt. Sie hatte erwogen, sich die Haare schneiden zu lassen. Dmitri hatte versucht, den Handel mit Hilfe einer zusätzlichen Dosis Charme perfekt zu machen. »Klein-Haar! Großes Geld!«

Sie hatte es sich anders überlegt. Sie erwog stattdessen, sich scheiden zu lassen.

»Danach ich gefahren nach Hause.« Er schloss die Augen.

»Zehn Dollar darauf, dass du heute Abend noch mit mir nach Hause kommst«, forderte ich ihn heraus.

»Keine Gegenwette.«

»Okay, ich wette auf das Gegenteil und lege noch mal zehn Dollar drauf.«

Dmitri reckte einen Daumen hoch. Ich strich mit der freien Hand über seinen Schnauzbart. Seine Hand schloss sich fester um meine. Er musste wirklich Schmerzen haben.

»Also wie geht Ende von Witz, bitte?«

15

»Was ist die Definition einer Notlüge?«, wiederholte ich einem jungen Arzt mit Pfefferminzatem gegenüber. Ich war in der Notaufnahme des Southampton Hospital. Dmitri war gerade zu Röntgenaufnahmen davongekarrt worden.

»Sagen Sie's mir.«

»Ein Mann kommt früh von der Arbeit nach Hause. Er findet seine Frau im Bett und einen nackten Mann in ihrem Kleiderschrank. ›Was machen Sie denn hier?‹, fragt der Ehemann. Der nackte Mann zuckt die Achseln. ›Ich warte auf den Bus.‹«

Der Arzt hob eine Hand, statt zu lachen. »Wie viele Finger?«

»Vier.« Als Nächstes sagte ich ihm, wer der Präsident der Vereinigten Staaten war. »Billy Crystal.« Diesmal lachte er. Ich nicht.

»Hey, keine Sorge«, sagte der Arzt. »Ihrem Freund geht es bald wieder blendend.«

»Versprechen Sie's?«

Etwas anderes lenkte ihn ab. Ein rußbedeckter Feuerwehrmann kam hereingeschwankt, den Arm in einer improvisierten Schlinge. Zwei Schwestern stürzten auf ihn zu. Ein Teenager mit einer üblen Platzwunde am Schienbein saß auf einer Bank neben seinen Rollerblades und spielte an einem Walkman herum. Eine Mutter beruhigte ihr kleines, weinendes Mädchen und versicherte ihm, dass man nicht von jedem Zeckenbiss Hirnhautentzündung bekäme.

Ich fragte den Pfefferminzatem nach dem Waldbrand in den Barrens. Das Feuer hatte inzwischen den Sunrise Highway überquert und bedrohte Westhampton, etwa zwanzig Meilen weiter ostwärts. Die C-130-Tankflugzeuge waren noch nicht aufgetaucht.

»Keine Toten bisher.« Er hob zwei Paar überkreuzter Finger, ließ zwei Ibuprofen-Pillen in meine Handfläche fallen und teilte mir mit, ich würde es überleben.

»Danke.« Morgen würde ich noch mehr Sandwiches machen. Ich ging hinaus ins Foyer, rief die Auskunft an und ließ mir Jims Nummer geben. Der Anrufbeantworter meldete sich. Die große Wanduhr teilte mir mit, dass es zehn Uhr siebzehn war. Ich versuchte es im Nick & Toni's. Jim saß an der Bar. Während mein Magen bei dem Gedanken an das verpasste Essen rumorte, erzählte ich ihm von dem Unfall – im Detail, damit er mir glaubte. Mein Magen hat schon immer ein Eigenleben geführt.

Jim machte sich ein paar Minuten lang Sorgen. In der Leitung klang seine Stimme hoch, eine Spur manisch. Vor meinem inneren Auge konnte ich ihn an seinem Schreibtisch stehen und Kauf- oder Verkaufsanweisungen mit Lichtgeschwindigkeit ins Telefon schreien sehen. Ich dachte an Stan mit seiner ruhigen, pelzigen Stimme. Wäre Stan genauso besorgt gewesen?

»Mir geht's gut, Jim. Im Ernst.«

»Du versuchst mich nicht einfach zu beruhigen?«

»Nein. Der Arzt hat mir glaubhaft versichert, dass ich den nächsten Sonnenaufgang noch erlebe.«

»Gut. Nimm ein Taxi. Komm her. Unser Tisch ist sowieso noch nicht frei. Die üblichen zwanzig Minuten Wartezeit, die dich daran erinnern sollen, wie angesagt der Laden ist. Macht mich wahnsinnig. Komm schon, dein Pinot Grigio wartet.«

»Es tut mir Leid. Ich muss bei Dmitri bleiben. Außerdem sehe ich furchtbar aus. Aber danke.«

Er sagte, er verstehe schon.

»Vielleicht machst du danach mal Urlaub?«

In zwei Wochen, wenn meine Wange wieder normal aussah und die blauen Flecken weg waren und ich mich mit Stan ausgesprochen hatte. »Verlass dich drauf.«

Ich erkundigte mich bei einer Schwester nach Dmitri. »Sobald wir Genaueres wissen …« Sie eilte über die blinkenden Vinylplatten davon. Ich schluckte meine Pillen und richtete mich im Foyer auf eine längere Wartezeit ein – mit einer Cola light und Erdnussbutter-Käsecrackern aus einem Automaten.

Eine Viertelstunde später betrat Jim die Notaufnahme, einen großen Weidenkorb in der Hand. In makellosen blauen Hosen, einem kragenlosen naturfarbenen Leinenhemd und Trotteurs *mit* Socken – ein willkommener Anblick. Ein Angestellter wies in meine Richtung. Ich winkte. Jim ließ sein Lächeln blitzen. »Picknick!«

Ich ließ einen übrig gebliebenen Cracker in der Tasche verschwinden. »Du bist verrückt.«

»Ich weiß, wie man einen Deal präsentiert.« Er setzte sich neben mich, nahe genug, dass ich eine Spur Sandelholz roch. »Du musst am Verhungern sein.« Er beugte sich vor und hob den Deckel von seinem Korb. Dampf quoll heraus, zusammen mit dem wundervollen Duft von Essen. Er brachte Stoffservietten, Silberbesteck und zwei mit Folie abgedeckte Teller zum Vorschein. »Seebarsch in Safranbouillon mit neuseeländischen Muscheln und gerösteten Erbsensprossen. Spezialität von Nick & Toni's. Den Pinot Grigio hab ich in Limonadenflaschen gefüllt.

Krankenhäuser mögen keinen Alkohol. Zum Dessert gibt es Pfirsichtörtchen.«

Wir aßen, wo wir waren, im Foyer vor der Notaufnahme. Es trug uns ein paar missbilligende und neidische Blicke ein. Ich hielt mich an Cola, der Pillen wegen, aber dank all der Aufmerksamkeit war ich high genug, um keine zusätzlichen Stimulantien zu brauchen. Ich vergaß sogar, dass meine Wange aussah wie ein Baseballhandschuh und dass ich Dmitris Blut auf der Bluse hatte. Jim schien es ebenso wenig aufzufallen. Der Seebarsch hatte eine knusprige Haut und saftiges weißes Fleisch, der im Mund ein üppiges, schmelzendes Aroma entwickelte. Es war der beste Fisch, den ich je gegessen hatte. Ich hob meine Hälfte des Pfirsichtörtchens für Dmitri auf.

»Ich wüsste gern mehr über diesen Unfall«, sagte Jim, nachdem er die schmutzigen Teller im Korb aufeinander gestapelt hatte. Er hatte beide Limonadenflaschen mit Wein ausgetrunken, und seine Wangen leuchteten rot unter der Sonnenbräune. Es war wirklich niedlich. »Glaubst du, jemand hat es auf euch abgesehen?«

»Wovon redest du eigentlich?« Ich hatte ihm nicht erzählt, dass Bud uns engagiert hatte.

»Lester Kennelly hat mich heute Nachmittag angerufen. Er hat sich nach dir erkundigt. Du hast keine Zulassung als Privatdetektivin.«

»Hab ich auch nie behauptet. Wer braucht schon einen Titel oder ein Stück Papier, um etwas auf die Reihe zu bringen.«

Jim lachte. Seine Augen funkelten. »Ich nicht.«

»Wenn du glaubst, jemand könnte hinter uns her sein, dann glaubst du auch, dass Polly ermordet wurde.«

»Sagen wir einfach, ihr Tod kam nicht ganz ungelegen.«

»Wem?«

»Ich habe dir noch etwas mitgebracht, das dich interessieren müsste.« Aus der Brusttasche seines Leinenhemds zog er ein zusammengefaltetes Blatt Papier. »Vor ungefähr einem Monat ist Bud zu mir ins Restaurant gekommen. Er isst gern dort zu Abend, und manchmal bleibt er über seinem Brandy sitzen, bis wir schließen.« Ich mochte die Art und Weise, wie Jim in der Gegenwartsform von Bud sprach.

»Ich versuche immer die Zeit zu finden, um mich dazuzusetzen und ein bisschen zu schwatzen.« Jim klopfte mit dem Papier auf seine Handfläche. »Er erzählt mir von seinem Job, der neuesten Anzeigenkampagne, manchmal auch von seinen Sorgen wegen Laurie. Sie hat einen juristischen Abschluss, aber sie schaufelt Dreck draußen in den Bayberry Gardens.«

»Nach dem bisschen, das ich über ihn weiß, habe ich das Gefühl, ein großer Kommunikator war er nicht.«

»Zieht seinen Computer anderen Leuten vor. Sagt er zumindest. In meinen Augen ist er ein einsamer Mann.« Jim lachte. »Er sagt, wir sind vom gleichen Schlag.«

»Einsam?«

»Ich weiß nicht.« Das Rot breitete sich über sein ganzes Gesicht aus. »Wie auch immer. Jedenfalls ist er vor ungefähr einem Monat mit einem Notizblock ins Restaurant gekommen und hat während des gesamten Abendessens Notizen gemacht. Als ich mich zu dem üblichen Plausch zu ihm gesetzt habe, hat er mir diese Liste gezeigt. Er wollte meine Meinung dazu hören.« Jim streckte mir das zusammengefaltete Papier hin. Ich faltete es auseinander. In der linken oberen Ecke war das WSK-Logo. Darunter war Buds Name eingedruckt, komplett mit seinem Titel: Chief Creative Officer. Unter dem Titel stand eine Liste von Namen.

Steve King
Rebecca Barnes
Dodo Parsons
Jim Molton
Lester Kennelly
Laurie

»Was ist das für eine Liste?«

»Eine Liste der Verdächtigen.«

»Für den Tod seiner Frau?«

Jim nickte.

»Dein Name steht auch drauf! Er hat dir eine Liste gegeben, auf der dein Name steht?«

»Bud hat die Dinge gern klar und offen auf den Tisch gelegt. Ich glaube, er hat meine Reaktion austesten wollen. Würde mich gar nicht überraschen, wenn er die Liste all seinen Verdächtigen gezeigt hätte.«

»Na ja, du *hast* gesagt, dass du Polly gern eine Weile unter Wasser gedrückt hättest.«

»Die vorderen Stoßstangen meiner beiden Autos sind tadellos im Schuss.« Jim stand auf, zog an seinem Gürtel, ging zu dem Snackautomaten hinüber, zog an allen Knöpfen. »Herrgott, ich hasse Krankenhäuser. Der Geruch allein reicht schon – wie lange dauert es noch mit deinem Freund?«

»Du brauchst nicht zu bleiben. Ich hab das Essen und die Gesellschaft wirklich genossen.«

»Oh, Jesus, ich kann's dir genauso gut erzählen.« Er setzte sich wieder hin. »Ich hab mein Haus von Polly gekauft. Das war vor vier Jahren. Ich hatte gerade an der Wall Street aufgehört, hatte finanziell kräftig verloren, und eine acht Jahre alte Beziehung war auch gerade durch den Kamin gegangen. Wall Street führt über einen Fluss zu einem Friedhof. Ich war so weit, dass jedes Ende mir Recht gewesen wäre. Ich dachte, ich kehre zurück zur Natur und finde inneren Frieden und so weiter. Springs ist mir genau richtig vorgekommen. Ruhig, aber nah genug an East Hampton, für den Fall, dass ich den Trubel vermissen würde. Und ich hatte diese phantastische Aussicht. Keiner würde mich für einen Loser halten. Herrgott, hört sich das blöd an.«

»Menschlich.«

Sein Gesicht entspannte sich vor Erleichterung. »Danke. Du hast mein Haus ja gesehen, man hat einen tollen Blick über die Bucht. Aber Polly hat immer gern die Kontrolle über die Dinge behalten, und das Stück Land, auf dem die Zufahrt liegt, wollte sie mir nicht verkaufen. Man kommt nur zu meinem Haus, wenn man über Pollys Grundstück fährt, und das reduziert den Wert ganz erheblich. Ich habe zuerst geglaubt, das wäre weiter kein Problem. Es war immer noch ein guter Kauf, und ich war immer noch optimistisch. Ich würde das Geld bald genug zusammengekriegt haben, und sie würde verkaufen. Letztes Jahr war das Restaurant dann ein Erfolg, und ich hatte etwas Geld. Da hat ein phantastisches Richard-Meier-Haus in der Georgica Road zum Verkauf gestanden, und ich hätte es gern genommen. Ich hatte sogar einen Käufer für mein Haus gefunden, der willens gewesen wäre, deutlich mehr als den Marktpreis zu zahlen, *wenn* er den Grund und Boden mit der Zufahrt dazukaufen konnte. Polly hat mich hingehalten, hat mehr und immer mehr Geld verlangt und dann plötzlich nein gesagt. Das reicht nicht ganz, um jemanden umzubringen, aber fast.«

Ich sah wieder auf die Liste hinunter. »Bud hat seine eigene Tochter mit draufgesetzt.«

»Wie gesagt, er wollte wohl Reaktionen provozieren.«

»Was könnte sie für Gründe haben, ihrer eigenen Mutter den Tod zu wünschen?«

Jim lächelte entschuldigend. »Laurie ist eine Freundin von mir. Das musst du sie selbst fragen.«

»Was ist mit Steve King? Der steht ganz oben auf der Liste.«

»Steve ist der Ansicht, The Pynes gehört eigentlich ihm. Es hat seinem Vater gehört, er war auch ein Bonacker, genau wie Steve. Damals Ende der Vierziger nach einem üblen Winter hat Polly ihm weniger als die Hälfte des Werts als Kaufpreis angeboten. Steves Vater hatte eine Frau und einen Sohn zu ernähren, also hat er angenommen. Steve hat sich damit nie abgefunden.«

»Na, *seine* Stoßstange habe ich jedenfalls inspiziert. Nicht ein Kratzer. Was ist mit den anderen auf der Liste? Rebecca, Dodo, Buds Partner?«

»Das hab ich Bud auch gefragt. Er hat gesagt, wenn ich es nicht wüsste, käme es nicht drauf an. Lester versucht seit über einem Jahr, sich von seiner Frau scheiden zu lassen. Sie bleibt eisern. Als das hier bekannt wurde, hat der Dorfklatsch erst mal behauptet, Lester und Polly wären zusammen. Meiner Ansicht nach ist das Blödsinn.«

»Warum Rebecca Barnes? Sie ist wundervoll.«

»Ich weiß nicht, aber den Boss der Firma zu mögen, macht ihr Zeug nicht wertvoller. Alles, was ich dir über Dodo sagen kann, ist, dass er zu viel trinkt und dass Polly ihn als Laufburschen verwendet hat. Kennelly – ich weiß von ein paar Streitereien zwischen ihm und Bud, die mit der Firma zu tun hatten. Lester wollte nicht, dass er aus New York weggeht. Meistens sind die Unstimmigkeiten auf eines rausgelaufen: Geld gegen Kunst.«

»Hat Bud mit dir über den Zusammenschluss mit Chass/Dayton geredet?«

»Ich weiß, dass der letztes Jahr durchgefallen ist.«

»Hat Bud gesagt warum? Oder im letzten Monat mal Chass/Dayton erwähnt?«

»Nein und nein. Willst du damit sagen, Chass/Dayton hat irgendwas mit Buds Tod zu tun?«

»Ich versuche einfach, möglichst viel herauszufinden. Wie gut stehen die Chancen, dass Bud seinen eigenen Tod inszeniert hat?«

Jim sah plötzlich müde aus. »Bei null. Bud war absolut geradeheraus, hat Unaufrichtigkeiten gehasst.«

»Schwer vorzustellen bei einer Werbelegende.«

»Er hat der Öffentlichkeit die Wahrheit über das Produkt gesagt. Er hat sie bloß mit einer interessanten Wendung präsentiert. Das war es, was ihn groß gemacht hat.« Sein Gesicht verzerrte sich. »Ich will nicht, dass er tot ist.«

Ich griff nach seiner Hand. »Was ist so Besonderes an dem Richard-Meier-Haus?«

»Er ist ein großer Architekt. Okay, er ist gerade in, er baut das Getty Center in L.A., er kostet eine Menge Geld. Es wäre ein Haus zum Vorzeigen gewesen. Ich bin nicht gerade stolz darauf, dass ich eins will, aber mir gefällt der Gedanke, dass ich mir wieder etwas Großes leisten kann. Nun komm schon, was erwartest du eigentlich?« Seine Stimme wurde lauter. »Ich war elf Jahre lang an der Börse! Das schüttelt man nicht einfach so ab. Es ist nicht falsch, wenn man die schönen Dinge des Lebens haben will.«

Ich ließ seine Hand los. »Jim, ich habe doch kein Wort gesagt.«

»Du hast missbilligende Vibes ausgesandt.«

Da hatte er etwas falsch verstanden. Ich hatte gedacht, dass er trotz seines Wunsches nach einem Vorzeigehaus sehr attraktiv war. Und liebenswert. Es juckte mir in den Fingern, ihm über die Lippen zu streichen.

Diesmal stand ich auf. Ich entschuldigte mich und humpelte zurück in die Notaufnahme, um mit der Schwester zu reden. Diesmal griff sie zum Telefon. »Der Doktor kommt gleich runter.«

Eine Viertelstunde später, als meine Wange zur Größe eines Kürbisses angeschwollen war und meine Gelenke zu Beton erstarrt waren, teilte uns Dr. Pfefferminzatem mit, dass Dmitris Kinn mit fünf Stichen genäht worden war, dass er außerdem eine Kontusion an der linken Schläfe hatte, die vermutlich zu seiner Bewusstlosigkeit geführt hatte, und drei angebrochene Rippen, von denen keine die Lunge durchbohrt hatte. Ruhe und nichts anderes würde ihn heilen.

»Er brüllt danach, nach Hause entlassen zu werden.«

Ich war noch nie so froh darüber gewesen, zwanzig Dollar zu verlieren.

16

Das Telefon weckte mich. Ich rollte aus dem Bett, um abzunehmen. Dmitri hatte die Nacht auf dem Sofa verbracht, auf das Jim und ich ihn gelegt hatten. Er weigerte sich, das Bett zu benutzen; er hatte Angst, er würde nicht wieder aufstehen können, bevor seine Rippen geheilt waren. Wir konnten uns nicht leisten, das Ferienhaus so lange zu behalten.

Am Telefon war die Polizei von East Hampton. Der Cadillac stand in einer Werkstatt, der Kirkwood Garage. Der Beamte gab mir die Nummer. Sie hatten auch das Auto gefunden, das uns gerammt hatte. »Ein blauer 94er Honda Accord, der uns gestern Nachmittag um 5.05 Uhr von einem Ed Starner aus der Napeague Lane als gestohlen gemeldet wurde. Kennen Sie ihn?«

»Nein.«

»Wir haben seine Geschichte überprüft. Das Auto haben wir im Neck Path gefunden. Sie müssen den Honda stehen gelassen haben, nachdem sie Sie gerammt hatten. Haben wahrscheinlich Angst gekriegt. Irgendwelche betrunkenen Kids. Wir haben ein Dutzend Bierdosen gefunden und ein paar verwischte Fingerabdrücke, die wir gerade überprüfen. Wenn wir irgendwas finden, melden wir uns bei Ihnen.«

Das Telefon klingelte wieder. Diesmal war es Stan. Sie waren dabei, sich an einem neuen Berg zu versuchen; diesmal sollte es den Ammonoosuc Ravine Trail auf den Mount Washington hinaufgehen. Sie hatten vor, bis zum Gipfel zu kommen und dann zurück zur Baumlinie, um die Nacht in der Lake-of-the-Clouds-Hütte zu verbringen.

»Was für ein hübscher Name«, sagte ich.

»Wenn du dir jetzt was Romantisches vorstellst, liegst du falsch.« Stan hatte die schläfrige Stimme aufgelegt. Ich spürte sie bis ganz tief unten. »Pritschen, zwölf Stück pro Schlafraum. Letzte Nacht hat ein Typ so laut geschnarcht, dass wir am Schluss alle gelacht haben. Es hat ihn nicht mal aufgeweckt.«

»Amüsiert ihr euch?«

»Das Wetter ist toll.«

Phantastische Antwort. »Was ist mit Willy?«

»Er will mit dir reden. Hon?«

»Ja?«

»Ich liebe dich.«

»Das weiß ich ja wohl.« Es mir zu sagen war nicht gut genug. »Und übrigens, deine Zahnbürste wacht ja über mich. Ich wette, du hast sie absichtlich stehen lassen.«

»Habe ich nicht, aber eine elektrische Zahnbürste hat nicht viel Zweck, wenn man zeltet.«

»Mhm.« Geht's auch ein bisschen aufgeräumter, *bello mio*?

Willy kam ans Telefon. Das Wetter war auch für ihn Thema Nummer eins. So schien es jedenfalls. Ich bekam zu hören, dass es urplötzlich Schneestürme geben konnte, dass die höchste in Nordamerika jemals gemessene Windstärke von der Wetterwarte auf dem Mount Washington gestammt hatte. Er war drauf und dran, sich über Flora und Fauna der Gegend auszulassen, als Stan sich endlich aus der Hörweite entfernt haben musste.

»Ich weiß, was mit Dad los ist«, flüsterte er.

»Was?«, flüsterte ich zurück.

»Wir haben gestern Nacht am Mount Adams gezeltet.

Mitten in der Nacht hatte Dad diesen Magendrücken-Albtraum.«

»Wundert mich nicht. Schlafsäcke sind für Mumien bestimmt.«

»Moment.« Die Stimme entfernte sich. »Hey Dad, kannst du mir ein Mineralwasser besorgen? Ich hab dermaßen Durst.« Er kam wieder ans Telefon. »Er hat eine Menge Zeug gemurmelt. Ich hab versucht, es mitzukriegen. Irgendwas von Sherry und blauen Maden.«

»Bist du sicher, dass es das war?«

»Oh, yeah, und ich weiß auch, was es heißen soll. Er macht sich Sorgen wegen Granny.«

»Wie kommst du denn von Sherry und blauen Maden auf Granny?«

»Sie hat immer diesen tollen Sherrytrifle-Kuchen gemacht. Jetzt sagt sie immer, sie ist zu müde dazu. Und Maden fressen dich auf, wenn du tot bist. Meinst du, Granny stirbt?«

»Nein.« Der Junge hatte wirklich eine galoppierende Phantasie. »Ich wette, ihr zwei habt gestern Abend Steak gegessen.«

»Woher weißt du das?« Er hörte sich geradezu ehrfürchtig an. Ich hatte gerade eine Menge Punkte gesammelt.

»Weil er nach rotem Fleisch schlecht schläft und rülpst und alles Mögliche.« Blähungen kriegt zum Beispiel. »Bring deinen Dad dazu, sich an Huhn oder Fisch zu halten, und er hat keine Albträume mehr, okay?« Willy versprach es. Ich plapperte noch ein paar Minuten davon, wie sehr ich sie beide vermisste. Stan kam wieder ans Telefon. Ich fragte ihn, ob ich seine Mutter anrufen sollte, um mich für ihn zu erkundigen, wie es ihr ging.«

»Ich hab letzte Woche mit ihr geredet. Es geht ihr gut. Genau genommen ist sie gestern auf eine zehntägige Karibikkreuzfahrt gegangen. Die lässt sich nicht mal von der Hitze aufhalten.«

So viel zum Thema Sterben. »Erzähl das Willy«, sagte ich. »Es wird ihn freuen.« Wir verabschiedeten uns. Er fragte nicht nach meinem Fall. Ich erzählte ihm nichts davon. Rafs Mitteilung vergaß ich vollkommen.

Ich stolperte steifgliedrig ins Wohnzimmer und ging geradewegs zu der eisernen Bratpfanne hinüber. *Tocca ferro*, berühr Eisen, ein absolutes Muss für abergläubische Italiener. Ich legte Zeigefinger und kleinen Finger gegen das Eisen in der jahrhundertealten Abwehr-gegen-den-bösen-Blick-Geste und hoffte, dass die Maden und der Sherry nichts mit Stans Mutter oder mit mir zu tun hatten.

Nach vollbrachtem Ritual machte ich mich auf die Suche nach Dmitri. Er saß draußen in einem Paar abgeschnittener grauer Trainingshosen, die ich gestern mitgewaschen hatte, und hielt Beine und Brust in die Sonne. Nachdem ich mich in ein riesiges T-Shirt geworfen hatte, setzte ich mich dazu und erzählte ihm, was aus den Autos geworden war. »Sie glauben, es waren betrunkene Teenager.«

Dmitri schüttelte langsam den Kopf und schlug ein hart gekochtes Ei auf der Platte des Klapptisches auf. Vor ihm drängten sich auf einem großen Teller gekochte Kartoffeln, drei Eier und vier Hot Dogs um ein Glas scharfen Senf.

»Wo kommt dieses Essen her?«

»Ich habe gemacht, während du geschnarcht.«

»Pass auf, dass dir nichts passiert«, sagte ich. »Ich würde dich zu sehr vermissen.«

»Du würdest mein Essen vermissen.«

»Das auch.«

Ich tauchte einen Hot Dog in Senf und kaute. Die Bucht glänzte im Sonnenlicht. Der einzige Makel am Himmel war der Kratzer, den ein Düsenjäger hinterlassen hatte.

Die Windmühle aus dem siebzehnten Jahrhundert funkelte weiß von Gardiners Island jenseits der Bucht herüber; die Flügel bildeten ein perfektes X. Es war immer noch zu heiß, aber ein leichter Wind sammelte Feuchte wie mit langsamen Pinselstrichen und schickte sie zu irgendeinem anderen Teil der Insel hinüber. Es hätte das reine Paradies sein können.

»Jim hat mir eine Liste mit möglichen Verdächtigen gezeigt, von der er behauptet, Bud hätte sie ihm gegeben«, sagte ich. Ich lehnte sie an das Verzeichnis der kompostierbaren und nicht kompostierbaren Abfälle auf dem Kühlschrank. »Steve King, Rebecca, Dodo, Laurie. Geschrieben auf WSK-Papier und vielleicht in Buds Handschrift. Das muss ich noch überprüfen.«

»Du traust Jim nicht, weil du ihn zu sehr magst.«

»Ich versuche hier meinen Job zu machen. Jims Name hat auch draufgestanden.«

»Aber er sie dir gegeben.«

»Ablenkungsmanöver.« Bezaubernd ausgeführt außerdem. Ich ließ mich behutsam auf einem hölzernen Klappstuhl nieder und fragte mich, ob ich irgendwie an das Nick & Toni's-Rezept für den Seebarsch herankommen konnte. Meine Füße ruhten auf einer Bank. Ich lehnte den Kopf zurück. Die Arbeit konnte warten.

Dmitri hob den Teller mit dem Essen an und zog ein Foto darunter hervor. »Warum du hast Bild von dieser Katze?«

»Das ist Uma. Kein schöner Anblick, was?« Uma war eine cremefarbene Sphinxkatze mit so kurzem, feinem Haar, dass sie haarlos wirkte. Riesige Ohren, ein weißes Schnäuzchen, eine rosa Brust und ein purpurgrauer Körper, der in einem Rattenschwanz endete. »Die Rasse hat gesundheitliche Probleme. Sie muss öfters gebadet und trockenfrottiert werden, sonst hinterlässt sie Flecken, wo sie sich auch hinlegt, weil sie keinen Pelz hat, der das Hautfett aufnehmen könnte. Sie wurde an David Lettermans danebengegangenem Oscar-Abend geboren.«

»Uma, Oprah. Oprah, Uma.« Dmitri tauchte eine Kartoffel in das Senfglas und ließ sie sich in den Mund fallen.

»Genau. Sie ist Streitobjekt in einem Scheidungskrieg. Der Mann hat Dick Knight angeheuert, um sie zu finden. Der Mann glaubt außerdem, die Frau hat sie genommen. Mr. und Mrs. Reed Lawrence III. Die Katze ist vor einer Woche aus dem Haus der Reeds in der Dune Road, Southampton, verschwunden. Das ist alles, was ich weiß. Es wäre wunderbar, wenn wir Knight in der Sache helfen könnten, aber Uma ist inzwischen wahrscheinlich auf dem Weg nach Australien. Mr. Lawrence bietet achtzigtausend Dollar, wenn sie ihm unversehrt zurückgebracht wird.«

Dmitris Schnauzbart zuckte. »Name ist meinem Ohr nicht neu. Vielleicht Lawrence ist Freund von Ron. Ich setze Mike und Phil an auf dies.« Dmitris Freunde arbeiteten nach wie vor für Perelman. Ich bezeichne die Russengang meist als die drei Musketiere. Dmitri bevorzugt die ›Brüdder‹ Karamasow.

»Gute Idee.« Ich stand widerwillig auf und streckte mich langsam. Es war nach zehn. »Ich fange bei Rebecca an.« Die unwahrscheinlichste Verdächtige.

»Frag, ob sie Borschtsch hat übrig.« Er aß eine weitere Kartoffel.

»Was für ein selbstloses Geschenk das war.«

»Weißt du, was russische Rache ist?«

»Sibirien.«

»Napoleon, er fällt ein, und was wir getan? Wir verbrennen Felder. Wir töten Vieh. Tausende von französischen Soldaten sterben an Hunger. Wir sterben auch, aber sie sterben mehr. Dasselbe bei Hitler und Mussolini. Russische Rache ist Hunger. Darum esse ich.«

»Vollkommen logisch.« Ich schnappte mir die letzte Kartoffel und ging zurück auf die Veranda, um mich anzuziehen.

»Küstenwache!«, rief Dmitri.

Ich drehte mich um. Drei Boote waren unterwegs, quer über die Bucht und geradewegs auf die Windmühle zu. Ich rannte auf die Veranda und riss das Fernglas von seinem Wandhaken. »Eins davon ist ein Polizeiboot. Jetzt legen sie auf Gardiners Island an.«

»Jemand bewegt Flügel von Windmühle in Kreuzposition.«

»Deshalb ist die Windmühle immer weiß gestrichen gewesen«, sagte Rebecca beim Näherkommen. Ihr blauer Kittel blähte sich bei jedem langen, entschlossenen Schritt. Strähnen von langem grauen Haar wehten um ihr Gesicht, das jetzt streng und vogelartig wirkte. Schlechte Nachrichten. »Wenn die Piratenschiffe gekommen sind, haben die Gardiners die Leute an der Küste gewarnt, indem sie die Flügelstellung zu einem Kreuz geändert haben. Das ist mindestens zweihundert Jahre her.«

»Warum tun sie das jetzt?« Dmitri nahm mir das Fernglas aus der Hand und richtete es auf die Windmühle.

»Der Aufseher hat die Polizei gerufen. Er hat Bud am Great Pond gefunden. Mausetot. Man kommt nur mit dem Kajak zum Great Pond, und auch dann nur, wenn die Flut hoch steht.« Sie zeigte zu der Insel hinüber und bewegte den Finger dann nach Nordosten, um die verschwimmende Küste der dreieinhalbtausend Morgen privaten Grund und Bodens nachzuzeichnen, die sich nach Montauk hinüberzogen. »Da drüben liegt eine Kette von Sandbänken. Die Gardiners haben früher dort Feuer angezündet, damit Schiffe auf Grund laufen und sie die Ladung abholen konnten. Great Pond liegt ganz am Ende davon.« Rebecca schluckte langsam, das einzige Zeichen einer Gefühlsregung außer dem harten Glanz in ihren Augen und ihrer abrupten Sprechweise. »Die Möwen haben ihn verraten. Große Schwärme, sagt der Aufseher. Es hat ihn aufmerksam gemacht. Zuerst hat er gedacht, es könnte ein Wildkadaver sein. Die Insel ist mit Zecken infiziert.«

»Es tut mir Leid, Rebecca«, sagte ich.

»Danke. Ich bin ziemlich hart im Nehmen, aber jetzt hätte ich gern Gesellschaft. Dodo hab ich heute Früh zum Asparagus Beach rausgefahren, damit er dort Schätze suchen kann. Er kann es sich nicht leisten, einen Tag auszusetzen. Es hilft ihm, sein inneres Gleichgewicht zu bewahren.« Sie zeigte mit einer Handbewegung zu einem Stuhl hin. »Das müssen wir alle. Darf ich?«

»Natürlich. Laurie?«

Rebecca ließ sich mit einer schnellen ungrazilen Bewegung in den Stuhl fallen. »Sie ist mit auf dem Boot. Mich wollte sie nicht dabeihaben.«

»Sollen wir Jim aufwecken?« Ich setzte mich auf die Bank neben ihr. Dmitri ging ins Haus.

»Jim gehört nicht zur Familie. Ich habe Steve King eine Nachricht hinterlassen. Er ist mit seinem Trawler draußen. Seine Kumpel von der Dory Squad werden ihm über Funk Bescheid sagen. Wir können nur abwarten und sehen, was Laurie braucht.«

Nachdem sie sich nach unserem Unfall erkundigt hatte, sagte Rebecca: »Du solltest dir Tang auf die Wange legen.«

Dmitri tauchte wieder auf; jetzt bedeckte ein sauberes, zerknittertes blaues Hemd seine Brust. In den Händen trug er drei Gläser und einen Krug mit Orangensaft und Wodka.

Wir tranken. Wir hoben unsere Gläser Bud zu Ehren. Wir warteten.

»Die Indianer haben die Insel Manchonake genannt«, sagte Rebecca. »Den Ort, an dem viele gestorben sind.« Sie lächelte mit schmalen Lippen, die Augen fest auf den Fuß der Windmühle gerichtet, auf eine Anlegestelle, die zu weit entfernt war, als dass sie sie hätte sehen können. Dmitri füllte ihr Glas nach.

»Bud hat mal zu mir gesagt, ich male deshalb nur Stillleben, weil ich für lebende Wesen nichts übrig habe.« Rebecca fing ein loses Haar auf und drehte es um einen ihrer langen knochigen Finger. »Cézanne hat Stillleben gemalt, weil er zu viel Angst vor der weiblichen Figur hatte. Bud konnte einfach nicht zugeben, dass ein Mensch stark und selbstbewusst sein kann und trotzdem eine Ladung Ängste mit sich herumschleppen, die seine Entscheidungen bestimmen. Ihre Entscheidungen.« Sie umklammerte die splittrige Armlehne des Klappstuhls. »Stillleben. *Natura morta* nennen es die Italiener. Die Franzosen *nature morte*. Tote Natur. Ich habe immer gedacht, das ist eine so trostlose Art und Weise, die Schönheit eines stillen Augenblicks zu sehen. Bis jetzt.«

Rebecca stand auf. »Ich muss Dodo abholen.«

»Gib mir die Autoschlüssel, ich gehe«, bot Dmitri an.

»Wir gehen alle«, sagte ich.

»Nein.« Ihre Stimme klang fest. »Ein Gardiner hat die Insel mal eine *Sandbank des Kummers* genannt. Ich glaube, die Flut hat The Pynes einen Anteil von dem Kummer mitgebracht.«

17

Dmitri und ich warteten schweigend und wechselten uns am Fernglas ab. Die Temperatur stieg. Segelboote glitten über die Bucht. Möwen schossen herab. Wasser gluckste. Ich ging ins Haus und rief Lester Kennelly bei WSK an. Ich bekam seine Assistentin ans Telefon.

»Lester ist in East Hampton. Ist gestern spätabends noch rausgefahren«, sagte Charlene. »Wir haben am Abend noch gearbeitet. Seine Frau hat angerufen. Sie hat sich Sorgen um Laurie gemacht.«

Ich erzählte ihr, dass man Buds Leiche gefunden hatte.

»Lester hat vor einer Stunde angerufen. Wir sind total benommen hier. Und drehen durch.«

»Kann ich mir vorstellen. Da hat er nun diesen berühmten Slogan für Sport4Life-Produkte erfunden, ›Sport4Life Saves Your Life‹, und dann bringt er sich mit dem Boot um, gerade als seine Firma die nächste Kampagne vorbereitet. Es lässt WSK nicht gerade gut dastehen.«

»Genau ins Schwarze«, sagte Charlene. »Wir versuchen uns gerade an der Schadensbegrenzung. Was mich angeht, ich würde am liebsten kündigen.«

»Sie würden sich bald langweilen.«

»Yeah, ich weiß. Hey, mir ist da noch was eingefallen. Diese Polly-Pynes-Akte, die jemand falsch eingeordnet hat? Ich war's nicht. Ich hatte die seit Monaten nicht in den Fingern gehabt.«

»Vielleicht hat Ihr Boss sie rausgeholt.«

»King Kennelly? Der weiß im Zweifelsfall nicht, wo die Ablage ist. Nein, Bud war's. Ich weiß wieder, dass ich ihn vor ungefähr drei Wochen da drin gesehen habe. Er war am Kopierer, und er hatte eine Akte unterm Arm.«

»Hat in der Akte irgendwas gefehlt, als Sie sie mir gezeigt haben?«

»Nein. War von Anfang an nicht viel drin. Nur die Namen dieser Detektive und die Listen von Ausgaben, die Polly hatte, als sie noch für Bud repräsentiert hat. Altes Zeug. War schon irgendwer mit einer Schusswaffe hinter Ihnen her?«

»Nein.« Nicht mit einer Schusswaffe.

»Seien Sie bloß vorsichtig.«

Ich bedankte mich und legte auf. Ich fasste die Unterhaltung für Dmitri zusammen, ließ die Sache mit der Schusswaffe aber aus. Italiener mögen gut darin sein, die Einbildungskraft galoppieren zu lassen; die Russen sind Meister darin.

Zur Abwechslung einmal waren Dmitri und ich uns einig. Keiner von uns konnte sich einen Grund dafür vorstellen, weshalb Bud sich die Akte seiner Frau hätte ansehen sollen. Es kam uns nicht sehr wahrscheinlich vor, dass er die Namen der Detektive vergessen hatte, die er selbst angeheuert hatte.

Dmitri übernahm das Telefon. Die Werkstatt verlangte zehn Tage und zwölfhundert Dollar, um sein Auto zu reparieren. Er stöhnte und kehrte zu seinem Sofa zurück, um die Mitteilung zu überschlafen. Die Lehmfarbe seines Gesichts teilte mir mit, dass seine Tasche nicht das Einzige war, das ihm wehtat.

Um die Mittagszeit hatte sich die Nachricht, dass man Buds Leiche gefunden hatte, über The Pynes verbreitet. Ein

Häufchen Nachbarn sammelte sich auf dem schmalen Streifen Strand. In der Hoffnung darauf, etwas Nützliches zu erfahren, raffte ich meinen Rock zusammen und watete ganz in der Nähe ins Wasser.

Sie sprachen einander ihr Mitgefühl aus, erfuhren Neuigkeiten voneinander und klatschten: Bud war nach Pollys Tod nie mehr der Alte gewesen. Er arbeitete zu viel. Polly hatte ihn das Leben gekostet. Seine Tochter war auch keine Hilfe. Nein, Laurie war nett, aber sie war jung und ein bisschen durcheinander. Bei dieser Mutter! Warum praktizierte das Mädchen eigentlich nicht Jura, nachdem er so viel Geld in ihr Studium investiert hatte? Der Fischer war schuld. Steve King, der hatte das Mädchen glatt um den Verstand gebracht. Polly hatte Bud trotz allem geliebt. Was? Kein Gedanke. Warum hatte sie ihm dann The Pynes vererbt?

Der Psychotherapeut von der West Side mit dem säuerlichen Gesichtsausdruck erwähnte das Wort »Mord« im Zusammenhang mit Pollys Namen.

»Sie sollten sich schämen«, sagte Lauries Fürsprecherin, eine sonnenverbrannte Frau mit einem Papagei auf der Schulter. »Sag du's ihm, Captain Dan. Er sollte sich schämen.« Der Vogel plusterte sich auf, legte den Kopf schief und verweigerte die Mitarbeit. »Selbstmord. Alle beide«, sagte sie.

»Selbstmord«, wiederholte der Vogel.

Der rundliche Professor der Wirtschaftswissenschaften vom Queens College war anderer Ansicht. »Statistisch gesehen ist ein Herzinfarkt viel wahrscheinlicher.«

»Und was ist mit der Weste?«, fragte der Therapeut. »Was hat er statistisch gesehen mit seinem Boot gemacht – es sich an den Knöchel gebunden?«

An diesem Punkt machte der Professor der Wirtschaftswissenschaften einen Bauchsprung ins Wasser und spritzte mich dabei von Kopf bis Fuß nass. Es kühlte mich ab, was bisher das einzige brauchbare Ergebnis war.

»Was glauben *Sie* denn, was mit Bud passiert ist?«, fragte ich den Therapeuten.

Er holte tief Luft. Seine Brust blieb weiterhin unscheinbar. »Es ist schwierig, sich in diesem Fall eine Meinung zu bilden. Er war nicht mein Patient, aber ich habe gestern Nachmittag ein Auto der Suffolk County Police in Pollys Einfahrt stehen sehen. Captain Comelli hat dringesessen. Der Mann, der damals Pollys –«

»Hey, Doc!«, schrie der Professor vom Wasser herüber und schwenkte ein Fernglas. »Sie legen von der Insel ab!«

Der Doc holt tief Luft, um seine Würde zurückzugewinnen. Wir anderen sahen schweigend zu, während die Küstenwache- und Polizeiboote langsam die Bucht überquerten, einen Schwarm Möwen im Schlepptau.

Das Schweigen wurde vom Geräusch eines Lastwagens unterbrochen, der den Fahrweg entlangkam. Wir drehten uns alle zugleich um. Captain Dan quakte.

Steve King parkte seinen Pick-up bei einem Holzschuppen in der Nähe des großen Hauses. Er trug seine Baseballkappe und die Sonnenbrille. Der Hund wartete neben ihm.

»Der Mann erinnert mich an einen Geier«, sagte der Doc.

»Sie reden vielleicht einen Blödsinn«, sagte der Professor.

Die Papageienfrau seufzte. »Er ist furchtbar verliebt.«

»Verliebt«, wiederholte Captain Dan.

Ich überließ sie ihrem Zank und ihren romantischen Spekulationen und ging zu Steve hinüber, um mich für seine Hilfe am Abend zuvor zu bedanken. Ich fügte hinzu, dass Laurie mein ganzes Mitgefühl hatte. Ihr Vater war mir wie ein netter Mann vorgekommen. Er nickte nur. Tanner wedelte einmal mit dem Schwanz. Ich würde noch ein, zwei Tage warten müssen, bevor ich Steve nach seiner zweistündigen Unterhaltung mit Bud an dem Vormittag fragen konnte, an dem Polly gestorben war.

Für meine Unterredung mit Laurie galt das Gleiche. Ich verabschiedete mich, drehte mich um und machte mich auf zu Rebeccas Cottage, um mir ihren alten Buick zu leihen. Es gab an diesem Nachmittag auch noch einfachere, praktischere Dinge zu erledigen.

Rebecca zeigte mit ihrem Kohlestift zu den Schlüsseln auf der Küchenanrichte hinüber und widmete sich dann wieder ihrer Zeichnung eines Fischadlers, der gerade auf seinem Nest hoch über dem seichten Wasser des Accabonac Harbor landete. Die Flügel spannten sich quer über das Blatt. Die Kohlestriche erfüllten sie mit majestätischer Bewegung.

»Das ist wunderschön«, sagte ich, während ich nach den Schlüsseln griff.

»Es ist kein Stillleben.«

Ich fuhr die sieben Meilen nach East Hampton und hielt als Erstes bei der Werkstatt, um einen Vorschuss für die Reparatur von Dmitris Auto zu zahlen. Im Supermarkt schwelgte ich in der eisigen Luft der Klimaanlage, bis meine Knochen zu knacken begannen. Ein von der Ladies Village Improvement Society aufgestelltes Schild bat um weitere Sandwiches für die Feuerwehrleute. An der Kasse bejubelten ein paar Teenager das Eintreffen von zwei C-130-Tankflugzeugen.

»Habt ihr's gesehen auf CNN?«, fragte der Junge, der mir die Einkäufe in Tüten packte. Seine Pickel hoben sich hell gegen die Sonnenbräune ab. »Fünftausend Gallonen! Klatsch! Einfach gigantisch!«

»Es ist eine elende Schande, dass das so lang gedauert hat«, bemerkte der Mann hinter mir. »Verlass sich einer auf die Regierung!«

Ich schleifte meine Gallonen von Mineralwasser ins

Auto – zusammen mit genug Vollkornweizenbrot, Schinken und Käse für weitere fünfzig Sandwiches – und machte mich auf zu Claws on Wheels in der Nähe des Bahnhofs, um East-End-Spezialitäten zu besorgen: Shinnecock-Muscheln, frisch gepflückten Mais und reife Tomaten.

Die Muscheln waren ausverkauft. Ich nahm eine rasche Planänderung vor. Die Feuerwehrleute würden diesmal rein amerikanisches Essen bekommen, aber Dmitri bekam eine süße italienische Rache. Cool Pasta an der Bucht.

Als Nächstes fuhr ich die Pantigo Road hinunter zu Buzz Chew und mietete ein Auto; ich suchte mir einen dunkelblauen Chevy aus, der keine Aufmerksamkeit erregen würde, falls wir jemanden verfolgen mussten. Oder falls jemand darauf wartete, uns noch einmal auf einen Friedhof zu rammen. Buzz Chew versprach, das Auto in der nächsten Stunde noch vorbeizubringen.

Als ich in die Einfahrt von The Pynes einbog, wartete Laurie auf mich.

18

Laurie riss die Autotür auf; ihrem Gesichtsausdruck nach war sie fuchsteufelswild. »Wo steckt dieser Russe?«

»Dmitri? Im Haus und im Bett, glaube ich. Laurie, es tut mir so Leid wegen deinem Vater. Gibt es –«

»Er ist nicht im Haus. Er ist nirgends hier in der Nähe. Wo zum Teufel steckt er? Wenn du ihn nicht findest, rufe ich die Polizei!«

»Laurie, beruhige dich. Komm schon, setz dich hin, wir brauchen das nicht in aller Öffentlichkeit zu erledigen.« Ich klopfte auf den Beifahrersitz. Laurie zögerte, sah sich nach den Cottages um. Vorhänge flatterten. Sie setzte sich, knallte die Tür zu und lehnte sich dagegen. Sie war einunddreißig und benahm sich wie eine wütende Zwölfjährige. Andererseits, sie hatte gerade ihren Vater verloren.

»Warum willst du die Polizei anrufen, Laurie?«

»Der Typ hat das Haus meines Vaters durchstöbert!«

»Nein, das würde Dmitri –«

»Erzähl mir jetzt bloß nicht, was Dmitri alles nicht tun würde. Ich hab ihn gesehen!«

Bitte, Dmitri, nein.

»Er ist davongeschwommen mit einer Plastiktüte zwischen den Zähnen! Und der erste Stock bei meinem Dad war total verwüstet.«

»Lass mich erklären, Laurie.«

»Finde ihn einfach.« Sie setzte sich auf und wirkte plötzlich wieder ganz gefügig. Ich folgte ihrer Blickrichtung. Rebecca kam mit den üblichen entschiedenen Schritten auf uns zu; der blaue Kittel flatterte. Laurie befingerte den Türgriff. »Bitte. Ich brauche jemanden, der mir hilft.« Sie öffnete die Autotür, schlüpfte hinaus und rannte auf Rebecca zu wie ein verirrtes Kind, das seine Mutter wieder gefunden hatte.

Ich wurde nicht schlau aus ihr. Und ich konnte mir auch nicht vorstellen, wo Dmitri steckte. Ich fand keinen Zettel im Cottage, aber das Fahrrad, das hinter der Liege an der Verandawand gelehnt hatte, war fort. Ich rief bei Ron Perelman an und fragte nach Mike oder Phil, Dmitris Kumpels. Man teilte mir mit, dass die beiden ihren Boss auf einer Minikreuzfahrt begleiteten. Ich räumte die Lebensmittel fort. Dmitri hatte das Brot, den Tunfisch und zwei tiefgefrorene Bagels erledigt, die Stan zurückgelassen hatte. Russische Rache.

Ich setzte mich wieder in Rebeccas Auto und fuhr hinüber zum Herzen von Springs – Ashawagh Hall an der Kreuzung Fireplace Road/Old Stone Highway. Gleich hinter der ehemaligen Schule, die jetzt ein Bürgerzentrum war, lag der General Store, der schon seit den vierziger Jahren des neunzehnten Jahrhunderts existierte und in dem Jackson Pollock irgendwann – Ende der Vierziger, Anfang der Fünfziger – eine seiner Leinwände gegen Lebensmittel im Wert von sechzig Dollar eingetauscht hatte. Dan Miller hatte das kleine Tropfgemälde in seinem Geschäft aufgehängt, wo die Einheimischen über es gelacht und Dan einen Idioten genannt hatten. Jahre später hatte der Idiot das Gemälde für siebzehntausend Dollar verkauft und sich für das Geld ein Flugzeug gekauft.

Dmitri schätzte die Heidelbeer-Scones des Ladens, war aber seit Sonntag nicht mehr gesehen worden. Bei Dreesen's und in der Eisdiele in Amagansett galt das Gleiche. Der nächste Halt auf meiner Liste war FizzEd.

Ich platzte mitten in eine Aerobic-Klasse und schrie über die U2-Musik hinweg, ob irgendjemand Dmitri gesehen hatte.

Die Antwort bekam ich von einer Frau mit einem knochigen Körper, den man beim Metzger vielleicht für eine Brühe verwendet hätte. »Wenn er sich hier noch mal blicken lässt, ist er eine Leiche.« Ihr Haar war schlecht geschnitten.

Weitere Frauen schlossen sich an. »Krähenfraß!« »Fischfutter!« »Hackfleisch!« Sie hatten allesamt diese Delirium-tremens-Frisuren. Ich zog mich schleunigst zurück und machte mich auf den Heimweg.

Mittlerweile hatte ich einen Kloß im Hals. Zweihundertfünfzig Pfund und drei angebrochene Rippen auf einem rostigen Fahrrad. Wenn auch nur eine dieser Frauen einen biertrinkenden Freund hatte, war mein Partner ein leichtes Ziel.

Plötzlich hatte ich Dmitri auf der Fireplace Road vor dem Kühler. Er war vom Parkplatz des Spirituosenladens her in die Straße eingebogen. Ich trat auf die Bremse und hupte. Danach schrie ich: »Willst du dich umbringen? Oder vielleicht mich? Warum zum Teufel hast du keinen Zettel hingelegt?« Dmitri schlingerte zwischen den beiden Spuren. Unter seinem Gewicht das streichholzdünne Fahrrad. So wirkte es jedenfalls. Auf den Gepäckträger waren zwei Flaschen Wein geschnürt. Außerdem hatte er sich ein Seil ums Handgelenk gebunden. Am anderen Ende des Seils trabte ein pelziger Köter. Einen guten halben Meter hoch und ungefähr zwei Meter breit.

Ein Möbelwagen raste hupend auf uns zu.

»Du wirst den Hund noch umbringen! Fahr zur Seite!« Der Möbelwagen kam näher und hupte wieder. Dmitri schwenkte endlich nach rechts. Der Köter hatte keine Einwände. Ich schob mich neben die beiden. »Was machst du eigentlich?«

»Ich suche nach Uma.«

»Was du da an der Leine hast, miaut aber nicht.«

»Ich war in Tierschutzheim. Sie sie gefunden an einem Baum im Merrill Lake Sanctuary. Sonntag nach Feuer in Buds Haus.«

»Wie heißt sie?«

»Sabrina. Sie ist Audrey Hepburn in den Augen.«

»Nicht in den Hüften.«

»Sehr schwanger.«

»Na wunderbar. Übrigens, Hunde sind in The Pynes nicht erlaubt.«

»Wir schmuggeln sie rein.«

»Hast du Buds Haus auf den Kopf gestellt?«

»Auf Kopf gestellt wie Gymnastik?«

»Auf den Kopf gestellt wie alles durcheinander gebracht, während du dich umgesehen hast.«

Er drehte sich eben lang genug zu mir um, dass ich seinen verletzten Gesichtsausdruck sehen konnte. »Dmitri immer sehr vorsichtig.« Er verfehlte mit knapper Not einen Baum.

»Laurie ist da anderer Ansicht.«

Hinter uns hupten Autos. Wir blockierten die Straße; wir waren zu langsam. Ich bog an der nächsten Kreuzung ab und zwang Dmitri damit, es ebenfalls zu tun. Dann versuchte ich, ihn zur Herausgabe des Hundes zu bewegen. Es war ein langhaariger, schwarzweißer Mischling mit einer Menge Spaniel im Stammbaum. Lange Schaukelohren, große glänzende Augen, eine Zunge, die beinahe die Straße kehrte. Ein Äußeres, das zu dem Zweck entworfen zu sein schien, Liebe auf den ersten Blick hervorzurufen. In dem Augenblick, in dem ich das Seil von Dmitris Handgelenk wickelte, begann sie zu heulen.

Er grinste. »Sabrina liebt mich jetzt schon.«

»Deine Opfer bei FizzEds auch. Der Frisör, mit dem du deinen Deal abgeschlossen hast, endet wahrscheinlich als Köder in Hummerfallen. Du hast Glück, wenn du mit drei angeknacksten Rippen davonkommst.«

»Und fünf Stichen und schlimmer Kontusion an Schläfe.«

»Und Wasser im Hirn.«

»Du glaubst, sie gerammt uns auf Friedhof?«

»Ja, ich glaube, sie dich gerammt. Es sei denn, das war Laurie. Wütend genug war sie. Ich muss sie fragen, ob sie Dosenbier mag.« Ich hatte den Hund die ganze Zeit hinter den Ohren gekrault, um ihn zu überreden, es mit der Rückbank zu versuchen. Überzeugt hatte ich ihn nicht. Das Heulen brach nicht ab.

Dmitri stieg vom Fahrrad, um ihn auf den Arm zu nehmen. Die Töle kläffte vor Glück. »Wenn sie Babys verliert, ist deine Schuld!«

»Mamma mia! Mir reicht's. Da, fahr du sie nach Haus.« Ich gab ihm die Schlüssel. »Hol eine Decke aus dem Cottage und wickel sie ein. Mit ein bisschen Glück denken die Nachbarn, du hast einen Sack Kartoffeln gekauft. Ich hoffe bloß, sie mag Spaghetti.«

Dmitri machte sich auf den Weg, während Sabrina ihm vom Beifahrersitz aus das Gesicht leckte. Ich konnte nur hoffen, ein paar Hundehaare würden Rebecca nicht stören. Ich selbst stieg auf das Fahrrad. Ich war nicht mehr gefahren, seit ich zwölf gewesen war. Die Reifen kamen mir papierdünn vor, und der Sattel erinnerte mich an etwas aus einer gynäkologischen Praxis, aber ich war voller Optimismus. Alle Welt sagt immer, wenn man es einmal gelernt hat, vergisst man es nie.

Alle Welt hat Unrecht.

19

Wir brachten Laurie einen Teller Cool Pasta und eine Flasche Wein als Friedensangebot. Ich hinkte. Zusätzlich zu meiner schmerzenden Schulter und der blauen Wange hatte ich jetzt auch noch ein aufgeschlagenes Knie und einen verstauchten Knöchel. Der Köter schlief inzwischen auf dem Sofa, voll gestopft mit Spaghetti und Ketchup, die Schnauze in Dmitris schmutzigem Hemd vergraben.

»Danke«, sagte Laurie, während sie wieder in die Küche ging. »Ich hab den ganzen Tag nichts gegessen.« Auf dem Küchentisch standen eine unberührte Kasserole, zwei Schokoladenkuchen und ein Hackbraten, jeweils mit einem Kärtchen daran. Die Nachbarn, die der Trauernden Stärkung schickten. Wir sprachen murmelnd unser Beileid aus. Ich starb beinahe vor Neugier auf die Details, hatte aber die Manieren, noch etwas zu warten.

»Es tut mir Leid wegen vorhin«, sagte Laurie, während sie die Weinflasche auf dem Tisch bei dem ganzen anderen Zeug stehen ließ. Den Nudelteller behielt sie in der Hand. »Ich hatte eine Menge Wut abzulassen.« Sie hatte das aufgedunsene, erschrockene Gesicht eines Menschen, der gerade aus einem Albtraum aufgewacht ist. Nur, dass sie noch mittendrin steckte. Ihre braunen Locken waren nass, das runde Gesicht dunkel gebräunt. Dunkle Wimpern umgaben geschwollene braune Augen. Sie hatte ein breites Kinn und schmale Lippen. Sie roch nach Seife. Wenn Laurie lächelte, strahlte sie Lebensfreude aus. Im Verlauf der einen Woche, die ich in The Pynes verbracht hatte, hatte ich sie genau ein Mal lächeln sehen. Bei dem Barbecue am Samstagabend, als Jim ihr irgendetwas ins Ohr geflüstert hatte. Sie war gleich darauf verschwunden.

»Ich nichts durchwühlt«, verkündete Dmitri.

»Das weiß ich inzwischen.« Laurie warf einen Blick auf Dmitris verpflastertes Kinn. »Und es tut mir Leid wegen dem Unfall.«

»Du warst es also nicht, die uns gerammt hat?«, fragte ich, nur um sicherzugehen.

»Ich wär's vielleicht gewesen, wenn ich euch gestern Abend irgendwo erwischt hätte.«

»Viele wütende Frauen suchen nach mir.« Er küsste sie auf die Wangen, dreimal, auf die traditionelle russische Art.

Sie ließ beinahe den Nudelteller fallen, aber sie sah erfreut aus. Ich hatte den Verdacht, dass sie aus einer Familie stammte, in der man einen Handschlag als Liebeserklärung betrachtete.

»Warum keine Hunde zugelassen in Pynes?«, fragte Dmitri, womit seine Prioritäten sonnenklar waren.

Gleichzeitig fragte ich: »Warum ist Dmitri außer Verdacht?« Laurie antwortete Dmitri zuerst, während sie uns auf die Veranda hinausführte. »Das ist die Einzige von Mutters Regeln, die ich beibehalten habe. Wenn Leute bei kurzen Besuchen welche mitbringen und sie im Auge behalten – das erlauben wir.« Sie errötete plötzlich. Wahrscheinlich war ihr Steve mit seinem Labrador eingefallen. »Aber nicht über Nacht. Die Mieter haben es gern sauber hier.«

Dmitri und ich setzten uns in Korbstühle von der Farbe nassen Sandes, die das Wasser überblickten. Die Wände waren in der Farbe trockenen Sandes gestrichen, der Fußboden war wasserblau. Die Kissen waren hellgrau. Die Lampe neben Laurie hatte einen Schirm aus weißen Muscheln und ließ goldenes Licht auf den Glastisch fallen. Sie spiegelte sich in der Fensterscheibe, wo sie aussah wie ein leicht verzerrter Mond. Draußen war es dunkel bis auf ein hartnäckiges Glimmen am westlichen Ende der Bucht. Die Verandatür stand offen, um die schwache Brise einzulassen. Die Zikaden, Grillen und Heuschrecken waren in eine angeregte Unterhaltung vertieft.

»Warum hast du deine Meinung über Dmitri geändert?«, fragte ich wieder.

»Eine Minute.« Laurie aß ihre Nudeln in aller Eile, um es hinter sich zu bringen, während wir an dem Sonnenaufgangsgetränk nippten, das Rebecca vorbeigebracht hatte.

»Gestern Nachmittag«, sagte Laurie schließlich, »war ich zum ersten Mal seit dem Brand in Dads Haus.« Sie stellte den leeren Teller auf dem Boden ab und schlug die Beine übereinander. Sie trug hellbraune Shorts und ein hellblaues T-Shirt von Bayberry Gardens. »Der Brandmeister hatte alles mit einem Band abgesperrt. Eigentlich darf niemand da rein, aber ich musste mir den Schaden selbst ansehen – nachsehen, ob ich irgendwas über den Brandstifter rausfinden konnte, irgendwelche Anzeichen, die nur ich erkennen kann. Der ganze Küchenbereich war weg. Der Computer, Dads ganze Papiere, seine Arbeit.

Bis zur Schlafzimmerseite im ersten Stock ist das Feuer nicht gekommen. Da sind bloß Rauch- und Wasserschäden, aber alles – Möbel, Krimskrams, Dads Kleider –« Ihre Augen füllten sich mit Tränen. Sie griff nach einem Glas und versuchte daraus zu trinken. Es war leer. Ich goss Saft nach.

Sie nahm einen langen Zug. »Der erste Stock war nicht wirklich verwüstet. Keine aufgeschlitzten Matratzen oder solches Zeug. Es war bloß unordentlich, und Dad, das habe ich euch schon gesagt, war ordentlich. Jemand hatte sich da umgesehen, und er hat es eilig gehabt. Offene Schubladen, Kleider auf dem Boden. Ich hab Dave angerufen, das ist der Brandmeister. Am Sonntag hatte es da schon genauso ausgesehen. Daher weiß ich, es war nicht Dmitri.«

»Du meinst, jemand hatte das Haus vor dem Brand durchsucht?«

Laurie nickte. »Der Brandstifter hat sogar die Vorhangstangen abgenommen. Sie sind hohl.«

»Dann kann das, wonach er gesucht hat, nicht sehr groß gewesen sein. Schmuck?«

»Niemand in unserer Familie hat Schmuck getragen. So weit ich sehen konnte, hat nichts gefehlt. Wenn Dad irgendwo Geld herumliegen gehabt hätte, dann müsste es in der Küche gewesen sein, und dort wäre es zusammen mit allem anderen verbrannt.« Sie saß mit dem Rücken zum Wasser, den Blick auf Dmitri gerichtet. »Du hast bei dem Barbecue eine ganze Weile mit Dad geredet.«

Dmitri sah mich an.

Ich nickte.

»Er uns angestellt, um den Mörder deiner Mutter zu finden.«

»Mutter hat Selbstmord begangen!« Laurie errötete vor Ärger. »Dad hat sich einfach geweigert, das zu akzeptieren!«

»Du willst, dass wir Geld zurückgeben?« Dmitri stand auf und begann auf- und abzugehen. Die Rippen mussten ihm wehtun.

»Captain Comelli hat dich gestern besucht«, sagte ich. Laurie wandte sich mir zu; ihre Augen funkelten wütend. »Yeah, er ist hier reinstolziert, war ganz begeistert von sich und hat durchblicken lassen, er hätte neues Material über Mutters Tod.«

»Hat er dir gesagt, was es für Material ist?«, fragte ich.

»Er hat eine Kopie von Mutters Abschiedsbrief geschwenkt und gesagt, Dad wäre vielleicht auf und davon gegangen, womit er andeuten wollte, dass er Mutter umgebracht hat. Wenn man Dad gekannt hat, dann ist das, als behauptete jemand, Mutter Teresa hätte aus der Portokasse geklaut. Ich meine damit nicht, dass er ein Heiliger war. Er war nicht mal ein guter Vater, aber er war ehrlich bis auf die Knochen. Wenn er Mutter umgebracht hätte, hätte er sich fünf Minuten später gestellt.«

Sie hatte eine etwas verdrehte Vorstellung von Ehrlichkeit, aber schließlich hatte sie ja auch Jura studiert.

»Ich hab Captain Comelli gesagt, er ist ein aufgeblasenes kleines Ekel«, sagte Laurie. »Mein neues Ich. Geradeheraus und entschieden. Außerdem hab ich ihm gesagt, dass Dad ermordet wurde.«

20

»Comelli hat gesagt, es wäre ein total verrückter Gedanke, natürlich«, sagte Laurie. Sie zog die Füße auf den Sitz und legte die Arme um die Knie. »Er hat vorgeschlagen, ich sollte einen Whiskey trinken.«

Von dort aus, wo ich gerade saß, klang das gar nicht so dumm. Sie hatte einen üblen Anfall von Schüttelfrost. Ich beugte mich vor und griff nach ihrem Handgelenk. »Was hat denn der Mediziner gesagt?«

»Tod durch Ertrinken. Sehr viel Phantasie braucht man dazu nicht.«

Dmitri hob eine Hand; der Zeigefinger zeigte gen Himmel. »Wie er ertrunken ist, das ist die Frage.«

»Sie haben Dad nach Hauppaugue gebracht. Der Suffolk County Medical Examiner ist zuständig. Sie werden zwischen vierundzwanzig und achtundvierzig Stunden für einen vorläufigen Bericht brauchen. Auf die toxikologischen Befunde werde ich zwei Wochen warten müssen.« Sie lächelte böse. »Sein Tod gilt als nicht verdächtig genug, um eine schnellere Behandlung zu rechtfertigen.«

»Warum sagst du, dass er umgebracht wurde?«

»Jemand hat sein Haus durchsucht und es angezündet. Dann ertrinkt Dad. Und das alles an ein und demselben Vormittag.«

»Vieles seltsam an Situation.« Dmitri stieß mich an, den Finger immer noch in der Luft. »Erzähl ihr.«

Ich begann mit der leeren Valiumflasche, die Dmitri in dem Badezimmer im ersten Stock gefunden hatte.

»Tut mir Leid, Laurie«, sagte Dmitri mit schuldbewusster Miene. »Du hast Recht, ärgerlich zu sein.« Die Entschuldigung berührte sie nicht weiter. Ihr Blick blieb auf mich gerichtet; sie wartete auf weitere Informationen. Ich erzählte, wie ich am Sonntagmorgen mit Bud Kaffee aus seiner Thermosflasche getrunken hatte.

Sie stützte das Kinn auf die Knie. »Hat Dad irgendwas davon gesagt, dass er Angst um sein Leben hat?«

»Nein, aber nachdem ich diesen Kaffee getrunken hatte, hab ich mich ziemlich wacklig auf den Beinen gefühlt. Wir glauben, es könnte irgendwas drin gewesen sein. Wenn Bud das selbst erledigt hätte, hätte er keinen Grund gehabt, mir etwas davon anzubieten und mich halb unter Drogen zu setzen. Vielleicht hat derjenige, der den Kaffee präpariert hat, Valium verwendet und die Flasche dann in Buds Badezimmer liegen gelassen.«

»Ja!« Laurie hob den Kopf. »Damit wir glauben, Dad hätte sich umgebracht.«

»Und Mörder«, fügte Dmitri hinzu, »er zündet Buds Küche an, damit wir glauben, Abschiedsbrief ist verbrannt!« Er schniefte Beifall heischend.

»Das passt perfekt zusammen!«, erklärte Laurie.

»Langsam«, sagte ich. »Wenn das der Fall ist, dann war derjenige nicht sonderlich schlau. Er hat riskiert, dass die Valiumflasche gleich mit verbrennt.«

»Lausige Idee«, gab Dmitri zu.

»Der Brandmeister sagt, man kann fast immer feststellen, ob es Brandstiftung war«, sagte Laurie. »Rauszufinden, wer es war, das ist das Problem.«

»Wie viele Leute haben gewusst, dass Bud immer eine Thermosflasche voll Kaffee mitgenommen hat?«

»Er ist seit März jeden Morgen in diesem Boot mit der roten Thermosflasche losgezogen. Das ganze East End weiß das.«

Was das ganze East End nicht wusste, war, dass Bud an drei nebligen Morgen hintereinander den Kaffee mit mir geteilt hatte.

»Dad war ein methodischer Mensch«, fuhr Laurie fort. »Er wollte Ordnung im Chaos. Der Job in der Werbung war das Chaos. Das war einer von den Gründen, weshalb er hierher gezogen ist. Er hat gedacht, die Natur wäre methodisch. Genau wie er selbst.« Sie unterbrach sich und schluckte.

»Er hatte die Kaffeemaschine am Abend davor eingestellt«, sagte sie dann. »Sie hatte einen Timer, und um Punkt fünf Uhr morgens hat sie ihm den Kaffee gemacht. Er hat zu Hause eine Tasse getrunken und den Rest in die Thermosflasche gegossen, und dann ist er hergefahren. Er hat gern zugesehen, wie der Morgen über seinem Zuhause dämmert. Sein Zuhause, das war The Pynes. Ich hab ihm das Haupthaus angeboten, als Mutter tot war und es mir vermacht hatte, aber er wollte nicht mal in einem von den Cottages wohnen. Er hat gesagt, es käme ihm wie Ausnutzen vor. ›Ein Besuch, das ist in Ordnung. Das hätte deiner Mutter nichts ausgemacht‹.« Tränen stiegen auf. Dmitri holte ein Taschentuch von der Größe eines Platzdeckchens heraus – Fransen und alles.

»Wer konnte sonst noch ins Haus?«

»Dad hat sich geweigert, abzuschließen. Das war seine Methode, die Uhr anzuhalten.«

»Okay«, sagte ich, »wir haben gerade ein vollständiges Szenario entworfen, das ziemlich plausibel klingt. Aber es wird nicht ausreichen, um irgendwen davon zu überzeugen, dass Bud ermordet wurde. Du musst noch mehr wissen, Laurie.«

Dmitri stimmte nickend zu. »Wie Motiv, vielleicht.«

Laurie kaute eine halbe Minute lang auf der Innenseite ihrer Wange herum. »Dad war wirklich wütend wegen irgendwas«, sagte sie schließlich. »Letzten Donnerstag so gegen zehn Uhr vormittags bin ich zu ihm ins Haus gekommen und habe das Ende von einem Telefongespräch mitgekriegt. In meinem ganzen Leben habe ich zweimal gehört, dass er laut geworden ist. An dem Tag, an dem Mutter gestorben ist, und letzten Donnerstag.«

»Was er gesagt?«, fragte Dmitri.

Laurie schloss die Augen. Ihre Hände ballten sich zu Fäusten. »›Du hast Zeit bis Sonntag!‹ Und dann hat er nach einer langen Pause gesagt: ›Ich habe dir vertraut.‹ Er hat sich so verletzt angehört.«

»Ein Freund«, flüsterte Dmitri mit aufgerissenen Augen. Verrat fasziniert ihn. Er selbst ist vollkommen außer Stande dazu.

»Hört sich ganz danach an«, sagte ich. Bud hatte das Gleiche über Pollys Mörder gesagt. Jemand, dem sie vertraut haben musste.

»Danach hat Dad aufgelegt. Als ich reingekommen bin, hat er gezittert und versucht, sich eine Zigarette anzuzünden. Er hatte seit zehn Jahren nicht geraucht.«

»Hast du ihn gefragt, warum er so aufgeregt war?«, fragte ich.

»Ich hatte Angst, er würde einen Herzinfarkt kriegen.«

Das glaubte ich nicht, aber ich fragte nicht nach. »Du könntest eine Liste der Telefongespräche anfordern, die er diesen Monat geführt hat. Vorausgesetzt, es war sein Anruf.«

Lauries Gesicht wurde rot. »Habe ich. Schon am nächsten Tag.« Sie fuhr sich mit der Hand durchs Haar. »Sein Herz. Ich hab mir Sorgen gemacht.«

»Ich hätte das Gleiche getan«, sagte ich. Wenn ich befürchtet hätte, Bud hätte mit jemandem geredet, an dem mir lag. »Hast du die Liste schon?«

Laurie sah erleichtert aus. »Sie haben gesagt, es dauert eine Woche.«

»Versuchen wir mal, einen Sinn in das zu bringen, was du uns erzählt hast«, sagte ich. »Letzten Donnerstag hat dein Vater jemanden angebrüllt und war ungewöhnlich aufgewühlt. Es hört sich an, als hätte er etwas von jemandem verlangt. Von einem Freund wahrscheinlich, und weil Bud großen Wert auf seine Ehrlichkeit gelegt hat, können wir davon ausgehen, dass es nicht gerade Erpressung war. Vielleicht hatte jemand ihm etwas gestohlen, und Bud hat ihm einen Termin gegeben, bis zu dem er es zurückgeben sollte. Das würde dieses ›Ich habe dir vertraut‹ erklären. Am Sonntagmorgen, unmittelbar nachdem dein Vater sich auf den Weg hierher gemacht hatte, hat jemand, möglicherweise dieselbe Person, mit der er telefoniert hatte, sein Haus durchsucht und dann angezündet. Wenn dein Vater die Rückgabe von etwas verlangt hat, warum sollte jemand sein Haus durchsuchen?«

»Es ist genau umgekehrt«, sagte Laurie. Der Ärger war verflogen. »Dad hat etwas, das die andere Person will.«

»Aber dann ergibt das Telefongespräch keinen Sinn.«

»Sie haben nichts miteinander zu tun«, schlug Dmitri vor, während er zur Verandatür hinüberging, um die Brise zu genießen.

Lauries Blick folgte ihm. »Gestern Abend hat jemand dieses Haus durchsucht.«

Dmitri schlug sich auf den Schenkel. »Sie nicht gefunden, was sie in Buds Haus gesucht!«

»Ist das passiert, während du geschlafen hast?« Unheimlich.

»Glaube ich nicht«, sagte Laurie. »Amanda hatte mich zum Abendessen nach East Hampton eingeladen. Amanda, das ist Lesters Frau – Dads Partner?«

Ich nickte.

»Amanda spielt gern die Glucke bei mir. Sie hat mich mit Hackbraten und liebevoller Aufmerksamkeit voll gestopft. Nach dem Essen war ich so erledigt von alldem – über die ganze Bucht zu rudern, mir Sorgen um Dad zu machen, und dann das ganze Essen –, dass ich auf ihrem Sofa eingeschlafen bin und erst um zwei Uhr morgens wieder aufgewacht bin.«

»War Lester auch da?«

»Als ich aufgewacht bin schon. Er ist mir bis nach Hause nachgefahren, damit er sicher sein konnte, dass ich gut heimkomme. Ich hab dem Kerl wirklich genug Zeit gelassen, sich in Frieden bei mir umzusehen.«

»Du schließt auch nicht ab?«, fragte Dmitri.

»Ich hatte das Badezimmerfenster offen gelassen. Die Wände schimmeln sonst.«

Ich rutschte auf meinem Stuhl herum. Meine Knochen begannen steif zu werden. »Wann hast du gemerkt, dass jemand hier drin war?«

»Heute Morgen. Kleinigkeiten, zum Beispiel waren die Gemälde im Esszimmer auf einmal gerade, und sonst sind sie immer nach links gekippt. Und die Cornflakes, die ich auf der Anrichte verschüttet hatte, waren weg.«

»Hat irgendwas gefehlt?«

»Nein. Ich weiß nicht, was es hätte sein sollen oder warum er gedacht haben könnte, dass es hier ist. In diesem Haus hat ein Jahr lang niemand gewohnt.«

»Was es zu einem perfekten Versteck gemacht hat«, sagte ich.

»Aber warum Mord, Laurie?«, fragte Dmitri. »Wir brauchen starkes Motiv. Du weißt, vielleicht?« Er schenkte ihr sein schönstes onkelhaftes Lächeln.

Laurie seufzte. »Bevor er aufgelegt hat, hat Dad gesagt ›Montag ist zu spät. Ich habe den Termin schon ausgemacht.‹«

»Hast du einen Verdacht?«, fragte ich.

»Nein!«

Ich sagte: »Lester Kennelly hat Bud am Montag bei WSK erwartet.«

»Das ist ein anderer Termin. Den haben Dad und Lester am Samstagmorgen am Strand ausgemacht. Ich war dabei.« Sie hörte sich nicht so an, als billige sie es. »Dad hatte ein sehr striktes Wertesystem, und er konnte ganz schön selbstgerecht werden. Vielleicht wollte er diese Person feuern oder anzeigen. Und stattdessen hat der Typ ihn umgebracht.«

»Du glaubst nicht, dass sein Tod etwas mit dem Tod deiner Mutter zu tun hat?«

Laurie schüttelte nachdrücklich den Kopf.

Dmitri und ich versanken in Schweigen, während Laurie sich wieder darauf verlegte, auf der Innenseite ihrer Wange herumzukauen. Ich lauschte auf die Geräusche der Sommernacht draußen vor der Veranda. Ich konnte nicht unterscheiden, welches Geschöpf welches Geräusch machte, aber ich war ziemlich sicher, dass Buds Tochter mir nicht die ganze Wahrheit erzählt hatte. Oder zumindest ihre eigenen Befürchtungen verschwieg.

»Ich bin erst im letzten Sommer nach The Pynes zurückgekommen«, sagte Laurie langsam. »Ich bin über acht Jahre weggeblieben und habe versucht, diesen Ort zu vergessen und manche von den Leuten hier auch. Jetzt habe ich das Gefühl, ich werde mit einem Schleppnetz am Boden des Hafenbeckens entlanggezerrt, aber es ist keiner da, der mich hochziehen könnte.« Sie hob das Gesicht. »Ich muss diese Geschichte klären.« Ihr Blick war fest, eindringlich. »Versteht ihr das?«

»Ja.« Nach einem solchen Schlag musste sie die Kontrolle zurückgewinnen. »Du musst die Polizei davon überzeugen, dass dein Vater ermordet wurde.«

»So ziemlich die einzige Chance, dass das passiert, ist, wenn die in der Leichenhalle eine Einschusswunde in Dads Hinterkopf finden. Sonst hatte Dad entweder einen Herzinfarkt, an dem er gestorben ist, oder Comelli bleibt bei seiner Dad-der-Ehefrauenmörder-begeht-Selbstmord-um-der-Strafe-zu-entgehen-Theorie. Die bringt seinem Ego irgendwas ganz Phantastisches.«

»Die Großer-Furcht-einflößender-Bulle-Nummer.«

»Ganz genau.«

»Aber für Comellis Version spricht, dass dein Vater seine Weste ausgezogen hat.«

»Ich weiß, das hat er mir ja auch fingerdick aufs Brot geschmiert.«

Dmitri sagte: »Vielleicht wird leere Valiumflasche ihn überzeugen. Simona wird bezeugen, dass Buds Kaffee sie macht übel.« Er warf mir einen Seitenblick zu.

Ich antwortete mit einem verlegenen Grinsen. »Tut mir Leid, ich hab den Pillenbehälter im Caddie liegen lassen. Wir holen ihn morgen in der Werkstatt ab und bringen ihn nach Yaphank zum Morddezernat Suffolk County. Es würde helfen, wenn sie die Thermosflasche finden würden.«

»Danke.« Laurie ließ ihre Beine los. »Ich brauche eure Hilfe in dieser Sache. Die Polizei rührt keinen Finger, bevor der toxikologische Bericht nicht da ist, und bis dahin kann es zu spät sein. Wenn Dad euch vertraut hat, tu ich's auch. Ich zahle euch das, was ihr ausgemacht hattet.«

Dmitri setzte sich wieder. Langsam. Eine kontrollierte Landung. »Je zweihundert am Tag plus Spesen. Fünftausend Bonus, wenn Mörder verhaftet wird.«

»Je *ein*hundert am Tag.« Ich warf Dmitri meinen giftigsten Blick zu. »*Zwei*tausend, wenn Mörder verhaftet wird.«

Er strich sich über die zerschrammte Schläfe. »Großes Bedauern. Ich vergessen.«

»Haben wir also eine Abmachung?« Laurie stand auf.

Ich sah zu meinem Partner hinüber. Dollarzeichen erschienen auf seinen Augäpfeln. Er musste der Frau seines Cousins den Caddie bezahlen, der Werkstatt die Reparaturen bezahlen; er wollte seine große Liebe in Moskau besuchen. Ich dagegen brauchte einen Grund, um Manhattan fernzubleiben und den Großputz zu vermeiden. Und bald würde ich das zusätzliche Geld vielleicht brauchen. Wenn ich mich nach einer Wohnung umsah zum Beispiel.

»Ja!«, sagten wir im Chor.

»Phantastisch!« Laurie sah auf die Uhr. »Ich weiß, ihr werdet mir noch eine Menge Fragen stellen wollen, aber ich bin jetzt ziemlich erledigt. Morgen früh fahren Lester und Amanda mich in die Stadt, damit ich wegen Dads Testament mit dem Anwalt von WSK reden kann. Dad hat seine Papiere in der Küche aufgehoben. Jetzt sind sie verbrannt.« Laurie führte uns zurück in ihre Küche. Ich hielt den inzwischen leeren Teller in der Hand, den ich mitgebracht hatte.

»Hat Lester nach Buds Kampagne für Sport4Life gefragt?«

»Ja.« Sie biss sich auf die Unterlippe. »Er ist nicht herzlos, weißt du. Ihm hat wirklich an Dad gelegen.«

»Hätte Lester die Sachen deines Vaters durchwühlen können?«

»Nein, Lester hatte es von einer großen Zeichnung. Dad

hat auf schwerem Papier gearbeitet. Gott verhüte, dass irgendjemand versucht hätte, eins davon zu falten.«

»Was ist mit Verdächtigen?«, fragte ich. »Irgendwelche Ideen?«

Sie streckte den Arm nach dem Kühlschrank aus und zog ein Blatt Papier unter einem fischförmigen Magneten hervor. »Dad hat das hier geschrieben.« Sie gab es mir.

Buds Verdächtigenliste. Das gleiche WSK-Papier, die gleiche Handschrift, die gleichen Namen. In anderer Reihenfolge. Zuerst kam Jim, gefolgt von Rebecca, Dodo, Lester, Laurie. Und einem lang gezogenen blauen Tintenfleck. Wenn ich Jims Liste nicht gesehen hätte, hätte ich nicht gewusst, dass unter dem Fleck Steve Kings Name stand.

»Bud hat diese Liste nach Pollys Tod zusammengestellt«, sagte ich.

»Sie gilt für beide.« Laurie öffnete die Fliegengittertür. Nachtfalter schwirrten unter dem Außenlicht umher. Das Schnattern der Nachtgeschöpfe war ohrenbetäubend. »Meine Eltern hatten nicht viel mit anderen Leuten zu tun. Dad hat nur seine Arbeit geliebt. Mutter hat geglaubt, sie wäre zu gut für die meisten Leute, und die meisten Leute haben einen Bogen um sie gemacht.«

»Welche Verbindung besteht zwischen diesen Verdächtigen und deinen Eltern?«

»Ja nun, sie wohnen alle hier herum. Lester ist Dads Partner, das wisst ihr ja. Er kommt nur im Sommer her. Seine Toleranzschwelle für Mutter war ziemlich niedrig. Ihr hat es Spaß gemacht, sich in Dads Arbeit einzumischen.«

»Was ist mit Rebecca?«

»Die ist schon hier, seit The Pynes gebaut wurde. Dad hat sie gemocht, aber Mutter hat sich mal so und mal so zu ihr gestellt.«

»Rebecca hat nicht mit Bud geredet, seit deine Mutter gestorben ist.«

»Sie will mir nicht sagen warum. Jim ist wunderbar. Mutter und Dad haben ihn beide gemocht, aber Mutter wollte ihm das Grundstück mit seiner Einfahrt nicht verkaufen. Ich nehme an, Dodo Parsons steht mit drauf, weil er Mutters Laufbursche war.«

»Dodo Parsons«, wiederholte Dmitri.

»Sie hat ihn ihren ›verunglückten Hutmacher‹ genannt. Er ist dauernd betrunken, aber harmlos. Rebecca versucht ihm zu helfen.« Ein entschuldigendes Lächeln zuckte über ihr Gesicht. Über Steve King sagte sie nichts.

Ich beschloss, ihn für heute Abend aus dem Spiel zu lassen. Sie hätte mir ohnehin nicht die Wahrheit gesagt. »Warum hat dein Vater dich auf die Liste gesetzt, Laurie?«, fragte ich stattdessen.

»Ich sage doch, er war grundaufrichtig.«

Dmitri sah entsetzt aus. »Polly war deine Mutter!«

»Das ändert nichts daran, dass sie mir das Leben zur Hölle gemacht hat. Und ich wollte das Land wirklich haben, das sie mir immer versprochen hatte. Zwei gute Gründe für einen Mord. Nur, dass ich sie nicht umgebracht habe. Dad hat das Land gekriegt, aber das wisst ihr ja wahrscheinlich schon. Es gibt eine gute Klatschgeschichte.« Ihre Bitterkeit war so tief wie die Nacht jenseits der Gittertür.

»Gute Nacht«, sagte ich. »Wir werden morgen drüber reden.«

Der Besucher, den sie erwartet hatte, traf ein, als Dmitri und ich gerade unser eigenes Häuschen erreicht hatten. Steve in seinem Pick-up.

»Weißt du, was komisch ist?«, fragte ich Dmitri.

»Ich weiß komisch. Stalin geht nach Sibirien und trifft Soldat. ›Wie geht's?‹, fragt Stalin. Soldat zuckt mit Schultern.

›Kann mich nicht beklagen.‹ ›Stimmt genau, kannst du auch nicht.‹«

»Okay, weißt du, was merkwürdig ist?« Ich konnte ihn im Dunkeln förmlich grinsen hören. »Laurie hat gesehen, dass du irgendwas aus Buds Haus mitgenommen hast, aber sie hat nicht gefragt, was es war.«

»Du ihr gesagt.«

»Ja, aber erst viel später. Wenn ich glaubte, mein Vater wäre ermordet worden, hätte ich danach gefragt, sobald du den Fuß in mein Haus setzt.«

»Vielleicht sie ist nicht neugierig wie du.«

»Oder vielleicht wusste sie es schon.«

»Du weißt, was gut ist?«, fragte Dmitri.

»Was?«

»Jim dich nicht angelogen mit Liste.«

Ich ertappte mich dabei, dass ich lächelte.

Zehn Minuten später, als Sabrina gerade im Schutz der Dunkelheit in die Büsche pinkelte, jagte der Pick-up röhrend aus The Pynes davon. Dem Geräusch nach konnte der Besuch nicht sehr erfreulich verlaufen sein.

21

»Wir brauchen starkes Motiv«, stellte Dmitri fest, während er sich wie eine Landmasse von seinem Sofa erhob. Das Pflaster war von seinem Kinn abgefallen und hatte fünf Frankenstein-artige Stiche enthüllt. Seine linke Schläfe sah aus wie ein tintenbespritztes Stück Löschpapier. Sabrina sprang von seinem Schoß, rannte zur Tür und begann zu wimmern.

Es war acht Uhr am Morgen danach, Mittwoch. Das Radio teilte uns mit, dass das Feuer in den Pine Barrens immer noch Waldland fraß. Über dreitausend Morgen bisher. Man ging davon aus, dass die Hitze in den nächsten ein, zwei Tagen nachlassen würde. Ich hatte bereits mit der Feuerwache geredet und für zwei Uhr einen Termin mit Captain Comelli ausgemacht. Dmitri hatte mich bei meiner Kontemplation von Stans einsamer Zahnbürste unterbrochen.

»Wie wäre es damit als starkes Motiv?«, fragte ich. »Pollys Mörder wusste, dass Bud ihm auf der Spur war.« Warum verursachte die verdammte Zahnbürste mir Schuldgefühle? Für was? »Das würde das Telefongespräch erklären, das Laurie mitgehört hat.« Bud hatte dem Mörder bis zum Sonntag Zeit gegeben, sich zu stellen. Am Montag würde er zur Polizei gehen.

»Aber warum dann die DimSim-Agentur anheuern?«

Ich wickelte eine Papierserviette um das Objekt der Befremdung und stopfte es in meine Reisetasche im Schlafzimmer. »Wahrscheinlich hat Bud noch ein paar ungeklärte Fragen gefunden, von denen er gehofft hat, dass wir sie klären können.«

»Gut, Simona. Ich akzeptiere.«

»Diese schwimmende Rettungsweste macht mir Sorgen.«

»Bud kann nicht ertrinken mit Weste an.«

»Aber wie hat der Mörder ihn dazu gebracht, sie auszuziehen, ohne dass Bud gemerkt hat, was los ist, und sich gewehrt hat?«

»Was an Leiche Spuren hinterlassen hätte.«

»*Esattamente.* Was sucht der Mörder, und warum hat er das Feuer gelegt?«

»Hinweise darauf, dass er Pollys Mörder ist. Er sie nicht gefunden. Wir wissen das, weil er Montagabend zu Pollys Haus gegangen und dort gesucht.«

»Bei Bud hat er sie nicht gefunden, also hat er aus Wut das Haus angesteckt?«

Dmitri senkte seinen großen Kopf in einem geradezu päpstlichen Nicken. »Wir suchen nach Person mit üblem Temperament.«

Das Telefon klingelte, bevor ich ihm mitteilen konnte, wie verrückt das war. Es war Billie aus Stans Zentrale. Eine dünne Schwarze mit drei schwarzen Gürteln im Judo; sie betreut das Computersystem, spielt nebenher aber auch die Hauspsychologin. Bei Stan war sie mir keine große Hilfe gewesen, aber schließlich gehörte er ja auch zur Familie und ich nicht. Polizisten halten zusammen.

»Wie komme ich an Stan ran?«, fragte sie. »Er geht nicht ans Autotelefon.«

»Er kommuniziert zurzeit mit Berglöwen und hat Albträume. Ich rechne nicht damit, dass er in den nächsten paar Tagen anruft. Ist es sehr wichtig?«

»Ich muss einfach nur mit ihm reden. Wie geht's dir, Liebling? Ist das Leben nett zu dir?«

Das klang ganz und gar nicht nach Billie. Viel zu reizend. »Raf hat auch schon nach ihm gefragt.« Und ich hatte vergessen, es Stan auszurichten.

»Raf macht sich einfach nur Gedanken wegen dem Blaumagneten. Das ist gar nichts verglichen damit, dass sie vom Büro des Bürgermeisters alle paar Stunden anrufen.«

»Bürgermeister? Hat Stan Ärger?«

Billie lachte. »Ach was. Nur Politik. Wenn er sich meldet, sag ihm, er soll mich anrufen. Und Raf auch, wenn er schon mal dabei ist.«

»Mache ich. Was ist mit Blaumagneten?« Hatte Stan nicht von blauen Maden geträumt?

»Liebling«, sagte Billie mit ungewohnter Geduld, »wir reden Code miteinander, das hält uns zusammen. Der Blaumagnet, das ist einfach unser Name für einen Fall, den wir bearbeitet haben. Nichts weiter.«

»Ist Sherry auch ein Codewort?«

»Nein, Sherry ist einfach nur etwas Gutes zum Vornewegtrinken. Oder zum Hinterhertrinken. Und denk jetzt bloß nicht, ich werde vulgär.« Sie legte auf.

Ich knallte den Hörer aufs Telefon. »Ich hasse es, wenn ich nichts weiß!«

»Du weißt eine Menge über Essen.«

»Was soll das jetzt wieder heißen?«

»Vielleicht Restaurantbranche interessanter als Polizeibranche.«

»Sehr witzig.«

Sabrina schlug mit der Schnauze gegen die Fliegengittertür; die großen feuchten Augen flehten. Ich streckte vorsichtig den Arm nach der Decke aus. Meine Schultermuskeln waren so steif, wie sie am zweiten Tag danach nur sein konnten, meine Hüfte schmerzte immer noch, mein Knie sah aus, als sei ich damit auf einer Parmesanreibe gelandet, und ich hatte mir gar nicht erst die Mühe gemacht, mein Gesicht im Spiegel zu überprüfen.

»Wir haben ein Problem.« Namens Sabrina. Es war viel einfacher, sich mit dem Hund zu beschäftigen. »Wenn wir dauernd mit einem Bündel auf dem Arm kommen und gehen, kommt irgendwer demnächst auf den Gedanken, dass wir mit Babys handeln.«

»Sabrina!« Dmitri musterte sie finster. Sabrina ließ den Kopf zwischen die Vorderpfoten fallen. »Ich dich vor einer Stunde ausgeführt!«

»Es ist nicht ihre Schuld. Sie ist trächtig.« Ich warf ihm die Decke zu. »Ihre Blase spielt verrückt.«

»Frauen auch so?«

»Soviel ich weiß.«

»Wie lange noch?«

»Nicht mehr als zwei Wochen, so wie sie aussieht.«

Dmitri wickelte sie ein, während sie ihm das Ohr leckte. »Ich finde Lösung.«

Ein Zweifel kratzte mich in der Kehle. »Du willst sie doch nicht weggeben, oder?«

Seine Augenbrauen schossen bis zum Dach hinauf. »Bist du verrückt!« Er zog die Decke über Sabrinas Gesicht und stürmte aus dem Haus; die Tür schlug mir beinahe ins Gesicht.

Ich stolperte hinter ihm her. Wir hatten um Auto beziehungsweise Fahrrad gelost. Er hatte gewonnen. »Vergiss nicht, diese Flasche aus dem Caddie zu holen!«

Dmitri ließ sein Bündel auf den Beifahrersitz des gemieteten Chevy fallen. »Du willst mich zu Pantinenheld machen!«

»Pantoffel!«, schrie ich dem Auto nach. Als Dmitri die

Straße erreicht hatte, bog hinter ihm Rebeccas Buick ein. »Scheiße!«, schrie ich noch lauter. Jetzt würde ich ihr auf dem elenden Fahrrad nachjagen müssen.

Himmel und Meer zeigten zwei unterschiedliche Grauschattierungen. Der Strand wirkte endlos. Strandläufer hasteten vor uns herum und stocherten nervös mit ihren nageldünnen Schnäbeln im Sand herum. Möwen hockten am Rand des nassen Sandes mit dem üblichen törichten Stirnrunzeln im Gesicht. In der Luft hing der süßsalzige Geruch eines neuen Tages am Strand. Der außerdem ein paar Grad kühler wirkte.

»Die Zentrale sagt, du warst es, die das Feuer bei Bud gemeldet hat«, sagte ich. Dmitri hatte sich meiner erbarmt und war zurückgekommen, um mich einsteigen zu lassen. Wir waren Rebecca bis zum Atlantic Avenue Beach gefolgt, wo er mich absetzte. »Du hast keinen Namen angegeben, aber die Frau hat dich an der Stimme erkannt.«

»Ich verschwende nicht gern zu viele Worte an die Leute«, sagte Rebecca. Sie ging auf ihren längeren Beinen vor mir her, den trainingsanzugbekleideten Körper nach vorn gestemmt. Der Wind blies kräftig.

»Sie hatte einen Vortrag gehört, den du im Pollock-Krasner Study Center gehalten hast.«

»Über Kunstgeschichte zu reden, damit habe ich keine Schwierigkeiten.« Rebecca deutete zurück zum Eingang des Atlantic Avenue Beach und dem Häuschen, in dem man Snacks und Getränke kaufen kann. Die menschliche Flut war im Steigen begriffen. »Das war mal eine Station der Küstenwache. Damals hieß der Strand Coast Guard Beach. Im Zweiten Weltkrieg sind vier Deutsche von ihrem U-Boot aus hergeschwommen, haben einen Mann von der Küstenwache mit ihrem fließenden Englisch fast drangekriegt und sich erst verraten, als sie ihn bestechen wollten. Er hat

Alarm geschlagen, während sie zum Bahnhof gegangen sind und sich in aller Ruhe Fahrkarten gekauft haben.«

»Hat man sie gefunden?« Der Sand fühlte sich unter den Füßen kalt an.

»Zwei Wochen später. Und wurden exekutiert für ihren Besuch hier.«

»Woher hast du gewusst, dass es bei Bud brennt?«, fragte ich.

Ihre Schritte wurden länger. »Hast du mich jetzt als den Brandstifter identifiziert?«

Ich rannte ein paar Schritte, um sie einzuholen, und erzählte ihr von Lauries Mordtheorie und wie Laurie Dmitri und mich um Hilfe gebeten hatte. Wir hatten uns darauf geeinigt, dass die direkte Vorgehensweise die Beste war. Ob wir die Leute nun schockierten, verärgerten oder nur neugierig machten, wir würden eine Reaktion hervorrufen, und die Reaktion, so hofften wir, würde uns etwas mitteilen. Außerdem hatte Bud mit seiner Verdächtigenliste schon den Anfang gemacht.

»Jetzt nennen wir's Asparagus Beach«, sagte Rebecca, »weil die Leute hier stehen wie die Spargelstangen und sich umsehen und hoffen, dass man sie sieht. Und sie aufnimmt, nehme ich an. Und jetzt hast du mich ausgeguckt. Als Diebin, Brandstifterin und vielleicht sogar Mörderin.«

»Bud hat eine Verdächtigenliste aufgestellt, als Polly tot war.«

»Mit der hat er mir auch vor der Nase rumgewedelt. Ich hab seither nicht mehr so gelacht. Woher ich von dem Feuer gewusst habe? Ich hab einen Spaziergang am Merrill Sanctuary gemacht am Sonntagmorgen. Das ist ganz in der Nähe von Buds Haus. Ich hab den Rauch gesehen. Ich hab die Feuerwehr angerufen. Ganz einfach.«

»Hast du den Hund gesehen?«

Sie blieb stehen. »Was für einen Hund? Steves?«

»Eine trächtige schwarzweiße Mischlingshündin, die irgendwer dort im Naturschutzgebiet an einen Baum gebunden und ausgesetzt hatte.«

»Schwein! Auf so was steht eine Riesengeldstrafe. Such lieber den Eigentümer. Das ist wenigstens die Mühe wert.« Sie setzte sich wieder in Bewegung.

Ich folgte ihr. »Bist du nicht hingegangen, um zu sehen, wie der Brand sich entwickelt hat?«

»Findest du das merkwürdig?«

»Ehrlich gesagt, ja. Laurie sagt, ihr wart befreundet.«

Sie pflügte voran, gegen den Wind, die spitze Nase vornweg. »Ich hab das Cottage ja auch schon lang genug gemietet.«

»Jetzt komm schon, Rebecca. Hör auf damit! Ich versuche dich nicht für Buds Tod verantwortlich zu machen. Oder für Pollys. Du stehst auf Buds Liste. Ich will wissen warum, damit ich mit den anderen weitermachen kann. Hast du nicht mehr mit Bud geredet, weil er dich auf die Liste gesetzt hat?«

Sie ließ sich in nächster Nähe einer Möwe in den Sand fallen. Der Vogel entfernte sich mit einem empörten Watscheln. »Ich hatte meine eigenen Gründe dafür, dass ich nicht mehr mit Bud geredet habe.«

»Warum hat er geglaubt, du hättest vielleicht seine Frau umgebracht? Weil du in ihn verliebt warst?«

»Schlaue Simona, wie sie das alles herausgefunden hat.«

»Dann hilf mir doch.« Ich setzte mich neben sie.

»Werde ich nicht.«

Sture Person. »Warst du am Montag mit Bud verabredet?«

»Wofür denn das?« Der Blick in den graublauen Augen war neugierig.

»Oder weißt, mit wem er verabredet gewesen sein könnte?«

Sie schüttelte den Kopf. »Wieso ist das wichtig?«

Ich schüttelte meinerseits den Kopf. »Ich wünschte, ich wüsste das. Erzähl mir von Dodo.«

»Er ist ein reizender Mann. Sogar Polly hat ihn gemocht, und sie hat nicht viele Leute gemocht. Er hat sie die Rote Königin genannt. ›Kopf ab mit ihr!‹ Polly war entzückt von der Vorstellung, jemand könnte sie mit einer unangenehmen Monarchin vergleichen.«

»Warum steht Dodo auf Buds Liste?«

»Warum steht irgendwer da drauf? Seine Tochter steht drauf, um Himmelswillen. Das ist doch verrückt.«

»Sie hatte ein gutes Motiv.«

»›Kaiserliche Kinkerlitzchen‹.«

»Was ist mit Lauries Beziehung zu Steve King?«

»Liebe und Hass. Laurie hat ihn geliebt, seit sie dreizehn war, sie hat ihn gehasst, weil er die Highschool abgebrochen hat, weil er als Fischer arbeiten will, weil er nicht in das bequeme Mittelklasseleben passt, für das ihre Eltern sie erzogen haben. Er hat sie geliebt, seit er sie zum ersten Mal gesehen hat. Er war neunundzwanzig, als sie dreizehn war.«

»Der Altersunterschied würde schon reichen, um alle Eltern nervös zu machen.«

»Wenn man Laurie glauben darf, hat er sie nicht angerührt, bevor sie einundzwanzig war. Und außerdem hat er sie dafür gehasst, dass sie die Erbin des Grundstücks war, das er als seins betrachtet.«

»Jim hat mir die Geschichte erzählt.«

»The Pynes wird immer zwischen ihnen stehen.«

»Sie sollte ihr Zuhause und das Grundstück aufgeben.«

Rebecca musterte mich mit klaren Augen. »So einfach ist das Leben für dich?«

Ich dachte an Stan und die Anziehungskraft, die Jim auf mich ausübte. »Ich hätte es gern so. Ist Steve der Grund, warum Laurie so lang weggeblieben ist?«

»Er und noch ein paar andere Leute. Lauries Mutter hat ihr das Mark aus den Knochen gesaugt, sie zu dem Jurastudium gezwungen und ihr Steve verboten. Ihr Vater hat sich in seiner Arbeit vergraben und seine väterliche Zuneigung demonstriert, indem er Laurie auf eine Mordverdächtigenliste gesetzt hat. Steve hat ihr seit Jahren gesagt, sie sollte sich lossagen und ihrem Herzen folgen, zum Teufel mit der Armut. Die arme Laurie weiß überhaupt nicht mehr, was sie machen soll. Könnte er Bud und Polly umgebracht haben? Ein ganz entschiedenes Ja. Hätte er's getan? Ich hoffe nicht. Es würde Laurie vernichten.«

»Nach Buds Tod hat sie schließlich doch das gesamte Grundstück geerbt.«

»Sie wird jetzt ein paar schwierige Entscheidungen treffen müssen. Nachdem Polly Steves Vater übervorteilt hatte, indem sie ihm viel zu wenig für das Land bezahlte, haben seine Freunde ihm Geld geliehen, damit er es zu dem gleichen Preis zurückkaufen konnte. Das Grundstück war praktisch seit der Zeit der ersten Siedler in Familienbesitz gewesen. Allem Anschein nach hat Polly ihnen ins Gesicht gelacht und gesagt, dass sie es für das Doppelte vielleicht verkaufen würde. Im nächsten Winter sind der alte Herr und Steves Bruder auf See ertrunken. Zu dem Zeitpunkt war Steve ein drei Monate alter Embryo. Die Bonacker sind der Ansicht, die beiden Kings hätten nicht riskiert, bei dem schlechten Wetter rauszufahren, wenn sie nicht versucht hätten, genug zu verdienen, um ihr Grundstück zurückzukaufen. Fürchterliche Frau, ich muss es schließlich doch zugeben.«

»Laurie besteht darauf, Polly hätte Selbstmord begangen.«

»Aber du neigst eher dazu, Bud zu glauben?«

»Ein paar Leute sagen nicht die ganze Wahrheit.« Ich legte den Kopf schief.

»Sei nicht zu hart mit Laurie.«

»Habe ich nicht vor. Zumal sie meine Auftraggeberin ist.«

»Freut mich, das zu hören. Was ist denn nun so wichtig an dieser Verabredung am Montag?«

»Was hat Bud Warren dir bedeutet?«

Wir hatten einen toten Punkt erreicht.

22

Ich sagte Dmitri, er sollte sich im Honest Diner an der Main Street in Amagansett einfinden. Das Dorf liegt ein paar Meilen östlich von East Hampton und südlich von Springs und besitzt noch einige Zeugnisse der Vergangenheit, darunter eine zweitürmige presbyterianische Kirche aus dem neunzehnten Jahrhundert und Miss Amelias holzgedecktes, 1725 erbautes Cottage, das heute ein Museum ist. Vor allem aber ist Amagansett voller Restaurants und Bars. Schon der indianische Name bedeutet ›Ort des guten Wassers‹.

Am Strand entlang war der Weg bis zum Restaurant fast zwei Meilen lang. In der Sonne. Ich sehnte mich nach großen Mengen Wasser, gleichgültig, ob gutes oder schlechtes. Dmitri war noch nicht aufgetaucht. Nach einer ungewöhnlich kurzen Wartezeit – unter der Woche geht es in den Hamptons auch im Sommer etwas weniger hektisch zu – bekam ich einen Tisch und bestellte Kaffee und vier Scheiben frisch gebackenes Bauernbrot. Ich begann in *Dan's Paper* zu blättern, einer kostenlosen Zeitung, die zugleich die gesellschaftliche Bibel der Hamptons ist.

»Du solltest es hier wirklich unverfälscht amerikanisch machen«, sagte eine angenehme Stimme, »und die Rotaugen mit Maisschrot probieren. Wenn wir uns lang genug nicht von der Stelle bewegen, können wir den Roadside-Hackbraten zu Mittag essen.«

Wir?

Jim glitt auf den Stuhl gegenüber. Er schien sich seiner Sache wirklich reichlich sicher zu sein. Warum störte es mich nicht? »Was machst denn du in einem fremden Restaurant?«

»Ein Auge auf die Konkurrenz halten. Attraktive Männer in Sicht? Sorry, das war albern.«

»Ein kleines bisschen schon.« Ich hatte das Gefühl, dass es lang her war, seit jemand mir so idiotisch viel Aufmerksamkeit geschenkt hatte. Die Kellnerin kam mit dem Essen, und Jim bestellte schwarzen Kaffee und eine Doppelportion Speck. Er trug zerknitterte blaue Bermudas und ein schwarzes T-Shirt mit der Aufschrift ›Not Tonight, I'm Reading‹ und sah aus, als hätte er kaum geschlafen.

»Es tut mir Leid wegen Bud«, sagte ich. »Du wirst ihn vermissen, oder?«

Jim rieb sich die Augen. »Ich hab ihm gestern Abend eine Flasche Wodka gewidmet. War das Geringste, das ich tun konnte. Und ich habe gerade mit meinem Küchenchef geredet. Wir setzen ein Bud Warren Special auf die Karte.«

»Das ist was?« Ich sah dummerweise in den Spiegel, der hinter Jims rechter Schulter hing. Meine Wange sah aus wie eine Mischung aus Heidelbeermuffin und Mais – gelb, blau und matschig.

»Bud hat gegrillten Tunfisch und gegrillte Garnelen gemocht, und er hat immer Fliegen getragen, also –«

Ich schob mir einen dicken Packen Haar über das halbe Gesicht. »Farfalle mit Tunfisch und Garnelen, ein bisschen in Olivenöl angebratener Knoblauch, ein bisschen roter Paprika –«

»Und Koriander!« Er beugte sich vor. »Du kochst gern?«

Jim hatte so unglaublich weiße Zähne. »Leidenschaftlich.« Ich brach mein Brot in zwei Hälften und bot ihm eine an.

»Wie wäre es mit Abendessen bei mir heute Abend? Wir kochen zusammen.«

Die Zahnbürste erschien groß und mächtig vor meinem inneren Auge. »Nein, danke.«

Jim lehnte sich auf seinem Stuhl zurück. »Der Polizist.«

»Der Polizist.«

»Er sieht aus, als ob ihm alles und jedes danebenginge.«

»Stan hat eine Menge Ärger.« Und Jim war viel zu attraktiv. Ich bin nicht gut darin, meine Zuneigung aufzuteilen, und was beiläufige Affären angeht, bin ich immer schlecht gewesen. Schon wegen Aids.

»Wenn ich dich da hätte«, sagte Jim, »ich würde vor Freude so laut brüllen, dass du Kopfschmerzen kriegtest.«

Das fühlte sich gut an. »Danke.«

Er strich mir mit den Fingerknöcheln über die brauchbare Wange. »Narren gibt es in jedem Markt.«

»Doppelportion Speck?«, fragte die Kellnerin, während sie auf eine Gelegenheit wartete, den Teller abzustellen. Sie war jung, schön und blond.

Jim nahm den Arm aus dem Weg, aber er sah weiterhin mich an. Die Klimaanlage versagte. Die Kellnerin versicherte mir, dass nichts dergleichen der Fall war. Ich bin zu jung für Hitzewallungen.

»Ich war gestern Abend bei Laurie«, sagte ich, um in Gedanken bei der Sache zu bleiben.

»Ich weiß.«

Ich hob die Augenbrauen; den Mund hatte ich voll Brot und Himbeermarmelade.

»Ich hab auf der Veranda gesessen und mich mit Wodka zugeschüttet. Und dabei hab ich dich und den Ural geschenkebringend zum Haus rübergehen sehen. Ich hatte den Kondolenzbesuch schon hinter mich gebracht.«

»Du hast einen phantastischen Blick über The Pynes.«

»Die hinteren Cottages kann ich nicht sehen. Aber ich habe gesehen, wie ihr, du und Bud, euch angewöhnt habt, morgens zusammen Kaffee zu trinken.«

Das bedeutete höchstwahrscheinlich, dass es nicht Jim gewesen war, der das Valium in Buds Kaffee geschüttet hatte. Der Mörder hätte nicht absichtlich riskiert, mich ebenfalls zu betäuben. »Und ich dachte, du schläfst gern aus?«, fragte ich grinsend.

»Das war gar nicht so einfach mit dir in der unmittelbaren Nachbarschaft.«

»Jim, bitte.«

»Tut mir Leid. Ich höre schon auf.« Er biss in drei Stück Speck auf einmal.

Ich sah zur Tür hinüber. Wo zum Teufel blieb eigentlich Dmitri? »Ich hab gesehen, wie du Laurie an dem Abend, an dem das Barbecue stattgefunden hat, irgendwas ins Ohr geflüstert hast. Sie hat gestrahlt wie ein Leuchtturm. Was hast du ihr eigentlich erzählt?«

»Ist das das Problem?« Jim drückte mir die Hand. »Du glaubst, Laurie und ich sind zusammen?«

Auf den Gedanken war ich nicht einmal gekommen. »Seid ihr's denn?«

»Nein, ich hab ihr nur gesagt, dass Steve sie liebt, dass er auf sie gewartet hat. Diese Beziehung hat mehr Höhen und Tiefen gehabt als der Dow Jones.« Er klang vollkommen sachlich. »Nach Pollys Tod haben sie nicht miteinander geredet. Ich hab den Makler bei der Versöhnung gemacht.«

»Sie haben wegen The Pynes gestritten.«

»Yeah. Steves Stolz, Lauries Unsicherheiten – sie stehen ihnen dauernd im Weg. Manchmal hätte ich sie nehmen und ihre Köpfe gegeneinander schlagen können. Nachdem Polly umgekommen war, ist es wirklich übel geworden.«

»Hat sie ihn für den Tod ihrer Mutter verantwortlich gemacht?«

»Das wollte sie mir nicht sagen. Steve hat mit Bud in seinem Boot gesessen und Hummerfallen überprüft, als sie Polly gefunden haben. Das ist noch so was, das ich nie rausgekriegt habe. Was die beiden zwei Stunden lang miteinander zu besprechen hatten.«

»Sie geben einander ein Alibi.«

»Theoretisch hätte immer noch jeder von ihnen Polly unter Wasser drücken können. Der Zeitpunkt des Todes konnte nicht auf die Minute genau ermittelt werden. Bud war an Ort und Stelle, und Steve hatte sein Boot drüben am Louse Point liegen. Das sind zehn Minuten zu rudern von der Stelle, an der sie Polly gefunden haben.«

»Steve hat ein stärkeres Motiv als Bud, wenn er geglaubt hat, dass Laurie sein Land erben würde.«

»Vielleicht. Jedenfalls habe ich die beiden irgendwann überreden können, sich zusammenzusetzen und die Sache zu besprechen. Ich hab sie dazu gebracht, sich die Möglichkeiten anzusehen, die sie haben. Sechzehn Morgen im Wert von einer Million, die man an einem Tag verpulvern kann, oder eine Beziehung, die, wenn man sich Mühe gibt, ein Leben lang halten kann.«

Ich dachte daran, wie Steves Pick-up am Vorabend vom Grundstück gejagt war. »Ein Börsenmann, der zugleich Romantiker ist?«

»Ich bin süchtig nach guten Liebesgeschichten.« In seinen Augen erschien ein Schimmer von sabrinahafter Sehnsucht. Nur kurz, Gott sei Dank. Ich wollte von Jim nicht an meinen Exmann erinnert werden, einen der professionellsten Charmeure von Rom. Ich sah wieder zur Tür hinüber und dann auf die Uhr.

»Dmitri kommt nicht«, sagte Jim. Er hatte den Mund voll

mit meinem übrig gebliebenen Brot. »Ich hab einfach versucht, Zeit mit dir rauszuschinden. Ich hab ihn in der Bibliothek von East Hampton getroffen; er hat mich beauftragt, dich zu ihm zu fahren.«

»Ist er zur Kirkwood Garage gegangen?«

»Weiß ich nicht, aber er hat ausgesehen, als würde er am liebsten irgendwen in den Hintern beißen. Er sagt, ihr arbeitet jetzt für Laurie. Wie kommt's?«

Im Auto erklärte ich ihm, dass Laurie den Verdacht hatte, ihr Vater sei ermordet worden. Jim stieß einen leisen Pfiff aus. »Ich könnte verstehen, dass jemand Polly umbringt, aber Bud? Er ist doch niemandem in die Quere gekommen. Hat sie Beweise? Was sagt denn die Polizei?«

Ich erwähnte all die Gründe, die einen Mord wahrscheinlich machten: die Brandstiftung, die Wahrscheinlichkeit, dass der Kaffee mit Valium versetzt gewesen war, die Durchsuchung von Buds Haus, die Durchsuchung von Lauries Haus.

»Was hat eigentlich Rebecca mit Polly und Bud zu tun?«, fragte ich.

»Sie ist ihre Mieterin. Eine Freundin von Polly, glaube ich. Ich hab von Zeit zu Zeit gesehen, wie sie ins Haupthaus rübergegangen ist. Polly hat viele von Rebeccas Bildern gekauft.«

Während meines Besuchs bei Laurie hatte ich davon nichts bemerkt, aber schließlich hatte ich die Schlafzimmer nicht gesehen.

»Dodo?«

»Frag Rebecca.«

»Hab ich schon getan. Wenn sie irgendwas weiß, sagt sie's jedenfalls nicht.«

»Rebecca ist ziemlich schweigsam. Herrgott, das ist ja schlimmer als der Schwarze Montag.« Womit er den Tag im Oktober 1987 meinte, an dem die Börsen abgestürzt waren.

»Es tut mir Leid, Jim.« Er sah aus, als hätte er gerade fünfhundert Punkte verloren. Ich hätte ihn gern berührt, ließ es aber.

Wir fuhren schweigend bis zu der Bibliothek in der Main Street.

»Hatte Bud für vergangenen Montag einen Termin mit dir ausgemacht?«, fragte ich.

»Ich nehme an, er wollte zum Abendessen im Restaurant auftauchen wie üblich.«

Ich machte Anstalten auszusteigen.

Jims Hand legte sich auf meinen Arm. »Warte einen Moment.« Seine Finger waren eisig von der Klimaanlage. Es war aber immer noch ein gutes Gefühl. »Was sollte das für ein Termin gewesen sein? Ist es wichtig?«

Merkwürdig, wie gerade dies alle Leute aufmerksam werden ließ. »Einfach ein Klebezettel, den Laurie in Buds Schlafzimmer gefunden hat.« Laurie hatte uns gebeten, das zufällig mitgehörte Telefongespräch nicht zu erwähnen. Nicht einmal Captain Comelli gegenüber. Zumindest nicht, bevor wir nicht die Liste von der Telefongesellschaft gesehen hatten. »Da stand ›Termin Montag‹, dreimal unterstrichen.«

»Versuch's bei seinem Zahnarzt.« Sein Blick wurde besorgt. »Meinst du, du kommst zurecht? Wenn hier irgendwo ein Mörder rumhängt, wird er nicht –«

»Ich komme zurecht. Ich habe den ganzen Ural an meiner Seite.« Ich lachte und winkte ihm zum Abschied zu. Herrgott, an Jim könnte ich mich wirklich gewöhnen.

23

Die Bibliothek war in einem einstöckigen Ziegelbau vom Anfang des Jahrhunderts untergebracht. Im Lauf der Jahre waren mehrere Räume angebaut worden. In der Eingangshalle waren die neuesten Bücher in einem Erker ausgestellt, und ein Papiermodell im Origamistil, das einen geplanten weiteren Anbau zeigte, stand auf einem Tisch. Dmitri hatte sich in einen Raum von etwa eineinhalb mal eineinhalb Meter Größe gequetscht, dessen einziges schmales Fenster sich hoch unter der Decke befand. Er starrte auf den Bildschirm eines Mikrofilm-Lesegeräts.

»Das hier muss irgendwann eine Toilette gewesen sein«, sagte ich. »Hast du die Flasche abgeholt?«

»Noch nicht. Ich mich erinnert an etwas Anderes zuerst, wegen Laurie. Sieh dir an.« Er zeigte auf den Bildschirm. Dort war eine Seite des *East Hampton Star* zu sehen; Dmitris Finger lag unter einem Kasten mit einem Foto.

»Siebzehn August letztes Jahr«, flüsterte er. Über dem Foto stand eine Überschrift: »Begegnung mit der Vergangenheit: Ein *Star*-Wettbewerb.« Das Bild zeigte ein wenig eindrucksvolles Team von Footballspielern, die nicht älter sein konnten als zehn.

»Wenn du Team benennst, gewinnst du *Star*-T-Shirt.«

»In einem ein Jahr alten Wettbewerb? Wenn du es so dringend haben willst, kauf dir eins.« Ich zog ihn am Arm. »Komm, gehen wir.«

»Nein, sieh dir kleines Bild an.« In der rechten unteren Ecke, Kantenlänge etwa fünf Zentimeter. Ich kniff angestrengt die Augen zusammen. Eine Frau und ein Mann standen hinter einem Zementmischer. Eine Ecke eines schindelgedeckten Hauses war zu sehen, eine dunkelgraue Fläche im Hintergrund. Ein Grau, das Wasser sein könnte. Die Unterschrift lautete: »Unser letztwöchiges Foto ist unidentifiziert geblieben.«

»Wer ist das?«

Dmitri setzte sich auf und wedelte triumphierenden Blicks mit einer Fotokopie vor meiner Nase herum. Ich trat einen Schritt zurück, um besser sehen zu können. In nächster Zukunft stand mir eine Lesebrille bevor. Und mein vierzigster Geburtstag.

»Vierundzwanzig August. Ein Tag, bevor Polly gestorben.«

Diesmal zeigte das »Begegnung mit der Vergangenheit«-Foto vier Leute, die vor einem kleinen Propellerflugzeug standen. Auf dem kleinen Bild war auch diesmal wieder das Paar mit dem Zementmischer zu sehen.

»Ich erinnere mich, habe diesen Montag gelesen«, sagte Dmitri. »Beim Suchen nach Pollys Todesanzeige ich abgelenkt worden von Bildern. Ich mich erinnert, als Laurie gestern Abend Namen gesagt.«

Ich konzentrierte mich, um den Text über seinem Finger entziffern zu können. Langsam las ich: »Lester Kennelly war der einzige Anrufer, der Polly Pynes und Dodo Parsons erkannte. Die Fundamente für die ersten Pynes-Cottages sind auf diesem Bild aus dem Jahr 1951 soeben gelegt worden.«

»Dodo und Polly waren ein Paar?«

»Jetzt wir wissen, warum Dodo verdächtig ist.«

»Phantastisch, Dmitri! Und jetzt holen wir diese leere Valiumflasche. Ich hab einen Termin mit einem Mann vom Morddezernat.«

»Die Flasche ist weg?« Ich hatte Dmitri an der Werkstatt abgesetzt und Sabrina ausgeführt. Jetzt schwitzte ich und war nicht in der Stimmung für Scherze. »Was soll das heißen, die Flasche ist weg?«

Dmitri schwenkte sein Handy vor meiner Nase. »Ich gefunden dies, das du vergessen.«

»Wen schert das Telefon? Wo ist die Flasche?«

»Keine Flasche. Ich überall nachgesehen.«

»Das kann doch gar nicht sein!« Ich stiefelte zu dem Caddie hinüber. Er war in der Nähe einer dichten Baumgruppe geparkt, auf einer offenen, von Unkraut überwucherten Brachfläche hinter der Werkstatt, die jedermann ungehindert betreten konnte. Im Handschuhfach war nichts. Obwohl ich mir ziemlich sicher war, dass das Handschuhfach nach dem Unfall nicht geöffnet worden war, hob ich den Teppich hoch, schob die Hand unter die Sitzpolster, wühlte zwischen den Sitzen. Die Ausbeute war Staub unter den Fingernägeln, drei Vierteldollarmünzen, ein Prospekt über Haarpflegeprodukte für Männer und die zerknickte Titelseite eines Paperbackromans – *Mein Herz ist dein.*

Ich marschierte voller Wut und Entschiedenheit zu dem einzigen Menschen in der Werkstatt hinüber. »In unserem Auto fehlt etwas. Wer hatte alles Zugang zu ihm?«

Der Mann wischte sich die schmutzigen Hände an einem noch schmutzigeren Lappen ab. Er war groß und hatte einen Fettbauch, der allenfalls unter einen Lastwagen gepasst hätte – und an einem solchen hatte er gearbeitet, als wir eingetroffen waren. Er verströmte den Geruch von Benzin und Motorenöl. »Ich bin der Besitzer, und ich übernehme keine Verantwortung für den Verlust von Eigentum. Steht da auf dem Schild.« Kirkwood zuckte mit der linken Schulter, hinter der ein vor Schmutz unleserliches Schild hing. Wer auch immer bei der Polizei diese Werkstatt gewählt hatte, musste ein naher Verwandter des Eigentümers sein. Der Laden lag an einer Nebenstraße in Amagansett und sah aus wie die Kulisse des nächsten Quentin-Tarantino-Films. »Wenn Sie jetzt glauben, ich war's«, fügte Kirkwood hinzu, »dann liegen Sie falsch.«

Ich beschattete meine Augen gegen die Sonne. Kirkwood kam mir bekannt vor mit dem glänzend schwarzen Streifen, der sich quer über seine Stirn zog. »Ich sage ja nicht, dass Sie verantwortlich sind. Ich will einfach nur wissen, ob Sie jemanden in der Nähe des Autos gesehen haben, der dort nichts verloren hatte.«

»Wenn ich unter der Karosserie liege, kann ich mich nicht drum kümmern, wer was treibt. Die Autos sind abgeschlossen. Die meisten sind das Stehlen nicht wert. Manche sind das Reparieren nicht wert.« Kirkwood ging zum Getränkeautomaten hinüber, dem einzigen sauberen Gegenstand weit und breit. »Was fehlt denn?«

»Ein Pillenfläschchen.«

»Drogen?« Er warf Münzen in den Schlitz.

»Nein! Außerdem war es leer.«

Er bot mir eine Cola an, die ich annahm. Eigentlich war er gar nicht so übel. »Wieso dann die Hektik?«, fragte er mich.

»Die Polizei interessiert sich für das Fläschchen.«

»Was mit Ihrem Unfall zu tun?«

Ich machte ein nichts sagendes Geräusch.

»Sehen Sie, ich hab Freunde bei der Polizei.« So viel wusste ich auch schon. »Vielleicht kann ich helfen.«

»Nein, danke.« Es hatte keinen Zweck, sich mit der örtlichen Polizei einzulassen. In ein paar Stunden würde ich mit dem Mann reden, der für die Sache verantwortlich war –

Captain Comelli von der Suffolk County Police. »Sie haben niemanden hier herumhängen sehen?«

»Nee. Aber ich sage ja, ich seh sowieso nicht viel außer der Unterseite von Autos. Und nachts, na ja, hier ist alles offen. Kann die Wagen nicht alle in die Werkstatt quetschen. Tut mir Leid.«

»Woher kenne ich Sie eigentlich?«

»Sonntag, das Feuer in Bud Warrens Haus. Sie sind die Dame mit dem Koffer von einem Freund. Sie sind direkt an mir vorbeigelaufen. Bill Kirkwood.« Er zeigte mir seine verschmierten Handflächen. »Ich geb Ihnen lieber nicht die Hand.«

»Simona Griffo.«

»Na, Simone, sagen Sie Ihrem Russki, er soll sich ein bisschen besser um sein Auto kümmern. Könnte 'ne Schönheit sein, wenn man's mal ordentlich überholen würde.«

Für wen gälte das nicht? »Wir können es uns nicht leisten.«

»Die Geschichte meines Lebens. Wenn's 'ne Pillenflasche war, sind Sie sicher, die Typen vom Krankenwagen haben sie nicht mitgenommen?«

Ich rief auf Dmitris Handy an. Die beiden Sanitäter waren gerade nicht im Einsatz und der Fahrer auch nicht, aber ich ließ mir die Namen geben. Ich kehrte zu Kirkwood zurück und bekam ein Telefonbuch für das gesamte Gebiet South Fork ausgehändigt, das in der Stadt kaum für SoHo ausgereicht hätte. Ich fand meine Namen; der Fahrer war sogar zu Hause. Nein, er hatte nichts mitgenommen und nichts gesehen, aber jetzt, wo er drüber nachdachte, hatte er, gerade als er die Tür des Krankenwagens schloss, bemerkt, wie der große Typ mit der Baseballkappe sich auf den Beifahrersitz des Caddie setzte. Als er den Krankenwagen gewendet hatte, hatte er noch mal hingesehen. Die Beifahrertür des Caddie hatte offen gestanden. Und das Handschuhfach auch.

Ich schlug Steve King im Telefonbuch nach. Er lebte am Driftwood, der auf Hog Creek Lane stieß, dort, wo wir am Sonntagmorgen Laurie eingeholt hatten.

»Ich bin beim Fischen«, sagte Steves Anrufbeantworter. »Das ist Arbeit, kein Hobby. Ich überlasse es Ihnen, ob Sie auf den Piepton warten wollen. Ich warte auf niemanden.« Außer auf Laurie.

»Was jetzt?«, fragte Dmitri, während Sabrina an seinem Ohr schnupperte.

Ich sah auf die Uhr. Es war nach zwölf. »Wir nehmen ihn uns heute Abend vor. Erst fahren wir zum Green River Cemetery und sehen uns die Stelle an. Vielleicht ist die Flasche einfach rausgefallen.«

Auf dem Friedhof fanden wir nichts außer Grabsteinen. Jackson Pollock hatte den besten. Ein massiver Findling mit einer Bronzetafel, auf der seine Signatur stand. Lee Krasner, seine Frau, hatte den Findling ausgesucht. Sie war selbst Künstlerin gewesen. Und eine loyale Pflegerin, die eine Frankreichreise angetreten hatte, als Pollock begann, seine Geliebte zu sich in ihr gemeinsames Haus zu holen. In einer Augustnacht hatte Pollock das Oldsmobile-Kabrio, in dem er zusammen mit seiner Geliebten und einer befreundeten Kosmetikerin saß, sturzbetrunken in einen Baum an der Fireplace Road gelenkt. Pollock war sofort tot gewesen. Die Kosmetikerin ebenso. Die Geliebte überlebte. Krasner nahm ihren Beruf wieder auf und schuf ihre besten Werke. Aber als sie starb, hatten ihre Freunde sie hinter Pollock bestatten lassen, unter einem Findling, der ein Viertel der Größe von seinem hatte, und sie für alle Ewigkeit abgewertet. Ich hätte schreien können.

»Los, Dmitri, gehen wir Dodo suchen.«

Dodo war nicht in Rebeccas Haus. Rebecca auch nicht. Wir fuhren den Gerard Drive entlang; unter den Reifen knirschten die Muscheln, die die Möwen hatten fallen lassen, damit sie aufbrachen. Rechts und links der Straße wuchsen dünne Büschel von Spartinagras und ein paar wilde Rosenbüsche, die Hagebutten so rot und rund wie Kirschtomaten im August. Zwei junge Männer joggten mit schweißglänzender Brust. Ein Junge fuhr auf Rollerblades; sein Irischer Setter keuchte hinterher. Über ihnen drängten sich Rauchschwalben auf den Telefondrähten wie Perlen an einer Halskette. Auf einer Seite das Hafenbecken, auf der anderen die Bucht, beide Wasserflächen fast weiß im Mittagslicht. Am Ende lag ein kleiner Strand und dahinter der Kanal, der Bucht und Hafenbecken miteinander verband. Ein Schild verkündete stolz, dass vier Kiebitzküken geschlüpft waren.

Jenseits des Kanals ein sonnengetränktes Louse Point. Im Westen konnten wir Buds halb abgebranntes Haus erkennen. Die Papageiendame, gebräunt bis gut durch, winkte mir vom Strand aus zu. Captain Dan quakte von seinem Aussichtsplatz auf einem Grill herab. Kein Dodo.

Dmitri ließ Sabrina für eine weitere Pinkelpause aus dem Auto. »Louse Point. Du weißt, warum Name?«

»Ich wette nicht.«

»Information kostenlos. Erste Leute in Connecticut gekommen hierher zum Fischen und fast verhungert. Nicht genug zu essen für eine Laus. Wie russische Rache.«

»Was mich daran erinnert, dass ich Hunger habe.«

Dmitri runzelte die Stirn, den Blick auf seine neue große Liebe gerichtet, die bis zum Bauch im Wasser stand. »Sie wird ertrinken.«

»Sabrina kühlt sich ab. Wenn wir einen Rest Hirn hätten, würden wir das auch tun. Was weißt du von einem Ort namens Little Low Drink?« Dmitri pfiff. Sabrina watete tiefer ins Wasser.

»Two Holes of Water?«

Er pfiff wieder. Sie bellte zurück. Dmitri schleuderte seine Strandsandalen von den Füßen, krempelte die wollenen Hosenbeine hoch und watete hinterher. Sie ließ sich von ihm zurücktragen.

Ich sah mir mit großem Vergnügen an, wie sie ihn von oben bis unten durchnässte. »Als Nächstes wird sie sich von dir das Frühstück ans Bett bringen lassen. Weißt du, was mein Lieblingsort ist? Bellyache Swamp.«

Wir stiegen zu dritt wieder in den Chevy, um unsere Suche nach Dodo fortzusetzen.

Das getarnte Boot am Ende von Shipyard Lane enthielt nichts als Staub und leere Bierdosen. Der Besitzer des Spirituosenladens schlug vor, wir sollten es beim Jackson Pollock Farmhouse versuchen. Es hatte einmal Dodos Großvater gehört. Der Schuppen stand offen; hier hatte Pollock damals im Jahr 1949 die Tropfgemälde geschaffen, die die Zeitschrift *Life* zu der Frage veranlassten: »Ist dies der größte lebende Maler der USA?« Ich warf einen Blick ins Innere. Der Fußboden sah aus wie die Hinterlassenschaften einer Mardi-Gras-Party, bedeckt mit bunten Farbkonfetti. Die Wände waren wie mit Fotografien eines Künstlerlebens tapeziert. Seine Malerstiefel standen in einer Ecke, ein farbbespritztes Souvenir ebenso wie der Schuppen selbst, Erinnerung an ein Genie, das sich betrunken zu Tode gefahren hatte.

Unser letztes Ziel war der Asparagus Beach in Amagansett, wo wir in jeder Richtung zehn Minuten lang durch den Sand stapften, während Sabrina hinter den Wellen hertapste. Sie war schon wieder triefend nass. Dmitris Nase wurde rosa. Mein Haar kräuselte sich. Und die ganze Zeit fragten wir uns laut, warum Steve, oder irgendwer sonst, eine leere Pillenflasche stehlen sollte.

Ursprünglich hatten wir angenommen, der leere Valiumbehälter sei von dem Mörder in Buds Waschbecken hinterlegt worden, damit es so aussah, als habe Bud auf die gleiche Art Selbstmord begangen wie seine Frau. Wenn dem so war – war es Buds Mörder, der die leere Flasche aus dem Caddie gestohlen hatte? Warum? Konnte es sein, dass Steve der Mörder war? Nachdem Bud tot war, würde Laurie The Pynes erben, ein Grundstück, von dem Steve der Ansicht war, es gehöre ihm. Nachdem Bud tot war, stand es Laurie frei, zu heiraten, wen sie wollte. Und Steve war gestern Abend aufgetaucht, um sein Glück bei ihr zu versuchen. Nur, dass er nicht lang geblieben war.

Dodo fanden wir nicht.

»Rathaus«, beschloss ich. Es lag an der Pantigo Road in Amagansett, in einem kleinen Komplex von niedrigen modernen Gebäuden aus roten Ziegeln, ein kleines Stück von der Straße entfernt. Auch das East Hampton Police Department gehörte dazu. Ich machte mich auf zur Bauordnungsabteilung.

»Warum sind wir hier?«, maulte Dmitri, während eine freundliche Frau namens Amy für mich in alten Akten herumstöberte. Es war inzwischen nach ein Uhr. Dmitri hatte das Bedürfnis, seinem Körper Nahrung zuzuführen. Ich übrigens auch.

»Der Zementmischer!«

»Ich bin geschlagen mit Ahnungslosigkeit!« Dmitris Version von ›Und?‹.

»Wir suchen eine Verbindung.«

Wir fanden sie, als Amy mir die Baugenehmigung für The Pynes brachte.

7. Februar 1950. Die Stadt East Hampton gewährt die Er-

laubnis für die Errichtung von acht identischen Ferienhäusern auf einem Grundstück von sechzehn Morgen entsprechend dem beiliegenden Plan. Die Anlage wird den Namen The Pynes führen. Eigentümerin: Polly Pynes. Architekt: Charles Parsons.

Dmitri starrte. »Dodo?«

»Genau der.«

Wir bedankten uns bei Amy und fuhren zurück nach East Hampton, um uns ins Gewühl der Newtown Lane zu stürzen. Ich wollte ins Babette's; es gab dort wunderbaren Humus und Tabbouleh-Salat mit lauwarmem Pittabrot. Dmitri zog mich weiter. »Linsen-Walnuss-Tempeh-Burger werde ich niemals essen!«

Wir entschieden uns für das weniger gesundheitsorientierte Grand Café und bekamen einen Tisch im Freien, dem idealen Ort, um zu sehen und gesehen zu werden – wenn es nicht gerade brütend heiß war. Ich protestierte. Auf einen Tisch mit Klimaanlage hätten wir eine halbe Stunde warten müssen. Dmitri saß. Ich hing. Am Nachbartisch wedelten drei schweißfreie Frauen in schwarzen T-Shirts und Shorts mit ihren weißlackierten Fingernägeln, während sie die Vorzüge von Paris im Frühling und im Herbst erörterten. Ich bestellte einen Salat mit gegrilltem Hühnchen. Dmitri wollte zwei Hamburger und eine Dreifachportion Pommes frites mit French Dressing. Das ganze Parisgerede ging nicht spurlos an ihm vorbei.

»Jetzt wissen wir also, dass Dodo Pollys Architekt war. Großartig.«

»Es ist immerhin ein Anfang.« Informationen, die Dmitri nicht selbst gefunden hat, zählen nicht. »Bist du denn gar nicht neugierig, wie es kommt, dass ein Mann, der ausgebildeter Architekt ist, als Trinker und Altmetallsucher an den Stränden endet?«

»Du glaubst, Polly beteiligt?«

»Bei ihrem Ruf für Gehässigkeit liegt das durchaus im Bereich des Möglichen. Ich glaube, wir sollten gehen und mit ein paar von den Alteingesessenen über diese Geschichte reden.«

»Rebecca.«

»Die sagt nichts. Wenn ich zu Comelli fahre, könntest du versuchen, mit ein paar von den Männern zu reden, die ihre Boote bei Jims Restaurant liegen haben.«

Bei der Erwähnung von Jims Namen erschien ein tratschiger Glanz in Dmitris Augen. »Du isst mit Jim heute Abend?«

»Nein.«

»Warum nicht? Jim ist netter Gentleman.«

»Versuchst du mich zu verkuppeln? Hast du ihn deswegen ins Honest Diner geschickt?«

»Du brauchst amüsanten Typ.«

Ich glaubte es einfach nicht. Der bezaubernde, loyale Dmitri. »Geht es in deinen Liebesromanen nicht immer um Loyalität und Ehre und darum, dem wahren Geliebten treu zu bleiben?«

»Vielleicht ist Liebe mit Stan vorbei.« Er hörte sich viel zu betrübt an.

Die Kellnerin kam mit unserem Essen. Ich kaute auf einem Radieschen herum. »Dmitri, versuchst du mir irgendwas zu sagen?«

»Geh aus mit Jim.« Er schnitt hingebungsvoll Sabrinas Hamburger in Stücke, während sie erwartungsvoll unter dem Tisch herumzappelte. »Versuch jemand anderes. Du könntest mögen.« Er fütterte sie, Bissen für Bissen.

Ich knallte die Gabel auf den Tisch. »Okay. Du weißt irgendwas. Was ist es?«

»Ich weiß, dass du eine Woche lang nicht gelächelt. Sonntag Abend im Jim's Pit, am Tisch mit Jim, ganz plötzlich du gelächelt.«

»Ich hatte zu viel getrunken.«

»Du hattest auch netten Mann, der dir Hof macht.« Er goss French Dressing auf seinen Berg von Pommes frites.

»Diese Unterhaltung gefällt mir nicht.«

»Sieh mal, Stan ist wunderbarer Typ, aber jetzt du lebst mit ihm. Vielleicht bekommt Leidenschaft Schluckauf. Meine Bücher, sie mich gelehrt, dass in Liebe Komplikationen gut sind. Pavels Frau vielleicht ich liebe so leidenschaftlich, weil sie ist meines Bruders Frau, und ich kann sie nicht haben. Es ist Komplikation, die zu großer Leidenschaft führt.«

»Aber du siehst sie nur zweimal im Jahr, und du hast sie nie auch nur geküsst!«

»Ah, aber meine Träume von ihr« – er zwirbelte mit zwei Fingern seinen Schnauzbart – »sie sind großartig wie Hollywood.«

»Ich brauche mehr als Träume.«

»*Esattamente*. Du gehst mit Jim ein bisschen. Stan kommt zurück. Wird eifersüchtig. Er kämpft, um dich zurückzugewinnen. Liebe ist wieder gut. Traum wird Wirklichkeit.«

Ich lachte. »Jim gegenüber wäre das nicht gerade fair.«

»Jim hat sein Pit. Er kann essen.« Zur Demonstration stopfte Dmitri sich sein breit grinsendes Maul mit einem Pfund triefender Pommes frites voll.

Ich überlegte es mir den Sekundenbruchteil lang, den Dmitri brauchte, um all diese Kartoffeln zu verschlingen, und schüttelte dann den Kopf. »Tut mir Leid, nicht mein Stil.«

»Warum er Restaurant genannt Pit? Ich denke an Falle, Grube, in die Löwe fällt. Kein gutes Bild.«

»Pit, so nennt man das untere Stockwerk der Börse.«

»Wo viel Geld gemacht wird. Jetzt ich verstehe. Du machst großen Fehler, wenn du Jim nicht nimmst.«

»Willst du wetten?«

»Nein.«

Es gefiel mir nicht, dass Dmitri die Wette ausschlug. In der Regel wettete er auf die unwahrscheinlichsten Dinge, sogar darauf, dass der Papst sich für die Abtreibung aussprechen würde.

»Okay, nehmen wir mal an, Steve hat die Pillen genommen«, sagte ich.

»Warum er genommen?«

»Ich weiß nicht.« Ich dachte daran, wie Steve mir die Hand auf den Kopf gelegt hatte, um mich zu beruhigen. Kann ein Mörder jemals freundlich sein? »Was sagt uns die leere Pillenflasche?«

»Sie uns gesagt, dass Pollys Arzt ihr Rezept für Valium gegeben.« Ein junges Paar hinter Dmitri stand von seinem Tisch auf und ging. Sie konnten die Finger nicht voneinander lassen.

»Das erste Mal, dass Laurie nach dem Brand das obere Stockwerk des Hauses gesehen hat, war am Montag.« Mein Blick hing wie gebannt an dem Liebespaar. Ich dachte dabei nicht an Stan. Oder an Jim. »*Nachdem* du die Pillenflasche aus dem Bad geholt hattest. Also kann sie nicht gewusst haben, dass sie da gewesen war. Aber Steve hat beim Löschen geholfen. Entschuldige mich einen Moment.« Ich nahm Dmitris Handy und ging damit bis zu einer Bank ein Stück die Straße entlang. Dies war eine Unterhaltung, von der ich nicht wollte, dass die frankophilen Damen sie mithörten. Ich gab die Nummer der Kirkwood Garage ein. Bill ging ans Telefon.

»Simona Griffo hier. Ich helfe Laurie Warren, mit dem Tod ihres Vaters und dieser Brandstiftung zurechtzukommen. Haben Sie ein bisschen Geduld mit mir. Wissen Sie, welche Feuerwehrleute direkt nach dem Feuer das Obergeschoss von Buds Haus inspiziert haben?«

»Wir waren mit der Küche ganz gut beschäftigt. Steve King und ich hatten die Schläuche. Ich bin erst später mit Dave raufgegangen, das ist der Brandmeister. Ich bin mit ihm durch jedes Zimmer gegangen.«

»Steve war nicht dabei?«

»Nein, der hat zum zigsten Mal das Grundstück abgesucht. Er wird schüchtern, wenn Laurie in der Nähe ist.«

»Laurie war am Sonntag schon im Haus?«

»Brandmeister hat's nicht gern gesehen, aber sie hat 'ne Menge Theater gemacht. Wir haben zusammen jeden einzelnen Raum überprüft, Badezimmer eingeschlossen.«

24

Dmitri bestand darauf, mich nach Sag Harbor zu fahren. Seinen Rippen ging es blendend. Er trug sein kostbares violettes Hemd. Er zuckte zusammen, als ich ihn anschnallte. Wir mieden Route 114, suchten uns stattdessen kleine Waldstraßen mit wenig Verkehr und waren in zwanzig Minuten da. Ich hatte mit Captain Comelli ausgemacht, dass wir uns am Ende von Long Wharf treffen würden. Ich war dankbar, dass wir nicht die ganze Strecke nach Yaphank im Westen fahren mussten, wo Comelli sein Büro hatte.

»Warum Laurie gelogen?« Sabrina hatte einen lärmenden Traum auf der Rückbank.

»Damit wir nicht auf den Gedanken kommen, sie könnte von dem Pillenfläschchen wissen. Laurie hat die Flasche am Sonntag schon entdeckt, aber in Gegenwart von Bill Kirkwood und dem Brandmeister konnte sie sie nicht wegnehmen. Am Montag ist sie zurückgegangen, aber du warst vor ihr da. Das war auch der Grund, warum sie mir gegenüber so hysterisch geworden ist und dich beschuldigt hat, sie beraubt zu haben. Die Flasche muss ein Hinweis auf den Mörder sein. Warum? Weiß ich auch nicht.« Wir kamen an Sag Harbors berühmtestem Gebäude vorbei, einer merkwürdigen, klobig aussehenden Kirche, die im neunzehnten Jahrhundert in Form eines ägyptischen Tempels errichtet worden war.

»Laurie ermordet ihren Vater, vielleicht ihre Mutter

auch?« Sein Ton war ungläubig. »Wir sind nicht in Kalifornien!«

»Vielleicht versucht sie jemand anderen zu schützen – Steve King wäre nicht unwahrscheinlich – und heuert uns zum Schein an, um rauszufinden, was wir mit dem Pillenbehälter gemacht haben. Nachdem ich's ihr gesagt habe, geht sie in die Werkstatt und stiehlt ihn.«

Wir bogen in die Main Street ab. »Was ist mit Steve und offenem Handschuhfach? Ich glaube, er derjenige, der uns gerammt.«

»Du kannst es einfach nicht fassen, dass sich all diese schönen Frauen gegen dich gewandt haben, was? Wir fragen ihn heute Abend.«

Dmitri bremste vor dem Eingang des American Hotel, einem weiteren Kennzeichen des Ortes. Auf der Veranda nippte eine Rothaarige, deren Haar bis zu ihren nackten Oberschenkeln reichte, an ihrem Glas.

»Ich habe Waffe«, sagte Dmitri und stellte den Motor ab, um mich wissen zu lassen, dass seine Chauffeursdienste hier endeten. Sabrina stieß ein erwartungsvolles Kläffen aus.

»Aber nicht entsichern.« Dmitris Kugeln fließen wie der Don. Lauter Kurven. Ich öffnete die Autotür. Hitze rann ins Innere wie geschmolzene Butter. »Wir treffen uns in einer Stunde vor der Corner Bar.«

Dmitri hielt Sabrina zurück. »Zwei Stunden. Ich gehe mit Fischern reden. Ich finde Dodo.«

»In Ordnung.« Ich musterte sein neues Hemd. Und den geschlossenen Gurt. Er würde niemals allein aus dem Auto kommen. »Ich wette zehn Dollar, dass die Rothaarige die Haare behält.«

»Zwanzig Dollar.«

»*Affare fatto. Ciao.*«

Nach ein paar Schritten erbarmte ich mich, kehrte zurück und löste seinen Sicherheitsgurt. Sabrina musste pinkeln.

Am Kai versuchte eine Frau mich dazu zu bewegen, eine romantische Bootsfahrt in den Sonnenuntergang für fünfundzwanzig Dollar pro Paar zu buchen. Ein Paar, sah ich etwa wie ein Paar aus? War ich bloß die Hälfte von irgendwas? Ich starrte sie wütend an und schrie: »Kommt nicht in Frage!«

Ich ging weiter und dachte jetzt natürlich an Stan, der mittlerweile so romantisch war wie die verdammte elektrische Zahnbürste, die er bei mir stehen gelassen hatte. Ich kam an einem Katamaran vorbei, der behauptete, der größte der Welt zu sein. Eine andere Touristin rammte mich und lächelte mich entschuldigend an. Jims Lächeln drängte sich in den Vordergrund. War es Ärger oder Jim? Oder trocknete meine Liebe zu Stan in der Hitze einfach aus? Ich wusste es nicht, und dieser Fall brachte mich durcheinander. Ich hatte zwei Todesfälle, die vielleicht beides Mordfälle waren, vielleicht auch nicht. Vielleicht war der eine ein Mordfall und der andere nicht. Laurie hatte gelogen. Rebecca hatte Geheimnisse. Ein Dieb suchte nach etwas, das er vielleicht gefunden hatte, vielleicht auch nicht. Ein Brandstifter hatte Buds Haus zur Hälfte niedergebrannt. Weil er nicht gefunden hatte, was er suchte? Aus Rachsucht? Um Spuren zu vernichten? Ich hatte das Gefühl, mein Gehirn baumelte an hundert Fragezeichen. Was zum Teufel sollte ich mit einer romantischen Bootsfahrt?

Captain Comelli wartete am Ende des Kais. Mittelgroß, untersetzt, die Füße weit auseinander stehend, als müsse er auf hoher See das Gleichgewicht halten. Eine weiße Kapitänsmütze beschattete die obere Hälfte seines Gesichts. Der Rest seiner Person steckte in einem wäschereisteifen weißen Hemd, Khakihosen mit messerscharfen Bügelfalten und schwarzen hochglanzpolierten Stiefeln, die ihn größer machten. Er beobachtete mich. Am Telefon hatte ich ihm mitgeteilt, dass ich ein T-Shirt mit Werbung für Familienplanung tragen würde. Ich blieb auf halber Strecke stehen, um zu sehen, ob er mir entgegenkommen würde. Er blieb, wo er war, und spielte den Obercoolen. Zum Teufel mit ihm. Ich schob mich weiter den Kai entlang, zwischen Eis essenden Familien mit unterschiedlichen Sonnenbrandschattierungen.

Aus der Nähe stellte Captain Comelli sich als verkniffen aussehender Mann um die fünfzig heraus, dessen blaue Augen ihm vor Arroganz fast aus dem Kopf quollen.

Ich stellte mich vor. Er nickte, drehte sich dann um und sah nach Nordosten zur Hafeneinfahrt und dem Leuchtturm hinüber. »Cedar Point«, sagte er. Seine Stimme war so glatt wie die eines DJ. »Was wissen Sie über Sag Harbor?«

»Es ist ein altes Walfängerdorf.«

Er legte den Kopf schief, als sei er überrascht, dass ich auch nur das wusste.

»Damals Ende der dreißiger Jahre im neunzehnten Jahrhundert war's der drittgrößte Walfängerhafen der Welt.« Er stützte die Ellenbogen auf das hölzerne Geländer. »Zehn Jahre später ist die ganze Walfangindustrie vor die Hunde gegangen. Die Wale waren schwerer zu finden, und der kalifornische Goldrausch hat sich für die Leute besser angehört als die Aussicht, so zu enden wie Captain Ahab. Dann ist das Petroleum gekommen, und mit dem Walrat war's aus.«

»Hat Melville nicht geschrieben, Quiquec wäre in einem Walfänger aus Sag Harbor nach Amerika gekommen?«

»Wie kommt's, dass eine Italienerin so was weiß?« Er machte sich nicht die Mühe, mich dabei anzusehen.

»Was ist denn Comelli für ein Name – irisch?«

»Comelli war ein Fehler, den meine Mutter gemacht hat.«

So viel zum Thema gemeinsamer Hintergrund. Er hob einen warnenden Finger. »Kommen Sie mir bloß nicht kess.«

»Captain Comelli, es ist mir völlig gleich, wie Sie über Italiener im Allgemeinen oder über Ihren Vater im Besonderen denken. Ich bin hergekommen, um mit Ihnen über Bud Warrens Tod zu reden. Seine Tochter glaubt, er wäre ermordet worden, und vielleicht hat sie Grund dazu. Ich habe am Sonntagmorgen mit Bud Kaffee getrunken, und –«

»Mord ist aber nicht, was im vorläufigen Autopsiebericht steht. Keine Hautschürfungen oder Quetschungen.« Er drehte sich zum Dorf um, wobei er sich die Ellenbogen abwischte, mit denen er sich auf das Geländer gestützt hatte. Ein pingeliger Mann. »Die Familie meiner Mutter hat ein Haus an der Main Street gehabt, da wo all die anderen reichen Walfängerfamilien gewohnt haben. Nach der Walfangära hat keine Industrie lang vorgehalten. Deswegen sieht das Dorf auch so aus, wie's aussieht. Kein Fortschritt. Als ob man's in Formaldehyd eingelegt hätte.« Er drehte den Kopf und sah mich an. »Wie Leichenteile.«

Ich zuckte nicht einmal. » Captain Comelli, Bud Warren ist tot –«

»Dann haben wir ja keinen Grund zur Eile, oder?«

»Sie hätten nicht zufällig am Montag einen Termin mit ihm gehabt?«

»Nein. Worum sollte es denn gehen?«

»Sie sind der Chefermittler. Sagen Sie's mir.«

Sein Gesicht wurde noch verkniffener. »Was Bud Warren Ihnen auch erzählt haben mag, es war wahrscheinlich gelogen.«

»Er hat mir erzählt, dass seine Frau ermordet wurde.«

»Und er hat gewusst, dass wir's wissen.«

»Woher?«

Er dachte eine Weile nach. Ich begann mich zu fragen, ob

er in Gedanken zu einer Walfangfahrt aufgebrochen war, als er fragte: »Wie geht's Detective Greenhouse?« Er wusste also von der Beziehung.

»Der ist irgendwo weit oben, wo es kühl ist.«

»Schön für ihn. Sagen Sie ihm einen Gruß von mir.«

»Stan wird Ihnen wirklich dankbar sein, dass Sie sich die Zeit genommen haben.«

Comelli produzierte ein selbstgefälliges Lächeln. Er hatte sich zu alldem also nur bereit erklärt, um sich beim New York Police Department beliebt zu machen. Und von Stans Allergie gegen meine Detektivspielerei konnte er auch nichts wissen. »Ich hab Warren am Freitag angerufen, ihm gesagt, ich wollte mich mit ihm unterhalten. Ich hab's ganz entspannt klingen lassen. Das bringt sie ins Schwitzen. Die Angst frisst ihnen die Eingeweide auf. Funktioniert besser als Maden.«

Da war das Wort wieder. »Vor einem Jahr haben Sie gesagt, dass Polly durch Selbstmord gestorben ist.«

»Vor einem Jahr hatte ich das Material nicht, das ich heute habe.«

»Wie haben Sie denn rausgefunden, dass Dick Knight dieses Material hatte?«

»Kein Geheimnis. Mr. Knight hat seine Akte höchstpersönlich letzte Woche abgeliefert.« Schweiß begann durch sein stark gestärktes Hemd zu dringen. »Als verantwortungsbewusster Bürger.«

»Knight hat mir gesagt, Sie sind wegen der Akte zu ihm gekommen.«

»Er ist ein Privatdetektiv. Hauptberuflicher Ausredenerfinder.« Er lachte leise.

»Haben Sie das aus einem Kreuzworträtsel?«

Das Lachen landete im Hafenbecken. »Sie wissen ja anscheinend eine ganze Menge.«

»Ich hätte Bud geholfen, jetzt helfe ich Laurie.«

»Eine stützende Schulter und so weiter.«

»›Und so weiter‹ trifft es so ziemlich.« Ich erzählte Comelli, wie ich den Kaffee getrunken hatte, von dem ich sicher war, dass etwas Ungewöhnliches drin gewesen war. Ich erzählte ihm von der leeren Valiumflasche in Buds Badezimmer. Ich erzählte ihm, dass Bud sich für diesen Abend mit mir verabredet hatte, von dem Scheck über tausend Dollar. Ich erzählte ihm, dass Lauries und Buds Häuser durchsucht worden waren. Der illegale Einwanderer Dmitri trat in meinem Bericht nicht auf.

»Was ist gestohlen worden?«

»Nichts, soviel ich weiß.«

Er zuckte wegwerfend die Achseln. »Kids, die gedacht haben, sie finden Geld. Ist ja nichts passiert. Buds Tod – Selbstmord.« Ein Mann mit vielen Überzeugungen.

»Das ist genau das, von dem der Mörder will, dass Sie's glauben«, sagte ich. »Können Sie sich nicht mal für einen Moment vorstellen, dass man das auch anders sehen kann?«

»Man kann es ganz sicher so sehen, dass Sie Beweismaterial von einem Verbrechensschauplatz entfernt haben, wofür man Sie wegen unbefugten Betretens, Behinderung der Rechtsfindung und Begünstigung eines Brandstifters belangen könnte.«

Warum nur klang das so vertraut?

Comelli wippte auf den Fersen. »Was würde Detective Greenhouse zu alldem sagen?«

Er würde sich an meinen Spaghetti verschlucken. »Dieser Behälter hatte mit der Brandstiftung nichts zu tun!« Na ja, wenn der Brandstifter zugleich der Mörder war, was mehr als wahrscheinlich war, dann hatte er das durchaus – aber Comelli hörte sowieso nicht zu.

»Freut mich, dass wir da immerhin einer Meinung sind«,

sagte er, »aber glauben Sie jetzt bloß nicht, dass Bud Warren ein unschuldiger Mann war. Bud Warren hat seine Frau mit Valium abgefüllt, damit ihr Tod nach Selbstmord aussieht, und hat sie unter Wasser gedrückt, bis sie tot war. Wenn man total zu ist, wehrt man sich nicht mehr, deswegen waren an der Leiche keine Spuren zu finden.« Er nahm die Kapitänsmütze ab, um sich über die Stirn zu wischen. Er war kahlköpfig.

»Abgefüllt?«, fragte ich. »Ist das die große Eröffnung in Dick Knights Akte? Ein Augenzeuge, der gesehen hat, wie Bud seine Frau gezwungen hat, das Valium zu schlucken?«

»Nein.«

»Ich finde Ihre Gewissheiten ziemlich beängstigend.«

Comelli ließ sich eine Menge Zeit dabei, seine Sonnenbrille aufzusetzen – die verspiegelte Sorte. »Polly Warrens Autopsie hatte Spuren von Valium in ihrem Magen ergeben.« Seine Sprechweise wurde langsamer – ein schwüler Tango. Ich fragte mich, ob er auch mit Männern in diesem Ton sprach. »In ihrem Haus war kein Valiumbehälter zu finden.«

»Pollys Mörder hat ihn behalten und bei Bud verwendet.«

»Polly Warrens Arzt hat ihr nie Valium verschrieben.«

»Ihr Name hat aber in sauberer Druckschrift auf dem Behälter gestanden, den wir gefunden haben.«

Sein Kinn fuhr nach oben. »Haben Sie ihn dabei?«

»Er ist gestohlen worden.« Ich erzählte, wie jemand uns am Green River Cemetery gerammt und gegen einen Baum geschoben hatte und wie der Behälter aus dem Handschuhfach verschwunden war, entweder schon an diesem Abend oder während das Auto vor Kirkwoods Werkstatt stand.

»Erinnern Sie sich an den Arzt oder die Apotheke?«

»Schön wär's.«

»Laurie Warren bezahlt Sie?«

»Sie hat die Verpflichtungen übernommen, die ihr Vater eingegangen ist.«

»Damit Sie den Mörder ihrer Mutter finden?«

»Nein, den ihres Vaters.«

»Sie glaubt, ihre Mutter hat Selbstmord begangen?«

Ich nickte und fragte mich dabei, worauf er eigentlich hinauswollte.

»Der Behälter ist weg?«

»Richtig«, sagte ich.

Comellis Lippen schoben sich nach vorn.

»Sie glauben mir nicht.«

»Das sage ich nicht.«

Natürlich nicht. Er konnte schließlich Detective Greenhouses Freundin nicht beleidigen. »Was sagen Sie dann?«

»Ich sage gar nichts. Ich denke bloß laut. Was nicht das Gleiche bedeutet wie eine Aussage zu machen, wohlgemerkt.«

Er tat wirklich sein Möglichstes, um den Stein nicht wieder zu verlieren, den er jetzt beim New York Police Department im Brett zu haben glaubte. »Laurie Warren besteht darauf, dass der Tod ihrer Mutter Selbstmord war, und jetzt kommt sie mit dieser Mordtheorie –«

»Sie hat gute Gründe!«

»Na sicher hat sie die. Sie will, dass ihr berühmter Daddy gut aus der Sache rauskommt. Stolze Frau, diese Laurie.« Er hob die Mütze an, um seinen Schädel zu lüften. »Und außerdem finde ich es irgendwie komisch, dass Sie Polly Warrens Name auf einem leeren Valiumbehälter gesehen haben, denn nach dem, was Polly Warrens schicker New Yorker Doktor dazu zu sagen hatte, ein Arzt, zu dem sie dreißig Jahre lang gegangen ist, hätte Polly Warren das Zeug nicht angerührt.«

»Warum nicht?«

»Weil ihr davon so schlecht geworden ist wie einem Seemann nach einem dreitägigen Besäufnis.«

25

»Das beweist, dass Bud seine Frau nicht umgebracht«, sagte Dmitri, während er ärgerlich auf die Knöpfe seines Handys drückte. Wir waren wieder in unserem Cottage in The Pynes. Sein Versuch, aus den Fischern an den alten Docks Informationen über Dodo herauszuholen, war fehlgeschlagen. »Als Ehemann er weiß, dass Valium sie krank macht.«

»Das hab ich Comelli auch gesagt.« Das Bügelbrett wollte sich nicht ausklappen lassen. Eins der Beine war aus der Laufschiene gerutscht. Ich versuchte es für Dmitri aufzustellen, der seine Hosen bügeln wollte. Und der drei angebrochene Rippen hatte. »Er sagt, das war ein Ablenkungsmanöver. Bud hat mit Absicht Valium verwendet. Wenn rauskommt, dass Polly allergisch dagegen war, ist er aus dem Schneider. Comelli sagt, sie hat noch genug Valium im Magen behalten, um sie zu betäuben. Er ist sich sicher, dass Polly ermordet wurde und dass Buds Tod Selbstmord war, aber er wollte mir nicht sagen, was er eigentlich an Beweismaterial gegen Bud hat.« Ich zerrte wie wild, aber das Gestänge rührte sich nicht.

»Dick Knights Telefon ist immer noch besetzt«, verkündete Dmitri.

»Versuch's weiter.«

Sabrina watschelte mit schwankendem Bauch zur Fliegengittertür und ließ sich dort mit einem langen Seufzer auf den Boden plumpsen. Wahrscheinlich bereute sie ihre fünfminütige Orgie mit irgendeiner hündischen Version von Harrison Ford. Dmitri richtete den Ventilator neu aus, so dass der Köter in den Genuss des Luftstroms kam.

Wir gönnten uns eine Pause von dem Zeitplan, auf den wir uns zuvor geeinigt hatten: zuerst Dodo finden, um mehr über seine Beziehung zu Polly Pynes herauszufinden, dann Steve auf seinen möglichen Diebstahl der Valiumflasche ansprechen und schließlich Laurie abfangen, sobald sie aus Manhattan zurückkam. Der Grund für den Aufschub – eine Einladung zum Abendessen in Lester Kennellys schickem Haus in der Lily Pond Lane. Plötzlich wollte Dmitri nicht nur seine Hosen bügeln, sondern auch ein Hemd, sein Taschentuch, vielleicht sogar seine Unterwäsche. Ich machte es unauffällig – ich würde meinen angeknitterten leinenen Hosenanzug vom Sonntagabend tragen. Okay, ich hatte vor, mir die Haare zu waschen. Jim würde auch da sein. Laurie und Rebecca desgleichen. Ein Abendessen Bud zu Ehren, hatte Mrs. Kennelly Dmitri mitgeteilt, als sie sich in der Guild Hall getroffen hatten. Laurie hatte gebeten, dass wir auch eingeladen wurden.

»Wunderschön, Lesters Frau«, sagte Dmitri.

»Ah, *capisco.* Deshalb also die ganzen Vorbereitungen.« Ich ließ das Bügelbrett stehen und ging zur Küchenanrichte hinüber.

»Sie ist verheiratet.«

»In der Liebe sind Komplikationen gut.«

Ich schnitt mir eine Scheibe italienisches Brot ab. »Genau genommen lassen sie sich gerade scheiden.«

»Nachdem ich sie getroffen, ich gefragt meine Quellen.«

»Sie lassen dich immer noch rein bei FizzEd?« Ich begann eine große rote Tomate in Scheiben zu schneiden, die ich zum Nachreifen auf dem Fensterbrett liegen gelassen hatte.

Dmitri musterte mich finster. »Ich habe jetzt Quelle in

Schönheitssalon. Lesters Frau sehr beschäftigt als Anwältin. Keine Kinder. Fünfundvierzig Jahre alt. Noch sehr jung. Sehr elegant. Sie teilt immer noch Haus in Hampton mit Ehemann, weil sie darum streiten.« Er zupfte an seinem Schnauzbart. »Wenn Lester so attraktive Frau verlässt, er muss lieben eine andere!«

Ich verteilte die dicken Tomatenscheiben auf dem Brot und bestreute sie mit Salz. »Dmitri, ich glaube, sie hat dir den Kopf verdreht!« Ich nahm den ersten Bissen. »Was hattest du überhaupt in der Guild Hall verloren? Hast du immer noch nach Dodo gesucht?« Der allem Anschein nach von einem Seeungeheuer verschlungen worden war. »Und du schuldest mir zwanzig Dollar. Die Rothaarige, die wir vor dem American Hotel gesehen haben, hatte noch jedes einzelne Haar auf dem Kopf, als wir gegangen sind.«

»Wette war zeitlich nicht begrenzt. Ich Main Street abgesucht, nach Dodo gefragt. Ich gesehen, wie Rebecca in Guild Hall verschwindet. Ich hinterhergegangen, vielleicht Tee anbieten, über Bud reden. Manche Frauen, sie vertrauen mir gern ihr Herz an.«

»Und verlieren ihr Haar dabei.« Ich schob mir den Rest meines Tomatenbrots in den Mund.

»Gibt keine Nachfrage für Grau. Lesters Frau mich an Tür angehalten. Sie hat gutes Haar, aber ist gefärbt. Etwas zu gelb. Sie hat freundliche Einladung ausgesprochen. Dann, als ich in Halle gekommen, war Rebecca weg. Ich gewartet. Sie schließlich rausgekommen mit vielem Papier in den Armen. Ich sie mit offenen Armen begrüßt. Papier ist runtergefallen, und weil ich Gentleman, ich habe aufgehoben.«

»Du hast sie mit Absicht angerempelt.« Und ich mache mir Gedanken wegen seiner Rippen. Ich wandte mich wieder dem störrischen Bügelbrett zu.

»Ich gesehen, was sie trägt.«

»Und?«

Er schniefte ausgiebig. Wichtige Neuigkeit, Bewunderung ohne Ende. Ich spielte nicht mit. Es ist wichtig, dass man in einer Partnerschaft ein gewisses Gleichgewicht der Kräfte aufrecht erhält.

Ich bot Dmitri sein eigenes Taschentuch an. Ungebügelt. »Putz dir die Nase und gib mir einen Hammer.«

Dmitri tat mir widerwillig den Gefallen. Ich versetzte dem Bügelbrett einen kräftigen Schlag. Es funktionierte. Ich klappte es auseinander, stellte es auf die Füße. »Bitte sehr. Ich weiß nicht, warum du immer für zusätzliche Hitze sorgst.«

Dmitri lachte leise. »Slawische Leidenschaft.«

»Erst der Borschtsch, jetzt das Bügeleisen.« Ich übernahm das Handy, drückte auf den Wahlwiederholungsknopf und fächelte mir mit dem nächstliegenden Stück Papier Luft zu. Immer noch besetzt. Ich gab noch einmal Dick Knights Telefonnummer ein. Diesmal klingelte es. Wahrscheinlich hatten wir es die ganze Zeit bei der falschen Nummer probiert.

»Hinterlassen Sie nach dem Klingelton bitte eine Nachricht für Armored Knights Incorporated.«

Gepanzerter Ritt – *Dio mio!* »Lieber Dick, Captain Comelli hat mich gerade darüber informiert, dass Sie es waren, der Bud Warrens Akte der Polizei angeboten hat. Ungefragt. Was bedeutet, dass Sie mich angelogen haben. Ich habe –«

Dmitri stieß mich an. »Sag ihm, ich gefunden Uma.«

Das Bügeleisen zischte. »Knight, ich habe unter den gegebenen Umständen keine große Lust, Ihnen zu helfen«, sagte ich ins Telefon, »aber wir wissen, wo Ihre gekidnappte Katze steckt. Vielleicht können wir Informationen austauschen. Aber bitte keine Lügen mehr.« Ich beendete das Gespräch. »Okay, wo steckt das Achtzigtausend-Dollar-Katzenvieh also?«

»Ein Trick. Jetzt wird er anrufen.«

»Und dann richtig wütend werden. Sieh mal, in Amerika haben Bügeleisen Dampf. Du brauchst das nicht auf die alte Art mit dem nassen Taschentuch zu machen.«

»Ich mache meine Art.«

Sie erinnern sich – das Gleichgewicht der Kräfte.

»Okay, Partner, ich gehe jetzt duschen. Wir haben noch zwanzig Minuten zum Zurechtmachen.« Als ich an der Badezimmertür war, hielt er mich zurück.

»Du nicht interessiert daran, was Rebecca getragen?«

Ich drehte mich um. »Sollte ich denn?«

Dmitris Schnauzbart dehnte sich zu einem Grinsen wie bei der Edamer Katze. Er streckte mir eine gefaltete Broschüre hin. Es war das Programm einer Ausstellung von Rebeccas Bildern, die im Juni in der Guild Hall stattgefunden hatte. Auf der Vorderseite ein Ölgemälde mit fünf blauen, halb im Sand vergrabenen Vasen. Im Innern eine Einführung, verfasst von der Leiterin des Pollock-Krasner Study Center. Vier weitere Abbildungen von Rebeccas Gemälden.

»Sieh auf Rückseite«, sagte Dmitri.

Ihre Biographie.

»Rebecca Barnes kam im Jahr 1948 von Colorado nach New York City. Sie studierte in Stanley William Hayters Atelier 17 in der Eighth Street, wo sie Freundschaft mit Jackson Pollock, Willem de Kooning und Franz Kline schloss, Künstlern, die einen großen Einfluss auf ihre frühen Arbeiten als Malerin hatten. ›Und als Trinkerin‹, wie Rebecca gern im Spaß hinzufügt. ›Manchmal habe ich mich gefragt, ob meine eigenen Bilder nicht eher das Nebenprodukt eines alkoholvernebelten Hirns waren. Ich war nicht sehr gut, und später veranlassten gewisse Ereignisse in meinem Leben mich dazu, in die Hamptons zu ziehen. In Springs habe ich zu den Gewissheiten des Realismus zurückgefunden.‹«

»Sie hat früher also zu viel getrunken«, sagte ich. »War es das, was ich wissen sollte?«

»Jetzt lies Buds Lebenslauf in *New York Times*.«

»Fass ihn mir einfach zusammen.«

Dmitri griff in die Hosentasche. Sein halber Lebensinhalt fiel auf den Fußboden. Briefe, Rechnungen, eine Strähne blondes Haar, Visitenkarten, Gummiringe, Büroklammern, zwei Bleistiftstummel, Kleingeld. Sabrina schwankte zu ihm hinüber, um die Auswahl zu inspizieren.

»Nicht aufheben«, sagte Dmitri zu mir.

»Ich denk ja gar nicht dran.«

Er wühlte weiter in der Tasche. »Hier.« Er entfaltete den Zeitungsausschnitt; sein Blick flog die Zeilen entlang, bis er gefunden hatte, was er suchte. »Bevor er in die Werbung ging, hatte Mr. Warren das Ziel gehabt, Künstler zu werden. Ende der vierziger Jahre studierte er Malerei bei Stanley Hayter in dessen Atelier 17 in Greenwich Village. In seiner Dankesrede für seine erste Clio im Jahr 1968 dankte Mr. Warren seiner ›lausigen Malerei‹ und seiner Frau, Polly Pynes, für seinen Erfolg in der Werbebranche.« Dmitri faltete den Nachruf wieder zusammen. Seine Augen schwammen geradezu vor Selbstzufriedenheit.

»Okay, wir sind quitt«, gab ich zu. Ich hob das heiße Eisen hoch und zeigte auf die versengte Stelle, die es auf seinem Taschentuch hinterlassen hatte. Er überprüfte die Hose darunter. Er hatte Glück gehabt.

»Nein, sind wir nicht. Ich finde Flasche, ich finde Dodos Foto in Zeitung …«

»Ich finde das mit Dick Knight und seiner Akte heraus« – ich ging zur Badezimmertür – »Ich finde heraus, dass Polly von Valium schlecht wird« – und schloss die Tür hinter mir.

Das war es auch schon. Das war alles, was ich als Ermittlerin bisher geleistet hatte.

»Ich gewonnen«, schrie Dmitri durch die Tür. »Ich finde heraus, dass Rebecca und Bud in demselben –«

Ich drehte die Dusche auf bis zum Anschlag.

26

»Sei mir gegenüber aufrichtig«, sagte ich zu Laurie, »oder ich gebe dir das Geld deines Vaters einfach zurück.«

»Im Vertrauen bin ich nicht sehr gut.«

»Ja, das dachte ich mir schon.« Nachdem ich geduscht hatte, hatte ich das Auto genommen und mich auf die Suche nach Dodo gemacht, schon um mit Dmitri gleichzuziehen. Lauries Auto stand in Buds Einfahrt. Ich hatte sie in dem großen Schlafzimmer im ersten Stock angetroffen. Der Rauchgeruch war so stark wie eh und je.

Laurie ging auf alle viere und sah unters Bett. Sie trug ihre New Yorker Kleidung, blaues Kostüm, Pumps, Strümpfe, das Haar zurückgekämmt. Sie sah juristisch und unglücklich aus. »Ich habe diese Liste von den Anrufen gekriegt, die Dad gemacht hat.«

»Darum kümmern wir uns später.« Sie versuchte mich abzulenken. »Sag mir lieber, warum du uns angelogen hast.«

»Hilf mir einen Skizzenblock finden. Spiralbindung. Ungefähr A4-Format.« Sie trat sich die Schuhe von den Füßen. »Mir ist am Ende wieder eingefallen, dass Dad immer einen im Schlafzimmer liegen hatte, für den Fall, dass er mitten in der Nacht eine Idee hatte.«

»Du hast über die leere Valiumflasche Bescheid gewusst. Du hattest sie am Sonntag gesehen, als du mit dem Brandmeister durchs Haus gegangen bist. Du hast gesehen, dass auf dem Etikett der Name deiner Mutter stand. Du musst auch gewusst haben, dass deine Mutter sich niemals Valium hätte verschreiben lassen. Ihr ist kotzübel geworden von dem Zeug.«

Laurie ließ sich auf den Hintern fallen. »Wie hast du das rausgefunden?«

»Auf das Wie kommt es nicht an.« Ich öffnete die Schublade des Nachttischs, um zu zeigen, wie hilfsbereit ich war. Vier schwarze Filzzeichner, ein Buch – *Complete Poems of Robert Frost.*

»Steve hat's dir erzählt.«

»Nein, hat er nicht. Dmitri ist im Augenblick gerade unterwegs, um mit ihm zu reden.« Tatsächlich hatte ich ihn zuletzt dabei gesehen, wie er seinen Schnauzbart kämmte, ganz à la Hercule Poirot. Die Detektivspielerei ging nicht spurlos an ihm vorbei.

»Es ist Mittwochabend«, sagte Laurie. »Steve ist in der Stadt mit seinen Kumpels vom Fulton Fish Market.« Sie hörte sich erleichtert an.

»Montagabend hat sich Steve sehr für das Handschuhfach von Dmitris altem rosa Caddie interessiert. Ich glaube, du hast ihn geschickt, Laurie.«

»Ich hab ihm nur von der Flasche erzählt.« Sie zerrte wütend an der Überdecke. »Was fällt ihm eigentlich ein, den großen Retter zu spielen? Ich hab ihn nicht gebeten, irgendwas zu tun, und ich hätte mit Sicherheit nicht gewollt, dass er euch rammt, um etwas zu kriegen, das musst du mir einfach glauben!«

Hätte ich auch gern getan. »Warum ist eine leere Pillenflasche so wichtig?«

Laurie stand auf und ging zum Erkerfenster hinüber. Accabonac Harbor, das Merrill-Naturschutzgebiet, Gerard Drive, ein Streifen der Gardiners Bay, ein Stück der Napeague Bay – alles von einem einzigen Fenster aus. Im sanften Glanz des Spätnachmittags.

Ich setzte mich aufs Fußende des Bettes. Etwas knirschte unter meinem Schenkel. Laurie hob die Kissen der Fensterbank hoch.

»Jemand hat dieses Zimmer schon durchsucht«, sagte ich.

»Nach einem Block hat der Dieb nicht gesucht. Nicht mal Lester sucht danach.« Laurie war verärgert. »Die Arbeit muss auch ohne Dad weitergehen. Irgendein anderer Mann hat seine Aufgaben übernommen. Der Kunde ist nicht bereit, auch nur ein paar Tage zu warten. So wichtig war ihnen Dad.« Sie ging zum Schrank hinüber und strich mit den Fingern über einen weißen Tennispullover. Ihre Schultern begannen zu zucken. »Verdammt noch mal! Je länger ich drüber nachdenke, desto mehr will ich, dass Sport4Life Dads Kampagne wird. Er hat die Firma überhaupt erst zu dem gemacht, was sie ist. Ich muss diesen Block finden.«

Ich stand auf, schob vorsichtig die Hand unter den Überwurf, unter die Bettdecke. Meine Finger fanden eine Spirale, dann Pappe. Ich zog. Ich schwenkte den Block in der Luft.

Laurie stieß einen Freudenschrei aus und stürzte sich auf ihn.

Ich zog den Block weg. Wie Dmitri zu sagen pflegt, Detektiv harter Job. »Warum ist der leere Behälter so wichtig? Komm schon, Laurie, Schluss mit den Spielchen. Du hast mich angestellt, damit ich etwas für dich erledige, jetzt lass es mich auch erledigen.«

Sie setzte sich auf die Fensterbank. Sie knöpfte ihre Kostümjacke auf. »Du hast Recht. Ich hab dich angestellt, damit ich es mit Sicherheit weiß, und jetzt werde ich fast verrückt vor Angst, was du rausfindest.«

»Hat das mit Steve zu tun?«

»Ein Cousin von ihm, Bob King, hat eine Apotheke in Riverhead.«

»Das Etikett auf Pollys Flasche stammte aus einer New Yorker Apotheke.«

»Ich weiß, einer Apotheke nur eine Ecke von Moms Arztpraxis entfernt. Ich hab dort angerufen. In den Büchern steht nichts davon, dass sie Valium an Mutter abgegeben hätten.«

»Aber Etiketten kann man auch fälschen oder stehlen. Ich hab mal gesehen, wie mein Apotheker das Ende einer Etikettenrolle in die Mülltonne geworfen hat. Da waren noch mindestens sechs oder sieben Etiketten drauf.«

»Wenn Steve seinen Cousin drum bitten würde, würde Bob ihm das Etikett besorgen, das Rezept, alles, ohne auch nur zu fragen. Vor ein paar Jahren hat Steve Bobs kleinen Jungen gerade noch rechtzeitig aus dem Wasser gezogen.«

»Du glaubst, Steve hätte deine Mutter umgebracht, dann deinen Vater – alle beide?«

»Steve weiß nicht, wie Mutter auf Valium reagiert hat.«

»Wer weiß es denn?«

»Ich hab's am Montagabend Amanda erzählt. Ich glaube nicht, dass sonst noch jemand Bescheid weiß. Mutter hat gedacht, sich zu übergeben wäre ein Zeichen von Schwäche. Sie hätte es nie zugegeben. Ich habe es selbst nur rausgefunden, weil ich ihr mal fünf Milligramm in die Suppe getan habe, als ich mich heimlich mit Steve treffen wollte. Ich hatte sie aus Rebeccas Medizinschrank geklaut. Mutter hat die ganze Nacht erbrochen, und ich hab die ganze Nacht geheult. Ich war vierzehn und vollkommen sicher, sie würde sterben. Damals hat sie mich auch versprechen lassen, ich würde Jura studieren.«

Ich hatte Glück gehabt. Das einzige Versprechen, das meine eigene knochenharte Mutter mir im Alter von vierzehn Jahren abzuringen versucht hatte, war, ein bisschen Nachsicht mit der Salami zu haben. »Warum sollte Steve deine Eltern umbringen? Um dich von einer schwierigen Mutter zu befreien? Um das Land zurückzubekommen, das früher seinem Vater gehört hat?«

»Vielleicht beides.«

»Diese sechzehn Morgen würden *zur Hälfte* ihm gehören, und auch das nur, wenn ihr ohne Ehevertrag heiraten würdet.«

»Einen Ehevertrag würde ich nie wollen.«

»Und wie wahrscheinlich ist die Eheschließung, wenn du rausfindest, dass dein Bräutigam der Mörder ist?«

»Was willst du damit sagen?«

»Dass die Vorstellung von Steve als Mörder nicht sonderlich viel Sinn ergibt.«

»Du kennst ja nicht die ganze Geschichte.«

»Erzähl sie mir einfach.« Ich ließ ihr den Block in den Schoß fallen.

Laurie drückte ihn an die Brust. »An dem Tag, bevor Mutter gestorben ist, hat Steve mich ungefähr zum zehnten Mal gebeten, ihn zu heiraten. Diesmal habe ich ja gesagt. Ich hatte mich selbst davon überzeugt, dass er in mich verliebt war und nicht in ein Küstengrundstück im Wert von einer Million Dollar. Steve wollte nicht, dass ich irgendwem davon erzähle. Wir wollten am nächsten Tag nach New Hope in Pennsylvania runterfahren und uns dort trauen lassen.« Sie öffnete und schloss den Block. »New Hope hat sich angehört, als wäre es der richtige Ort dafür.« Der Gedanke ließ sie eine Weile innehalten.

»Polly ist dahinter gekommen«, sagte ich.

»Ich bin nach Hause gegangen, um meine Geburtsurkunde zu holen. Sie hat gesagt, sie wäre froh, dass ich endlich einmal glücklich aussehe, und ich hätte ihr so furchtbar gern geglaubt, also habe ich's ihr erzählt. Sie hat mit ihrer üblichen Tirade angefangen – ich hätte den Verstand verloren, ich wäre zu intelligent, um mich an einen Schulabbrecher wegzuwerfen, Steve wäre bloß hinter meinem Geld her, meinem Land, von ihr und Dad würde ich keinen Cent kriegen – und so weiter und so weiter und so weiter. Ich hab endlich den Mut aufgebracht, ihr zu sagen, dass mir das scheißegal ist. Sie hat mir eine Ohrfeige gegeben. Ich hab zurückgeschlagen. Sie hatte mich niemals vorher angerührt. Ich bin aus dem Haus gerannt und die ganze Strecke zurück zu Steve. Er hat einen Blick auf mich geworfen und war kurz davor, sie mit seinem Pick-up über den Haufen zu fahren. Ich hab mich dazu gezwungen, die ganze Nacht wach zu bleiben. Ich hatte Angst davor, was er mit ihr machen könnte.«

»Das erklärt, was an dem Abend am Strand los war – warum Bud Polly beschuldigt hat, dein Leben zu ruinieren.«

Laurie nickte. »Rebecca hat gesehen, wie ich aus dem Haus gerannt bin, und hat Dad angerufen. Sie hat sich Sorgen gemacht.«

»Was ist am Morgen passiert?«

»Ich bin eingeschlafen und gegen Mittag aufgewacht. Steve war draußen in der Bucht, und meine Mutter war tot.«

»Und all die Zeit seither hast du allen Leuten gegenüber so getan, als wäre ihr Tod ein Selbstmord gewesen, weil du Angst hast, Steve könnte sie umgebracht haben.«

»Am Tag, nachdem sie gestorben war, habe ich Steve gesagt, ich würde ihn niemals heiraten. Ich wollte sowohl Steve als auch meine Mutter hinter mich bringen.«

»Aber dein Dad hat einen Detektiv nach dem anderen eingestellt.«

»Schlechte Detektive.«

Uns eingeschlossen, so erfolgreich, wie wir bisher gewesen waren. »Warum wart ihr, Bud und du, so sicher, dass es kein Selbstmord war?«

Laurie war mit einem Mal sehr damit beschäftigt, im Skizzenblock ihres Vaters zu blättern. Ich stand auf. Meine Geduld war einen Augenblick zuvor zur Tür hinausgegangen, und ich würde ihr folgen. Als ich am Bett vorbeikam, während die Vorstellung von mir selbst mit einem Staubwedel in der Hand mir von Sekunde zu Sekunde verlockender erschien, begann Laurie wieder zu sprechen.

»An dem Tag, an dem Mutter gestorben ist, haben Dad und ich nach einem Abschiedsbrief gesucht. Wir haben nicht geglaubt, dass sie sich umgebracht hatte, aber unmöglich war es auch nicht. Sie hatte in jüngeren Jahren Depressionen gehabt, also haben wir gesucht. Das war, bevor die Polizei gekommen ist. Wir haben überall gesucht, auch in diesem Bilderrahmen. Es hätte meiner Mutter ausgesprochen ähnlich gesehen, ihre letzte Salve in unsere Richtung hinter diesem Foto zu hinterlegen. Das Schuldspiel bis zur letzten Runde. Polly, die ihre pflichtbewusste Tochter am Tag ihres juristischen Abschlusses anstrahlt. Nur, dass kein Abschiedsbrief da war. Drei Tage später war plötzlich einer da. ›Es tut mir Leid, es tut mir Leid, es tut mir Leid.‹ Wenn ich als Kind irgendwas zerbrochen hatte, ließ sie mich tausend Mal ›Es tut mir Leid‹ schreiben. Zweitausend Mal, wenn ich mein Zimmer nicht aufgeräumt hatte. Spaßige Zeiten.« Sie brachte es fertig zu lachen.

»Was kann denn an einem Abschlussfoto Schuldgefühle hervorrufen?«

Laurie wandte sich vom Fenster ab. »Mutters großer Traum. Die Anwaltstochter, mit der sie prahlen konnte.«

»Aber du hast es doch geschafft.«

»Falsch. Ich hab nach dem ersten Jahr an der American

das Studium abgebrochen. Mutter hat mich so tun lassen, als studierte ich noch. Das ist einer der Gründe, warum ich mich von hier fern gehalten habe. Dad hat mitgespielt. Das Foto ist gestellt.«

Laurie hatte genug Motive, um den Mord selbst begangen zu haben.

»Die Polizei hat bestätigt, dass der Abschiedsbrief in Pollys Handschrift geschrieben war?«, fragte ich.

Sie nickte. »Sie haben auch das Papier und die Tinte analysiert. Der Brief war erst vor kurzem geschrieben worden, und ihre Fingerabdrücke und Rebeccas waren drauf.«

»Rebecca hat ihn gefunden.«

»Ja. Jetzt wissen wir also, dass der Mörder Handschuhe getragen hat, als er uns den Brief hat zukommen lassen.«

»Und du glaubst, der Mörder ist Steve?«

»Letzten Samstag haben wir uns wieder zusammengetan, nachdem Jim mich schließlich davon überzeugt hatte, dass Steve niemals irgendwem etwas antun würde. An dem Abend hat Steve mich wieder gebeten, ihn zu heiraten. Ich habe wieder ja gesagt. Am nächsten Tag war Dad tot. Was soll ich denn jetzt denken?« Ihr Gesicht verzog sich vor Ärger und Kummer.

Ich kehrte zum Fenster zurück und drückte ihre Schulter. »Vielleicht ist einfach Steves Timing hoffnungslos. Du hast gesagt, du hast die Liste mit den Anrufen. Was sagt die uns?«

Laurie wühlte in ihrer Handtasche und zog die Liste von der Telefonfirma heraus. »Da ist ein ganzer Haufen Anrufe um die Zeit, zu der ich letzten Donnerstag zu Dad gekommen bin. Um neun Uhr neunundvierzig hat er bei WSK angerufen, dann in den nächsten zwanzig Minuten dreimal Lesters Apparat. Und Jim's Pit. Eine große Hilfe ist die Liste nicht.«

»Steve hat er nicht angerufen.«

Laurie sah auf. »Ich weiß.« Licht vom Fenster schimmerte in ihren Augen. Oder vielleicht war es Hoffnung. Natürlich hätte es auch Steve sein können, der angerufen hatte. Aber das galt für alle und jeden.

»Wir müssen immer noch rausfinden, mit wem Bud diesen Termin ausgemacht hat«, sagte ich.

»Ich habe einen Kringel um die Nummern gemacht, die ich kenne. WSK, Lester in East Hampton und in der Stadt, Jim's Pit mehrmals, Jims Privatnummer einmal. Rebecca.«

»Ich dachte, sie hat nicht mit Bud geredet?«

»Stimmt! Wenn er sie angerufen hat, muss es wichtig gewesen sein.«

»Vielleicht hat Bud auch Dodo angerufen? Der wohnt doch zeitweise bei Rebecca, oder?«

»Dad hat ihn manchmal um seine Meinung bei Anzeigen gebeten, weil Dodo seine eigene Art hat, Dinge zu sehen. Leicht verschoben, andersrum, wie bei Alice hinter den Spiegeln eben. Die anderen Nummern, das sind Dienstleister. Die Autowerkstatt, Dads Zahnarzt.«

»Kein Termin am Montag?«

»Nein, er hatte einen für nächsten Monat. Die anderen Nummern muss ich noch überprüfen. Das mache ich morgen während der Geschäftszeiten.«

Es waren mindestens dreißig Nummern. »Teilen wir sie doch auf, dann geht es schneller.«

Laurie umklammerte die Telefonliste.

»Vertrau mir«, sagte ich wie ein Echo von Dmitris Mantra. Sie gab widerwillig das letzte Blatt heraus. Vier Nummern. Vielleicht würde ich ja Glück haben. Dmitri würde beeindruckt sein. »Hast du mit dem WSK-Anwalt schon über das Testament geredet?«

»Er musste im letzten Moment nach Los Angeles fliegen,

aber er kommt morgen zurück. Wir treffen uns in seiner Kanzlei in Amagansett.«

»Solltest du dir nicht vielleicht selbst einen Anwalt suchen? Bei Buds WSK-Anteilen geht es um eine Menge Geld. Es gibt Gerüchte über einen möglichen Firmenzusammenschluss, und das heißt, der Wert wird noch steigen.«

»Du hast Recht. Ich kann mich nur nicht dazu aufraffen. Darüber mache ich mir Gedanken, wenn ich das Testament gesehen habe.«

»Rechnest du mit irgendwelchen Überraschungen?«

»Der Anwalt hat mir ausrichten lassen, ich soll Rebecca mitbringen.«

27

»Ihr habt gleichzeitig im Atelier 17 gelernt«, flüsterte ich Rebecca zu, während Lester uns ein abstraktes Gemälde von Martha Keller mit dem Titel *Summer Dispersion #64* vorführte. Hinter mir testete Dmitri die Polstermöbel; er zog von Sofa zu Sofa und von Sessel zu Stuhl um; ich hatte den Verdacht, dass er seine attraktive Gastgeberin im Auge zu behalten versuchte. Amanda Kennelly unterhielt sich an der Bar mit Laurie.

»Das Metropolitan hat gerade einen Keller gekauft«, prahlte Lester. »Sie ist heiß.«

Rebecca nickte zu der großen Leinwand mit ihren vier breiten Streifen in Dunkelgrau und Rot hin. »Keller verfügt über eine sehr klare Vision.«

Etwas, das mir zurzeit ganz entschieden abging. »Du musst eine große Rolle in Buds Testament spielen«, sagte ich.

»Das ist jetzt nicht der richtige Zeitpunkt«, flüsterte Rebecca zurück.

»Ist es doch nie.«

Amanda rief uns ins Esszimmer.

»Es tut mir Leid, ich kann nicht bleiben«, sagte Rebecca zu ihren Gastgebern. »Dodo ist im Southampton Hospital. Danke für die Einladung, und wenn ihr auf Bud anstoßt, zählt mich in Gedanken dazu.«

Wenn Dodo im Krankenhaus war, würde das erklären,

weshalb wir ihn nicht hatten finden können – aber glaubte ich ihr?

Amanda fragte: »Können wir irgendwas für ihn tun?«

»Buds Tod hat ihn ziemlich getroffen. Er war auf einer von seinen Sauftouren.«

Lester klopfte Rebecca aufmunternd auf den Rücken, als sie zur Hintertür gingen. Dmitri war ins Esszimmer umgezogen, wo er die chintzbezogenen Stühle ausprobierte.

»Wir sehen uns also morgen, Rebecca«, sagte Laurie kühl. »Vier Uhr.«

Rebecca blieb stehen, um Laurie in den Arm zu nehmen. »Mach dir keine Sorgen, Bud hat mir nicht das Familienvermögen vererbt. Wahrscheinlich bloß irgendwas, das mich fuchsteufelswild macht. Er hatte das Talent dafür, weißt du.«

»Wieso?«, fragte ich und kam mir dabei vor wie ein Terrier, der um einen Knochen kämpft. Rebecca ignorierte mich.

»Ruf mich morgen früh an«, sagte sie zu Laurie. »Erinnere mich daran, dass ich diesen Umschlag von Bud mitbringe.« Rebecca öffnete die Glastür und schlüpfte hinaus auf eine Terrasse, auf der mühelos ein Helikopter hätte landen können. Ich folgte ihr.

Rebecca winkte mich fort. »Morgen.«

»Heute Abend. Was für ein Umschlag?«

»Ich weiß nicht, wann ich nach Hause komme.«

»Ist Dodo wirklich im Krankenhaus?«

Sie antwortete nicht. »Ich bleibe solange auf«, schrie ich, als sie die knorrigen Platanen an der Straße erreicht hatte. Jims Auto erschien und ließ eine Familie wilder Truthähne auseinander stieben. Er kam eine Dreiviertelstunde zu spät.

Laurie und Amanda kamen zusammen auf die Terrasse

heraus. Amanda sagte zu Laurie, sie solle Jim begrüßen, und rief mich ins Esszimmer.

Das Abendessen bei Kennellys sollte ein eher ungezwungenes Ereignis sein, wie Amanda uns hatte wissen lassen. Ein Büfett. Nicht sonderlich hilfreich, wenn man sich ungestört unterhalten wollte. Sie wollte Buds Andenken feiern, sagte sie. Der Gedenkgottesdienst war für Samstag angesetzt.

Lily Pond Lane liegt südlich des Highways, dort, wo früher die städtische Rinderherde weidete. Sie ist gesäumt von weitläufigen viktorianischen Villen, erbaut für große Familien mit noch größerer Dienerschaft. Ein paar Häuser weiter wohnte gelegentlich Martha Stewart. Die Kennellys besaßen ein Haus im holländischen Kolonialstil, erbaut um 1888, mit einem riesigen geschwungenen Schindeldach, schindelverkleideten Mauern und Fenstern mit kleinen rautenförmigen Scheiben. Gemütliche getäfelte Zimmer, voll gestopft mit Mario-Buatta-Chintz und Mingvasen. Sträuße von altmodischen Rosen und anderen Blumen alle zwei Meter. Mehrere von Rebeccas Pastellbildern hingen an den schwammgetupften Wänden.

»Ich könnte Laurie einen Job in meiner Firma besorgen. Ich bräuchte bloß mit den Fingern zu schnippen«, sagte Amanda, während sie mir einen schwarzgoldenen Teller von einem Durchmesser reichte, mit dem man vermutlich Schallwellen vom Mars hätte auffangen können. »Sie will aber nicht.«

Mir wurde klar, dass ich sie schon einmal gesehen hatte. In The Pynes, als Jim und Steve Laurie nach Hause gebracht hatten, nachdem man Buds Rettungsweste gefunden hatte. Eine robuste Frau, tief gebräunt und mit einem zurückhaltenden Kleidungsstil. Schwarze Baumwollhosen, eine lange, schwarze, ärmellose Seidenbluse, die von jahrelangem Tennisspiel gut entwickelte Muskeln sehen ließ. Eine Diamantnadel an der rechten Schulter, rosinengroße Diamantstecker in den Ohren. Sie hatte kurzes, dunkelblond gefärbtes Haar, ein ovales Gesicht ohne eine Spur von Make-up, bloße Füße, deren verblüffend weiße Haut mir den ersten Hinweis auf eine Tennisleidenschaft gegeben hatten, und einen Diamantsolitär, der glitzerte wie der dreißigflammige Kronleuchter, unter dem sie stand. Ich konnte nicht recht entscheiden, ob es ihr attraktives Gesicht, ihre üppige Figur oder die Größe ihrer Diamanten war, womit sie Dmitris Herz gewonnen hatte. Wenn er nicht gerade die Polstermöbel inspizierte, sah er geradezu schmachtend aus.

Amanda streckte den Arm aus und legte mir sacht eine Scheibe Lachsfilet auf den Teller. Sie fügte Krabbensalat, etwas Grünzeug, gegrillte Portobello-Champignons und stelzenlange Grissini hinzu. »Lester, meinst du nicht, du könntest ihr einen Job in der Agentur verschaffen?«

»Laurie will aber keinen Job in der Agentur.« Lester sprach mit zusammengebissenen Zähnen, während er mir Weißwein einschenkte. »Oder in deiner Kanzlei oder an irgendeinem anderen Ort, von dem du findest, sie sollte dort sein wollen. Und jetzt, nachdem Bud tot ist, braucht sie nicht mal mehr einen Job. Hör einfach auf, Leute herummanövrieren zu wollen. Niemand will es. Was Laurie braucht, ist, in Frieden gelassen zu werden.«

Amanda lachte. »Du meinst, hör auf, mich zu nerven, Liebling? Oh, Lester, die Wahrheit zu sagen macht das Leben so viel einfacher.« Sie küsste ihn flüchtig aufs Kinn. Er wurde weiß vor Wut. Sie ging zum Fenster hinüber. Ich folgte ihr.

»Laurie ist ein reiches Mädchen«, sagte ich.

»Polly hat ihr das Leben so schwer gemacht«, seufzte

Amanda. Alle Welt seufzte, wenn Polly erwähnt wurde. Ungemein hilfreich.

»Waren Sie denn nicht Buds Anwältin?«

»Ich hab ihm geholfen, eine faire Scheidungsregelung auszuarbeiten. Polly wollte nichts davon hören, und er wollte nicht gegen sie angehen. Ich hab vorgeschlagen, er sollte sich einen anderen Anwalt suchen.«

»Ich habe gehört, Polly hat die Hälfte von Buds WSK-Anteilen bekommen.«

Amanda runzelte die Stirn. »Lester, hast du das gehört?«

»Wer hat Ihnen denn den Blödsinn aufgetischt?«, fragte Lester, den Servierlöffel auf halber Höhe.

Ich zuckte die Achseln. »Irgendwelcher Klatsch. Was passiert denn jetzt nach Buds Tod mit den Anteilen?«

»WSK wird sie Laurie abkaufen«, sagte Lester, »immer vorausgesetzt, sie ist die Haupterbin. Wir werden einen fairen Marktpreis bezahlen.«

»Muss sie verkaufen?«

»Es steht so im Vertrag.«

Nur, dass Buds Kopie des Vertrags zusammen mit dem Rest seiner Papiere in der Küche seines Hauses verbrannt war. Würde Buds Partner und Freund versuchen, Laurie zu betrügen?

Lester entfernte sich mit seinem Glas, zurück zu seinem Keller-Gemälde. Ich folgte ihm mit meinem Teller.

»Letztes Jahr ist der Zusammenschluss mit Chass/Dayton durchgefallen, ungefähr einen Monat bevor Polly gestorben ist«, sagte ich.

»Ich hatte eigentlich gehofft, Sie würden Ihren Trenchcoat als Detektivin ohne Zulassung in The Pynes lassen.«

»Dafür ist es hier drin viel zu zugig. Bud hat gedacht, Sie hätten vielleicht seine Frau umgebracht. Ich frage mich warum.«

»Die berühmte Verdächtigenliste!« Er nahm einen langen Schluck Wodka. »Ich konnte Polly nicht ausstehen. Das gebe ich zu. Aber ich habe sie nicht umgebracht. Und was die Sache mit Chass/Dayton letztes Jahr angeht – sie haben sich's anders überlegt. Wenn Sie mir nicht glauben, lesen Sie die alten Zeitungen.«

»Sehen sie nicht gut aus zusammen?«, fragte Amanda aus dem Esszimmer. Ich folgte ihrer Blickrichtung hinaus auf die Terrasse. Jim und Laurie standen dicht beieinander und unterhielten sich. Im Zwielicht und vor dem blauen Hintergrund des Pools sahen sie aus wie eine Zeitschriftenanzeige. »Das ist das Gespann, auf das ich hoffe.«

»Laurie und Jim?« Meine Stimme klang wie ein Quieken. Dmitri öffnete die Tür und gesellte sich zu ihnen.

»Jim ist ein furchtbar netter Mann«, sagte Amanda in dem energischen Ton, den sie sonst vermutlich verwendete, um einem verwirrten Mandanten Paragraph drei, Abschnitt b zu erklären. »Attraktiv außerdem. Das Restaurant wirft endlich etwas ab. Das Essen auf euren Tellern stammt von ihm.«

»Absolut wunderbar, da bin ich mir sicher.« Der Krabbensalat war ganz entschieden zu flüssig, und der Lachs sah trockener aus als Wüstensand. »Wo essen wir denn?« Mein Teller wurde allmählich ziemlich schwer.

»Ich habe auf der Veranda gedeckt. Es ist zu heiß, um draußen zu essen.«

Ich fand meine Platzkarte auf dem runden Tisch auf der ringsum verglasten Veranda, einem modernen Anbau an das Haus. Ich hatte Lester zu meiner Linken und Dmitri zu meiner Rechten. Jim war das Schicksal bestimmt, zwischen Laurie und Amanda zu sitzen. Ich warf einen weiteren Blick hinaus zu der Terrasse am Pool. Jim trug weiße Leinenhosen und ein weißes Baumwollhemd. Im verblassenden Licht hatte seine gebräunte Haut die Farbe von Milchschokolade angenommen. Ich vertauschte zwei Platzkarten.

Ich schob die Verandatür auf. »Hi, Leute. Ich glaube, wir sollen zum Essen reinkommen.«

Jims weiße Zähne ließen Amandas Diamanten verblassen. Ich merkte, wie ich zu einem nassen Handtuch wurde. Einem heißen nassen Handtuch. Stan, wo bist du, wenn man dich braucht? Dmitri winkte mir vom Rand des Pools aufmunternd zu.

»Ich bin froh, dass du gekommen bist.« Jim beugte sich vor und küsste mich auf die Wange. Er roch essbar. »Ich hab dich vermisst.«

Ich erwiderte den Kuss nicht. Zu attraktiv. Zu gut, um wahr zu sein. »Laurie hat dafür gesorgt, dass wir eingeladen werden«, sagte ich.

»Laurie ist ein guter Kumpel.« Die Zähne zeigten weiterhin in meine Richtung. Laurie studierte ihre Sandalen.

»Hey«, sagte ich. »Moment mal. War das deine Idee?«

»Ist schon okay«, sagte Laurie. »Du bist unter Freunden. Jim hat Amanda sogar dazu gekriegt, den Pinot Grigio zu akzeptieren. Sie gehört eher zu den Montrachet-Befürwortern.«

»Ich muss einen Moment mit dir über Rebecca reden«, sagte ich zu Laurie.

Sie schlug nach einem Moskito. »Ich habe rausgefunden, was mit dem Anruf war. Dad wollte ihr einen Umschlag geben.«

In Jims Augenwinkeln erschienen Fältchen. Neugier. »Ist das dieser mysteriöse Termin am Montag?«

Laurie sah auf. Ihr Gesicht wirkte müde und unglücklich. »Rebecca wird in Dads Testament erwähnt.«

Jim stieß einen leisen Pfiff aus. »Das wird ja immer interessanter.« Er schenkte Laurie sein Lächeln. »Entspann dich einfach. Diesmal nimmt dir niemand The Pynes weg. Wahrscheinlich kriegt sie die Buntstifte, mit denen er als Kind gemalt hat.«

Laurie lächelte gezwungen zurück. »Ich vermisse ihn, das ist alles. Hört mal, ihr zwei, unterhaltet euch einfach weiter.« Laurie kehrte auf die Terrasse zurück. Von den Stufen des Pools aus grinste Dmitri mir zu. Er hatte Schuhe und Socken ausgezogen und die Hosenbeine hochgekrempelt. Seine Füße planschten im Wasser, als müsse er die neue Leidenschaft für Amanda abkühlen.

»Du bist doch nicht ärgerlich, weil ich dafür gesorgt habe, dass du eingeladen wirst?«, fragte Jim.

»Erst Dmitri, jetzt Laurie. Das fängt an, nach Verschwörung auszusehen.« Ich nippte an meinem Glas. »Ich trinke auch andere Weine.«

»Ich versuch's zu sehr, stimmt's?«

»Stimmt.« Warum gefiel es mir so gut? Ich sah fort. Amanda winkte uns zu, wir sollten ins Haus kommen. Jim schob den Arm in meinen, aber weit kamen wir nicht.

Dmitri sprang mit heftigem Geplantsche aus dem Pool und schoss über den Rasen davon.

»Was ist los?«, rief Amanda.

Dmitri pfiff. Die ersten paar Noten von Beethovens Fünfter.

Ich verschüttete meinen Wein. »Sabrina! Wir haben die Autofenster aufgelassen. Sie muss rausgesprungen sein. Sie ist trächtig. Sie rennt weg. Entschuldigung –«

Ich setzte mich in Bewegung. Jim versuchte mir zu folgen. »Nein, bitte, Jim. Geh zum Essen.« Ich drückte ihm mein Weinglas an die Brust. »Bitte! Wir sind gleich wieder da.«

Er nahm das Glas, sah aber verärgert aus. Es kümmerte mich nicht. Beethovens Fünfte bedeutete Schwierigkeiten.

28

Ich traf Dmitri hinter dem Geräteschuppen am nördlichen Ende des Grundstücks an. Er hatte ein zappelndes, wütendes Bündel von schwarzem Leder fest im Griff.

»Was machen Sie hier?«, wollte ich wissen.

»Dasselbe wie Sie«, gab der gepanzerte Ritter ohne Ross zurück. Ich versuchte eine Augenbraue zu heben, mit dem Erfolg, dass beide nach oben schossen. »Abendessen bei den Kennellys?«

»Uma.«

»Uma ist bei Dodo Parsons«, sagte Dmitri, während er Dick Knight hochhob, bis seine Füße in der Luft hingen – was nicht allzu viel Mühe erforderte.

»Das ist ein Haufen Scheiße!«

Dmitri hob ihn höher. »Ausdrücke!«

»Ihr zwei versucht mich um die Katze zu betrügen!«

»Und Sie lügen. Polly Pynes hat bei der Scheidung keine WSK-Anteile bekommen.«

»Das hab ich aber gehört. Und wenn schon?« Mit all dem Leder hätte er den perfekten Sandsack abgegeben. Zu seinem Glück sind Dim und Sim hoffnungslose Fälle, wenn es um Gewaltanwendung geht.

Aber das wusste Knight nicht. »Warum haben Sie Ihre Akte der Polizei angeboten?«, fragte ich, bemüht um meine tiefste Stimmlage. Wir waren weit genug vom Haus entfernt, um nicht gehört zu werden.

»Manchmal muss der Mensch auch seine Pflicht tun«, antwortete er, während er allmählich rot anlief. Der Jackenkragen grub sich in seinen Hals.

»Sie hatten die Akte ein Jahr lang, und Sie werden nur aktiv, wenn jemand Sie bezahlt.«

»Oder nicht bezahlt«, fügte Dmitri hinzu, während er ihn schüttelte. »Sie Bud erpresst. Er aufgehört zu zahlen. Sie zu Polizei gegangen.«

Knight begann merkwürdige Geräusche von sich zu geben.

»Vorsicht, Dmitri. Noch eine Leiche brauchen wir nämlich nicht.«

Dmitri ließ los. Knight prasselte in den Ysander und versuchte in die Büsche zu entkommen. Dmitri setzte einen Fuß auf Knights Jacke. Dmitri hat kleine Füße, aber sie tragen ein erhebliches Gewicht. Knight zögerte. Die Jacke war offen. Wenn er sich aus Leder im Wert von vierhundert Dollar herauswand, war er frei.

Knight blieb, wo er war.

Mir kam ein Gedanke. »Jemand hat Sie dazu angestiftet. Sie haben versucht, Bud zu erpressen, aber er war ein aufrechter Kerl und hat sich geweigert, sich zu Zahlungen an Sie herabzulassen. Außerdem hat er seine Frau nicht umgebracht. Sie haben beschlossen, es hat keinen Zweck, zur Polizei zu gehen, wenn kein Geld dabei herauskommt. Also haben Sie die Akte ganz unten in eine Schublade gelegt. Dann hatten Sie plötzlich Glück. Vor nicht allzu langer Zeit hat jemand Ihnen Geld dafür angeboten, dass Sie mit der Akte zur Polizei gehen. Wer?«

»Niemand.«

»Sie haben gesagt, noch eine dritte Person hat nach der Akte gefragt. Wer?«

Dmitris zweiter Fuß landete ebenfalls auf der Jacke.

»Hey, hören Sie auf, die ist nagelneu!« Knights Wangen sackten ab.

»Wer?«, donnerte Dmitri.

»Bud.«

Ich ließ mich jäh in die Hocke fallen. »Bud?«

»Yeah, Bud. Sehen Sie, ich hab ihm nie eine Kopie von der Akte gegeben, weil Mr. Werbegroßkotz nicht die ganze Rechnung bezahlt hat. Hat behauptet, ich berechnete zu viel. Ganz plötzlich will er sie dann doch sehen. Dann hat er gesagt, ich soll damit zur Polizei gehen.«

»Sie lügen!«, erklärte Dmitri.

»Er wollte, dass der Fall wieder aufgenommen wird.«

Dmitris Schuh quietschte über das Leder. »Warum?«

»Hey! Ich hab auch nicht alle Antworten, okay? Vielleicht war er scharf auf Bestrafung.«

Ich spielte die nette Polizistin. »Komm schon, Dmitri. Die Jacke ist kein Fußabtreter.« Dmitris Schuh hielt inne. »Was meinen Sie damit, ›scharf auf Bestrafung‹?«

Knights Schielaugen richteten sich auf Dmitri, dann auf mich. Unter all dem ungewaschenen grauen Haar ließ er sich irgendetwas durch den Kopf gehen. »Wollen Sie wissen, was in der Akte ist?«

»Das wäre außerordentlich nett von Ihnen.« Bud war tot. Es gab keinen Fall mehr. Wenn Knight jetzt redete, konnte man ihn nicht anzeigen, und er würde seine Zulassung nicht verlieren.

»Ziehen Sie den Clown von meiner Jacke ab!«

Dmitri hob einen Fuß – ein zweihundertfünfzig Pfund schwerer Flamingo. Ich stand auf. Meine Waden brachten mich fast um. »Was gibt es für Beweise dafür, dass Polly ermordet wurde und Bud der Mörder war?«

Knight drehte sich um und begann den Fußabdruck zu entfernen, den Dmitri hinterlassen hatte. »Das war kein

Abschiedsbrief, den sie da geschrieben hat.« Er spuckte auf das Leder und begann es mit der Handfläche abzureiben. »Ich hab die anderen Blätter gefunden. Zwei. Sie hat sogar das Datum draufgeschrieben. Der Abend, bevor er sie ersäuft hat. ›Bud – meinst du, ich sollte mich entschuldigen? Los geht's.‹ Und dann ›Es tut mir Leid‹, oft genug, dass es drei Blätter gefüllt hat. Ganz unten auf das dritte hat sie geschrieben: ›Wenn du glaubst, ich meine das ernst, hast du dich getäuscht. Wie immer.‹ Unterschrieben mit ›Polly‹.«

Dmitri nahm aus Dankbarkeit den zweiten Fuß von der Jacke. Knight wischte an dem Fußabdruck herum, diesmal ohne zu spucken. Als er fertig war, schielte er zu mir hinauf. »Was meinen Sie?«

»Ganz entschieden kein Abschiedsbrief.«

»Ich meine die Jacke. Sieht die okay aus? Sauber?«

»Als wäre sie gerade aus dem Laden gestohlen«, sagte Dmitri.

Ich sagte: »Einfach phantastisch. Wo haben Sie den Rest des Briefes gefunden?«

»Das Boot, das er da hatte, mit der Rudermaschine obendrauf. Die Blätter waren zusammengefaltet und in einem Frühstücksbeutel unter den Sitz von dieser Rudermaschine geklebt.«

»Wenn Bud der Mörder wäre, würden Sie nicht auch meinen, er hätte die zusätzlichen Blätter vernichtet?«

Knight wackelte mit dem Kopf. »Killer sind meistens blöd. Stimmt's? Ich meine, sie killen.«

Dmitri ließ ihn aufstehen und sich abbürsten. Knight hielt die Jacke schützend in den Armen. »Und jetzt zu diesem Umavieh. Haben Sie drin irgendwas gesehen, Fettflecken auf Polstern vielleicht? Die Rasse muss dauernd abgewischt werden, weil sie kein Fell hat. Vielleicht weiß Mrs. Kennelly das nicht.«

Dmitris Kinn begann zu zucken, Pflaster und alles. »Dodo hat Katze.«

»Hör mal, Clown, du bist größer als ein Mack-Laster, aber mit der Ladung ist es nicht weit her.« Knight tippte sich an die Stirn. »Dodo ist im Southampton Hospital, und da dürfen Tiere und Clowns nicht rein. Es haut also so oder so nicht hin.«

Ich folgte Knight auf die Straße hinaus. »Wie kommen Sie darauf, dass Mrs. Kennelly die Katze hat?« Eine Vision von Dmitri, der von Sofa zu Sofa und von Sessel zu Sessel wechselte, tanzte vor meinen Augen.

»Fragen Sie den Laster. Er und ich haben dieselbe Quelle in Hampton.«

»Die Besitzerin des Schönheitssalons.«

»Wo Mrs. Kennelly sich im Sommer die Haare färben lässt. Genau wie Mrs. Reed Lawrence III. Mrs. Kennelly ist Mrs. Lawrences Scheidungsanwältin, also gibt's doch keinen besseren Ort, um den umstrittenen Besitz zu parken.«

Was auch die plötzliche Begeisterung meines Partners für unsere Gastgeberin erklärte. Leidenschaft im Werte von achtzigtausend Dollar.

»Dmiiiitri!«

»Wir waren zu hungrig, um zu warten«, sagte Amanda, als ich die Veranda wieder betrat.

Dmitri lächelte, den Mund voller Krabbensalat.

»Ich wusste nicht, dass ihr zwei einen Hund habt«, sagte Laurie.

Jim stand auf und ging um den Tisch herum, um mir den Stuhl zurechtzuschieben. »Schon in Ordnung, Laurie, Sabrina ist bei mir untergebracht.« Sein Platz war zwischen Laurie und Amanda. Amanda musste die Karten zurückgetauscht haben.

»Sabrina geht's gut, zum Glück.« Ich setzte mich. »Will jemand einen Welpen?«

»Sie ist mein Hund.« Dmitri schniefte laut, als hätte er urplötzlich eine Erkältung bekommen. Ich teilte ihm mit einem raschen Tritt unter dem Tisch mit, was ich von seinen Intrigen hielt. Er beugte sich über den Berg auf seinem Teller. Ich begann mich mit dem Lachs zu befassen. Er *war* trocken. Ich bedeckte ihn mit dem flüssigen Krabbensalat, was die Sache besser machte. Der grüne Salat war wunderbar mit seinem Zitronendressing. Die gegrillten Pilze saftig und elastisch wie ein gutes Steak, nur ohne das Fett.

»Dmitri ist allergisch gegen Katzen«, erklärte Amanda.

Dmitri schob sich die nächste Ladung in den Mund.

»Er scheint zu glauben, wir hätten eine Katze im Haus«, sagte Lester, einen etwas verwirrten Ausdruck im Gesicht. Er gab die Weinflasche herum. »Amanda mag Katzen gar nicht.«

»Du doch auch nicht, Lester«, sagte sie.

»Er niest, seit er wieder reingekommen ist«, sagte Laurie. »Vielleicht ist es sein Hund.«

»Er ist allergisch gegen Katzen und Lügen«, sagte ich. »Wenn es hier keine Katzen gibt, hat jemand gelogen. Dmitri?«

»Ist er auch gegen seine eigenen Lügen allergisch?«, fragte Jim.

»Kriegt furchtbare Ausschläge von ihnen.«

Jim lachte. »Er *hat* gesagt, der Lachs wäre gut, was er nicht ist. Tut mir Leid, Amanda.«

»Er war absolut himmlisch«, sagte Lester, »verglichen mit dem, was unsere Köchin auffährt.«

Amanda schob die Lippen vor, ertappte sich dabei und setzte ein Gastgeberinnenlächeln auf. »Ich bin sicher, dass jeder von uns heute Abend eine Lüge erzählt hat. Selbst wenn es nur eine kleine war. Ich finde, wir sollten alle gestehen. Wir könnten ein neues Gesellschaftsspiel erfinden.«

Lester stöhnte. »Herrgott, nein, Amanda.«

»Ich fange an«, sagte sie. »Ich habe Lester erzählt, ich würde seine Bedingungen für die Scheidung akzeptieren. Wer kommt als Nächster?«

Lester schlug mit der Faust auf den Tisch. »Du hast versprochen –«

»Hast du doch auch, Liebling – bis dass der Tod uns scheidet.« Amandas weit geöffnete, hellbraune Augen glitten über die Runde hinweg. »Mehr Lügen?«

Lester goss sich Wein nach; sein Gesicht war fleckig vor Wut.

Ich trat.

Dmitri schob sich die letzte Portion in den Mund.

»Früher oder später wirst du schlucken müssen«, teilte ich ihm mit.

Jim sah Laurie an. »Meine war eher eine Unterlassungslüge.«

»Was? Was? Was?« Amanda war ganz Ohr. Lester begann die Teller einzusammeln. Das Spiel gefiel ihm nicht. Ich stand auf, um ihm zu helfen, aber er schob mich wieder auf meinen Stuhl.

»Ich hab's Laurie heute Abend erst draußen auf der Terrasse erzählt.« Jim sah unbehaglich aus.

»Was hast du Laurie erzählt?«, fragte ich mit plötzlichem Interesse.

Laurie hob das Kinn. »Mach weiter. Ich habe nicht vor, es geheim zu halten.«

Dmitri fragte nach dem Bad. Was bedeutete, dass er sich aus dem Wahrheitsspiel ausklinkte. Er würde stattdessen nach der Katze suchen.

»Nimm dir ein Kleenex«, erinnerte ich, bevor ich mich

wieder an Jim wandte. »Was war das also für eine Unterlassungslüge?«

Jim lächelte mir zu. Die Wattleistung war eher schwach. »Bud war mein stiller Teilhaber bei Jim's Pit.«

Amanda klatschte in die Hände. Ihr machte es Spaß. »Wir hätten es wissen sollen! Er hat immer versucht, uns dazu zu bringen, dass wir dort essen.« Jim hielt den Blick auf mich gerichtet, als sei ich Richter und Jury zugleich. »Bud hat mich gebeten, es für mich zu behalten. Als er sich angeschlossen hat, hat Polly schon von Scheidung geredet. Er wollte nicht, dass sie es rausfindet. Nicht, dass er sie betrügen wollte –«

»Bud war ein anständiger Kerl«, unterbrach Lester, während er die Dessertteller ausgab. »Ich bin sicher, er wollte einfach, dass noch was für Laurie übrig bleibt.«

Amanda stand auf und drohte Lester mit dem Finger. »Wenn ich Pollys Anwältin gewesen wäre, hätte ich das rausgefunden.«

»Wir haben den Vertrag erst nach der Scheidung unterschrieben. Morgen zeige ich Laurie die Bücher.«

Warum hatte Jim bis heute Abend gewartet, bevor er es ihr sagte? Weil sie sich heute Morgen mit dem Anwalt hatte treffen sollen?

Amanda brachte eine große Schüssel Obstsalat. »Also ich finde es wunderbar. Jetzt werdet ihr zwei eine Menge Zeit miteinander verbringen müssen.« Sie stellte einen Korb mit Schokoladencookies aus Kathleen's Bakery in Southampton vor mir ab. Ich glaube, die Kekse waren als Trostpreis für mich bestimmt.

»Mach dir keine Sorgen, Jim«, sagte Laurie. »Ich werde mich nicht einmischen. Kriege ich kostenlose Menüs?«

»Dein Vater hat für seine gezahlt.«

»Was ist dann der Witz dabei?«

Jim zuckte die Achseln. »Ein bescheidenes Einkommen?«

Laurie lachte. »Ich habe keine Lügen zu gestehen, nur eine gute Nachricht. Lester hat Dads Zeichnung an Sport4-Life gefaxt. Sie waren begeistert!«

Lester nickte. Sein Gesicht war eine Maske reiner Umgänglichkeit. »Das wird die erste Anzeige der Kampagne.«

»Stoßen wir auf Bud an«, sagte Amanda, während sie sich wieder setzte. »Er war ein großer Mann und ein großes Talent.«

Lester öffnete die Champagnerflasche. Wir hoben die Gläser. Dmitri kam rechtzeitig zurück, um sich an der zweiten Runde von Blubberwasser und Keksen beteiligen zu können. Und Lesters plötzliche Frage zu hören.

»Was ist eigentlich so wichtig an Buds Termin am Montag?«

»Es war einfach eine Notiz, die ich auf einem Klebezettel gefunden habe«, sagte Laurie rasch. »Dreimal unterstrichen.«

»Er hätte sie fünfmal unterstreichen sollen. Ich war es, mit dem er sich treffen wollte. Die Anzeige für die neue Kampagne sollte er mitbringen.«

Laurie beugte sich vor. »Da ist noch ein anderer Termin. Und ich will wissen, mit wem er verabredet war.«

»Warum?«, fragte Lester.

»Es könnte seinen Tod erklären.«

Lester rutschte auf seinem Stuhl herum. »Also, da bin ich mir nicht sicher.«

Laurie musterte ihn mit einem stetigen ernsthaften Blick.

Es dauerte nicht lang, bis Lester aufgab. »Also schön, wenn es dir so wichtig ist, solltest du's vielleicht wissen. Amanda, nimm bitte zur Kenntnis, dass ich dein Gesellschaftsspiel mitspiele.«

Amanda legte den Kopf schief. »Ein Punkt für dich.«

»Dies ist mein Geständnis«, sagte Lester. »Noch eine Unterlassungslüge. Ich weiß, mit wem Bud sich am Montag noch treffen wollte, obwohl ich mir wirklich nicht vorstellen kann, inwiefern das irgendwas mit seinem Tod zu tun haben sollte.«

»Vielleicht nicht«, sagte Laurie ruhig.

Lester verlagerte sein Gewicht auf seinem Stuhl. Er kratzte ein Schokoladenstückchen aus seinem Keks. Er bot uns allen eine zweite Portion Obstsalat an.

»Du bist derjenige, der wegen dieser Sache Theater macht, Lester.« Lauries Fingerknöchel waren inzwischen weißer als ihre Serviette.

»Der Mann, den du allem Anschein nach nicht aufgeben kannst«, sagte Lester schließlich. »Steve King.«

Das Licht in Lauries Augen flackerte, wie bei einem Feuerzeug, dem das Gas ausgeht.

29

Jim gab Zahlen in die Alarmanlage neben der Hintertür ein. »Heutzutage ist hier draußen alles verdrahtet.«

»Du solltest Laurie auch von einer Alarmanlage überzeugen.«

Die Gesellschaft hatte sich nach Lesters Eröffnung schnell aufgelöst; Laurie behauptete, völlig erschöpft zu sein. Sie hatte mit Jim ausgemacht, sich nach ihrem Treffen mit dem Anwalt die Bücher des Restaurants zeigen zu lassen. »Was wissen wir schon – Dad kann seinen Anteil auch jemand anderem vermacht haben.« Sie dachte an Rebecca dabei. Ich hatte beschlossen, ihr nicht von den fehlenden Blättern des Abschiedsbriefs zu erzählen. Vorläufig noch nicht.

Wir waren nach Hause gefahren, und Jim und ich hatten Laurie bis zur Tür des Haupthauses gebracht. Wir hatten angeboten, ihr Gesellschaft zu leisten. Sie erinnerte mich an das Hundeverbot in The Pynes.

Sabrinas Nase glitt in nervösen konzentrischen Bögen über die breiten Dielen von Jims Küche. Sie würde die Nacht hier verbringen. Dmitri war losgegangen, um ihr ein Trostmittel zu besorgen.

Die Küche war groß und ausgestattet mit welligem Linoleum, alten Holzschränken, die eine Dosis Zitronenöl hätten vertragen können, und dem kahlen, unpersönlichen Aussehen eines Motelzimmers. Die einzigen modernen

Dinge waren eine Gefrierkombination und das Mikrowellengerät.

»Du isst wohl immer im Restaurant.« Ich drehte wie Sabrina meine Runden in dem Raum und fühlte mich etwas fehl am Platz.

»Manchmal bringe ich mir was mit und friere es ein.« Jim griff nach meiner Hand. »Wie wäre es mit einem Schlummertrunk mit Blick auf eine silberglänzende Bucht?« Er zeigte zur Veranda hinüber. Sabrina bellte. Ich musterte den Dreiviertelmond eine geschlagene halbe Minute lang, um sicherzugehen, dass es sich nicht um eine künstlich hergestellte Illusion handelte. Aber der Mond war echt, eine geäderte, vor Romantik geschwollene Blase.

Stans vergessene Zahnbürste klapperte in meinen Gedanken herum. »Danke, aber ich sollte besser ins Bett gehen.« Ich versuchte meine Hand zurückzuziehen.

Er hielt sie fest. »Nein, hör zu. Du solltest wissen, woher ich komme.« Seine Stimme war leise und eindringlich. »Ich akzeptiere keine Positionslimits, und jeder Börsenmakler ist ein Spieler.«

»Ich habe gehört, das Feuer in den Pine Barrens ist endlich gelöscht.«

»Du willst das Thema wechseln, ja? Okay, ich spiele mit. Gott sei Dank ist das Feuer aus. Fünftausend Morgen Waldland ruiniert und keine Todesopfer. Unglaublich.«

»Du hast Laurie Bescheid gesagt, dass Buds Haus brennt.«

»Yeah, ich hab um sieben Uhr morgens Steve vorbeipreschen sehen. Der Brandmeister weiß immer noch nichts Genaues.«

»Ich hab dich nicht am Unglücksort gesehen.«

Jim ließ sowohl meine Hand als auch seine freundliche Art fahren. »Damit das klar gestellt ist: Ich habe mich am

Sonntag nicht um Laurie kümmern können, weil eine der Kühltruhen im Restaurant ausgefallen ist und ich es mir nicht leisten kann, die Lebensmittel eines ganzen Tages zu verlieren.«

Ich lächelte vor Erleichterung. »Ich muss nachhaken, das gehört zum Job. Ich kann Persönliches nicht zulassen. Es tut mir Leid.«

»Ich habe allmählich das Gefühl, du lässt Persönliches überhaupt nicht zu.«

Bevor ich antworten konnte, brach mit seinem üblichen Gespür für das richtige Timing Dmitri über uns herein. Er hatte genug alte Kleidungsstücke mitgebracht, um Sabrina in ein Koma zu versetzen. Er machte ihr ein Lager auf einem Sessel, wo sie von seinem Geruch umgeben war wie von einem Wall. Wir winkten zum Abschied. Sabrina bekam Triefaugen vor Enttäuschung. Jim ebenfalls.

Als wir die Fliegengittertür unseres eigenen Häuschens erreicht hatten, begann Sabrina zu heulen. Nach zwanzig Minuten ununterbrochener hündischer Schmerzensbekundungen hängte Dmitri sich eine Decke über die Schulter und ging sie zurückholen.

Ich vertauschte meinen leinenen Hosenanzug mit einem riesigen T-Shirt und wartete, bis Dmitri sich mit seiner neuen Geliebten auf dem Sofa eingerichtet hatte. »Warum hast du mir das mit Uma nicht erzählt?«

»Du hättest Ärger gemacht.« Sabrina schnupperte an Dmitris Tasche herum. Er hatte sie mit Kathleens Keksen voll gestopft. Er bot mir zur Beschwichtigung einen an. Ich nahm zwei. Es sind die besten, die ich je probiert habe.

»Uma ist Knights Sache. Wir müssen fair bleiben.«

»Russische Maxime ist, wer zuerst kommt, steht nicht in Schlange.«

»Irgendeine Spur von der Katze?«

»Nein, und auch nicht von roter Thermosflasche.« Er wirkte seltsam zufrieden über die Niederlage.

»Wahrscheinlich schwimmt die inzwischen irgendwo im Atlantik.«

»Ja, und jemand findet sie an Strand in Portugal oder Spanien. Vielleicht ist wichtige Botschaft drin von Liebe oder Weltfrieden.«

»Schön wär's. Danke fürs Nachsehen, aber Comelli wird bei seiner Selbstmordtheorie bleiben, ganz gleich wie viel Valium in dem Kaffee oder in Buds Leiche war.«

»Ich auch keine Kopie von Lesters und Buds Gesellschaftervertrag gefunden.«

»Woher wusstest du –«

»Ich habe lange Ohren.« Und große Hände. Er wühlte schon wieder in seinen Hosentaschen herum. Und wieder fiel die Hälfte des Inhalts heraus. Zu Sabrinas Entzücken waren noch zwei Kekse dabei. Endlich ließ er einen Schlüsselbund vor meiner Nase baumeln, während sich der Schnauzbart zu einem breiten Grinsen auseinander zog.

Ich stöhnte laut. »Wessen Schlüssel?«

»Lester. Schau, sie haben Initialen.« Dmitri zeigte auf die silberne Plakette an der Kette, dann warf er mir den Bund in den Schoß. »Wenn du in Lesters Büro gehst, probier als Erstes kleinen Schlüssel.«

»Er wird merken, dass sie fehlen.«

»Zweitsatz. Erster Satz, goldene Kette, ich auf Kommode liegen lassen. Lester geht Montag nicht ins Büro, also ist Luft rein. Jetzt schuldest du mir wirklich.«

Ich schleuderte einen Vierteldollar in seine Richtung. Sabrina fing ihn auf. Wir gingen unsere Pläne für den nächsten Tag durch. »Während ich weg bin, kannst du die vier Nummern anrufen, die Laurie mir gegeben hat« – ich ließ die Liste auf den Sofatisch fallen – »und rausfinden, was das für Leute sind.«

»Warum? Wir wissen, Termin am Montag war mit Steve King.«

»Jede Information, die man bekommt, muss überprüft werden. Das gehört nun einmal zum harten Job des Ermittlers.«

»Ich werde neue Information über Katze überprüfen«, sagte Dmitri, während er Sabrina die Vierteldollarmünze aus den schokoladenverschmierten Zähnen riss.

»Hast du schon. Uma ist nicht im Haus der Kennellys.«

»Ich wette, du weißt nicht, warum manche amerikanischen Münzen Rillen haben?«

»Ich zahle dir doch kein Geld dafür, dass du das Thema wechselst.« Ich stand auf, um Kaffee zu machen.

»Kostenlose Information. Als Münzen ganz aus Silber waren, haben Leute Ränder abgeschliffen. Du schleifst genug Ränder ab, du bekommst kleinen Berg aus Silber, und Münze ist nicht mehr halben Dollar in Silber wert. Deshalb Rillen. Wenn Rillen abgeschliffen, weißt du, dass du betrogen bist. Dick Knight betrügt uns. Mit Katze wir erpressen Wahrheit von ihm.«

»Ich glaube, er hat die restlichen Seiten von Pollys Brief gefunden. Das passt zu dem, was Captain Comelli zu Laurie gesagt hat. Aber er lügt ganz entschieden, was Bud angeht.« Immerhin hatte Knight mir zuerst erzählt, Bud habe Selbstmord begangen, weil die Polizei ihm auf der Spur war. Dann, als Dmitri seine Garderobe bedrohte, hatte er die Geschichte abgeändert – jetzt hatte Bud gewollt, dass die Polizei den Fall wieder aufnahm.

»So stelle ich mir die Sache vor«, sagte ich. »Pollys Mörder vermutet, dass Bud ihn verdächtigt; also erzählt er Knight irgendeine Geschichte, weshalb er die Akte einsehen will, bezahlt ihn für das Privileg und stellt sicher, dass nichts drinsteht, das auf ihn hinweisen könnte.«

»Woher weiß Mörder, dass Akte existiert?«

»Bud hat ja kein Geheimnis draus gemacht, dass er drei Detektive angestellt hat, um rauszufinden, wer seine Frau umgebracht hat. Was hältst du davon? Knight lässt den Mörder Pollys Brief an Bud sehen. Dass ein Blatt aus dem Brief als Pollys Abschiedsbrief aufgetaucht ist, lässt Bud natürlich als den Schuldigen erscheinen. Was den richtigen Mörder mächtig freut. Er bezahlt Knight dafür, dass der zur Polizei geht; wenn der Mörder dann Bud ertränkt, glaubt die Polizei, Bud hätte Selbstmord begangen, weil man ihn sonst als Pollys Mörder verhaftet hätte.« Ich grinste befriedigt. »*Non fa una piega.* Absolut faltenfrei.«

Dmitris schwarze Brauen zogen sich zusammen. »Wenn du Recht hast, kennt Knight Killer.«

»Ich wette, der Dummkopf glaubt, das wird ihn noch reich machen.« Ich griff nach meinen Sandalen. »Komm, wir müssen ihn warnen.«

Dmitri hob langsam die Hände, eine Geste wie die eines Monarchen, der sein Volk beruhigt. »Wie? Wo? Die Hamptons ist großes Gebiet. Dick Knight ist zugelassener Detektiv. Er muss Waffe haben. Wenn er Erpresser ist, ist Gefahr sein Problem.«

»Das ist herzlos.«

»Vernünftig. Außerdem hast du nur Theorie. Vielleicht hat jemand für Blick in Akte bezahlt aus Sorge um Freund. Rebecca macht sich Sorgen wegen Bud. Laurie macht sich Sorgen wegen Steve.«

»Warum ist Knight zur Polizei gegangen?«'

»Weil er wütend war, dass Bud nicht bezahlt hat, was er wollte.«

»Meinst du?«

»Vertrau mir.«

Ich hätte es lieber lassen sollen.

Ich rief Knights New Yorker Nummer an. Ich teilte dem Anrufbeantworter meine Theorie mit und bat ihn, vorsichtig zu sein. Als Nächstes rief ich Gregory an, meinen Freund und Kollegen. Er sollte an diesem Abend oder am folgenden Morgen aus dem Urlaub zurück sein. Ich wollte mehr über WSK wissen, und Gregory hat eine Menge Bekannte.

Seine süße Stimme bat mich, eine Nachricht zu hinterlassen. Ich teilte ihm mit, dass es wichtig war.

Dmitri ging in sein Zimmer, um zu schlafen. Seine Rippen fühlten sich so gut an, dass er es riskieren konnte, sich aufs Bett zu legen. Ich richtete mich mit einer Tasse Kaffee auf dem Sofa ein und las den *Independent*, ein weiteres East-Hampton-Blatt des bekannten Hamptoners Jerry Della Femina, früher einmal Direktor einer angesehenen Werbefirma und mittlerweile Eigentümer eines Restaurants, das Jim's Pit Konkurrenz machte. Um wirklich wach zu sein, wenn ich mir am Morgen Steve vorknöpfte, hatte ich mich dafür entschieden, eine weiße Nacht zu verbringen – *passare una notte in bianco*. Das heißt, gar nicht zu schlafen. Auf diese Art würde ich auch Rebecca abpassen können, wenn sie nach Hause kam.

Während ich die neuesten Mitteilungen über die Schönen und Reichen der Hamptons überflog, fragte ich mich, warum der grundaufrichtige Bud seine Beteiligung an dem Restaurant auch dann noch geheim gehalten hatte, als seine Exfrau tot war. Alle Welt hielt ihn für einen Ausbund an Ehrlichkeit. Was, wenn dies nur eine weitere Werbefiktion gewesen war? Was, wenn Bud seine Frau wirklich umgebracht hatte und dann seinerseits von jemandem umgebracht wurde, der sie rächen wollte? Aber von wem? Niemand schien sie gemocht zu haben. Außer Dodo vielleicht. Sie waren freundlich miteinander umgegangen, und da war ja auch noch das alte Zeitungsfoto, auf dem sie zusammen vor dem Zementmischer standen.

Nach einer Weile kam Sabrina aus Dmitris Schlafzimmer getappt und ließ sich vor der Gittertür auf den Boden fallen. Sie bellte ein Mal. Sie hatte schnell gelernt, dass sich mit Bellen absolut alles erreichen ließ.

»Die Tür geht von allein auf, wenn du ihr einen Stoß gibst«, teilte ich ihr mit.

Sie bellte wieder. Wahrscheinlich zog sie den Portiersservice einfach vor. Der Lärm der Heuschrecken und Grillen draußen war unüberhörbar. Das Glucksen des Wassers ebenso. Die Flut stieg. Kein Wind. Der Dreiviertelmond hatte sich hinter eine Wolke verzogen. Es war schwül. In den Ferienhäusern waren alle Fenster dunkel. Sogar im Haupthaus waren sie das. Wenn Laurie schlief, hatte sie wahrscheinlich Albträume, in denen Steve ihren Vater unter die Wasseroberfläche drückte.

Als wir ins Haus zurückkehrten, entschied Sabrina, mir Gesellschaft zu leisten. Ich hob sie mitsamt ihrem riesigen Bauch aufs Sofa, wo sie sofort begann, unter den Polstern nach Krümeln zu suchen. Als sie wieder zum Vorschein kam, kaute sie auf etwas Weißem herum. Etwas, das Dmitri gehören musste. Er hatte seinen halben Tascheninhalt über das Sofa verstreut, als er nach Lesters Schlüsseln gesucht hatte. Ich verlegte mich aufs Verhandeln. Ein halber Keks für das durchweichte Papier. Sie wollte den ganzen Keks. Ein schnelles Kieferschnappen, und der Keks war verschwunden. Stattdessen hielt ich einen zusammengeknüllten Umschlag in der Hand, dessen eine Seite abgekaut war. Ich konnte einen Teil der Adresse lesen. West Seventy-seventh Street.

Da wohnte ich. Ich strich den Umschlag glatt. Der Adressat war mir ebenfalls bekannt.

Stan Greenhouse.

Ich drehte den Umschlag um. Sheree Debuskey. Sie wohnte in der Fort Washington Avenue in Washington Heights. Was hatte sie Stan mitzuteilen? Und was machte der Brief in Dmitris Tasche? Nicht meine Angelegenheit vielleicht, aber ich zog das Blatt Papier trotzdem heraus. Es war nass, und eine Seite war abgefressen worden, aber ich entzifferte mehr als genug. Sie hatte den Brief drei Tage vor unserer Ankunft in den Hamptons geschrieben. Zur Abwechslung einmal war die Post pünktlich gekommen.

Liebster G.,

ich bin so glücklich. Du bist das Beste, das mir je –. Komm bald. Auch mitten in der Nacht. D- eid. Ich habe es niemandem erzählt.

Mit all meiner *corazón*,

Sheree.

Vaffanculo, Stan! Das hatte ich nun wirklich nicht gebraucht.

30

Ich erwog, Dmitri aufzuwecken, ihn zu fragen, woher er den Brief hatte, warum er ihn mir nicht gezeigt hatte. Aber die Antworten kannte ich schon. Ich wusste jetzt, warum mein loyaler Freund so hartnäckig Jim propagiert hatte.

Ich erwog, Jim zu wecken. »Jetzt hätte ich Lust auf diesen Schlummertrunk. Und vielleicht noch ein bisschen mehr, wenn dir danach ist.« Wenn einem so etwas ins Gesicht fliegt, will man die schuldlose Partei spielen, das Opfer, die loyale Liebende, die das Mitgefühl der Welt bis zum letzten Tropfen verdient hat. Himmeldonnerwetter, man *ist* die schuldlose Partei! Ich spürte das plötzliche brennende Aufflammen der Wut, den Wunsch, Stan irgendwo zu erwischen, wo es wehtun würde. Aber ich hatte das alles schon einmal durchgemacht. Ich hatte eine gewisse Kontrolle.

Das kurze Stück Strand unterhalb des Hauses war der Ort, wo ich jetzt hingehörte. Ich ging auf und ab, während Sabrina hinter mir herzuckelte. In meinem Magen rollte mein Abendessen wie ein Schiff im Sturm. Ich versuchte die Gefühle abzuschalten und nachzudenken. Was war passiert? Katholische Vergeltung hätte meine Mutter dies genannt. Ich hatte unkeusche Gedanken über einen anderen Mann gehegt. Aber lag das nicht einfach daran, dass Stan zu Robocop geworden war? Vielleicht. Die Vierzig dräute in meiner nahen Zukunft, und vielleicht wollte ich über die

Stränge schlagen, im Mondlicht mit einem Fremden tanzen, in den Komplimenten eines anderen Mannes schwelgen, noch immer über den Gedanken staunen, dass hinter der nächsten Ecke etwas Neues wartete. Und etwas Neues hatte ich jetzt wahrhaftig bekommen. Geschah es mir recht? Keine Spur.

Was ist mit Aufrichtigkeit?

Ich setzte mich in den Sand. Sheree? Nie von ihr gehört. Aber Willy hatte von ihr gehört. Von Stan, der süße Träume von Sherry träumte. Und von Maden. Mochten sie ihm den Schwanz abfressen.

Sheree. Sie hörte sich an wie eine Stripperin.

»Jede Information, die man bekommt, muss überprüft werden.« Stans Worte.

Was hatte ich davon?

Die Wahrheit.

Wenn sie wehtut, warum sollte man sie wollen?

Basta, werd erwachsen! Das war schon wieder Mamma.

Sabrina ließ sich neben mir in den Sand fallen und legte mir den Kopf auf den Oberschenkel. Es fühlte sich gut an. Ich strich Sand von ihrem lockigen Fell. Der Mond kam heraus und goss weißes Licht über den Strand. Sabrina hob den Kopf und knurrte. Ein Schatten fiel über sie.

»Zu heiß zum Schlafen?«

Ich sah auf. Jim bot mir ein hohes Glas an. Ich nahm es. Sabrina knurrte immer noch.

Jim setzte sich neben mich; der essbare Geruch war immer noch zu spüren. Er streichelte ihren Kopf. »Sie glaubt, ich will sie in mein Haus zurückzerren.«

Warum sie und nicht mich? Ich trank. Gott sei Dank war es Wasser. Eisgekühlt, wie meine Eingeweide. Jim streichelte weiter. Sabrina verstummte.

»Kann ich helfen?« Jim setzte sich neben mich. Sein Knie

streifte meins. Der Mond verschwand hinter einer dicken Wolke.

»Wie kommst du darauf, dass ich Hilfe brauche?« Ich konnte seine Züge nicht erkennen. Er war nichts als eine pulsierende dunkle Masse.

»Wie bin ich darauf gekommen, dass Microsoft-Aktien eine gute Anlage sind?«, fragte Jim. Seine Stimme war leise, sie plätscherte um mich herum wie das Wasser. »Okay, vergessen wir den Instinkt. Sehen wir uns die Tatsachen an. Du bist mitten in der Nacht hier draußen. Es ist schwül. Der Mond kommt und geht so schnell, dass es keine brauchbare Aussicht gibt. Du hast den Hund dabei, was bedeutet, es ist dir gleich, ob jemand ihn sieht. Schlussfolgerung. Du hast Magenbeschwerden von meinem Essen, oder du bist wegen irgendwas verstört. Ich mag den Gedanken nicht, dass mein Essen das angerichtet hat, also stelle ich mir lieber vor, dass du verstört bist. Halt, das ist jetzt ganz falsch rausgekommen. Ich meine –«

Ich legte ihm die Hand auf den Arm. »Schon okay, Jim. Ich weiß, was du meinst.« Ich ließ die Hand, wo sie war.

»Ich hab dir Wasser mitgebracht, damit du mir nicht vorwerfen kannst, ich versuchte dich zu verführen.«

»Danke.«

Jim winkelte den Arm an, so dass meine Hand in seiner Armbeuge gefangen war. Er fühlte sich eher kühl als heiß an. Beruhigend. »Obwohl das genau das ist, was ich gern täte. Bist du verstört? Ich versuche mich nicht in deine Privatangelegenheiten einzumischen oder so was. Ich muss es einfach wissen, denn wenn du verstört bist, kann ich dich nicht küssen. Die würden mich wegen unlauterer Geschäftsmethoden drankriegen. Es würde heißen, ich hätte mir einen unfairen Vorteil verschafft und so weiter.«

Ich brauchte nicht lang, um zu antworten. »Ich bin nicht im Geringsten verstört.«

Jim schmeckte weich und salzig wie eine eben geöffnete Auster. Ich erwiderte den Kuss, während meine Arme über seinem Leinenhemd auf und ab strichen. Ich spürte, wie seine Brust sich gegen meine drückte, als er an meinem Ohr knabberte. Die Küsse wurden nasser und nasser; das Salz in der Luft hinterließ einen würzigen Nachgeschmack auf unseren Lippen. Sand scheuerte an der Unterseite meiner Oberschenkel, als wir nach hinten fielen und weiterküssten. Die Flut schien mit einem Mal zu steigen. Das Rauschen von Wasser hallte in meinen Ohren. Die Heuschrecken und Baumfrösche schrien. In einem von Wut und Selbstmitleid berauschten Augenblick öffnete ich meine Schenkel der Hand dieses Mannes und dachte daran, mich am nassen sandigen Strand von Gardiners Bay lieben zu lassen, während der Mond von Wolke zu Wolke hastete, als schämte er sich.

Jim rollte über mich. Sabrina kläffte. Ich setzte mich auf und schob ihn fort. »Es tut mir Leid. Das ist nicht fair.«

»Du *bist* verstört.«

»Sehr.« Als ich die Augen öffnete, schrumpften die Geräusche wieder auf ihre natürliche Lautstärke. Das Wasser der Bucht gluckste träge; die Nachttiere schwatzten.

Jim wartete, bis er wieder ruhig atmete, bevor er sprach. »Ich hatte schon immer gute Instinkte. Diesmal habe ich nicht zuhören wollen.« Er streckte den Arm aus, um Sabrina am Ohr zu kraulen. »Tut mir Leid, Kleines, ich wollte dich nicht treten.«

Ich wischte mir über den Mund, kämmte mir das Haar mit den Fingern. Zog das T-Shirt bis über die Knie herunter. »Bitte verzeih mir.«

»›Unterlassungsfehler sind es, vor denen man sich hüten muss.‹ Das ist ein Warren-Buffett-Zitat.«

»Wer ist das?«

»Ein Investor und einer der reichsten Männer Amerikas. Hey, mach dir keine Sorgen. Es waren fünf phantastische Minuten, die ich wirklich gern zu ungefähr einer Woche ausgedehnt hätte, aber um mit Buffett zu sprechen – es ist Wahnsinn, Geschäfte mit Leuten zu machen, die vollkommen andere Erwartungen haben als man selbst.«

Der Mond tauchte wieder einmal auf, um mich darauf hinzuweisen, was für ein außerordentlich nettes Gesicht Jim hatte. »Bud hatte die gleichen Erwartungen wie du?«, fragte ich.

»Ja, die hatte er, aber ich habe von Liebschaften geredet.«

»Ich weiß, aber über Geschäftsbeziehungen zu reden ist weniger peinlich.«

»Was meinst du, warum ich Warren Buffett ins Spiel gebracht habe.« Seine Hand schob das Hemd wieder in den Hosenbund. »Warum bist du verstört?«

»Ich möchte lieber nicht drüber reden.«

»Anständig von dir. Es wäre dem Polizisten gegenüber nicht fair.« Er sah mir ins Gesicht, um sich zu vergewissern, dass er auf der richtigen Spur war. Ich nehme an, er bekam seine Antwort. »Ich hoffe, es wird was draus. Wenn er es ist, den du willst.«

Ich nickte; sicher war ich mir ganz und gar nicht.

»Okay, dann lass mich bei deinen Ermittlungen helfen«, sagte Jim, die Stimme geschäftsmäßig. »Was willst du sonst noch von mir wissen?«

»Nichts. Ich glaube, es wird Zeit, dass ich ins Bett gehe.« Ich stand auf. Sabrina kämpfte sich auf die Füße. Jim ebenfalls.

»Sieh mal, ich würde mich gern nützlich fühlen. Und ich weiß ganz genau, dass du zumindest eine Frage hast. Ich hab's dir heute beim Abendessen angesehen. Warum habe ich so lang gewartet, bis ich Laurie von der Geschäftspartnerschaft erzählt habe? Weil ich mich gefragt habe: ›Und was, wenn sie die Anteile gar nicht erbt?‹«

»Sie hätte es trotzdem erfahren. Aus dem Testament.« Wir gingen zurück zum Haus, Sabrina voran.

»Er hätte einen Trust auf Widerruf einrichten können, in den die Einnahmen aus dem Restaurant gehören. Solche Trusts können nicht von jedem eingesehen werden.«

»Wie bist du darauf überhaupt gekommen?«

»Bud ist neulich mal auf das Thema zu sprechen gekommen, in einer von diesen Unterhaltungen nach dem Abendessen. Er hat das Restaurant nicht eigens erwähnt, aber warum hätte er in meiner Gegenwart überhaupt von Trusts auf Widerruf anfangen sollen, wenn es mich nicht auf irgendeine Art betroffen hätte?«

»Warum hast du Laurie am Ende doch davon erzählt?«

»Wenn ich kein Wort gesagt hätte, und das Restaurant wäre im Testament erwähnt worden, was hättest du dann gedacht?«

»Dass du versuchst, irgendetwas geheim zu halten.«

Jim beugte sich vor und küsste mich auf die Stirn. »Schlaf gut. Ich würde dir immer noch gern die heißesten Flecken der Hamptons zeigen, wenn du mich lässt.«

»Danke, aber ich glaube, das hast du gerade eben getan. Es wird eine Weile vorhalten.«

»Dann lasse ich dir etwas da, das Buffett furchtbar gern zitiert. Für die Zeit, wenn dein Polizist zurückkommt. ›Die Ketten der Gewohnheit sind zu leicht, als dass man sie spürte, bis sie zu schwer sind, als dass man sie brechen könnte‹.«

»Nochmals danke. Jetzt werde ich ganz sicher schlafen können.«

»Irgendwie muss ein Mann sich ja verteidigen.« Er gab

mir einen weiteren Kuss. Auf die Wange. »Wenn du weiter reden willst, ich schließe die Tür nicht ab.« Diesmal küsste er mich auf den Mund und gab mir den Türcode. »Du hast dreißig Sekunden.«

Um mein Leben zu ändern?

31

Ich duschte, was immerhin bewirkte, dass ich mich sauber fühlte, wenn auch nicht untadelig. Ich zog ein sauberes Riesen-T-Shirt an, schob Sherees Brief wieder in den Umschlag und steckte ihn in die Brusttasche, auf dass mein Herz nicht vergessen möge. Ich warf einen Blick zu Dmitri hinein. Er schlief auf dem Rücken, wobei er aussah wie ein Findling, den ein Gletscher zurückgelassen hatte. Der Ventilator schwirrte. Dmitris Schnarchen hatte die Klangfülle einer Schostakowitsch-Symphonie. Ich entschied, dass es zu viel Energie kostete, wütend auf ihn zu sein. Er hatte es gut gemeint, als er den Brief versteckt hatte. Ich schloss die Tür und richtete mich wieder auf dem Sofa ein. Scarlett O'Haras Morgen-Philosophie fiel mir ein, und ich beschloss, dass ich den Teufel tun und weiter auf Rebecca warten würde. Es war nach ein Uhr. Was ich brauchte, war, eine Weile auszusteigen. Ich schaltete das Licht aus. Sabrinas Grollen war tief genug, um mich zu wecken. Sie stand an der Tür, die Schnauze gegen das Fliegengitter gedrückt.

»Psst«, befahl ich, von dem einzigen Wunsch beseelt, wieder einzuschlafen. Ich hatte geträumt, am Grund des Ozeans entlangzuschwimmen und Buds rote Thermosflasche zu finden. Als ich sie öffnete, hatte ein Flaschengeist, der Jim auffallend ähnlich sah, mir einen Wunsch freigegeben.

»Aber es müssten eigentlich doch drei sein«, sagte ich.

»Du hast dreißig Sekunden.« Jims Gesicht wurde zu Sabrinas Gesicht. Sie war ärgerlich über meine Habgier. Das Grollen wurde länger, tiefer, war inzwischen fast ein lang gezogenes Bellen. Viel zu laut. Ich schüttelte mich wach und richtete mich auf. Sabrina stand immer noch an ihrem Posten bei der Tür. Ich stand leise auf. Ich lauschte, aber der vorherrschende Gedanke in meinem Kopf war sexuelle Untreue, die in sich schon ziemlich laut klingt. Ich sah durch das Küchenfenster zu Rebeccas Haus hinüber. War sie zurück?

Sabrinas Grollen schwoll zu einem Bellen an. Ich stürzte zur Tür und legte beide Hände um ihre Schnauze. »*Zitta*, wir werden deinetwegen noch hier rausfliegen!«

Ein Licht erschien weiter hinten auf dem Grundstück. Von der Stelle aus, wo ich am Boden kauerte, war nicht festzustellen, ob es in Rebeccas Haus brannte. Der Wecker teilte mir mit, dass es halb drei war. Sabrina bellte durch meine Finger. »Du bist genauso stur wie Dmitri!« Sie kauerte sich auf den Boden und verstummte.

»Braves Mädchen!«

Dann sprang sie, den Kopf zur Tür gerichtet. Die Tür flog unter ihrem Gewicht auf. Sabrina sprang die Stufen hinunter, der Bauch plötzlich flach und gestreckt. Ein Aufblitzen weißer Flecken jagte über die Rasenfläche davon. Ich stürzte hinter ihr her, italienische Flüche auf den Lippen. Der Mond beschloss, nicht zu kooperieren, und Sabrina verschwand in der Dunkelheit. Ich schlug einen Bogen um die hintere Häuserreihe. Rebeccas Parkplatz war leer. Alle anderen Autos waren da. Kein Licht in den Fenstern. Keine Sabrina.

Ich tauchte in den Wald ein, den sie als Toilette nutzte und der The Pynes von der Fireplace Road abschirmte. Ich flüsterte im Dunkeln Sabrinas Namen. Ich hörte Verkehrsgeräusche und betete darum, dass sie nicht unter ein Auto geraten würde. Ich kam zum zweiten Mal an Rebeccas Haus vorbei. Ich hörte ein gedämpftes Kläffen. Oder glaubte es zu hören. Die Baumfrösche und Heuschrecken hatten es immer noch nicht aufgegeben, ich war mir also nicht ganz sicher. Ich schlich mich bis zu Rebeccas Verandatür. Etwas kitzelte mich am Bein. Ich trat zurück und griff nach unten. Meine Finger berührten Draht. Rebeccas Fliegengitter hatte ein Loch, fiel mir ein. Ich lauschte ein paar Minuten lang. War Rebecca da drin?

Wieder ein Kläffen. Immer noch gedämpft. Ganz entschieden aus dem Hausinneren. Ich riss die Tür auf und fiel in ein schwarzes Loch. Noch ein paar Schritte, und Alkoholdunst stieg mir in die Nase. »Dodo? Tun Sie dem Hund nichts! Er ist ganz harmlos.« Autoscheinwerfer schwenkten über das Haus hin und jagten mir einen Schreck ein. Etwas rollte unter meinem Fuß fort. Ich stolperte und fiel auf die Knie. Meine Hand traf auf eine Flasche. Etwas Anderes traf auf meinen Kopf.

Jim küsste mich wieder. Warme, nasse Küsse voller Salz. Auf die Wangen, auf die Lippen. Sein Körper drückte gegen meine Brust. Sein Haar kitzelte mich am Hals. Er hatte getrunken. Der Alkoholgeruch war stark. Oder war es Stan? Nein, Stans Küsse waren trocken. Und süß. Eine eisige Hand drückte sich gegen meinen Hinterkopf.

Ich stöhnte und öffnete die Augen. Eine Ohrfeige aus Licht ließ mich hastig die Läden schließen. Das nächste Mal hob ich die Lider nur einen Spalt weit. Jetzt war das Licht indirekt. Es schien in ein gigantisches, unheilvolles schwarzes Auge, das mich anstarrte. Eine Zunge, rosa wie das Haarband eines kleinen Mädchens, leckte mir die Nase.

»Sabrina ist gut bei Wiederbelebungsmaßnahmen«, sagte eine Stimme. »Southampton Hospital sollte sie einstellen.« Ein kaltes Glas stieß an meine Wange. »Trink aus, dann fühlst du dich besser.«

Rebecca! Ich öffnete die Augen, hob den Kopf. Etwas krachte auf den Boden. Die Erde schwankte. Ich ließ mich wieder fallen. Sabrina machte sich wieder ans Werk. Ich vergrub die Finger in ihrem Pelz, nur um mich zu vergewissern.

»Wie geht es dir jetzt, meine Liebe?«, fragte Dodo mit einer verbrauchten, beruhigenden Stimme. Er kauerte fast auf meiner Augenhöhe und spähte mir ins Gesicht; das Grau seiner Augen strahlte im Licht der Lampe hinter mir. »Ich brenne vor Neugier.« Seine Augen weiteten sich. Ich sah das Weiß, ungetrübt von Whiskey.

Sabrina erstarrte unter meinen Fingern und knurrte. Dodo fuhr zusammen.

Ich kratzte sie hinter dem Ohr. »Psst, Kleines, jetzt tut uns niemand mehr was.« Meine andere Hand tastete umher. Linoleum. Ich war noch an genau der Stelle, an der ich gestürzt war, so wie es aussah. »Sabrina ist doch nicht verletzt, oder?« Sie versuchte sich unter mich zu wühlen und knurrte immer noch.

»Sie hat einen Schreck gekriegt. Sie hat Angst. Hätte ich auch.« Rebeccas Stimme klang ungewöhnlich laut. »Würdest du lieber ins Krankenhaus gehen? Ich persönlich kann die nicht leiden. Dodo auch nicht. Du warst ungefähr fünf Minuten lang weg, mehr nicht. Kein Blut. Nicht mal die Haut ist verletzt. Wir haben dich nicht von der Stelle bewegt, sicherheitshalber. Mach die Augen auf und sag mir, wie viele Finger du siehst.«

Ich tat ihr den Gefallen. »Zwei. Mit blauer Farbe drauf. Und Billy Crystal ist Präsident der Vereinigten Staaten.«

»Phthaloblau, um genau zu sein«, sagte Rebecca. Für Präsidenten interessierte sie sich nicht. »Hab's heute Nachmittag für das Meer gebraucht. Mit ein bisschen Krapprosa drin. Dir geht's gut.«

Für sie sagte sich das leicht. »Ich sehe außerdem noch den

Architekten, der The Pynes gebaut hat.« Er hatte sich aus meiner unmittelbaren Nähe entfernt.

Sekunden des Schweigens. Dann grinste Dodo aus der gegenüberliegenden Ecke des Raums. »›Wie das kracht, wenn sie herunterfallen!‹«

Sabrina bellte einmal. Sie hatte sich mittlerweile unter meine Beine gezwängt.

»Dodo ist allergisch gegen Hunde«, erklärte Rebecca.

Hat eine Höllenangst vor ihnen, das schien mir wahrscheinlicher. »Was ist passiert?«, fragte ich.

Rebecca hob behutsam meinen Kopf an und schob etwas Kaltes darunter. »Der Eisbeutel ist auf den Boden gefallen.«

»Ich aber auch.«

»›Ich bin dafür, dass uns die junge Dame hier etwas erzählt‹«, sagte Dodo.

Ich setzte mich langsam auf und lehnte mich an die Wand. Sabrina richtete sich mitsamt ihrem künftigen Wurf auf meinem Schoß ein. Rebecca hielt den Eisbeutel an Ort und Stelle. »Sabrina ist weggerannt. Ich habe gedacht, ich könnte sie aus dem Haus hier bellen hören. Ich hab die Tür aufgemacht, habe eine Menge Alkohol gerochen und bin über die Flasche gefallen.«

»Dabei hast du dir also den Kopf angeschlagen«, sagte Rebecca, während sie mich wieder mit ihrem orangefarbenen Allheilmittel anstieß. Ich trank.

»Die Flasche war schon auf dem Boden?«, fragte Dodo.

Ich nickte. Was ein Fehler ist, wenn man gerade einen Schlag über den Kopf bekommen hat. »Und offen, nach dem Geruch zu urteilen.«

»Zerbrochen«, sagte Rebecca. Ihre Stimme klang immer noch nicht freundlich. »Du hast Glück gehabt, dass du dich beim Fallen nicht auch noch geschnitten hast. Dodo hat die Scherben weggekehrt. Willst du etwa behaupten, das wärest nicht du gewesen, die die Flasche zerbrochen und den Hund unter der Spüle eingesperrt hat?«

Ich setzte mich auf. »Hey, was glaubt ihr zwei eigentlich?« Mein Kopf platzte in zwei Hälften. »Hört mal her, jemand war hier drin. Sabrina hat ihn entdeckt. Er wollte nicht, dass sie ihn verrät, also hat er sie eingesperrt, und dann bin ich reingekommen. Ich passe nicht in einen Küchenschrank, also hat er mir eins übergezogen.« Ich zog Sabrina näher zu mir und kraulte sie hinter den Ohren. »Warum war er überhaupt hier? Das ist es, was ich gern wissen würde.« Was für ein klarer Gedankengang. Ich sollte mich öfter auf den Kopf schlagen lassen.

Rebecca plumpste neben mir auf den Boden; ihre lange Nase war nur ein paar Zentimeter von meiner entfernt. Der Farbgeruch hing immer noch an ihr. »Du bist es doch, die fürs Rumschnüffeln bezahlt wird. Heute Abend bei den Kennellys habe ich erwähnt, dass Bud mir einen Umschlag hinterlassen hat. Du wolltest Genaueres darüber wissen, und ein paar Stunden später komme ich nach Hause, mein Haus ist durchwühlt worden, und du liegst an der Hintertür. Der eingeschlossene Hund ist eine wunderbare Entschuldigung.«

Ich sah mich auf der Veranda um. »Durchwühlt? Erst Buds Haus, dann Lauries, jetzt deins.« Ich kämpfte mich auf die Füße und ging langsam quer durch den Raum. Die Behälter, die sie für ihre Stillleben verwendete, lagen auf dem Tisch durcheinander. Der Kasten mit den Farben war umgeworfen worden; zerknautschte silberne Tuben quollen heraus. Muscheln bedeckten den Boden. »Hat er den Umschlag mitgenommen? Weißt du, was drin war? Vielleicht ist das der Hinweis, den wir brauchen.« Der Raum schwankte. Ich griff nach dem nächstbesten Gegenstand – Dodo.

»›Wenn du an mich glaubst, glaub ich auch an dich‹«, sagte Dodo. »Einverstanden?«

»Mit Blut besiegelt.« Rebecca war nicht so leicht zu überzeugen. Ebenso wenig wie Sabrina, die sich in das größere Wohnzimmer nebenan geflüchtet hatte. Ich lehnte mich sicherheitshalber an die Wand. »Ich geb's ja zu, ich war ziemlich hartnäckig, und ich hätte auch keine Bedenken, im Privateigentum von jemandem herumzuwühlen, wenn es der Job verlangt. Aber ich bin nicht mal auf den Gedanken gekommen, hier rüberzukommen, während ihr beide weg wart. Ich hätte drauf kommen sollen. Jede Ermittlerin, die ihr Geld wert ist, hätte sich auf die Gelegenheit gestürzt.«

Rebeccas Wangen verzogen sich zu einem Lächeln. »Vielleicht sollte Laurie euch feuern.«

»Vielleicht.« Dick Knight – ob er hinter alldem steckte? »Ihr beiden habt hier nicht zufällig eine haarlose Katze versteckt?«

Dodo stieß ein flüsterndes Lachen aus, ein Geräusch, als schabten in seiner Kehle zwei Stöcke gegeneinander. »›Zuzeiten habe ich vor dem Frühstück bereits bis zu sechs unmögliche Dinge geglaubt.‹ Aber dies – nein.«

»War bloß so ein Gedanke. Was ist also los mit diesem Umschlag?«

Rebecca führte mich ins Wohnzimmer und schaltete das Licht ein. Sabrina kroch unter das Sofa. Immerhin hatte sie aufgehört zu knurren.

Der Eindringling hatte es eilig gehabt. Er hatte Töpfe und Pfannen über den Boden verstreut, alle Küchenschränke und die Backofentür aufgerissen, die Sofakissen umgedreht, Rebeccas Kunstbände auf dem Teppich verstreut. Er hatte schnell und leise gearbeitet.

»Das Einzige, was ich bisher getan habe«, sagte Rebecca,

»war, die Kühlschranktür zuzumachen und meine Bilder einzusammeln.«

Dodo blieb in der Verandatür stehen und schaukelte auf den Fersen vor und zurück, einen zutiefst betrübten Ausdruck in seinem verwitterten alten Gesicht. »›Hier sind alle verrückt.‹«

»Ist der Umschlag fort?«

Rebecca ging mit schweren Schritten durch den Raum und verschwand in ihrem Schlafzimmer. »Bud hatte ihn hier reingetan«, sagte sie, als sie mit einer großen farbbespritzten Leinwandtasche in der Hand wieder herauskam. »Ich verwende sie, wenn ich draußen male. Passt eine Menge rein. Warum hat der Dieb nicht gleich hier nachgesehen, statt das ganze Haus zu verwüsten? Es hätte mir die ganze Aufräumerei erspart.« Sie ließ sich auf einen Stuhl sinken und knetete die Tasche mit ihren langen phthaloblauen Fingern. »Es war sowieso nicht das, wonach er gesucht hat.«

Ich schuf etwas Ordnung auf dem Sofa und setzte mich neben sie. »Woher weißt du das?«

»›Wenn jeder in seinen eigenen Suppentopf schauen wollte‹«, sagte Dodo, »›dann könnte sich die Welt bedeutend schneller drehen.‹« Er schlüpfte ins zweite Schlafzimmer und schloss die Tür.

Rebeccas Finger kneteten immer noch. Ihre Haltung war kerzengerade wie üblich, aber eine machtvolle und unglückliche Erinnerung arbeitete sich durch ihr Gesicht. Ich bückte mich, um die Bücher einzusammeln. Mein Kopf pochte. Ganz gewöhnliche Kopfschmerzen. Sonst nichts. Rebecca hatte Recht. Mir ging es gut. Ich fragte mich, ob für sie das Gleiche galt.

Sabrina verließ ihr Versteck unter dem Sofa und begann der Reihe nach an jedem einzelnen Behälter zu schnuppern. Ein paar Minuten vergingen, ohne dass jemand sprach. Ich verlegte mich auf die Töpfe und Pfannen, aber als ich eine gusseiserne Bratpfanne hochzuheben versuchte, streikte mein Kopf. Ich setzte mich wieder aufs Sofa.

Rebeccas Blick folgte mir. »Du brauchst hier nicht aufzuräumen, um deine Unschuld zu beweisen.«

»Ich würde aber gern helfen.«

»Dodo würde jetzt sagen, ›mit dir könnte ja sogar einer Auster die Geduld reißen‹.« Ihr Gesichtsausdruck war nicht unfreundlich.

»Ich habe heute Abend schon eine Menge Zitate zu hören gekriegt.«

»Dodo behauptet, seinen eigenen Worten nicht zu trauen. Bei meinen bin ich mir manchmal auch nicht sicher. Das ist einer der Gründe, weshalb ich deine Fragen nicht beantwortet habe. Ganz abgesehen davon, dass ich immer noch der Ansicht bin, es geht dich nichts an. Aber ich möchte Laurie helfen, und wenn sie Antworten haben will, nehme ich an, ich sollte sie geben.« Sie sah nicht im Geringsten überzeugt aus.

»Was war in dem Umschlag, den Bud dir gegeben hat?«

»Liebesbriefe.«

Wie vertraut.

32

»Ich hatte am Anfang keine Ahnung, dass es Liebesbriefe waren«, sagte Rebecca. »Letzten Donnerstagnachmittag hat Bud mich angerufen. Ich hab gesagt, ich hätte keine Zeit für ihn, und habe aufgelegt. Ich bin in der glühenden Hitze rausgegangen auf den Gerard Drive. Ich hatte mit einem Bild von einer Vase voll Wildrosen vor einem von diesen weißen Findlingen angefangen, die an der Straße liegen, und ich wollte die harten Schatten malen. Das Licht ändert sich sehr schnell, ich hatte nur ungefähr eine halbe Stunde Zeit, um den Effekt einzufangen, den ich haben wollte. Ich habe nicht weiter auf Bud geachtet, als er vorbeigekommen ist und einen Packpapierumschlag in meine Tasche gesteckt hat. Ich bin nicht mehr jung, und dieses jährliche Barbecue hat uns wieder bevorgestanden, das mich immer aggressiv macht, weil alle Leute so tun, als könnten sie einander ausstehen, und dann ist Bud verschwunden, umgekommen … ich hab's ganz einfach vergessen. Bis heute Nachmittag, als Laurie angerufen hat, um mir zu sagen, dass ich mit zu Buds Anwalt kommen soll. Ich war seit dem Tag damals nicht mehr zum Malen draußen. Die Tasche hat seit einer Woche an meiner Schlafzimmertür gehangen.« Sie stand auf und kam zu mir herüber. Ich rückte zur Seite, um ihr Platz zu machen, aber sie bückte sich und griff unter das Sofa, wo Sabrina auf Entdeckungsreise gegangen war.

»Sie frisst doch nichts auf, oder?« Mein Kopf teilte mir

mit, ich sollte mich lieber nicht vorbeugen und selbst nachsehen. »Liebesbriefe mag sie besonders gern.« Ich hatte Sherees Brief immer noch in der Brusttasche.

Sabrina bellte protestierend, als Rebecca einen großen Packpapierumschlag hervorzog. Intakt glücklicherweise. Ich erkannte das WSK-Logo auf dem Papier. Rebecca ließ sich neben mir aufs Sofa sinken und schüttelte den Umschlag.

»Unser Eindringling hat die Liebesbriefe also nicht genommen«, sagte ich.

»Was sollte er auch mit denen anfangen?« Ihr Gesicht war rot vom Bücken. Und vor Ärger. »Hundefutter!«, erklärte sie. »Briefe, die er über einen Zeitraum von vierzig Jahren geschrieben hat. Er hätte sie auch gleich in den Sand schreiben können. Weißt du, was Bud zu mir gesagt hat, als er mir den Umschlag gebracht hat? ›Das hier wird alles erklären.‹ Das ist mir heute Nachmittag auch wieder eingefallen, als ich den Umschlag betrachtet habe, ihn in den Händen gefühlt habe. Schau, es ist sogar ein bisschen Farbe drauf.« Sie zeigte auf eine gebogene Reihe von Farbschmierern in der Ecke. »Ich war auf der Veranda, habe das Meer gemalt – ruhig, endlos – und hab mich auf einmal glücklich gefühlt, und das hier« – sie schüttelte den Umschlag, als wollte sie Staub von ihm abschütteln – »das hier hat auf der Lauer gelegen.« Sie warf den Umschlag auf den Sofatisch. Ich fing Sabrina mitten im Satz noch ab.

»Warum hast du gedacht, der Umschlag wäre für Laurie?«

»Wegen dem, was er gesagt hat, als er ihn mir gebracht hat. Laurie war der Grund dafür, dass ich nicht mehr mit Bud geredet habe, nachdem Polly tot war. Es war widerlich und bösartig von Polly, Laurie das Grundstück von The Pynes nicht zu vererben. Ich hab Bud gesagt, er sollte es ihr übertragen. Dann hätte sie es verkaufen können und wäre es los gewesen, oder sie hätte es Steve zur Hochzeit schenken können. Bud hat es versprochen und dann nichts getan wie üblich. Die alte Wut ist wieder hochgekommen, und ich konnte in seiner Nähe den Mund nicht mehr aufmachen – ich hatte Angst davor, was rausgekommen wäre. Dodo hat mich vollkommen verstanden. Er hat angefangen, mir Carrollzitate für alle Lebenslagen beizubringen. So ziemlich die einzige Person, die ich zu diesem Zeitpunkt gern zitiert hätte, war Lady Macbeth, also hab ich's ganz gelassen. Ich glaube, ich brauche was zu trinken.« Sie marschierte zum Kühlschrank hinüber. Sabrina tappte hinter ihr her. Sie goss sich ein Glas von dem orangefarbenen Getränk ein und gab Sabrina Preiselbeersaft in einer Pfanne, die der Eindringling auf dem Boden hatte stehen lassen.

»Hilft beim Ausscheiden von Nierensteinen«, murmelte sie. »Vielleicht hilft's auch bei Welpen.«

Ich ließ mir das Glas auffüllen und nahm dazu zwei Aspirin an. »Deine Kiemen klappen«, bemerkte sie.

»Vor Neugier.« Ich wartete, bis sie sich wieder gesetzt hatte. »Bud hat gesagt: ›Das hier wird alles erklären?‹«

»Stimmt.« Sie nahm einen langen Zug. »Als es mir heute Nachmittag endlich wieder eingefallen ist, hab ich gedacht, ›Ah, das hat irgendwas mit The Pynes zu tun, mit Laurie.‹ Als ich von den Kennellys fort war, bin ich hergefahren, um ein paar saubere Sachen für Dodo zu holen – für seine Entlassung aus dem Krankenhaus. Ich dachte mir, ich sollte besser einen Blick in den Umschlag werfen. Was, wenn er irgendwas Furchtbares über Steve geschrieben hätte. Oder über seine Tochter, vielleicht sogar das. Das ist ein Mann, der seine eigene Tochter für fähig hielt, ihre Mutter umzubringen.«

»Jim sagt, er ist gern unparteiisch geblieben.«

»Bud hat sich gern eingebildet, er würde vom Intellekt gesteuert und nicht vom Herzen.« Trauer überschattete ihr Gesicht. »Der Umschlag hatte nichts mit Laurie zu tun. Er hatte einzig und allein mit mir zu tun. Ein halbes Menschenleben in Briefen.«

»Du hast ihn sehr geliebt.«

»Ich hatte eine Affäre mit ihm, damals vor vielen Jahren, als wir beide noch Kunststudenten waren. Wir hatten alle Affären. Wir haben uns geliebt, wir haben gemalt, wir hatten Hunger. Bis auf Bud, der hatte Geld von zu Hause. Er hat gern die Rechnung in der Cedar Tavern bezahlt. Er hat mir mit der Miete geholfen. Ich habe an der Eighth Street in Greenwich Village gewohnt, nur einen Block entfernt von Pollock und Krasner. Bud war vornehmer. Hat in der Upper East Side gewohnt – ausgerechnet! Bei seinen Eltern. Wir haben ihn pausenlos damit aufgezogen.

Bud hatte Talent, aber was er gemacht hat, war kommerziell. Glatt, absehbar. Meine Sachen waren altmodisch, gefällig, sentimental. Aber wir haben beide Kontakt zu den Innovatoren gehalten. Bud hat zuerst aufgegeben und sich einen Job in der Werbung gesucht. Nach seiner ersten Gehaltserhöhung hat er mir angeboten, mich richtig zu fördern. Mir ein großes Atelier am Union Square zu mieten, meine Materialien zu bezahlen. Er wollte mich einem Freund seines Vaters vorstellen, der eine schicke Galerie hatte. Bud wollte nichts dafür haben. Um es mir zu beweisen, hat er sich aus meinem Bett fern gehalten. Ich hab ihn durch jemand anderen ersetzt. Was mir wichtig war – dass Bud meine Arbeit für wertvoll gehalten hat. Er hat mich überredet, mit der Nachahmerei aufzuhören, das zu malen, was ich wirklich geliebt habe. Wir waren sehr gute Freunde. Das war mir wichtiger als alles Andere. Im Sommer 1950 sind wir zusammen hierher gekommen, nachdem Lee Krasner und Pollock uns von Springs erzählt hatten. Sie waren seit 1945 hier gewesen.

Bud hat geglaubt, Springs könnte auch für mich der ideale Sommeraufenthalt sein. Er wollte meine Peggy Guggenheim sein. Peggy hatte Pollock die zweitausend Dollar Anzahlung für das Farmhaus geliehen, das sie gekauft hatten. Fünf Morgen Land für fünftausend Dollar. Sie hatte eine Galerie, sie hat Jack ein Stipendium ausgestellt. Das Gleiche wollte Bud für mich tun.

Wir waren dabei, uns Immobilien anzusehen, als Bud Polly kennen gelernt hat. Als der Sommer herum war, hatte er mich und meine Malerei vergessen. Ich habe ihn drauf angesprochen. ›Vergiss das Geld!‹, habe ich geschrien. ›Was ist mit unserer Freundschaft?‹ Ich war fuchsteufelswild. Das Geld war wichtig – ich hatte meinen Job in einer Buchhandlung aufgegeben, um mehr Zeit zum Malen zu haben –, aber ich hätte den Teufel getan und mir das anmerken lassen. Bud hat mir einen Scheck angeboten. Fünftausend Dollar, der Preis eines Hauses. Ich hab ihn an Ort und Stelle zerrissen. Im Oktober hat er Polly geheiratet. Im nächsten Sommer habe ich meine Wohnung in Greenwich Village untervermietet und bin mit dem Geld in The Pynes gezogen, in das erste Cottage, das ich bekommen habe.«

»Hat Polly von deiner früheren Beziehung zu Bud gewusst?«

»Ich hab's ihr gesagt, als ich mich als Mieterin beworben habe. Ich glaube, ich wollte sie aus der Fassung bringen. Ganz sicher wollte ich es ihm heimzahlen. Sie war der Ansicht, es machte ihren Ehemann interessanter.«

»Wie reizend.«

»Aber ganz und gar Polly. All die Jahre habe ich gedacht, sie wäre es gewesen, die ihn gegen mich aufgebracht hatte, geldgierig, wie sie war. Und jetzt finde ich heraus …« Sie hob die Hand und ließ sie wieder fallen.

Ich hatte plötzlich das ungute Gefühl, etwas missverstanden zu haben, und beugte mich vor, um den braunen Umschlag vom Sofatisch zu nehmen. Er war voll. »Diese Liebesbriefe, die Bud zurückgegeben hat, sind von dir.«

Rebecca kühlte sich mit den Handflächen die Wangen. »Von ihm. Nie abgeschickt. Ganze Flüsse von Tinte darüber, wie sehr er mich von Anfang an geliebt hat. Peinliche, abgedroschene Wendungen, bis es mich vor Wut geschüttelt hat. Er hat Polly nur geheiratet, weil er schließlich verstanden hatte, dass er meine Liebe nicht kaufen konnte. Das hat er geschrieben. Und als sie sich von ihm hat scheiden lassen, war er vollkommen vernichtet, weil er wieder die falsche Wahl getroffen hatte. Und so weiter und so fort. Der gottverdammte Idiot hat nie ein Wort davon zu mir gesagt. Er hatte mich heiraten wollen, schreibt er. Ich habe nie ein Wort von Liebe von ihm zu hören bekommen. Nicht ein einziges Mal!« Sie starrte mich wütend an; dünne graue Haarsträhnen zitterten rings um ihre Stirn, ihre Lippen waren ein schmaler Strich. »Warum hat er nichts gesagt? Warum?«

»Nach allem, was ich gehört habe, war Bud kein guter Verlierer. Was, wenn du nein gesagt hättest?«

»Was für Idioten Männer sind!«

Ich dachte an Sherees Liebesbrief, der in meiner Brusttasche brannte. »Sie haben kein Monopol auf Hirnlosigkeit.«

»Na, jetzt weißt du jedenfalls, warum ich auf Buds Verdächtigenliste stehe. Ich hatte wirklich einen Groll auf Polly, aber derjenige, den ich hätte umbringen können, war Bud. Dafür, dass er eine Freundschaft ruiniert hat, die mir sehr viel bedeutet hat.«

»Nach über vierzig Jahren?«

»Manche Dinge gehen nicht fort.«

Ja, Liebe zum Beispiel. Aber sie würde sich lieber die Zunge abbeißen, als es jemals zuzugeben.

»Was mich interessieren würde, ist, wonach der Eindringling gesucht hat.«

»Beweismittel, die auf ihn hindeuten. Vielleicht etwas, aus dem man auf ein Motiv schließen kann.«

»Hat er die Briefe durchgesehen?«

»Sie haben auf dem ganzen Sofa rumgelegen. Ich hab sie wieder in den Umschlag gestopft und den unters Sofa geworfen.«

»Bud hätte dir außer den Briefen noch etwas Anderes geben können.«

»Es ist ein Begleitbrief dabei. Aber der erwähnt nichts außer den Briefen. Er hat geschrieben, er wollte, dass ich sie bekomme, bevor er stirbt.«

»Wer weiß alles, dass Bud dir den Umschlag hinterlassen hat?«

»Laurie natürlich. Dodo. Lester und Amanda müssen es auch gehört haben.«

»Laurie hat in Jims Gegenwart den Umschlag erwähnt. Sie hätte auch Steve gegenüber etwas sagen können, wenn sie noch miteinander reden.« Und Dick Knight hätte es vom Gebüsch aus mitbekommen können. Ich sah auf Sabrina hinunter, die fest schlafend zu meinen Füßen lag, und fragte mich, ob sie Wen-auch-immer eventuell mit den Zähnen erwischt hatte. Vielleicht würden wir ein schönes Stück abgerissenes schwarzes Leder finden.

Ich bewegte den Kopf langsam hin und der. Er brach nicht ab. »Du solltest besser die Polizei anrufen und sie nach Spuren suchen lassen.«

»Ich lasse niemanden in meiner Privatsphäre rumstöbern.«

»Rebecca, derjenige, der hier reingekommen ist, hat Bud umgebracht.«

»Dann suchen wir eben selbst. Ich lasse diesen Trottel Captain Comelli nicht herkommen und mich über mein Leben ausfragen.«

Eine Stunde später hatten wir einen Papierkorb voller Staubflusen, Massen von grauen Haaren, zahllose Stiftstummel und eine weitere, unberührte Whiskeyflasche gefunden. Kein schwarzes Leder. Im Nebenzimmer schnarchte Dodo. Ich hatte auch ihm Fragen zu stellen, aber das würde warten müssen. Es war vier Uhr zwanzig – Zeit, Dmitri zu wecken und ihn und seinen Revolver mit auf eine Bootsfahrt zu nehmen.

33

Zwischen großen Schlucken vom schwärzesten Kaffee, den ich zu Stande gebracht hatte, erzählte ich Dmitri von Rebeccas Einbrecher und Buds Liebesbriefen. Er antwortete im Wesentlichen mit vereinzelten Grunzern, während er fuhr und dabei sein Frühstück aß. Gekochte Kartoffeln – die Hot Dogs waren ihm ausgegangen. Sheree erwähnte ich nicht. Die Scheinwerfer schnitten Streifen aus pechschwarzen Straßen, während wir an dichtem Wald und stillen Häusern vorbeifuhren. Sogar die nachtaktiven Tiere schliefen jetzt. Ich liebe die Minuten unmittelbar vor der Morgendämmerung, die erwartungsvolle Stille, das Warten auf das Licht. Wenn mir der Kopf nicht wehtut und mein Liebhaber mich nicht betrügt.

Wir waren vor Steve am Kai von Three Mile Harbor. Das gelbe Licht der Straßenlaternen ergoss sich über ein kahles Rechteck aus Beton und Asphalt. Hinter dem Pfahlwerk schaukelten nur fünf Fischerboote auf dem Wasser. Steves Trawler *No Wife* war eins davon. An einem der Aufbauten schlug eine kleine Fahne mit einem Fisch, desser dicker Bauch die amerikanische Fahne war. Über dem Fisch stand: »U.S. – Gefangener des DEC.« Die Umweltbehörden und die Berufsfischer waren sich traditionellerweise nicht grün.

Der Yachthafen links von uns, auf der anderen Seite eines kleinen Meeresarms, lag voller Boote. Jim's Pit war ein lang gestreckter dunkler Block hinter den Booten; die weißen Fahnen auf der riesigen Terrasse fingen das Licht der Laternen auf. Der Wind vergnügte sich mit einem frühmorgendlichen Auslauf. Taljen schlugen gegen Masten. Das Geräusch klang wie ein Glockenton. Die Luft war kühl, das Wasser unruhig. Der Horizont zeigte drei verschiedene Schattierungen von Dunkelheit – Wasser, Land, Himmel. Der einzige Besucher außer uns war eine rotschnäbelige Seeschwalbe, die auf dem Bug eines Motorboots balancierte.

Wir hörten von der Straße her, wie ein Motor den Gang wechselte. Dmitri neben mir erstarrte. Bei all seinem Machogehabe fühlt er sich nicht wohl, wenn er eine Waffe bei sich hat.

Steves Pick-up bog auf den Kai ab und kam vor dem Achtunddreißig-Fuß-Trawler zum Stehen. Er stieg aus, ein Meter zweiundachtzig pure Muskeln, gefolgt von Tanner. Er trug Jeans, geschnürte Stiefel, ein rot kariertes Hemd über einem T-Shirt, eine rote Baseballkappe. Die Überraschung in seinem Gesicht war so dunkel wie seine Bräune.

»Was macht denn ihr hier?« Wenn es Steve gewesen war, der mich niedergeschlagen hatte, dann musste ich die letzte Person sein, die er hier zu sehen erwartete.

»Frühaufsteher sehen Sonne aufgehen«, sagte Dmitri versuchsweise.

Steve warf einen Blick zum Himmel. »Sieht eher nach Regen aus.«

Er begann leere Kartons mit dem Schriftzug *Stuart's Fish Market* von der Ladefläche zu zerren. Dmitri half ihm dabei, was bedeutete, dass er die Hände nicht frei haben würde und nicht nach der Waffe greifen konnte, wenn es nötig werden sollte. Sabrina sprang aus dem Auto und wedelte mit dem Schwanz. Tanners Rute schnitt durch die Luft. Sie benahmen sich wie alte Freunde.

Womit es mir überlassen blieb, den Profi zu mimen. »Was hast du mit der leeren Valiumflasche gemacht?«

Steve zögerte nur eine Sekunde lang und arbeitete dann weiter. Die Kartons landeten auf dem Deck seines Trawlers. Er sprang auf das Boot, schlüpfte in die Kabine, warf den Motor an und pfiff. Mit einem letzten bedauernden Schnuppern ließ Tanner Sabrina stehen und folgte seinem Herrn.

»Komm schon, Steve, wir haben eine Antwort verdient. Dmitri hat sich auf dem Friedhof drei Rippen gebrochen!«

»Ihr müsst ja verrückt sein, wenn ihr glaubt, dass ich das war.« Steve wuchtete ein Tau von einem der Poller.

Ich schob mich näher an das Boot heran. »Der Sanitäter hat gesagt, du hättest dir unser Handschuhfach angesehen.«

Steve stemmte die Hände gegen die Betonmauer, um das Heck seines Bootes vom Kai abzustoßen.

Ein letztes Tau war um einen Poller gewickelt. Ich legte die Arme darum, damit Dmitri Zeit hatte, Sabrina zu packen und auf das Boot zu springen. Das Boot schwankte. Tanner bellte. Dmitri streckte mir die Hände hin. Ich ließ den Poller los und sprang, wobei ich seine Hände verfehlte. Ich rutschte auf dem tauglatten Deck aus und setzte mich auf den Hintern. Ich spürte es bis in den Kopf.

Steve warf das letzte Seil los, verschwand wieder im Führerhaus, steuerte den Trawler rückwärts vom Kai fort, wendete, und wir waren unterwegs. Auf einem Fischzug.

»Du hast ein aufmerksames Publikum«, sagte ich von der Stelle aus, wo ich hingefallen war. »Komm schon, Steve, wir sind ganz Ohr.« Der Fischgestank stieg uns währenddessen in die Nasen.

Der Motorenlärm war enorm. Es war vollkommen unmöglich, dass Steve mich bis in die Kabine hören konnte. Ich ließ dem Inhalt meines Kopfes ein paar Minuten Zeit, sich zurechtzuschütteln, und quetschte mich dann zu ihm in die Kabine. Es war völlig undenkbar, dass auch Dmitri noch hineinpassen könnte.

»Reden wir.« Ich setzte mich auf einen kleinen Kühlschrank. Vor uns begann die Sonne über den Horizont zu quellen und die Unterseite einer rosa geränderten Wolkenbank aufzusaugen. Hinter uns verblasste das Purpur des Himmels zu Lavendelblau.

»Hoffe nur, ihr zwei werdet nicht seekrank oder kriegt Sonnenstich, weil ich nämlich nicht vor drei zurückfahre.«

Das hätte ich bedenken sollen, bevor ich sprang. »Hast du was zum Essen?«

»Flunder. Und Butterfisch. Die fische ich heute. Die Japaner mögen Flunder, sie machen Sushi draus. Heute Nachmittag bringe ich den Fang zu Stuarts Fischmarkt, er verpackt ihn für mich. Die Flundern fahren in Sechshundert-Pfund-Särgen nach Japan.«

In meinen Ohren klang das gar nicht gut.

»Sie bieten zwischen dreißig und achtzig Dollar für das Pfund Flunder«, sagte Steve. »Wenn der erste Fang drin ist, kann ich euch Sushi anbieten. Zum Erzeugerpreis. Sieben Dollar das Pfund. So viel zahlen die mir.«

Ich liebe rohen Fisch, aber nicht direkt aus dem Tier geschnitten. »Danke, lieber nicht.« Ich setzte mich auf dem Kühlschrank etwas bequemer zurecht. Eine ruhige Fahrt würde dies nicht werden. Das Wasser bleckte die Zähne.

»Laurie hat uns angeheuert. Ich weiß nicht, ob sie es dir erzählt hat.«

Ein fast unmerkliches Kopfschütteln. Dunkelbraune Augen, eine fein geformte Nase, volle Lippen, ein kräftiges Kinn. Seine Haut sah erstaunlich weich aus für einen Fischer. Attraktiv und mit einem ehrlichen Ausdruck in den Augen.

Ted Bundy fiel mir dazu ein.

Ich warf einen Blick zu Dmitri hinüber. Er war unmittelbar hinter mir; seine Silhouette blockierte den Eingang. »Vergiss die Pillenflasche erst mal. Warum wollte Bud am Montag mit dir reden?«

»Ich könnte euch genauso gut über Bord schmeißen wie eure Fragen beantworten.«

Ich setzte mich auf. »Dmitri hat einen schwarzen Gürtel und zweihundertfünfzig Pfund Muskelmasse!« Zweihundertfünfzig Pfund Kartoffeln und Hot Dog kamen der Sache näher.

Einer von Steves Mundwinkeln zuckte. »Aber nicht mehr lang.«

Ich sah Dmitri genauer an. Er hielt sich am Türrahmen fest, die Füße weit auseinander gestellt und im Gesicht eine Blässe, die einen grünlichen Schimmer hatte.

Zeit zu verhandeln.

»Ich schwimme erbärmlich schlecht«, sagte ich. »Und Laurie würde es nicht gefallen, wenn ihre Ermittler ertränken.«

»Laurie kann sich nie entscheiden, wie sie zu was auch immer steht.« Er legte einen Hebel um. Stimmen drangen prasselnd aus dem Radio. »Was ist eigentlich mit Vertrauen? Wenn man jemanden liebt, vertraut man ihm. So ist das jedenfalls bei mir.«

Ich hob mir diese Feststellung für später auf, für den Augenblick, in dem ich mir Sheree vornehmen musste. »Ihre Eltern sind beide umgekommen«, sagte ich. »Das fördert nicht gerade das klare Denken. Und deine Einstellung ist auch nicht besonders hilfreich.«

Über Funk beschwerte sich ein Bill bei einem Pete über irgendwelche Fischer aus North Carolina, die er am Tag zuvor getroffen hatte. Steve zog die Unterhaltung der beiden der Unterhaltung mit uns vor. Irgendwas davon, dass sie

Flundern gefangen und nach North Carolina gebracht hatten.

»Kriege ich heute noch eine Antwort, Steve?«

»Ich weiß nicht, was Bud von mir wollte.« Sein Ton war vollkommen ausdruckslos.

»Was hat er denn am Telefon gesagt?«

»Kein Telefongespräch. Er hat an einem Morgen auf mich gewartet. Genau wie ihr beide. Samstag war das. Ich hatte zwei Kumpel dabei, die beiden, die ihr gerade gehört habt.« Er zeigte mit dem Daumen auf das Radio. »Bud wollte eine Viertelstunde unter vier Augen. Ich hab nein gesagt, er hat für Laurie seit dem Tag, an dem sie geboren war, keinen Finger krumm gemacht. Er hat gesagt, er würde Montag wiederkommen, es wäre wichtig.«

Sagte er die Wahrheit? Ich hatte keine Möglichkeit, es herauszufinden. »Und du hast keine Ahnung, was das Wichtiges gewesen sein könnte?«

»Laurie, was sonst? Vielleicht hat er mir sagen wollen, er streicht sie aus seinem Testament, wenn sie mich heiratet. Das war jedenfalls Pollys Lieblingsdrohung.« Steve schaltete sich in die Funkdiskussion ein. »Hey, Bill, Pete, ihr wisst doch, wir arbeiten, damit die Möwen was zu futtern haben, also hört auf zu meckern. Ich hab zwei davon gerade jetzt auf dem Galgen sitzen.«

Erst Särge. Jetzt Galgen?

Steve schaltete das Radio aus; sein Blick war amüsiert. »Ich hab nicht von euch beiden geredet.«

»Schon klar.«

»Wenn dein Kumpel mal aus dem Weg geht, kannst du sie auch sehen.«

Dmitri wuchtete sich zur Seite. Mitten auf dem Deck erhob sich ein A-förmiges Metallgerüst. Es trug eine Trommel, um die ein Netz gewickelt war.

»Das ist der Galgen«, sagte Steve. Ganz oben hockten neben einem orangefarbenen Plastikkorb zwei Möwen, die auf einem der Drähte mühsam das Gleichgewicht hielten. »Darf ich vorstellen – Bill und Pete.« Tanner und Sabrina reckten die Schnauzen in ihre Richtung. »Sie haben die gleiche lose Fresse wie die beiden im Radio.«

Das Fahrwasser des Bootes war zu einem langen orangefarbenen Streifen geworden, der aussah, als hätten wir die Sonne im Schlepptau.

Dmitri schob sich wieder ins Bild. »Wofür ist Wäschekorb ganz oben?« Auch er hatte Schwierigkeiten mit dem Gleichgewicht. Der grünliche Schimmer in seinem Gesicht war noch deutlicher geworden. Wir hatten Three Mile Harbor hinter uns gelassen und das offenere Wasser von Gardiners Bay erreicht. Das Boot schwankte kräftig. Ich wünschte mir, ich hätte einen Brocken salzigen Prosciutto mitgebracht, das Mittel, mit dem meine Mutter der Seekrankheit vorbeugte.

»Vielleicht kann ich brauchen«, sagte Dmitri.

Steve setzte sich eine Sonnenbrille auf und wandte sich wieder dem Bug zu. Jetzt, da die Sonne hinter uns stand, barst die Kabine vor Licht. »Wenn du spucken willst, mach's über Bord. Leewärts.« Er zeigte nach Westen. Der Wind kam aus Osten.

Dmitri richtete sich zu seiner stolzesten Pose auf. »Pah. Ich habe gedacht, ich kann vielleicht auf Korb sitzen.«

»Versuch's mit dem Deck, es ist ganz sauber«, sagte Steve. »Der Korb zeigt den anderen Booten, dass ich schleppe, damit sie mir nicht quer übers Netz fahren.« Er warf einen Blick auf seinen Loran, um die Position zu ermitteln. »Netz kostet dreitausend Dollar.« Hinter ihm verkündete ein Schild: NULL TOLERANZ. KEINE ILLEGALEN DROGEN AN BORD. Später erzählte er mir, dass die Küstenwache ungefähr einmal im Jahr vorbeikam, um nach Drogen und illegal gefangenem Fisch zu suchen.

»Bud hatte kein Rückgrat, wenn's um Polly gegangen ist«, sagte er, »aber sonst war er ein anständiger Kerl. Er hätte Laurie nicht enterbt. Nicht meinetwegen jedenfalls. Als ich ihn letztes Jahr im Boot getroffen habe, an dem Tag, an dem Polly umgekommen ist, hab ich ihm gesagt, dass Laurie und ich nach New Hope gehen und heiraten würden. Ich hab ihn um ihre Hand gebeten, genau genommen. Kam mir richtig vor so. Er hat seinen Segen gegeben. Hat sich von mir versprechen lassen, dass ich die Vergangenheit vergangen sein lasse. Ich hab's gemacht, aber genützt hat es Laurie oder mir nicht viel.«

»Was hast du mit dem Pillenbehälter gemacht?«

»Ich hab euren Caddie nicht gerammt, und ich hab die Pillen nicht genommen. Ich hab das Laurie oft genug gesagt, und ich wiederhol's jetzt nicht noch mal.«

»Ich habe einen Zeugen.«

»Nicht dafür, dass ich euer Auto gerammt habe, dafür ganz bestimmt nicht. Ich bin euch nicht mal gefolgt!« Seine Stimme wurde lauter. Die Nackenmuskeln traten hervor. »Ich bin nach Hause gefahren, nachdem ich meinen Fisch abgeliefert hatte, und hab euren rosa Caddie auf dem Friedhof stehen sehen. Ich hab im Handschuhfach nachgesehen, weil Laurie sich aufgeregt hat wegen der verdammten Flasche, und sie hat sich ihr ganzes Leben lang wegen irgendwas aufgeregt. Wenn ich kann, helfe ich ihr, aber ich schade niemandem. Wenn ich's geschafft habe, ihrer Mutter nicht die Zähne einzuschlagen wegen dem, was sie Laurie letztes Jahr angetan hat, dann werde ich euch beiden ganz bestimmt nicht wegen einer leeren Pillenflasche an den Karren fahren. Kapiert?«

Ich nickte.

Seine Nackenmuskeln beruhigten sich wieder. Er schob sich die Sonnenbrille auf die Stirn und zeigte mir seine Augen, als würde das jeden Zweifel beheben. Kein Glitzern der Täuschung, keine glimmende Bösartigkeit. Es waren schöne, ehrliche braune Augen. Genau wie die von Stan, der außer mir noch eine Andere hatte.

»Okay, du hast uns nicht gerammt, aber was ist mit der Flasche passiert?«

Steve zog sich die Sonnenbrille wieder auf die Nase herunter. »Als ich ins Handschuhfach gesehen habe, war sie nicht mehr da.«

34

Ich glaubte Steve. Es gab keinen Grund, ihm nicht zu glauben. Jedenfalls solange wir auf seinem Boot waren. Ihm vollkommen ausgeliefert.

Dmitri gab zu, dass er den Caddie nicht abgeschlossen hatte, während er Kelly Klein dazu überredete, sich die Locken abschneiden zu lassen.

»Dann hat jemand die Flasche gestohlen, während ich auf der Rückbank geschlafen habe. Sie hätten auch meine Börse stehlen können!« Ich hätte vielleicht wirklich Theater gemacht, wenn Dmitri nicht so vernichtet ausgesehen hätte. Steve hatte das Boot fast zum Stillstand gebracht, um sein Netz auszulegen. Wir rollten wie die Flasche, die meine Mutter verwendet, um den Nudelteig auszurollen. Rollten wie die scheppernde Trommel, die ihr Fünfzig-Meter-Netz abwickelte, die Taue dicht an dicht besetzt mit Gummiknöpfen und dem Dreggtau, das das Netz am Grund der Bucht hält, dreizehn Meter tief.

Ich schwankte, erinnerte mich an das Schwanken der Gondeln am Riesenrad und konzentrierte mich darauf, wie viel Spaß es mir immer gemacht hatte. Dmitri rollte und suchte am Himmel nach Erlösung. Wolken zogen auf.

»Es fischt sich besser, wenn's nicht so ruhig ist«, sagte Steve. Er hatte sich blaue Gummihandschuhe übergezogen und sah aus, als wollte er das Geschirr spülen. »Rechnet mal mit Regen. Wetter kühlt endlich ab.« Zwei Metalltüren, groß genug, um ein Bankgewölbe abzuschließen, fielen ins Wasser.

»Wofür sind die?«, fragte ich.

»Das Netz ist wie eine lange Röhre, fünfzehn Meter Durchmesser. Die Türen halten die Mündung offen. Dreihundert Pfund schwer, jede davon.« Das Kielwasser des Bootes zierte jetzt eine breite Doppelreihe von orangefarbenen Ballons.

Wir zogen das Schleppnetz eine Stunde lang hinter uns her; Steve umschiffte sorgfältig die Nester von orangefarbenen Bällen im Wasser, die Hummerfallen markierten. Es begann leicht zu regnen. Dmitri erbrach sich schließlich doch noch – leewärts – und fühlte sich danach besser. Ich wurde zu schläfrig, um nachzudenken. Steve bot mir eine Cola an. Möwen erschienen, falteten sich auf dem Wasser zusammen, schwankten mit den Wellen und warteten darauf, dass Steve den Hebel umlegte, der das Netz einholen würde. Das Boot machte drei Knoten, die Geschwindigkeit, mit der Flundern schwimmen, wie Steve mir erklärte. »Bei Blaufisch müsste ich einen Knoten zulegen.«

Als das Koffein seine Wirkung tat, fragte ich ihn nach Polly und Bud und den Dingen, die Steve herausgefunden haben könnte in all den Jahren, in denen er sie gekannt und gegen sie gekämpft hatte. Er hatte sie durch die Brille der Wut gesehen, erklärte er, was die Sehschärfe nicht verbessert hatte. Er erzählte uns, wie er mit neun Jahren angefangen hatte zu fischen, wie seine Großmutter ihm die ersten kniehohen Stiefel gekauft hatte, als er zehn gewesen war. Wie sein Urgroßvater ihm alles über das Meer beigebracht hatte. Wie sein Großvater ihm zehn Dollar am Tag dafür bezahlt hatte, dass er Fische schuppte. Als er zwölf Jahre alt gewesen war, hatte er vierhundert Dollar zusammengespart, mit denen er sich seinen ersten Außenbordmotor kaufte.

Steve fischte von März bis Ende Dezember. Um während der Wintermonate etwas Geld zu verdienen, hatte er Schreinerei gelernt. »Kein Mensch hat je einen reichen Fischer kennen gelernt. Das ist ein Sprichwort. Die Wahrheit ist es außerdem.« Seine Mutter war noch am Leben und flehte ihn ständig an, aufzuhören, zu heiraten und eine Familie zu gründen. Seinen Vater oder den Bruder, die gestorben waren, bevor er geboren war, erwähnte er nicht.

Er erklärte, warum Bill und Pete sich im Radio beschwerten. »Northern Carolina ist nicht das Problem. Die New Yorker Umweltbehörden sind das Problem. Wir müssen jede Flunder zurückschmeißen, die's nicht auf vierzehn Zoll bringt. In Northern Carolina sind's zwölf Zoll. Sie fangen Flundern in unseren Gewässern, bringen sie nach Hause, dorthin, wo's legal ist, und die meisten landen dann wieder in New Yorker Sushibars. Macht keinen Sinn. Bei Seebarsch ist's noch schlimmer. Das DEC hat versprochen, die Fangvorschriften zu lockern, wenn die Bestände sich erholt haben. Jetzt ist das Wasser voll von ihnen, und das DEC rührt sich nicht. Und wir müssen alles und jedes ausmessen. Vierzehn Zoll bei Flundern, zwölf bei Schollen. Mindestens vierundzwanzig, höchstens sechsunddreißig bei Seebarsch. Wir kommen uns inzwischen eher wie irgendwelche gottverdammten Änderungsschneiderinnen vor als wie Fischer. Und wenn man sie zurückschmeißt, sind sie sowieso Möwenfutter, was soll das Ganze also?« Seine Nackenmuskeln arbeiteten schon wieder. Ich machte einen kurzen Spaziergang auf dem Deck. Bill und Pete – die Möwen – saßen immer noch auf dem Galgen, während der Wind ihnen die Federn sträubte.

»Dies ist gut«, sagte Dmitri, während er mit einem dicken Arm den Horizont spaltete. Der grünliche Schimmer hatte sich bis zu den Kinnbacken zurückgezogen. Es hatte aufgehört zu regnen. »Als ich klein war, ich wollte Matrose sein.«

»Und ich wollte Balletttänzerin werden, nur dass meine Knie bei jedem Plié geknackt haben.«

Dmitri grinste. »Zerbrochene Träume.«

»Ich werde hier draußen sterben«, sagte Steve, während er hinter uns trat.

Nicht zusammen mit uns, hoffte ich.

Er hatte den Motor abgestellt und zog sich Watstiefel über, gefolgt von einer orangefarbenen Gummijacke und einem Paar dickerer Gummihandschuhe. »Wenn man von einer Qualle gestochen wird, das merkt man sich.« Er lächelte. »Wie die erste Liebe.«

Steve öffnete das Heck des Bootes und legte einen langen Hebel auf einer Seite des Galgens um. Ein schepperndes Geräusch setzte ein. Tanner fuhr aus dem Schlaf hoch, die Rute in der Luft. Sabrina ringelte sich wie eine Schlange, den Bauch am Boden. Der Himmel über uns war auf einmal voll schlagender Flügel und dem heiseren Geschrei der Möwen. Zeit zu *mangiare.*

Steves Kiefer strafften sich. Mir zog sich der Magen zusammen. Der Fang. Wie gut? Wie viel Geld? Wir spielten Roulette gegen die Natur. Plötzlich verstand ich Steve und seine Kumpel. Sie hatten die Spielsucht.

Das Netz kam hereingerollt; breite Streifen von Seetang hingen an ihm wie nasses Packpapier. Möwen hackten nach den Krebsen, die sich freizuwinden versuchten. Aus dem Beutel am Ende des Netzes ergoss sich ein silbernes Band von Fischen auf das Deck.

Als das Netz von allen Fischen befreit und wieder aufgerollt war, warf Steve den Motor an und kam zurück, um den Hebel zu bedienen. Die Trommel ließ lärmend das Netz auslaufen. Inzwischen schnupperte Sabrina an einer zappelnden Flunder, Tanner schob sie zur Seite, die Möwen flatterten, und die Fische begannen zu sterben. Ich wollte sie alle wieder ins Meer werfen. Aber ich wollte auch leben. Und Vegetarierin werden.

Steve schaufelte die Fische auf einen Tisch, der mitten auf dem Deck festgeschraubt war. Er sortierte und maß, wobei er die Markierungen verwendete, die in die hölzerne Tischplatte eingeschnitten waren. Was er aussortierte, ließ er in eine Plastikwanne mit Seewasser fallen. Massenhaft Knurrhähne, zu klein geratene Schollen, schwache Fische und Pfeilkrebse, die aussahen wie Nazi-Folterinstrumente.

»Könntest du nicht sortieren, bevor du das Netz wieder ausrollst?«, fragte ich.

»Dauert zu lang. Kann ich mir nicht leisten.« Steve behielt die kleinen silbrigen Butterfische mit dem hübschen blaurosa Schimmer und den Mäulchen, die ein vollkommenes, fassungsloses O bildeten. Er behielt Tintenfische und einen Hummer, der den Längentest bestand. Steve arbeitete schnell; seine Sorgfalt und Aufmerksamkeit blieben den Flundern vorbehalten: den flachen, bleichen Fischen, die ihm das meiste Geld bringen würden. Die Japaner bevorzugen ihren Fisch ausgeblutet und mindestens zwei Pfund schwer. Nur sechs Fische waren groß genug. Mit einem kleinen scharfen Messer machte Steve zwei kurze Einschnitte am Rückgrat entlang, wo die Hauptarterie liegt, und warf die Fische in einen flachen Kübel. Dann kehrte er die Reste zum Bootsheck hinaus. Die Möwen drehten durch. Sabrina bellte. Steve spülte mit einem Schlauch das Deck ab, zog seine Überkleidung aus und kehrte in die Kabine zurück.

Später, als Steve seinen zweiten Fang sortierte, während die Möwen über uns schrien, ließ er ein weiteres kleines Stück Information fallen, das ich zusammen mit dem »wen man liebt, dem vertraut man« im Hinterkopf abspeicherte.

Während der zweistündigen gemeinsamen Bootsfahrt an dem Tag, an dem Polly gestorben war, hatte Bud über seine Arbeit gesprochen. Er hatte erwogen, sich aus dem Beruf zurückzuziehen.

»Hat er gesagt warum?« Vielleicht weil der Zusammenschluss mit Chass/Dayton durchgefallen war.

»Nein. Er war ziemlich verbittert, als wär irgendwas Übles passiert. Er hat viel über Habgier geredet. Dass die Welt dran kaputtgeht. Ich bin ausgerastet. Seine Frau war habgierig, hab ich zu ihm gesagt, nicht ich. Irgendwie hatte ich es so verstanden, dass er schnöselige Bemerkungen drüber gemacht hat, dass ich The Pynes wegen dem Geld zurückhaben wollte. Er hat mir den Kopf zurechtgesetzt. Hat sich sogar entschuldigt. Er hatte über seinen Job geredet. Irgendwas hat nicht gestimmt.«

»Sehr wahr«, sagte Dmitri im Nähertreten. »Mr. King, wo haben Sie das gefunden?« Dmitri streckte den Arm vor. In der Hand hielt er eine rote Thermosflasche mit angeschlagenem Deckel.

»Das gehört Bud!«, keuchte ich. »Was macht die hier?«

In Steves Gesicht bewegte sich kein Muskel. Einschließlich der Muskeln um seinen Mund. Vielleicht konzentrierte er sich auf seine Arbeit. Die Flundern bekamen die Arterien aufgeschlitzt.

»Wie bist du dazu gekommen, Steve?«, fragte ich mit unsicherer Stimme, während Blut über das rosig weiße Fleisch rann, das irgendeinem Japaner als Mittagessen dienen würde. »Warum hast du sie nicht abgegeben?«

»Ich in Kabine gefunden, unter Steuerrad«, erklärte Dmitri, um die Unterhaltung in Gang zu halten.

»Das ist ein Beweisstück, das die Polizei dringend braucht«, sagte ich. »Damit kann man belegen, dass ein Schlafmittel im Kaffee war. In dem Kaffee, von dem Bud mir abgegeben hat. Der Beweis, dass Bud nicht Selbstmord begangen hat. Du solltest sie abgeben.«

Steve trat zurück und legte den langen Hebel auf einer Seite des Galgens um. Die Trommel drehte sich. Er zog das Netz ein, das er ganze zehn Minuten lang hatte schleppen lassen.

»Was ist los?« Meine Kehle zog sich aus irgendeinem Grund zusammen – wie Furcht zum Beispiel.

»Ihr zwei geht jetzt nach Hause.«

Zu unserem Schöpfer? Dmitri kam näher und stieß die Faust in die Tasche, in der er seine Waffe hatte.

»Ich akzeptiere keine ›solltest‹.« Steves Stimme blinkte vor Schärfe. Tanner stand auf, plötzlich aufmerksam; sein Kopf drehte sich von seinem Boss zu uns. »Nicht von Polly Pynes, nicht von Bud, nicht von Laurie und ganz bestimmt nicht von euch.«

Während der halben Stunde, die die *No Wife* brauchte, um Three Mile Harbor zu erreichen, bedrohte Steve uns mit nichts Anderem als mit finsterem, wütendem Schweigen. Nachdem er uns – einschließlich Sabrina – aus dem Boot geholfen hatte, bat er Dmitri, ihm die Thermosflasche zurückzugeben. Wir standen sicher auf dem festen Land. Wir hätten sie mitnehmen können. Er wusste das. Wir wussten es ebenfalls.

»Sie gehört nicht euch, dass ihr sie irgendwem geben könntet«, sagte Steve. Sein Ärger war mit dem Wind abgeflaut.

»Wer's findet, dem gehört's?«, fragte ich versuchsweise.

»Ein Mann muss wissen, dass man ihm glaubt. Herrgott noch mal, Vertrauen! Das ist alles, was ich will. Wenn ihr mich für einen Killer haltet, dann behaltet das verdammte Ding. Ruft die Polizei. Es interessiert mich einen Dreck.« Er ging zurück zur Kabine.

Steve bat uns um unser Vertrauen. Etwas, das Laurie ihm nicht gegeben hatte. Vielleicht war es dies, was auch Stan brauchte.

»Gib ihm die Flasche, Dmitri.« Bei Steve fiel mir das Vertrauen leichter.

»Du verrückt?«

»Vielleicht nicht.« Ich nahm die Thermosflasche von Dmitri entgegen. »Steve, du kannst sie haben«, rief ich. Mein gebrochenes Herz wollte glauben, dass Steve Laurie zu sehr liebte, um ihren Eltern etwas anzutun.

Steve kam zurück. Er nahm die Sonnenbrille ab und bedankte sich bei mir. Seine Augen lächelten. Sie sahen immer noch ehrlich aus. »Und jetzt sehen wir mal, ob ihr beide Jonas seid.« Er stieß sich von der Kaimauer ab.

»Was heißt ›Jonas‹?«, fragte Dmitri, während die *No Wife* im Hafenbecken wendete.

»Pech. Jona ist auf dem Meeresgrund gelandet.«

35

Ich träumte auf dem Rückweg nach Manhattan die ganze Zeit von Pech. Steves Netz brachte Streifen von schwarzem Leder zu Tage, die von einer Armee von Pfeilkrebsen zerfetzt wurden. Dick Knight trieb an die Wasseroberfläche, so nackt und weiß wie eine Flunder. Beim letzten Fischzug war eine tote Frau im Netz.

Die Leiche war ich. Und Stan wartete neben dem Tisch, das Messer in der gummibehandschuhten Hand, bereit, Arterien aufzuschneiden.

»Ein Mann muss wissen, dass man ihm glaubt.«

Ich wachte davon auf, dass ich in der Dunkelheit des Midtown Tunnel herumzappelte. Ich roch das Meer. Salz, Fisch und Wasser. Das Designerwasser aus der Halbliterflasche, die im Fahrpreis der Jitney-Busse inbegriffen ist, tropfte von meinem Schoß. Das Salz war in meinem Haar, meiner Haut. Der Fischgeruch war überall, wie eins dieser Parfums, mit denen man aus den Schützengräben der Kosmetikabteilung bei Bloomingdale's heraus besprüht wird.

Ich stieg an der ersten Haltestelle aus, Third Avenue und Thirty-Seventh Street, der Station, die HH&H Advertising am Nächsten lag. Ich musste dringend die Fischkleider ausziehen, aber Gregory und seine Werbetalente brauchte ich noch dringender. Oder sagen wir einfach, dass ich es nicht über mich brachte, das Schlafzimmer zu betreten, das ich mit meinem Geliebten teilte.

Ich hatte Gregory angerufen, während Dmitri mich in aller Eile zum Halb-Zehn-Jitneybus fuhr. Wir hatten uns zu einem verspäteten Mittagessen beim Coffee Shop verabredet.

In den letzten zehn Jahren war der Laden bei einer halbkünstlerischen Großstadtmeute in Mode gekommen, die das Aknealter kaum hinter sich hatte. Das Angebot reichte von Kartoffellatkes bis zu Feijoada, dem brasilianischen Nationalgericht, einem dicken Eintopf aus schwarzen Bohnen mit Wurst, Schweinefleisch, Speck und Rindfleisch. Ich mochte das Lokal, der Tische draußen auf der Straße wegen, von denen aus man die Ulmen und Platanen des Union Square Park sehen konnte. Früher hatten dort Drogenhändler ihre Geschäfte abgewickelt; inzwischen beherbergte der Park den besten Erzeugermarkt der ganzen Stadt. An Markttagen kann man über die Straße hinweg das fröhliche Hin und Her von Blumen und Nahrungsmitteln beobachten. Donnerstag ist kein Markttag, aber die verregnete Nacht hatte die Stadtbäume zu Frühlingsgrün gesäubert. Die Temperatur war auf erträgliche dreißig Grad gesunken, die Wolken waren aufs Meer hinaus verschwunden, und unser Fleck Himmel war blau und glänzend wie Badezimmerkacheln.

Eine junge Kellnerin mit Hotpants und kahl geschorenem Schädel führte uns zu unserem Tisch. Gregory bestellte einen Cachaça mit Zuckerrand, die brasilianische Version eines Daiquiri. Ich bestellte Cola light.

»Als ich deine Nachricht gekriegt habe, habe ich Ross in Kalifornien angerufen«, sagte Gregory. »Er hat mal bei uns gearbeitet. Reisebüros – ›Komm nach Jamaica und fühl dich gut‹, diese Sorte. Vor deiner Zeit.« Gregory musterte mich aus zusammengekniffenen Augen – er hatte den Stuhl in der Sonne genommen. Er ist Ende vierzig. Durchsichtige blaue

Augen, eine Haut wie ein Baby, blondes, ergrauendes Haar, der Körper eines Jockeys, der beste Freund der Welt. Wenn ich ihm von Sheree erzählte, würde ich anfangen zu weinen. Tränen im Sonderangebot. Garantiert rein organisch. Im Liter billiger. Ich konzentrierte mich auf meinen Fall.

»Was hatte Ross zu sagen?«

»Er ist vor einem Vierteljahr bei Chass/Dayton gefeuert worden.«

»Du kennst die besten Leute.«

Gregory lehnte sich zurück und verschränkte die Arme, seine Art, mich behutsam wissen zu lassen, dass ich den Mund halten sollte. Ich tat es. Die Kellnerin brachte die Getränke. Gregory bestellte aus der riesigen Speisekarte *Sopa de Peixe Bahia*, eine dicke Meeresfrüchtesuppe mit Tomaten, Knoblauch und Safran. Ich nahm *Pastel de Camarao*, Klößchen mit Krabben und Gewürzen. Wir würden beides teilen.

»Im Juni letzten Jahres hat Chass/Dayton ein Angebot für WSK gemacht.« Er schob sich nach vorn auf die Stuhlkante und leckte Zucker von seinem Glas. »Sie wollten WSK kaufen, für sechzig Millionen Dollar in Chass/Dayton-Aktien. Außerdem hätten sie der Firma mit einer Finanzspritze von zwanzig Millionen geholfen, die drei WSK-Partner hätten ihre Stellen für fünf Jahre garantiert bekommen, und die Agentur hätte sich Chass/Dayton, WSK East genannt.«

»Die Telefonvermittlung hätte mir Leid getan.« Ich grub die Zähne in ein weiches, rundes Brötchen mit duftenden Dillspitzen. »Warum ist nichts draus geworden? Es klingt nach einem phantastischen Angebot.«

Die Kellnerin servierte uns das Essen.

In den nächsten fünf Minuten öffnete Gregory den Mund nur zum Essen. Meine Klößchen waren saftig, die Krabben knusprig. Gregorys Suppe war eine Schüssel voll Erinnerungen an Sonne und Meer. Wir ließen die Sinne die Regie übernehmen.

Ich war vor ihm fertig. »Rede, oder ich schreie.«

»Du bist wieder in New York. Keinem Menschen würde es auffallen.« Gregory lächelte. »Kriege ich eine Medaille für die ganze Arbeit? Irgendwas Großes mit Goldreliefschrift, wie einer von diesen modischen Bestsellern?« Er zeigte mit dem Kinn zum Nordrand des Parks hinüber, zu dem frisch renovierten roten Ziegelbau, der jetzt eine riesige Barnes & Noble-Buchhandlung beherbergte. Ein paar Jahre zuvor hatte Gregory erwogen, sich aus der Werbebranche zu verabschieden und eine Buchhandlung zu eröffnen. Inzwischen war er klüger geworden. »Vizepräsident Ermittlungsabteilung. Das hätte ich gern als Titel.«

»Abgemacht. Ich zahle sogar für das Essen. Komm schon, Gregory, was hat Ross dir erzählt?«

»Der Zusammenschluss ist geplatzt, weil Bud Warren ihn hat platzen lassen.«

Ich fuhr hoch. »Warum sollte Bud zu so was nein sagen?«

»Der Mann hatte Skrupel. In seinem Fax hat gestanden: ›Die Habgier muss auch mal ein Ende haben. Bei WSK bin ich das.‹«

»Hatten die beiden anderen Partner denn nicht genug Anteile, um ihn zu überstimmen?«

»WSK hätte alle Anteile einbringen müssen. Wenn eine einzige Aktie fehlte, war der Deal tot. Chass/Dayton wollte sich gegen mögliche Prozesse absichern. Und was du vielleicht noch interessanter finden wirst – eine Woche, bevor Ross gefeuert wurde, sind die Übernahmegerüchte wieder losgegangen. Diesmal ging es von Osten nach Westen. Kennelly wollte den Deal unbedingt abschließen. Entweder hat Warren seine Meinung geändert –«

»Oder er wurde umgebracht.«

Ich bestellte zwei doppelte Espressos. »Als ich bei WSK war, konnte man das Goldfieber richtig gehend riechen. Der Zusammenschluss kommt.«

»Das sonnige Kalifornien hat also gewonnen. Wie nennen sie die Hamptons heutzutage? Hollywood-Ost? Du hast nicht zufällig mit Spielberg rumgehangen, als du dort warst?«

Ich riss die Augen auf. »Aber hab ich dir das denn nicht erzählt? Er hat mir seine bisher intelligenteste weibliche Rolle angeboten. Eine sexy Duschszene mit Ratten statt Wasser.« Der Mann hinter Gregory schauderte.

»Was habt ihr bei der Kostümprobe verwendet – Fisch?«

»Ich hab heute Morgen einen Ausflug auf einem Trawler gemacht.«

»Alles in Ordnung mit dir?« Gregory legte seine Kreditkarte auf den Tisch.

Ich ersetzte sie durch meine eigene. »Ich bin fertig mit Männern.« Dann grinste ich. »Außer mit dir.«

»Du willst noch was Anderes.«

Ich nickte und zeigte ihm den Zeichenblock, den ich auf dem Weg zum Lokal gekauft hatte. Nachdem ich in einer Hundebedarfshandlung gewesen war und dort fünfzig Dollar für ein Halsband, eine Leine und Spielzeug für Sabrina ausgegeben hatte.

»Was soll ich damit?«, fragte Gregory. Er ist HH&Hs Hausillustrator. Der Block, den ich gekauft hatte, war ein Strathmore, ein exaktes Duplikat des Blocks, den ich in dem Bett in Buds Haus gefunden hatte. Der schwarze Filzzeichner war von der Firma, deren Stifte ich in Buds Nachttischschublade gesehen hatte.

»Ich habe gehört, Bud hatte einen unverwechselbaren Zeichenstil.«

Gregory lächelte. »An der Parsons School of Design haben wir ihn Punkt-Komma-Strich genannt.«

»Imitier doch den Stil, *per favore.*« Gregory kann auch einen Picasso zeichnen, wenn ihm danach ist. »Ein paar Skizzen. Der Kunde ist Sport4Life.«

»Was für ein Produkt?«

»Weißt du, was sie zuletzt gemacht haben? Ich auch nicht. Nimm irgendeins, das du magst. Kein Geld, nur meine immer währende Dankbarkeit.«

»Einigen wir uns auf einen Teller Nudeln.« Er begann zu skizzieren. Was ich an Gregory so liebe, ist, dass er keine aufdringlichen Fragen stellt, etwa »Wozu zum Teufel brauchst du das eigentlich?«

36

»Wo hast du denn das gefunden?« Charlene blätterte in dem Skizzenblock, den Gregory zur Hälfte mit Kommas und Strichen à la Bud Warren voll gezeichnet hatte. Sie hatte mich höchst widerwillig in ihr Büro hinaufkommen lassen.

»Ich hab's unter dem Klapptisch gefunden, der vor unserem Feriencottage steht. Bud ist morgens immer zum Kaffee rübergekommen.« Bis hierher und nicht weiter, Simona. Allzu viele Details bringen den Lügner zu Fall.

»Keine Sonnenschäden.« Die Fäuste, die sie anstelle von Wangenknochen hatte, sanken etwas ab. »Du spielst doch nicht Detektivin, oder? Ich hab keine Zeit für einen Haufen Fragen.«

»Nicht eine einzige.« O Gott, Frau, ich könnte eine Pause brauchen. »Der Block war in einer Plastiktüte. Ich dachte, Mr. Kennelly würde ihn sehen wollen. Du weißt, wie das ist, am Ende ist ein neuer Bud-Warren-Renner für das neue Produkt mit drauf. Ist er da?«

»Das ist eine Frage.«

Ich hielt mir hastig die Hand vor den Mund. Charlene klappte den Block zu und warf ihn in eine Schublade. »Er kommt erst am Montag zurück.« Sie stand auf und versuchte ein Lächeln hervorzuzerren. Es rutschte wieder herunter.

»Du hast eine üble Woche hinter dir«, sagte ich. »Das ist eine Feststellung.«

»Ja, kann man wohl so sagen.« Nun, da ihr Boss in den Hamptons war, hatte sie das Kraft-der-Farben-Thema etwas abgeschwächt – sie trug Jeans, einen weißen Baumwollpullover und schwarze Zwölf-Zentimeter-Absätze. Ihr Haar war immer noch feuerwehrrot. »Danke, dass du ihn hergebracht hast. Aber ich muss jetzt wirklich arbeiten.«

»Ich auch. Erfrier nicht.« Die Temperatur im Büro lag irgendwo um den Gefrierpunkt. Ich ging den Gang entlang und spürte, dass ihr Blick mir folgte. Auf halber Strecke zum Aufzug schob ich die Hand in die Tasche und schloss sie um Lesters Schlüssel. »Entschuldige die Frage, aber wo ist das Damenklo?«

Ich hatte Glück. Charlenes Telefon klingelte. Sie nahm ab und nickte mir zu. »Guten Tag.« Sie deutete mit dem Zeigefinger den Gang entlang und dann mit einer Daumenbewegung nach links. »Mr. Dayton, was kann ich für Sie tun?«

Mr. Dayton von Chass/Dayton? Ich formte mit den Lippen ein »Danke« und stürzte den Gang entlang, als fürchtete ich, es nicht rechtzeitig an mein Ziel zu schaffen. Ich wollte in den Kopierraum, während der olympische Gott der kalifornischen Werbebranche Charlene in seinem Bann hielt.

Die meisten Büros waren leer. Es war vier Uhr nachmittags an einem Donnerstag im August, und der Boss war nicht da. Nicht allzu viele Leute würden heute noch den Fotokopierer brauchen. Ich ging am Damenklo vorbei. Der Ablageraum war leer. Das Schild warnte immer noch davor, Körperteile zu kopieren. Ich ging hinein, hob den Deckel vom Kopierer und legte die Kreuzworträtselseite der *New York Times* auf die Glasscheibe. Das war meine Ausrede für den Fall, dass jemand hereinkommen sollte. Er oder sie würde, so hoffte ich, annehmen, dass ich hierher gehörte. Der Kopierer funktionierte nur mit Codewort.

Ich hatte immer noch Glück. Der Aktenschrank, nach

dem ich suchte, stand hinter der Tür. Niemand würde mich beim Stöbern sehen können. Der kleine Schlüssel an Lesters Schlüsselbund passte nicht, aber der dritte Sicherheitsschlüssel tat es. Ich sah die P-Schublade nach der Akte *Partners* durch. Nichts. Ich versuchte es mit K wie Kennelly, mit W wie Warren. Kein Gesellschaftervertrag in Sicht. Meine Achselhöhlen waren schweißnass, mein Magen rumorte, mein Herz raste, und der Atem gefror mir im Mund. Ich öffnete die S-Schublade und blätterte die Akten durch auf der Suche nach Shepard, dem dritten Partner. Ich fand stattdessen die Akte *Shareholders* – die Anteilseigner. Ich nahm die Akte heraus und ließ sie in die Tüte von dem Haustierbedarfsladen fallen. Kein Mensch sah es.

Ich holte erst wieder Atem, als ich das Refugium der Damentoilette nebenan erreicht hatte. Seifengeruch und glänzend weiße Fliesen empfingen mich. Ich habe Badezimmer immer gemocht. In meiner Familie nennt man die Toilette *il pensatoio*, das Denkkabinett. Als es in meiner Ehe wirklich schief zu gehen begann, habe ich sie außerdem als Lesezimmer und Refugium genutzt. Ich würde es auch jetzt wieder tun.

Ich schlüpfte in die erste Kabine, schloss die Tür ab und setzte mich hin. Ich brauchte nicht lang, um zu finden, was ich suchte. Ich blätterte rasch die Seiten durch. Bud hatte Sonderkonditionen bekommen. Er besaß »vierhundert nennwertlose Stammaktien im Gegenwert von vierzig Prozent der insgesamt ausgegebenen Aktien ...«

Auf diese Weise also hatten Kennelly und Shepard ihn dazu bewegt, Doyle Dane Bernbach zu verlassen.

»Sag mal, alles okay mit dir?«

Ich fuhr zusammen. Charlene.

»Bin gleich wieder draußen.« Ich hoffte nur, sie hatte kein Papierrascheln gehört.

»Du bist seit einer Ewigkeit da drin.«

»Ich hab Feijoada gegessen – Bohneneintopf.«

Die Badezimmertür fiel ins Schloss. Ich verlegte mich wieder aufs Denken. Ein Mann, der sich immer gegen die Habgier äußerte, verlangte einen größeren Anteil – es ergab nicht allzu viel Sinn. Es sei denn, Polly war es gewesen, die mehr verlangt hatte. Sie hatte so viel Einfluss auf ihren Mann gehabt, sie hatte ihm vermutlich jeden Schritt vorgeschrieben, bis seine Passivität sie zu langweilen begann und sie ihn vor die Tür gesetzt hatte.

Ich las weiter. Das Juristenkauderwelsch begann mich einzuschläfern, als ich Seite sieben erreichte.

»Im Falle von William Morris Warrens Tod …« Im Falle seines Todes würde die Firma dreihundert von den vierhundert im Besitz des Rechtsnachfolgers befindlichen Aktien zurückkaufen. Die verbleibenden hundert Anteile würden im Besitz von William Morris Warrens Erben verbleiben.

Bud hatte den Firmenzusammenschluss nicht gewollt, also war der Zusammenschluss durchgefallen. Um diese Zeit hatte der dritte Partner seine Anteile an die beiden anderen zurückverkauft und war in die Karibik gegangen, um die Sonne anzubeten. Ein Jahr später starb Bud. Der Zusammenschluss stand zum zweiten Mal bevor. Jetzt hatte Laurie die Macht, ihn zu verhindern, immer vorausgesetzt, sie war Buds Erbin. War sie in Gefahr?

Lester Kennelly würde achtzehn Millionen Dollar bekommen, plus neun Millionen für seine Hälfte von Shepards Anteilen. Und das war noch nicht alles.

Wenn Lester es schaffte, Laurie Buds Anteile abzukaufen, bevor der Zusammenschluss stattfand, würde ihr Wert niedriger sein, und er würde später mehr an ihnen verdienen.

Wie hörte sich das an als Motiv für einen Mord?

Aber warum Polly umbringen?

Die Tür des Waschraums öffnete sich. Charlene war wieder da. Diesmal rechnete ich mit ausgefahrenen Krallen. Ich betätigte hastig die Spülung und stopfte die Akte in die Tüte zurück.

»Es ist schon irgendwie komisch, findest du nicht?« Es war eine junge, kehlige Stimme – nicht Charlene.

»Wieso?« Eine weitere junge Stimme.

»Guck dir die Anzeige an. Den Text. Ich meine, der Typ ist umgekommen. Der muss irgendwie geahnt haben, dass das passieren würde. Ja, und hat Bob dich jetzt angerufen oder was?«

Ich verließ meine Kabine, die Tasche fest über die Schulter gehängt. Die Unterhaltung brach ab. Die beiden Frauen spähten in meine Richtung; die Hand der einen hielt einen Lippenstift, der auf halber Strecke zu ihrem Mund erstarrt war. Sie waren beide Anfang zwanzig, trugen Jeans und T-Shirts und hatten den gleichen modischen Haarschnitt, die gleichen künstlichen Nägel und die gleichen Creolen in den Ohren. Wahrscheinlich arbeiteten sie bei Traffic, der Abteilung, die dafür verantwortlich ist, Druckanzeigen durch die diversen Stadien der Absegnung zu begleiten, bevor sie an die Medien gehen. Ich lächelte ihnen kurz zu, um klarzustellen: Es ist in Ordnung, ich arbeite auch hier. Das Gesprächsthema – ein Faksimile der fertigen Anzeige – lehnte an der gekachelten Wand: eine mit einem Blatt Pauspapier abgedeckte Papptafel im Format sechzig mal hundertzwanzig Zentimeter.

Ich wusch mir die Hände. »Das ist Buds Anzeige für Sport4Life?« Meine Stimme klang frisch und energisch. »Der Kunde heult schon danach. Darf ich mal sehen?«

Die Frau mit dem Lippenstift nickte. Die Brauen der anderen Frau zogen sich langsam zusammen. Sie traute mir nicht.

Ich trocknete mir die Hände an den Hüften ab, ging in die Hocke und hob vorsichtig das Schutzblatt an. »Sieht ja toll aus.« Die schablonierte Überschrift lautete: »Dies ist kein Modegag.« Darunter waren aus Zeitschriften ausgeschnittene Bilder von fünfzehn oder zwanzig Männern und Frauen auf ein stark vergrößertes Foto der Gardiners Bay geklebt worden. Die weiße Windmühle war nicht zu übersehen. Alt und Jung, Männer und Frauen in ganz unterschiedlicher Kleidung schienen auf dem Wasser zu gehen. Die obere Körperhälfte war mit dem jüngsten Produkt der Firma Sport4Life übermalt worden, einer leuchtstiftgelben Rettungsweste.

Am unteren Rand der Anzeige stand eine Textzeile: »Eine Weste fürs Leben. Wir wollen, dass Sie Ihrs behalten.« Und danach Buds berühmter Slogan: »Sport4Life Saves Lives.«

»Bist du die neue Anzeigenleiterin?«, fragte Thomasina die Zweiflerin schließlich.

»Neu? Schön wär's.« Ich ließ das Schutzblatt wieder über die Anzeige fallen und stand rasch auf. Das Werbewesen ist eine paranoide Branche. Man lässt Fremde keine Anzeigen sehen, die noch nicht veröffentlicht sind. »Die werden begeistert sein. Danke.« Zeit zu gehen. Zeit, Charlene eine weitere Frage zu stellen. Ich öffnete die Tür zum Gang, schaffte es aber nicht bis draußen. Der Wachhund mit dem roten Haar war wieder da.

»Immer noch hier?« Die Stimme hätte einen Backstein spalten können. Sie beäugte die abgedeckte Anzeige; die Wangenknochen zuckten wie Fäuste, die gerade aufgewärmt wurden. Die beiden Frauen verschwanden in den Kabinen. Ich schob mich an ihr vorbei, zögerte nur einen Sekundenbruchteil lang, als ich an der Tür des Ablageraums vorbeikam. Ich würde mir eine kreative Methode einfallen lassen müssen, die Akte zurückzubringen. *Domani*, wie Scarlett O'Hara sagen würde.

»Mach dir keine Sorgen, sie haben sie mir nicht gezeigt.« Ich ging mit falscher Entschiedenheit im Schritt zu den Aufzügen.

Charlene heftete sich an meine Fersen. »Du hättest gar nicht erst fragen sollen.« Sie drückte für mich auf den Knopf. Die Aufzugtür öffnete sich. Ich ging nicht durch. »Das Probestück von der Sport4Life-Weste«, sagte ich. »Wo ist es?«

Sie schüttelte ihr Haar wie eine geschwungene Fackel. »Ich hab wirklich keine Zeit für so was.«

»Was, wenn Bud das Probestück an seinem letzten Morgen getragen hat? Vielleicht hat irgendwas damit nicht gestimmt. Das würde erklären, warum er die Weste ausgezogen hat.«

Charlenes Augen weiteten sich vor Schreck. »Sport4Life hatte nichts mit Buds Tod zu tun! Das Probestück ist hinter Schloss und Riegel in Lesters Büro.«

»Könntest du das überprüfen?«

Sie zögerte.

»Ich warte hier.« Ich entschied mich gegen einen schnellen Ausflug zum Ablageraum. Ich würde es nie im Leben rechtzeitig zurückschaffen.

»Nein, komm mit«, sagte sie.

»Aber gern.« So konnte sie mich nicht anlügen.

Wir marschierten in Lesters kalifornisch dekorierte Suite mit dem David-Hockney-Pool. Charlene ließ Schlüssel klirren und öffnete ein langes Fach unter dem Videorecorder. Es war leer.

»Ich hab sie selbst hier reingelegt.« In ihrer Stimme klang Panik mit.

»Wann?«

»Freitagmorgen, als sie gekommen ist. Lester war schon auf dem Sprung in die Hamptons. Ich hab sie ihm gezeigt. Ich hab sie sogar angezogen, und dann hat er gesagt, ich sollte sie hier einschließen.«

»Er könnte sie anderswo untergebracht haben.«

Sie versuchte es bei sämtlichen Schrankfächern, dem Kleiderschrank, Lesters Waschraum. Sie öffnete sogar Schubladen, die für nichts Größeres als Block und Bleistift bestimmt waren.

Die Rettungsweste war fort, und ich hatte die Information, die ich brauchte.

»Wahrscheinlich hat er sie mitgenommen.« Ich erbarmte mich Charlenes. »Was hatte sie für eine Farbe?«

»Gelb. Sie machen sie nur in Gelb.«

Ich lächelte ihr zu. »Dann ist Sport4Life aus dem Schneider. Buds Weste war rot.«

37

Ich kehrte in meine Wohnung zurück, gönnte mir eine lange Dusche und rief danach Laurie an. Sie war gerade erst von ihrem Treffen mit dem Anwalt zurückgekommen. »Bist du Buds Erbin?«

»Jetzt ja.«

»Verkauf deine WSK-Aktien noch nicht.«

»Lester hat schon einen Typen bestellt, der den Wert festlegen soll«, sagte Laurie. »Er will das morgen über die Bühne bringen. Ich hab ihm gesagt, er kann Dads gesamte Anteile haben.«

»Spiel auf Zeit.«

»Warum?«

»Ich will einfach nur sicherstellen, dass alles mit rechten Dingen zugeht.« Ich erzählte ihr von dem Zusammenschluss. »Es kommt einfach zu schnell nach Buds Tod. Kein Mensch denkt klar, Lester eingeschlossen. Lass den ersten Kummer ein bisschen abklingen. Vielleicht möchtest du diese letzten hundert Anteile ja auch behalten.«

»Wahrscheinlich hast du Recht.« Sie hörte sich erleichtert an.

»Ist sonst alles in Ordnung?«

»Ich habe herausgefunden, dass Dad sein Testament nach der Scheidung nicht geändert hat.«

»Was?«

»Mutter war immer noch die Haupterbin. Er wollte nicht

zugeben, dass die Scheidung stattgefunden hatte. Das hat Dad Lester erzählt.« Ich ließ mir einen Moment Zeit, um das in mich aufzunehmen. »Und was ist mit Rebecca?«

»Ein einziges Kodizill hat er hinzugefügt. Er hat ihr sein Haus vermacht. Ist das nicht phantastisch? Sogar halb abgebrannt ist es noch eine Menge Geld wert. Ich habe rausgefunden, dass sie alte Freunde sind. Sie will das Haus nicht annehmen. Irgendwas davon, dass es siebenundvierzig Jahre zu spät ist. Was das heißen soll, wollte sie mir nicht sagen. Weißt du's?«

»Keinen Schimmer.«

»Steve will mit mir reden.«

Über Buds rote Thermosflasche, hoffte ich, unter anderem. »Hör ihn an, versuch dir vorläufig kein Urteil zu bilden und mach dir keine Sorgen, du könntest am Ende zu viel Geld haben. Für wohltätige Zwecke spenden kannst du es immer noch. Weiß außer dem Anwalt noch jemand, dass dein Vater nach der Scheidung sein Testament nicht geändert hat?«

»Ich weiß nicht. Warum?«

Ich antwortete nicht. »Ich komme morgen früh zurück. Und mach dir keine Sorgen. Wir finden die Wahrheit raus.« Und sie wird dir nicht gefallen.

Wenn Bud sein Testament nach der Scheidung nicht geändert hatte, bedeutete das, dass Polly, hätte sie Bud überlebt, hundert WSK-Anteile hätte behalten und den Zusammenschluss mit Chass/Dayton hätte verhindern können. Lester wusste, dass Bud die Scheidung nie akzeptiert hatte, aber wusste er über das Testament Bescheid?

Ich ging ins Schlafzimmer. Es war lang her, seit ich geschlafen hatte. Das Doppelbett sah fremdartig aus, höckerig. Ich ging wieder hinaus. Bei dem Gedanke an Sheree fiel mir ein, dass ich die Post nicht abgeholt hatte. Die Nachbarin im

Stockwerk unter uns hatte unseren Briefkasten geleert, während wir beide fort waren. Ich ging hinunter, murmelte Danksagungen und ein paar Phrasen, lehnte etwas zu trinken ab und schleppte mich wieder nach oben.

Ich warf die Post auf den Sofatisch im Wohnzimmer und streckte mich auf dem Sofa aus. Ich versuchte zu schlafen. Es gelang mir nicht. Die ungeöffneten Briefe flüsterten. Ich setzte mich auf und zog einen blauen Luftpostumschlag aus dem Haufen. Für die habe ich eine Vorliebe. Sie bedeuten entweder alte Freunde oder meine Eltern. Diesmal war es Mamma. Ihr ging es gut. Mein Vater beschwerte sich über seine Arthritis, aber er spülte sein Essgeschirr, also konnte es ja schließlich so schlimm nicht sein, oder? Wann würde ich Stan mit nach Rom bringen, damit sie ihn kennen lernten? Gab es irgendwas Spezielles, das ich zu meinem vierzigsten Geburtstag haben wollte? Wann würden wir heiraten?

Mein Geburtstag war erst in sieben Monaten.

Ich warf den Brief zur Seite und machte mich auf die Jagd. Ich fand ganze Hände voll Werbung und mehrere Rechnungen. Keine Botschaft von Sheree. Was aus irgendeinem Grund auch nicht half. Ich schlurfte in die Küche hinüber und untersuchte die Schränke und den Kühlschrank. Wenn ich aß, würde ich schläfrig werden. Und zufriedener. Die Suche erbrachte kurze Nudeln, italienischen Tunfisch in Dosen (schmackhafter als die amerikanische Variante), ein Glas Kapern, eine Zwiebel, rotes Paprikapulver und eine Dose Sardellen. Alles Nötige also. Ich würde die Petersilie vermissen, aber ich war zu müde, um zu unserem koreanischen Lebensmittelladen zu gehen und welche zu besorgen.

Ich kochte. Während das Nudelwasser heiß wurde, dünstete ich die gehackte Zwiebel in einem halben Esslöffel Olivenöl, mischte den Tunfisch mit einem Esslöffel Kapern und einem Sardellenfilet und dachte über die verschwundene Weste nach.

Ich war mir ziemlich sicher, dass ich das Wie und Wann des Mordes an Bud inzwischen heraushatte. Am Sonntagmorgen hatte Bud auf die Uhr gesehen und gesagt: »Ich muss los.« Er wollte wie üblich in der Bucht rudern, aber er wollte sich auch mit jemandem treffen. Mit Lester und der neuen Sport4Life-Weste.

Sonntag war der dritte nebelverhangene Morgen hintereinander gewesen. Die Dauerhitze hatte das garantiert. Eine perfekte Gelegenheit, den Mord auszuführen. Die beiden Männer trafen sich auf dem Wasser. Von seinem Kajak aus reichte Lester die Weste hinüber. »Jetzt zieh das muffige alte Ding schon aus und versuch's mit dieser hier. Sag mir, wie sie sitzt.«

Bud zog die Weste aus. Lester kam näher, als wollte er ihm dabei helfen. Stattdessen zerrte er seinen Geschäftspartner von dem Ruderapparat herunter. Bud, halb betäubt von dem Kaffee, leistete nicht allzu viel Widerstand.

Das Essen hatte mich tatsächlich schläfrig gemacht. Ich legte mich aufs Sofa, schloss die Augen und schlief eine Stunde lang. Keine Träume. Als ich aufwachte, hatte ich Durst. Auf der anderen Straßenseite gleißte der Sonnenuntergang in einer Fensterreihe. Ich dachte an die Waldbrände in den Pine Barrens, die inzwischen glücklicherweise gelöscht waren. Ich dachte an den Brand in Buds Haus. Warum? Viele Fragen hatten keine Antwort. Warum war Polly ermordet worden? Hatte Lester sie ermordet? Oder Bud? Wo sollte ich Beweise dafür herbekommen, dass Lester Bud umgebracht hatte? Und wer zum Teufel war Sheree?

Ich griff zum Telefon und rief Stans Einheit an. Raf war auf eine Pizza verschwunden.

»Soll er dich zurückrufen?«, fragte Tony Chibas, Detective Second-Grade, der auf unserer Überraschungsparty erschienen war und im Alleingang vier große Pizzen vertilgt hatte. Mas Tony nennt er sich, mehr Tony. Er mag Spitznamen. Stan Greenhouse heißt bei ihm El Verde. Ich bin La Romana.

»Ich weiß nicht, Tony.« Wollte ich es genauer wissen? Ich wusste es nicht. Ich brauchte mehr Schlaf. »Vielleicht kannst du mir bei ein, zwei Fragen helfen. Blaumagnet, das ist ein Codewort für einen von euren Fällen, stimmt's?«

Tony lachte, die Sorte Lachen, die schlagartig alle Luft im Raum verbraucht. »Nein, Blaumagnet, das ist Bullenslang. So nennen wir ein Polizistengroupie.«

»Ein Groupie?«

»Yeah, eine, die auf Polizisten steht. Hey, La Romana, soll er dich zurückrufen?«

»Nein.« Ich legte auf. Raf wusste mit Sicherheit, dass Stan eine Affäre hatte. Er musste es wissen; Stan war schließlich sein Partner. Wusste es auch der Rest der Einheit?

Ich duschte noch einmal. Ich nahm mir den Stadtplan und dann den Fahrplan der U-Bahn vor. Ich öffnete den Kleiderschrank und wog ab – sexy oder einschüchternd. Entschied mich für eine Kombination aus beidem. Meine alte schwarze Baumwolljacke mit den unmodischen Schulterpolstern, ein wirklich kurzer weißer Rock. Dicker Lidstrich mit einem Aufwärtshaken. Nachgedunkelte Brauen. Charleneroter Lippenstift. Ich toupierte mir das Haar, feilte die Stummelnägel zurecht, leckte die Zähne sauber und übte ein samuraihaftes Stirnrunzeln. Blaumagnet, leck mich. Ich war bereit zum Krieg.

Als ich die Wohnungstür erreicht hatte, klingelte das Telefon. Wahrscheinlich Raf, der zurückrief. Oder Stan. Ich knallte die Tür zu.

38

Die Bahn Nummer eins schaffte es in fünfundzwanzig Minuten bis zur Nordspitze von Manhattan – Washington Heights. Viel zu schnell für meinen Geschmack. Meine Tunfischpasta tanzte inzwischen Twist in meinem Magen. Vielleicht war dies doch keine so gute Idee gewesen. Was sollte ich eigentlich zu dieser Sheree sagen – »Lass meinen Typen in Frieden, oder ich reiße dir den Kopf ab«? Stan war schließlich nicht mein Eigentum, oder? Ich meine, wenn er gehen wollte – nur zu. Aber bisher hatte er nichts dergleichen getan. Was bedeutete, dass er sowohl die Vorspeise als auch das Hauptgericht wollte.

Nicht akzeptabel.

Ich trat aus der Hitze der U-Bahn-Station auf die Straße hinaus. Der Tag wurde kühler. Es sah freundlich und geschäftig aus – die 181st Street ist voller Ladenmarkisen aller Schattierungen und Sprachen. Eine ursprünglich vor allem irische Wohngegend war im Lauf der letzten dreißig Jahre nach und nach zu einer ethnischen Minestrone geworden.

Die Geschäfte hatten geschlossen, die Straßenlaternen waren an. Teenager hingen in Horden vor den Fastfoodläden herum. Ältere Leute schlängelten sich allein oder in Paaren die Straße entlang. Auf der anderen Straßenseite stand das Gebäude aus dem Jahr 1909, in dem die Collegiate Church untergebracht war, eine reformierte holländische Gemeinde, deren Mitglieder nach Manhattan gekommen waren, als es noch eine holländische Kolonie war.

Sheree wohnte anderthalb Blocks weiter, in einem roten Ziegelgebäude. Auf der anderen Straßenseite lag ein Park. Beim Anblick eines Marmordenkmals am Parkeingang überkam mich das plötzliche Bedürfnis nach kultureller Aufklärung. Schließlich war es nicht wahrscheinlich, dass ich in nächster Zukunft noch einmal hierher kommen würde.

Der Park hieß Bennett Park. Die Inschrift auf dem Denkmal teilte mir mit, dass ich auf dem ehemaligen Gelände von Fort Washington stand, das im Sommer 1776 errichtet worden war. »Nach heroischem Widerstand von den Briten erobert.«

Mein Kopf nickte von allein. »Heroischer Widerstand«, damit konnte ich mich identifizieren.

»Von den Amerikanern zurückgewonnen.« Hurra!

»Simone?«

Eine kraushaarige, dünne Blondine kam die Stufen vor dem Park herunter; ihr Schäferhund hielt genau auf mich zu.

»Simona«, korrigierte ich, um Zeit zu schinden. Wo waren wir uns schon begegnet?

»Ich war auf der Party nach Stans Beförderung, weißt du noch? Hat Spaß gemacht.« Der Hund überprüfte mich auf interessante Gerüche, entdeckte Sabrinas Geruch in meinen Kniekehlen und blieb dort. Seine Nase war kühl. Die Blondine lächelte. Schöne, ebenmäßige Zähne. Eine hübsche Frau mit feiner Haut, die in winzigen Linien auszutrocknen begann. Sie musste irgendwo Ende dreißig sein. Das Lächeln wurde zu abgehackten kleinen Lachanfällen, wie angerissene Geigensaiten. Da fiel es mir wieder ein. Sie hatte gelacht, als Tina Rafs Heiratsantrag vor all seinen Freunden ablehnte. Tina hatte ihr mitgeteilt, sie sollte sich die Erheiterung an eine sehr private Stelle schieben.

»Du bist doch Tony Chibas' Freundin«, sagte ich. Linda war ihr Name, und sie war Krankenschwester am Columbia Presbyterian.

»Yeah, Mas Tony.« Sie zog ihre hübsche kleine Nase in Falten. »Es war mir so peinlich, als er die ganze Pizza aufgegessen hat.«

»Kein Problem. Ich hab nachbestellt.« Wenn sie mit Tony ausging, könnte sie vielleicht …

»Kennst du eine Sheree Debuskey? Bei der Einheit nennen sie sie einen Blaumagneten. Tony sagt, das ist jemand, der es wirklich mit dem NYPD hat. Hast du sie je getroffen?«

Sie begann sich mit der Leine ihres Hundes zu beschäftigen. »Und wenn?«

Bingo. »Wie ist sie, Linda? Ich muss über etwas Wichtiges mit ihr reden, und ich hab keine Ahnung, wie ich es angehen soll.«

Linda zeigte über die Straße. »Sie wohnt in dem Haus da.«

»Nette Frau?«

»Reizend.« Ihre grauen Augen wurden zu Eisklumpen. »Worüber willst du denn mit ihr reden?«

Ich tätschelte ihrem Hund den Kopf. Er schnupperte schon wieder, an meinen Füßen diesmal. »Das ist ziemlich persönlich. Danke, Linda. Vielleicht könnt ihr mal zum Abendessen vorbeikommen, du und Tony – ich sorge auch dafür, dass genug Essbares da ist.« Ich winkte und überquerte die Straße. Der Hund war sehr dafür, mir zu folgen. Linda hielt ihn zurück.

»Smits, Platz!«, befahl sie. »Hörst du mich, Smits? Platz, du dummes Vieh!«

Ich blieb vor den beiden steinernen Löwen stehen, die den Eingang von Sherees Wohnhaus bewachten. Linda kämpfte immer noch mit dem Hund.

»Smits wie Jimmy Smits?«, rief ich zu ihr hinüber. »Der Star von *NYPD Blue*?«

Linda nickte. Der Schäferhund bellte und zerrte an der Leine. Ich wartete ein vorbeifahrendes Auto ab und kehrte auf die andere Straßenseite zurück. Mir war etwas eingefallen.

»Linda«, sagte ich. »Das ist bei dir doch ein Spitzname, oder?«

Sie leckte sich über die Unterlippe. »Es bedeutet ›hübsch‹ auf Spanisch.«

»Und dein richtiger Name ist Sheree.«

Ihr Gesicht zog sich zusammen. »Auf Französisch bedeutet das ›Liebste‹.«

»Falsch geschrieben.« Ich zog den Brief heraus, schwenkte ihn vor ihrer Nase und fragte nicht allzu freundlich: »Wie lang geht das schon?«

Sie grinste. In die Enge getriebene Frauen können wirkliche Ekel sein. »Seit der Party.«

»Hat er gesagt, dass er dich liebt?«

Sie hob ihr Haar an, lüftete den Nacken und ließ anschließend das Haar wieder fallen. »Nein, es ist eine Sexsache.«

Damit hatte es bei mir auch angefangen.

»Ich verliebe mich nicht so schnell«, fügte sie hinzu, als ob das irgendeine Art von Trost wäre. Mit dem Hinlegen ging es wohl schneller. Dazu könnte ich ihr immerhin verhelfen. Ich konnte dafür sorgen, dass sie sich urplötzlich auf ihre hübsche kleine Nase legte.

»Weiß Tony davon?«

»Der würde mich in Stücke brechen wie einen Taco. Also

sag's ihm nicht, okay?« Ihr Kopf wippte wie ein nervöses Knie. »Und überhaupt, was hast du eigentlich damit zu tun?«

»Rein zufällig liebe ich das Arschloch!«

Die Augen traten ihr fast aus den Höhlen. »Du hast auch was mit ihm? Ich glaub's nicht. Das ist jetzt die Dritte, die der –«

»Die Dritte?!« Jetzt sorgte ich dafür, dass sie sich hinsetzte. Auf die Treppe vor dem Bennett Park. Sie erklärte, ich hörte zu. Am Ende ergab es tatsächlich eine Art von Sinn, etwa à la *Alice hinter den Spiegeln.*

39

»Ich hab die falschen Schlussfolgerungen gezogen«, sagte ich am Telefon zu Stan. Er hatte den ganzen Tag über versucht, mich zu erreichen. Ich war wieder zu Hause, zusammengerollt auf seiner Seite des Bettes, auf der harten Matratze, zu der ich ihn irgendwann überredet hatte. Wunderbares, willkommen heißendes Bett. Er war wieder von den Bergen heruntergekommen.

»Ich liebe dich, Sim, und ich vermisse dich.« Seine Stimme klang leicht, fröhlich.

»Blaue Maden und Sherry. Du schmollst seit drei Monaten, Raf ruft an, Billie ruft an. Ich war wirklich durcheinander. Und was will eigentlich der Bürgermeister?«

»Ich erzähl's dir, wenn ich nach Hause komme.«

»Versprochen?«

Stan lachte; es erinnerte mich an das Geräusch eines Wasserfalls an einem heißen Tag. »Ich verspreche, ich schütte dir mein Herz aus und rede dich in den Schlaf. Halt dich bloß von diesem Typ fern, diesem Jim, bis ich wieder da bin.«

Ich beichtete nicht.

Stattdessen rief ich Dmitri an. »Wir haben alles falsch verstanden. Dieses *corazón* in Sherees Brief hätte mich auf die richtige Spur bringen sollen. Sheree ist keine Spanierin, und Stan ist kein Spanier.«

»Du redest von was?«

»Ich rede davon, dass der Mann, mit dem Sheree heimlich schläft, Raf Garcia ist.«

»Raf verliebt in Tina! Er hat sogar Heiratsantrag gemacht vor allen Freunden.«

»Raf ist wütend und fühlt sich gedemütigt. Er will es Tina heimzahlen. Deswegen hat er was mit Sheree angefangen. Ohne dass Tina es weiß natürlich. Sheree hat gesagt, ich soll Raf anrufen, und er hat ihre Geschichte bestätigt.« Woraufhin ich Raf mitgeteilt hatte, dass er ein *idiota* war und dass Tinas Sicht der ganzen Angelegenheit – dass nämlich ein aus heiterem Himmel vor Freunden und Kollegen gemachter Heiratsantrag die Zusage bereits voraussetzt, womit der Antrag zu einem Paradebeispiel männlicher Überheblichkeit und Herablassung wird – den Nagel auf den Kopf traf.

»Dann warum hat Sheree Brief an Stan geschickt?« Dmitris Stimme klang skeptisch.

»Tina und Tony sind beide eifersüchtig.« Ich sah mich in meinem Schlafzimmer mit den cremeweißen Wänden um. Es strahlte wie frisch gewaschen, trotz des lang überfälligen Frühjahrsputzes. Ich nehme an, es waren meine Augen, die leuchteten. »Sheree hält Briefe für sexy, vor allem verbotene Briefe. Nur dass sie Raf keine Briefe ins Büro schreiben konnte, wegen Tony, und Tina hat einen Schlüssel für Rafs Postfach, also hat sie sich die Adresse von Rafs Partner ausgesucht.«

»Wie Stan gewusst, dass Liebesworte nicht für ihn sind?«

»Sheree ist davon ausgegangen, dass Raf Stan von der Affäre erzählt hat. Außerdem hat sie den Brief in einen zweiten Umschlag gesteckt, auf dem Rafs Name stand.« Ich erinnerte mich, wie Willie den Müll aus der zerrissenen Tüte zusammengekehrt hatte. Er hatte einen der Umschläge gefunden, den Rest aber nicht. Kein Wunder, dass Stan unters

Sofa gesehen hatte. Er hatte nicht gewollt, dass ich herausfand, dass Raf Tina betrog.

»Alles ist gut mit Privatleben.« Dmitri hörte sich missvergnügt an, wahrscheinlich weil er sich wegen nichts und wieder nichts Sorgen um mich gemacht hatte. Ich fühlte mich selbst etwas albern. Und unvorstellbar erleichtert.

»Alles ist gut«, wiederholte ich. Oder würde es zumindest bald sein. »Ich hab mir den Gesellschaftervertrag von WSK angesehen.« Ich erzählte Dmitri, was ich herausgefunden hatte. »Das Problem ist, wir haben keine Beweise.«

»Vielleicht wir bekommen.« Ein lautes Schnüffeln drang an mein Ohr.

»Okay, was hast du rausgefunden?«

»Viel Informationen. Erstens, zwölf weiße Rosen warten auf dich. Karte sagt: ›Können wir uns heute Abend wieder treffen?‹ Von Jim. Was passiert, als ich geschlafen habe?«

»Bleiben wir doch bei der Sache.«

»Gut.« Die Stimme klang kühl. »Rebecca ist wieder auf Verdächtigenliste. Sie erbt –«

»Das hat mir Laurie schon erzählt. Und es gibt einen guten Grund dafür, dass Rebecca das Haus geerbt hat. Was noch?«

»Mike und Phil« – seine russischen Freunde, die als Leibwächter für Ron Perelman arbeiteten – »sie sind von Kreuzfahrt zurück. Sie nicht getroffen Mrs. Lawrence III oder Uma« – eine enttäuschte Pause – »aber ich habe nicht aufgehört zu suchen.« Er putzte sich am Telefon die Nase.

»Bevor ich's vergesse, hast du bei den Kennellys zufällig eine leuchtend gelbe Rettungsweste gesehen?«

»In Garage. Bei Jaguar, Volvo, Motorboot, zwei Kanus und fünf Kajaks. Kennellys sind zwei, wofür sie brauchen fünf?«

»Die Gäste.«

»Nicht wichtig. Ich habe jetzt sehr wichtige Informationen. Weißt du noch Telefonnummern, die ich überprüfen sollte, die Bud angerufen, bevor er gestorben ist?«

»Ja, ich hab dir vier Nummern gegeben. Du hast was gefunden?«

»Er hat Buchhandlung, Stromfirma, New York State Liquor Authority und –«

»Die Spirituosenkontrollstelle? Warum denn das?«

»Niemand weiß, aber nicht wichtig. Vierter Anruf ist Ball im Korb. Wir sind nicht mehr mit Unwissenheit geschlagen. Verabredung, die Bud mit Steve getroffen hat, ist nichts.« Eine weitere Pause. Diesmal um zu atmen, um Spannung aufzubauen.

Ich sagte: »Ich habe gerade den besten Russenwitz in der *Times* gefunden. Was ist im heutigen Russland –«

»Letzten Donnerstag Bud angerufen und Termin ausgemacht, der Leben des Mörders für immer verändert hat.« Die Quelle versiegte wieder.

Ich lehnte mich gegen das Kopfkissen zurück, streckte die Beine aus, nahm einen hörbaren Schluck Cola. »Was ist der Unterschied zwischen einem Optimisten und einem Pessimisten?« Mir ging es phantastisch.

Dmitri fragte: »Du willst wissen, wen Bud angerufen?«

»Du willst bezahlt werden?«

»Ermittlungsabteilung von Internal Revenue Service.«

Ich fuhr hoch. »Bud wollte jemanden bei der Finanzbehörde melden!«

»Bei Sonderermittler Weikart. Sehr nett für IRS-Mann.«

»Mach weiter!«

»Bud ihm erzählt, er hat Beweise für geschäftliche Unregelmäßigkeiten bei Firma. Mr. Weikart hat Termin für Montagnachmittag ausgemacht. Er hat nicht gesagt, welche Firma.«

»WSK, welche denn sonst? Lester ist für die Finanzen zuständig; er muss die Bücher manipuliert haben. Wenn Chass/Dayton das jemals rausfindet, *ciao-ciao* sechzig Millionen. Was hat Bud Weikart noch erzählt?«

»Das ist alles.«

»Keine Namen?«

»Nein. Ich habe gefragt, ob er nicht misstrauisch geworden, als Bud Warren nicht gekommen. Er sagt, passiert dauernd. Er hat zu viel zu tun, um nachzufragen.«

»Aber Bud Warrens Tod war doch in sämtlichen Zeitungen!«

»Der Warren, der Termin ausgemacht, hat keinen Vornamen oder Adresse angegeben. Es gibt zweihundertelf Warrens im Telefonbuch von Manhattan allein. Ich gezählt.«

»Phantastisch, Dmitri. Jetzt wissen wir, warum Buds Haus angesteckt wurde.«

Finger schnippten mir ins Ohr. »Beweis war im Haus.«

»Hat Lester jedenfalls geglaubt.«

»Aber er nicht sicher. Deswegen immer noch auf Suche.«

»Wie meine Mutter jetzt sagen würde, du hast die Nase dort getroffen, wo es wehtut.«

»Russenwitz, wie geht er weiter?«

»Hab ich vergessen.«

40

Am späten Freitagvormittag war ich wieder in den Hamptons, zusammen mit der halben Bevölkerung Manhattans. Dmitri und ich holten uns Kaffee bei Dreesen's, während Sabrina auf dem Rücksitz liegen blieb, wo sie sich ausgebreitet hatte, als werde sie jeden Augenblick gebären. Wir legten einen Stoß Handtücher in Reichweite, kauften ihr Designerwasser und machten uns auf in Richtung Main Beach. Es war kühler geworden wie angekündigt, der Himmel war eine klare blaue Kuppel. Die Wellen hatten weiße Schaumkronen. Der Strand war gepflastert mit ölbepinselten, röstenden Menschen. Es fehlten nur Knoblauch und Rosmarin; das Salz war in der Luft.

Wir stiegen mit unserem Kaffee aus und lehnten uns an den Kofferraum. »Sieh dir das da mal an«, sagte ich, während ich Dmitri *Dan's Paper* zuwarf. Ich hatte die Zeitung im Supermarkt mitgenommen, um auf der Fahrt etwas zu lesen zu haben. Auf Seite dreiundvierzig hatte ich zu kochen begonnen. »Sieh dir die Bilder von dem Mittagessen zugunsten des Tierheims an.«

»Jeder bringt Tiere und komische Hütchen mit.«

Ich zeigte auf das Foto einer großen Frau, halb verdeckt von einem Sombrero. »Sieh mal, was sie auf dem Arm hat.«

»Uma!«

»Das pelzlose Wunder. Das ist Mrs. Reed Lawrence III,

es steht nämlich drunter, und dieses Essen war letzten Samstag. Dick Knight hat mir erzählt, die Katze wäre vor zwei Wochen verschwunden. Er ist ein Lügner und ein Saftsack.« Ich griff durchs Autofenster nach dem Handy.

»Sag ihm nicht, dass wir wissen, wer Killer ist«, sagte Dmitri.

Ich wählte Knights Nummer in Queens. »So blöd bin ich nicht.« Der Anrufbeantworter meldete sich. Ich wiederholte meine Mitteilung von früher, diesmal ärgerlich. »Hör mal, Knight, wenn du vorhast, den Killer zu erpressen, bist du der dümmste Sack, der mir je begegnet ist, und ich hab schon eine Menge dumme Säcke –« Dmitris Finger drückte auf den Ausknopf.

Ich stierte ihn wütend an, den Mund offen, bereit zu weiteren Beleidigungen. Er neigte seinen großen bärenartigen Kopf. Zu meinen Füßen saßen Zuhörer. Zwei davon, Altersstufe etwa fünf. Beides Mädchen. Ich lächelte. »Ich lerne meinen Text für einen Film.«

Die Kleinere der beiden runzelte die Stirn. »Nicht grade Jane Austen.«

Ich erwähnte Disney. Sie verloren das Interesse. Ich setzte mich ins Auto und rief Knight noch einmal an. »So stelle ich mir das vor.« Ich hielt die Stimme leise. »Der Mörder hat dich angeheuert, um uns im Auge zu behalten.« Ich war am Montag in Lesters Büro aufgetaucht und hatte ihm von meinen Absichten erzählt. Lester hatte mir die Akte gezeigt, und dann hatte er wahrscheinlich Knight angerufen und die Uma-Geschichte mit ihm abgesprochen. Die Lawrences kannte er vermutlich von den Partys in Hampton her. »Vielleicht hat er zu dir gesagt, du sollst uns ein bisschen entmutigen. Also hast du dir ein Auto besorgt und uns auf den Friedhof gerammt, als Andeutung, wo wir enden könnten, wenn wir die Finger nicht davon lassen.«

Von der Rückbank her stieß Dmitri mich an. Er war dabei, Sabrina zu frottieren. »Valiumflasche?«

»Die Flasche hast du wahrscheinlich auch gestohlen. Auf Anweisung, oder vielleicht hast du gedacht, du findest irgendwas, was du gegen den Killer verwenden kannst. Hör bitte auf, so dämlich zu sein. Geh zur Polizei, sonst endest du noch als Leiche.« Ich beendete das Gespräch und tätschelte Sabrina ermutigend den Kopf.

Dmitri schob sich nach vorn auf den Fahrersitz. »Wir sind in gleicher Suppe wie Knight.«

»Wir sind keine Bedrohung für Lester, solange wir keine echten Beweise haben. Wenn wir welche finden, werden wir eben vorsichtig sein.« Ich schloss seinen Gurt. »Los, finden wir raus, was mit Buds Rudergerät passiert ist.«

Dmitri steckte den Autoschlüssel ein und verschränkte die Arme.

»Hey, die Verwaltungsebene streikt nicht. Komm schon, das Boot könnte wichtig sein. Gehen wir.«

Dmitri rührte sich nicht. »Laurie will nicht. Zu viel Erinnerung an Bud. Deswegen hat Steve Thermos behalten. Damit Laurie nicht weint.«

»Wie rührend. Und wo ist also das Boot?«

Der Stalinschnauzbart bog sich an den Enden nach oben. »Ich Deal gemacht.«

Ich erzählte ihm das Ende des Russenwitzes.

Um Buds Haus hing immer noch Rauchgeruch in der Luft. Wir parkten im Schatten einer halb verbrannten Ulme. Sabrina beschloss im Auto zu bleiben. Wir ließen die Fenster offen, damit Luft ins Innere kam. »Bell, wenn du uns brauchst«, sagte ich. Dmitri kraulte sie hinter den Ohren. Sie keuchte, ohne den Kopf zu heben, die Lippen zu einem grimmigen Lächeln verzogen. Ich überprüfte die Rückbank auf große feuchte Flecken. Fand keine. Sie hatte noch etwas Zeit.

Wir ließen Sabrina zurück und gingen den Kiespfad entlang am halb verbrannten Teil des Hauses vorbei. Flammengeschwärzte Zacken strahlten von den vernagelten Fenstern aus. Die Büsche am Gartenweg waren verkohlte Skelette. Jenseits der Brandstätte war der Garten ein Durcheinander von wuchernden Rhododendren, Azaleen und Wildrosen. An der Rückseite des Hauses führte eine schmale verkohlte Linie zu einem kurzen Betonkai. Der Brandstifter war von der Wasserseite her gekommen und hatte auf dem Weg Benzin verschüttet. Als das Feuer ausgebrochen war, waren die Flammen der Tropfenspur bis zum Wasser gefolgt.

Vor unseren Augen breitete der Accabonac einen Schoß voller Sonnenlicht aus. Links lagen die dichten Bäume des Merrill Sanctuary, wo Sabrina festgebunden und ausgesetzt worden war. Rechts Jackson Pollocks Farmhaus, wo Pollys Leiche angespült worden war. Geradeaus vor uns saß der verkrachte Hutmacher im Schneidersitz auf dem Kai. Er trug seine neuen Jeans und eine zerfranste Seersuckerjacke. Eine wollene Matrosenmütze bedeckte sein graues Haar. Seine Füße waren nackt. Seine Hände waren damit beschäftigt, die Seiten des Bootes abzuklopfen.

»Suchst du irgendwas?«, fragte ich.

Dodo fuhr herum. Seine wässerig blauen Augen waren erschrocken. »›Kein Zutritt bis übernächste Woche‹.« Er schob die Hand in die Tasche.

»Hallo gleichfalls.« Ich gesellte mich zu ihm. »Was hast du gefunden?«

»›Am besten kommst du nicht allzu nahe. In der Regel schlage ich auf alles ein, was ich sehe‹.«

»Das glaube ich dir nicht.« Ich setzte mich neben ihn und ließ die Beine vom Kai baumeln. »Was ist das?« Ich zog an dem Klebeband. Es löste sich von seinen Fingern. »Das hast du im Boot gefunden?« Es sah ziemlich neu aus.

Dodo antwortete nicht.

Dmitri ging in die Hocke und griff unter den Sitz des Ruderapparats.

Dodo zog Dmitri am Gürtel. »Ihr habt unbefugt ein Privatgrundstück betreten. Das Boot gehört mir. Laurie hat es mir geschenkt.«

»Tut mir Leid, alter Herr«, sagte Dmitri. »Wir suchen nach Spuren.«

»Redet keinen *Mist.*« Dodos Stimme klang scharf. »Da ist nichts. Jetzt nicht mehr. Mach schon, sieh selbst nach.«

Dmitri kletterte auf Buds Boot, das wild zu schaukeln begann.

Dodo warf mir einen Blick zu; seine Augen waren verschlagen. »›Diese Unterhaltung geht ein wenig zu rasch voran – wir wollen noch einmal zur vorletzten Bemerkung zurückkehren.‹«

»Ich dachte, die Lewis-Carroll-Nummer hättest du aufgegeben«, sagte ich.

Dodo lachte – die Gegeneinander-reibende-Stöcke-Version. »Du hast ja keine Ahnung, wie nützlich die ist, um die Leute fern zu halten.«

Zu viel Alkohol funktioniert auch. »So leicht wirst du uns nicht los.«

Dmitri schob den Kopf unter den Sitz des Ruderapparats und begann zu kratzen.

»Ist da irgendwas?«, fragte ich.

Er richtete sich mit rotem Gesicht und einem triumphierenden Leuchten in den Augen auf. »Jemand etwas eingewickelt und gut an Boot festgeklebt.« Er hielt ein Stück dünne

Plastikfolie in den Fingern, die Sorte, die man in Reinigungen verwendet, und daran ein langes Stück schwarzes Klebeband. »Sie noch nicht lang wieder weggenommen. Wo Band abgerissen, ist sehr sauber.« Die schwarzen Augenbrauen zogen sich zu Dodo hin zusammen. »Du genommen?«

Dodo klopfte sich auf die Hosentaschen, breitete die Hände aus und krempelte die Hosenbeine hoch; ein schiefes Lächeln hing ihm in den Mundwinkeln. »Nach was sucht ihr beiden denn?«

»Das Gleiche, nach dem auch Rebeccas Einbrecher sucht.« Material, das für die Finanzbeamten vom Internal Revenue Service von Interesse war.

»Warum hier?«

»So ein Gefühl«, sagte ich. Dick Knight hatte Pollys Brief an Bud – von dem ein Blatt dann als Abschiedsbrief verwendet worden war – mit Klebeband am Boot befestigt gefunden. Nachdem Bud davon wusste, hätte er das gleiche Versteck verwenden können. »Wie lang liegt das Boot schon hier?«

»Steve gestern Nachmittag gebracht«, sagte Dmitri. »Als du in New York.«

»Und wo war es davor?«

»Die Leute vom Dory Squad, sie haben gefunden und eingeschlossen in Schuppen am Asparagus Beach.«

»Was vermutlich bedeutet, dass bis gestern Nachmittag niemand an das Boot rangekommen ist.« Ich befingerte das Stück Plastik. »Es sieht so aus, als hätte unser Killer endlich gefunden, was er gesucht hat.« Und wir standen mit leeren Händen da. Und außer Gefahr. »Ich glaube, es wird Zeit, dass ich mich noch mal mit Captain Comelli unterhalte.«

»Nein«, sagte Dodo scharf.

»Warum nicht?«

»›Was man gesagt hat, hat man gesagt und muss dann auch die Folgen tragen.‹«

»Ach was«, schnaubte Dmitri. »Folgen. Berliner Mauer. Heirat. Heutzutage sind Folgen vor nichts sicher.«

»›Viel wisst ihr nicht, das steht fest‹«, sagte Dodo. Dmitri und ich nickten. Dodo wollte auf irgendetwas hinaus. Es war nur eine Frage der Zeit, genau wie bei Sabrina.

Dodo streckte ein Bein über den Sitz des Ruderapparats und ließ das Boot schaukeln. »›Eine dürftige Art von Gedächtnis, wenn es nur nach rückwärts reicht.‹«

»Aber es hilft Mordfälle lösen«, sagte Dmitri.

»Dann ist mein Rat für euch, ›macht den Anfang mit dem Anfang und macht weiter, bis ihr zum Ende kommt; dort hört auf‹.«

Ich sagte: »Wir hätten gern, dass du das tust.«

»Ich versuch's ja, auf meine langsame Art.« Er grinste; in seinen Augen spiegelte sich das sonnenbeschienene Blau der Bucht. »›Halt ein!, so schrie die Austernschar, eilt das Gespräch denn so? Das Laufen hat uns angestrengt, und wir sind zart und roh!‹« Zwei Stöcke rieben in seiner Kehle gegeneinander. »Ich habe Jahre gebraucht, um die Rolle zur Perfektion zu bringen. Ihr könnt nicht von mir erwarten, dass ich sie jetzt von einem Moment zum anderen aufgebe.« Er rieb sich mit dem Handrücken über den Mund. »Nüchtern zu sein ist auch nicht gerade hilfreich.« Sein Fuß hielt im Schaukeln inne. »›Ich bin in der Regel sehr tapfer, nur heute habe ich zufällig Kopfweh‹.«

Ich bekam auch gerade welches.

»Aber ›die Zeit ist reif‹«, gab Dodo zu, »›von mancherlei zu reden. Warum das Meer kocht, und ob wohl die Schweine manchmal schweben.‹ Und Polly war meine große Liebe, zehn Minuten, nachdem ich sie zum ersten Mal gesehen hatte, damals im Jahr '49. Sie war über den Sommer hergekommen. Ein dünnes kleines Ding mit dem Feuer von neunzigprozentigem Alkohol und Kraft und Willen eines mutigen Mannes. Von alldem hatte ich gar nichts. Sie hat behauptet, sie hätte keine Verwendung für den Mann, der König sein wollte. Sie hat mich geliebt, sagte sie, und hat es bewiesen, indem sie versucht hat, mir zu helfen. In diesem Winter hat sie The Pynes von Steves Vater gekauft und mich zu ihrem Architekten bestellt. Ich war eben erst mit dem Studium fertig, hab nach einem Job gesucht, hatte an den Wochenenden schon die ersten Blackouts. Polly hat gedacht, sie könnte mich durch schiere Willensstärke dazu bringen, mit dem Trinken aufzuhören. Ich hab's getan.

Im nächsten Sommer, als ich mit den ersten beiden Cottages fertig war, hab ich bei meinem Kumpel Jackson Pollock vorbeigeschaut, der im Haus meines Großvaters gelebt hat.« Er deutete in die Richtung der Farm. »Jack hat sein Lieblingsessen gekocht, Spaghetti mit Fleischklößchen. Er war seit zwei Jahren nicht nüchtern gewesen. Ich war vor der Versuchung sicher. Ich hatte ein halbes Jahr lang keinen Tropfen angerührt.

Nach dem Essen hat Jackson mich mit in den Schuppen genommen und mir gezeigt, woran er gerade gearbeitet hat. Ich hab seine Bilder nicht verstanden, aber ich konnte spüren, wie groß er war, eine Naturgewalt. Neunzehnhundertfünfzig, das war sein produktivstes Jahr. Der größte lebende Maler der Vereinigten Staaten hat mir sein Talent gezeigt, Leinwand um Leinwand, als blätterte er in einem alten Fotoalbum. Und was hatte ich dafür vorzuzeigen? Zwei erbärmliche Hütten, die im ersten Hurrikan zusammengebrochen wären. Ich bin weg von Jack, hab mir eine Flasche Whiskey besorgt, und als ich mit der fertig war, bin ich zurück zu The Pynes und auf einen Bulldozer geklettert und hab ihn in die beiden Hütten gerammt, bis sie so flach waren wie die

Bucht.« Er starrte hinaus über das satinglatte Wasser. »In der Nacht hat das weiße Kaninchen mich wieder erwischt und nicht mehr losgelassen. Im Herbst hat es dann auch Jack erwischt.«

Ich konnte nichts weiter tun, als die Arme um ihn zu legen.

41

Sabrina bellte.

Dmitri rannte zum Auto zuück.

Dodo stand rasch auf und löste sich aus meiner Umarmung. »Die Bäume bellen.« Er schien über die Unterbrechung nicht eben unglücklich zu sein.

Ich stand ebenfalls auf. »Warum hast du in dem Boot herumgesucht?«

»›Ich muss mich nun wirklich auf den Heimweg machen; die Nachtluft legt sich mir so leicht auf die Stimme!‹«

Ich schielte in die Sonne hinaus.

Dodo ließ sein schiefes Lächeln in meine Richtung schwingen. »›Ich bin älter als du und muss es also besser wissen.‹« Er sah den Gartenweg entlang. Kein Laut von dem Hund oder von Dmitri. Wenn Sabrina gerade Junge bekäme, würde Dmitri brüllen.

Ich schob den Arm in Dodos Armbeuge, und wir gingen gemächlich zum Haus zurück. »Polly hat dir auch später noch nahe gestanden, nach ihrer Heirat.«

»Wir waren Freunde. Mein Elend hat sie ihres weniger spüren lassen.«

»An dem Abend, bevor sie gestorben ist, hat Polly mit Laurie gestritten. Bud ist rübergekommen, nachdem Laurie weg war, und sie haben angefangen, sich anzuschreien. Alle Welt hat es mitbekommen.«

Dodo blieb vor einer rußgeschwärzten Steinbank stehen,

die halb verborgen in den Azaleenbüschen stand. »Sprache ist tausend Tränen pro Wort wert.« Er setzte sich.

»Nachdem Bud gegangen war, musst du doch rübergegangen sein, um Polly zu trösten.«

Dodos Augen flackerten. Seine Kiefer schienen an etwas zu kauen. Er verstand, worauf ich hinauswollte.

Ich gesellte mich zu ihm in den Ruß. »Bist du in dieser Nacht rübergegangen zum Haus?«

»Ja.« Seine Stimme machte ein *Ping*-Geräusch, wie ein Wassertropfen, der in ein leeres Glas fällt.

»Nach dem Streit hat sie Bud einen Brief geschrieben. Hat sie ihn dir gezeigt?«

»Ja.« Wieder ein Tropfen.

»Drei Seiten lang ›Es tut mir Leid‹ und eine widerliche Schlusszeile, die Bud für den Mord an seiner Frau ins Gefängnis hätte bringen können.«

»Pollys Leben hatte sich nicht so entwickelt, wie sie es geplant hatte. Es hat sie sehr wütend gemacht.«

»Hat sie dich damit beauftragt, den Brief zu überbringen?« Mutters Laufburschen hatte Laurie ihn genannt.

»Sie wollte ihn mit der Post schicken.«

»Du hast den Umschlag genommen, stimmt's?«

»Warum sollte ich?«

»Weil es ein grausamer Brief war, und du bist ein freundlicher Mann.«

Dodos Augen kehrten zur Wasserfläche zurück. »Es tut mir Leid, dass er von uns gegangen ist. ›Sein Blick so mild wie der vom Reh, sein Haar so weiß wie frischer Schnee.‹«

»Was ist mit dem Brief passiert?«

»Sie hat ihn in der Küche liegen gelassen. Später habe ich mich zurückgeschlichen, die Tür war nie verschlossen. Ich habe Polly an diesem Abend nicht sehr gemocht. Ich meinte das Recht zu haben, den Brief zu nehmen und mich dann zu betrinken. Am nächsten Morgen habe ich festgestellt, dass ich von Rebecca wie ein Hund auf dem Gerard Drive ausgeführt wurde. Ich habe mich in die Farm meines Großvaters geflüchtet und ausgeschlafen. Als ich aufgewacht bin, hat Polly kopfunter im Wasser getrieben.« Er rieb sich mit beiden Händen übers Gesicht, als versuchte er den Ruß der Erinnerung zu entfernen. »Bis zum Abend waren die Gerüchte aufgekommen. Bud hätte sie umgebracht. Ich bin dagegen angegangen. ›Bud ist ein guter Mann. Er hätte sie nicht getötet!‹ Aber was ich sage, ist in Whiskey geschrieben.«

»Also hast du Handschuhe angezogen, um keine Fingerabdrücke zu hinterlassen, und ein Blatt aus dem Brief hinter Lauries Abschlussfoto von der juristischen Fakultät versteckt.« Ein höchst passender Ort. Der Abschiedsbrief und das Foto, und beide waren falsch.

»Ich hab drei Tage und mehrere Flaschen gebraucht, um mich dazu durchzuringen.«

»Und dann hast du die übrigen Blätter unter den Sitz von Buds Ruderapparat geklebt.« Wo Knight sie gefunden hatte. »Warum?«

»Ich konnte sie nicht verbrennen. Pollys Worte, widerlich oder nicht – es war das Letzte, was sie je geschrieben hat. Ich hatte den Brief in der Tasche, bis Bud aus dem Krankenhaus nach Hause gekommen ist. Als er den Ruderapparat auf seinem Boot angebracht hat, hat er zu mir gesagt, der Sport würde ihn gesund halten. Da ist mir der Gedanke gekommen, was ich mit Pollys Wut machen könnte. Sie unter den Sitz kleben, der ihn gesund erhält.« Dodo rieb sich die Augen. »Nachträglich ergibt es so viel Sinn wie die Regeln der Weißen Königin. ›Gestern Marmelade und morgen Marmelade – aber niemals heute Marmelade.‹ Vielleicht hat die auch gern Whiskey getrunken.«

»Weiß Rebecca, was mit dem Abschiedsbrief los ist?«

»Wir sind beide gut bei Alices Lieblingssatz ›Tun wir doch so, als ob‹.«

Ich berührte seine Hand, rau wie Baumrinde. »Danke, dass du mir erzählt hast –«

Der Azaleenbusch hinter mir knurrte. Dodo fuhr zusammen. Ich drehte mich um und sah nach unten. Eine trächtige Masse schwarzweißen Pelzes hatte sich unter den Busch gezwängt.

»Sabrina, was machst denn du hier?«

Das Knurren hielt an.

Dmitri kam um die Ecke, mit der Leine in der Hand; er sah gereizt aus. »Schwangerschaft macht diesen Hund verrückt. Wo ist sie?«

Ich deutete. »Vielleicht will sie die Jungen einfach irgendwo im Stillen kriegen.«

»Sabrina!«

Der Hund ignorierte ihn.

»Sabrina, komm sofort her!«

Sabrina bleckte die Zähne und stürzte sich auf Dodo.

42

Dodo sprang auf und rannte, während Sabrina nach seinen Fersen schnappte. Bis Dmitri und ich uns aufgerappelt hatten, hatten sie fünfzehn Meter Vorsprung. *Nessun problema*, dachte ich, ein siebzigjähriger Mann und eine hochträchtige Hündin – wir würden sie mühelos einholen.

Dodo, so stellten wir fest, rannte wie jener alte Grieche, der auf der gesamten Strecke nach Marathon Staub aufgewirbelt hatte. Und Sabrina raste vor gekränktem Frauenstolz. Dmitri und ich jagten hinter ihnen her, quer durch das Naturschutzgebiet. Wir wichen Baumstämmen, tief hängenden Zweigen und Löchern im Boden aus und brüllten nutzlose Anweisungen à la »Halt, ihr bringt uns um!«

Nach ungefähr hundert Kilometern ließ sich Sabrina auf einen schattigen Grasfleck fallen. Dodo rannte weiter. Dmitri und ich hielten an. Sabrina hing die Zunge aus dem Maul, sie rang nach Atem. Ihre Fruchtblase platzte.

Dmitri ging mit ehrfurchtsvollem Gesichtsausdruck auf die Knie, als Sabrinas Wehen einsetzten. Ich streichelte ihr den Kopf.

Sie drückte, sie winselte. Erst ein Welpe, dann ein weiterer rutschte ins Freie, fünf Minuten nacheinander. Häufchen von schwarzem, lockigem, nassem Pelz. Sabrina begann sie abzulecken, hob dann den Kopf und krümmte sich, um zwischen ihre Hinterbeine greifen zu können. Ein weiterer Kopf war erschienen. Sabrina drückte. Die Vorderbeine des Welpen kamen zum Vorschein. Sabrina drückte weiter. Die beiden anderen Welpen krochen ihr über den Bauch und maunzten nach Frühstück und einer gründlichen Wäsche. Ich massierte ihr mit langen Abwärtsbewegungen die Flanken. Sie drückte noch einmal und wimmerte dabei. Dann fiel sie erschöpft zurück. Der Welpe steckte fest.

Dmitri drückte die Hand auf den Mund. »Sie wird sterben.«

»Hol ihr Wasser.«

Er zog einen Schuh aus und stürzte zum Bach.

Der neue Welpe hatte einen lockigen schwarzen Kopf mit einem großen weißen Fleck zwischen den Augen, genau wie seine Mutter. Ich strich mit dem Finger über ihn hin. Er war so zerbrechlich wie ein Vogel. Ich murmelte: »*Che Dio ce la mandi buona*« – möge Gott es gut senden, wobei »es« das Glück ist – und schob die Hand unter die Vorderbeine des Welpen. Sabrina reckte den Hals und leckte mir die Hand.

»Du wirst sie umbringen!«, schrie Dmitri hinter einer Zeder hervor. Aus seinem Schuh tropfte Wasser. Aus seinen Augen ebenfalls.

Ich zog.

Ein herzzerreißendes Jaulen.

Ein ploppendes Geräusch.

Und Sabrina war die stolze Mutter von drei Jungen.

»Champanski!«, schrie Dmitri. Der Name blieb hängen. Die beiden anderen würden mit den Namen Kaviar und Borschtsch leben müssen.

43

Als die Familie sicher auf der Rückbank verstaut war – Sabrina putzte ihre Jungen, Dmitri kaute an einem Hundekuchen und schwatzte von neuen Verantwortlichkeiten –, fuhr ich uns alle nach Hause und rief unterwegs Rebecca an.

»Ist er da?«

»Er ist mit raushängenden Lungen hier reingestürzt gekommen. Was ist passiert? Er hat sich in seinem Zimmer eingeschlossen.«

»Da soll er auch bleiben. Ich bin gleich da.« Bei der Abzweigung zu The Pynes sah ich ein Aufblitzen von Chrom und Metall. Ich hielt mit kreischenden Bremsen. Dmitri brüllte, als er gegen den Vordersitz geschleudert wurde. Ich warf einen schnellen Blick über die Schulter. Die Welpen hatten sich an den Zitzen ihrer Mutter festgehalten, und Sabrina war zu erschöpft, um zu reagieren. Ich sprang aus dem Auto.

Ich wäre beinahe in Dick Knights Silver-Trigger-Rocinante, seine Harley-Davidson Bad Boy hineingefahren. Die Maschine lag auf der Seite am Straßenrand, in einer Pfütze von grün schimmerndem Öl, Benzin und etwas, das aussah wie Blut. Das Vorderrad schob sich einen Eichenstamm hinauf. Der Tank hatte auf der ganzen Länge einen Riss. An den rechten Spiegel war ein schlaffes rotes Cowboytuch geknotet.

»Was ist passiert?«, fragte ich. Lester Kennelly, gekleidet

in blaue Bermudas, ein T-Shirt mit WSK-Logo und eine Baseballkappe, war dabei, Sand in die Ölpfütze zu schütten. Laurie, in einem Männerhemd über dem Badeanzug, sah ihm dabei zu.

»Das wissen wir nicht«, sagte sie. »Vor ungefähr zwanzig Minuten habe ich die Pflanzen an der Garage bewässert und dabei gehört, wie ein Auto vorbeigeschossen ist, und dann ein krachendes Geräusch. Ich bin zum Haus zurückgerannt, habe das Wasser abgestellt, und als ich hierher zurückgekommen bin, war keiner da. Da, schau« – sie zeigte auf das zerschmetterte Rücklicht und das zerbeulte Schutzblech – »jemand muss ihn von hinten angefahren haben, und er hat die Kontrolle verloren und ist in den Baum gekracht.«

»Fahrerflucht«, sagte ich.

»Kann nicht sein.« Lester richtete sich auf. Er war mit dem Sandstreuen fertig. »Wo ist der Motorradfahrer? Derjenige, der ihn angefahren hat, muss gehalten und ihn ins Krankenhaus gebracht haben. Es sind keine Blutspuren da. Das heißt, das Auto hat ihn mitgenommen.«

Oder Knight hatte sich die Wunde mit dem fehlenden roten Tuch verbunden. Ich beschattete mir die Augen mit der Hand. Auf dem Asphalt waren keine Reifenspuren zu erkennen. Ich wandte mich an Lester. »Du bist rein zufällig vorbeigekommen?«

Er erwiderte meinen Blick und lächelte. Wen versuchte ich hier eigentlich einzuschüchtern? »Ich hatte etwas abzuliefern.«

»Ja«, bestätigte Laurie. »Er hat mich mit offenem Mund hier rumstehen sehen. Er hat mir ein Hühnchen von Iacono gebracht, und dann hat er den Sand geholt, während ich die Polizei gerufen habe.«

»Hat jemand eine Ahnung, wem das Motorrad gehört?« Ich sah Buds Partner gerade ins Gesicht.

»Keinen Schimmer.« Er wandte sich an Laurie. »Weißt du's?«

Laurie fuhr sich mit beiden Händen durch die braunen Locken. »Ich glaube nicht, dass es ein Einheimischer ist oder auch nur einer von den regelmäßigen Sommergästen. So ein auffälliges Motorrad würde ich kennen.«

»Was ist mit dem Auto?«, fragte ich.

»Hab's nicht gesehen«, sagte Laurie.

Lester ließ den Eimer los. Er schepperte etwa einen Zentimeter von meinem sandalenbekleideten Fuß entfernt auf den Asphalt, nach wie vor halb gefüllt mit Sand. Lester entschuldigte sich nicht. »Was war das für eine Geschichte, dass ihr einen leeren Valiumbehälter mit Pollys Namen drauf in Buds Bad gefunden habt?«

Ich drehte mich zu Laurie um. »Hast du es ihm erzählt?«

»Nein, sie hat's mir nicht erzählt. Aus einem sehr guten Grund, nämlich dem, dass es nicht stimmt!« Seine Sonnenbräune nahm allmählich den Farbton eines gekochten Hummers an. »Comelli sagt, das ist etwas, das ihr euch ausgedacht habt, du und dein Kumpel. Und jetzt stellt er eine Menge dumme Fragen.«

Ich sah wieder Laurie an.

Sie rieb sich die Ellenbogen. »Heute Morgen ist der toxikologische Bericht gekommen. Comelli hat sich am Ende doch noch dahinter geklemmt und dem Labor gesagt, sie sollen ihn vorziehen. Dad war voller Valium, und er hatte keinen zweiten Herzinfarkt, obwohl der Arzt sagt, im Zeugenstand könnte er das nicht beschwören.«

Lester lehnte sich an sein Auto, einen edlen grünen Jaguar, den er hinter dem zerschrammten Baum geparkt hatte. »Dann hat er sich also umgebracht.«

Ich packte Laurie am Arm, bevor sie antworten konnte. »So sieht es jedenfalls aus.«

»Deshalb hat er die Weste ausgezogen.« Lester konnte seine Erleichterung nicht verbergen.

»Wahrscheinlich«, sagte ich. Laurie begann zu zittern. Ich packte sie fester. »Dmitri! Sieh dir bloß mal diesen Jaguar an. Er ist ein Prachtstück.«

Dmitri stieg langsam aus dem Auto. Er hatte die ganze Zeit zugehört.

»Dmitri hat einen antiken Cadillac«, erklärte ich, während ich Laurie an Dmitri weiterreichte und mich Lester bei seinem Auto zugesellte. Die offenen Fenster hatten mich auf einen Gedanken gebracht. »Sein Auto ist in nicht ganz so gutem Zustand.« Ich lehnte mich gegen die hintere Tür. »Genau genommen ist es voller Beulen. Wird gerade von Kirkwood überholt. Wir sind in einen Baum gefahren.«

Lester interessierte das wenig. Er beobachtete Dmitri, der mit Laurie im Schlepptau sein Auto umkreiste.

»Auto für Zar!«, rief Dmitri.

Ich griff in die Rocktasche, fand ein Kleenextuch und begann zu wischen. »Diese Valiumflasche mit Pollys Name drauf«, sagte ich, »die, von der du nicht glaubst, dass sie existiert – die ist uns aus Dmitris Caddie gestohlen worden, an dem Abend, an dem jemand uns auf den Green-River-Friedhof gerammt hat.« Ich ließ die geschlossene Hand aus der Rocktasche rutschen. »Kannst du dir vorstellen, dass jemand etwas derartig Dummes tut?«

»Nein.«

»Au!« Ich schlug mir auf den Arm. »Scheißbremsen!« Meine geschlossene Hand hatte das offene Rückfenster erreicht. Lesters Büroschlüssel landeten lautlos auf dem Autoteppich. Das Papiertuch ebenfalls. Und wennschon. Wenigstens waren die Schlüssel sauber. Lester würde mich vielleicht verdächtigen, sie genommen zu haben, aber er würde es niemals beweisen können. Jetzt musste ich nur die Akte mit den WSK-Eigentümern noch irgendwie zurückbringen.

Ich kratzte den angeblichen Bremsenstich. »Warum glaubst du nicht an die Existenz dieser Valiumflasche, Lester?«

Er sah mich an. Die Erleichterung hatte etwas anderem Platz gemacht – ich hielt es für Müdigkeit. »Polly hat auf Valium sehr übel reagiert.«

Laurie gesellte sich zu uns. »Woher weißt du das?« Ihre Stimme war kühl und trocken wie eine erste Spur von Frost.

Lester sah überrascht aus. »Das hab ich schon immer gewusst, Laurie. Woher, das weiß ich auch nicht mehr.« Er rieb sich die Augen. Der Tag begann ihm zu viel zu werden. »Kann sein, dass Bud es mir erzählt hat, als ich ihm irgendwann mal vorgeschlagen habe, ein Schlafmittel in Pollys Morgenkaffee zu schütten.« Er richtete sich auf, öffnete die Autotür. Ich machte Platz. »Tut mir Leid, Laurie, aber deine Mutter konnte wirklich ziemlich nervenaufreibend sein.« Er setzte sich auf den Fahrersitz. »Wenn du mich brauchst, ich bin zu Hause.«

»Lester lügt, stimmt's?«, fragte Laurie, während wir zusahen, wie der Jaguar wendete und in Richtung East Hampton davonschnurrte. »Er hat es erst nach Dads Tod gewusst, erst am Montagabend. Deswegen hast du so getan, als hätte Dad Selbstmord begangen. Du glaubst, Lester hat Dad umgebracht!« Sie sank hinunter in die Hocke und vergrub das Gesicht in den Händen. »O Gott, ich kann's nicht glauben. Deswegen musste er die Pillen loswerden.«

Dmitri versuchte es mit einem bärenhaften Tätscheln, von der Sorte, die Dellen hinterlässt.

Sobald wir der Polizei erzählt hatten, was wir über Knights Unfall wussten, schlichen Dmitri und ich uns davon.

»Nicht eine Beule in Jaguar«, berichtete Dmitri, als ich den Leihwagen hinter unserem Cottage parkte. »Er hätte anderes Auto nehmen können, in der Nähe abstellen, dann mit Jaguar ankommen.«

»Ein bisschen kompliziert, aber machbar.«

»Du glaubst, Knight ist tot?«

»Warum die Leiche mitnehmen, das Motorrad aber nicht?«

»Gekidnappt?«

»Vielleicht ist ihm selbst nichts passiert.« Ich stieg aus. »Okay, Folgendes tun wir jetzt. Du rufst das Southampton Hospital an und findest raus, ob jemand eingeliefert worden ist, der aussieht wie Knight.«

Dmitris Schnauzbart zuckte. »Die Polizei kann mir sagen.«

»Wenn Knight es unbeschadet überstanden hat, müssen wir ihn als Erste finden. Er weiß, wer der Mörder ist, und hat wahrscheinlich auch die Möglichkeit, es zu beweisen. Wenn nicht, warum sollte ihn jemand angefahren haben?«

»Um ihn zu warnen, wie er bei uns gemacht hat.«

»Am hellen Tag? Der müsste ziemlich verzweifelt sein. Ich fürchte, unser Killer will noch einen Toten. Wenn Knight nicht im Southampton Hospital ist, versuch's bei allen Krankenhäusern auf Long Island. Und danach hier in der Nachbarschaft – frag nach, ob irgendwer eine Menge schwarzes Leder hat rumspazieren sehen.«

Dmitris Augen wurden trüb. Es war Mittagessenszeit.

»Du kannst ja zwischen den einzelnen Anrufen essen. Vielleicht haben wir Glück, und Knight ist noch am Leben. Heb mir einen Hot Dog auf.«

»Und was machst du?«

»Ich nehme den leichteren Teil. Ich falle in den Kaninchenbau.«

44

Dodo saß auf einem Hocker. In dem Streifen Sonnenlicht, der durchs Fenster hereinfiel, sah er aus wie ein alter Seevogel, der sich auf einem Pfahl sonnte. Rebecca saß aufrecht und in ihren blauen Malerkittel gewickelt auf dem Sofa. Diesmal bot sie keinen Sonnenaufgang in Gläsern an.

»Du bist es, der Sabrina unter dem Spülbecken eingesperrt hat. Deswegen wollte sie dir auch ein Stück aus der Wade beißen.« Wir waren wieder in Rebeccas Haus. Sie hatte gründlich aufgeräumt. Alle Spuren, die der Einbrecher hinterlassen hatte, waren verschwunden. Wir saßen in einem Halbkreis im Wohnzimmer.

»Und als ich aufgetaucht bin«, fuhr ich fort, »hast du mir eins über den Schädel gezogen.«

Dodo schüttelte langsam den Kopf. »»Es hat keinerlei Sinn, dass du hier anklopfst. Ich bin auf der gleichen Seite der Tür wie du selbst.««

»Was soll das nun wieder heißen?«

Rebecca stützte ihre knochigen Ellenbogen auf die Knie. »Er ist auf deiner Seite.«

»Ich war's nicht.« Dodos Stimme wurde nachdrücklicher, sobald er die Carroll-Nummer aufgab. »Warum sollte ich? Ich war im Krankenhaus.«

»Vielleicht haben sie dich schon entlassen, bevor Rebecca gekommen ist. Oder sie hat dich abgesetzt und danach noch irgendwas erledigt. Du hattest eine Weile auf dem Trockenen gesessen. Du wolltest an deine Whiskeyflasche. Sabrina taucht auf und kläfft dich an, du hast Angst vor Hunden, du gerätst in Panik. Ich komme dazu, falle über deine Flasche, du wirst noch panischer.«

Dodo drohte mir mit dem Finger. »›Sprich roh mit deinem Dodo schon und hau ihn, wenn er trinkt. Er tut es doch nur dir zum Hohn, und weil er weiß, es stinkt.‹«

»Erzähl's ihr«, sagte Rebecca, »aber in deinen eigenen Worten.«

Dodo rutschte mit knackenden Knien von seinem Hocker herunter. »Ich habe keine Angst vor Hunden. Ich mag Tiere. Es sind die Menschen, mit denen ich Probleme habe.« Er schob die Hand in die Tasche. Ich hörte Zellophan knistern. »Am letzten Samstag, dem Tag, an dem das Barbecue stattgefunden hat, hat Sabrina mich am Strand getroffen. Ein Streuner, der einen anderen Streuner kennen lernt. Sie hatte Hunger und Durst. Ich hab sie mit den Sandwiches gefüttert, die Rebecca mir freundlicherweise hingestellt hatte. Ich habe ihr frisches Wasser aus dem Eimer gegeben. Ich hab mich von ihr verabschiedet und bin gegangen. Sie ist mir gefolgt. Ich habe ihr erklärt, dass ich sie nicht behalten konnte. Dieses Cottage ist mein einziges Zuhause, und Hunde sind hier nicht erlaubt. Außerdem habe ich nicht das Geld, um sie und ihre Jungen zu füttern. Der Hund wollte nichts davon hören. Bei Sonnenuntergang habe ich sie am Strand gelassen und mich von einem Touristen im Auto mitnehmen lassen.« Er leckte sich die Lippen. Rebecca stand auf, öffnete die Kühlschranktür und holte eine Flasche Tiepolo-Farben heraus.

Ich nahm mein Glas dankbar an. »Sabrina ist dir gefolgt.«

Er nickte, während er seine Medizin hinunterstürzte. »Am Sonntagmorgen ist sie beim Haus meines Großvaters aufgetaucht. Ich schlafe gern bei diesen Findlingen, die Jack hingebracht hat. Es gibt mir Kraft, bei diesen Naturgewalten zu sitzen und über den Bach hinzusehen. Wenn ich genug getrunken habe, kommt die junge Polly vorbei und besucht mich. Der Hund hat mich aufgeweckt. Mich abgeleckt.« Wieder knisterte Zellophan in seiner Hosentasche. »Du bist ein dummer Hund, habe ich zu ihr gesagt. Hast dir den falschen Mann ausgesucht.« Ärger blitzte in seinen Augen auf. »Sie hat sich den gottverdammt schlechtesten Mann rausgesucht!« Er drehte sich um und ging zu seiner Schlafzimmertür hinüber. Die Tür fiel klickend ins Schloss.

Ich wandte mich an Rebecca. »Warum hat er nicht die Leute vom Tierschutz angerufen?«

»Er hat den *Star* angerufen. Ihnen anonym einen Tipp gegeben. Dodo wollte, dass Sabrina in die Zeitung kommt. ›Hochschwangere Mischlingshündin ausgesetzt und an einen Baum gebunden!‹ Das hätte ihr ein neues Zuhause garantiert. Heutzutage kann man die Leute nur noch rühren, wenn die Medien mitspielen.«

»Kannst du ihn nicht beim Tierschutz unterbringen?«, flüsterte ich.

»Ich versuch's ja, aber es ist schwer, einem siebzigjährigen Mann beizubringen, dass es noch ein Leben für ihn gibt.« Rebecca strich mit der Hand über Dodos Tür. »Er hat dir irgendwas zu sagen. Irgendwas über Buds Tod. Er wird nicht reden, wenn du nicht versprichst, nicht zur Polizei zu gehen.«

»Wie kann ich das versprechen, wenn ich nicht weiß, was es ist?«

Rebecca legte den Kopf an Dodos Tür, den Mund dicht an der Ritze. »Simona kann nichts versprechen, aber sie wird ihr Bestes tun.«

Zwei, drei Minuten vergingen. Rebecca aß ein halb gegessenes Tunfischsandwich auf.

»Tausend Dollar Strafe, wenn man das Leben eines Hundes gefährdet!«, schrie ich.

Die Schlafzimmertür öffnete sich einen Spalt weit. »Deswegen kann ich der Polizei nicht Bescheid sagen.« Das Weiß in Dodos Augen sah aus wie gebleicht. »Ganz gleich, wie übel es ist, ich kann das Rebecca nicht antun. Sie würde bezahlen, weißt du. Sie würde es tun, und das wäre nicht recht.«

»Wenn ich diese Monstrosität erst verkauft habe, die Bud mir da hinterlassen hat, ist Geld genug da.« Rebeccas Tonfall war beruhigend. »Die Polizei wird dir nichts tun.«

»Sie haben mich eingesperrt.«

»Du hast Manny den Dummy kaputtgemacht.«

Die Tür öffnete sich weiter. »Er hatte so ein albernes Grinsen im Gesicht.« Dodos Lächeln war verschlagen. »Hat mich an Nixon erinnert, sogar wenn ich nüchtern war.«

Rebecca sah fort, um ihr eigenes Lächeln zu verbergen. »Du hast getan, was du für richtig gehalten hast. Jetzt erzähl's Simona und bring's hinter dich.«

Dodo schüttelte den Kopf. »Nicht, wenn sie's nicht verspricht.«

»Du hast an dem Morgen draußen beim Naturschutzgebiet irgendwas gesehen?«

Er zog die Mütze vom Kopf und kam zu uns heraus. »Versprich's.«

»Okay. Ich versprech's.«

Seine Augen wurden schmal. »Was?«

Ich würde dies noch bereuen. »Ich verspreche, ich gehe nicht damit zur Polizei.«

Dodo nickte langsam und beifällig und sagte nichts.

»Ich hab meinen Teil getan«, sagte ich. Meine Geduld war längst aufgebraucht.

Dodo tat zwei weitere Schritte ins Zimmer, drehte den

Kopf zu Rebecca hin und zurück zu mir. »Ich hab gesehen, wer Bud umgebracht hat.«

»Du hast den Mord beobachtet?«

»Ich habe gesehen, was ihm vorausgegangen ist. An Land war der Nebel nicht so dicht. Ich bin zurückgekommen, nachdem ich den Hund ausgesetzt hatte. Ich wollte quer über Buds Grundstück gehen und bei meinen Findlingen schlafen. Es war etwa sechs Uhr morgens. Die Sonne hat noch tief gestanden.«

»Was *hast* du gesehen?«

»Ich habe ein Kanu mit zwei Benzinkanistern an Buds Bootssteg liegen sehen. Ich konnte das Zeug riechen. Und dann habe ich gesehen, wie er aus Buds Küchentür gekommen ist, mit ein paar Papieren in der Hand und einem Gesicht wie ein Mann, der wirklich am Ende ist. Er hat die Papiere gestohlen, das Haus angesteckt, um es zu vertuschen, und dann ist er gegangen und hat meinen Freund umgebracht. Und wahrscheinlich hat er auch Polly umgebracht, und ich hatte nicht genug Courage, um zur Polizei zu gehen.« Er legte die Hände vors Gesicht und begann zu weinen.

Rebecca legte die Arme um ihn. Ich strich ihm über den Rücken. »Wen hast du gesehen?«, fragte ich.

»Den jungen Kerl«, sagte Dodo erstickt, »den, dem das Restaurant gehört.«

45

»Kein Knight weit und breit«, verkündete Dmitri beim Hereinkommen. »Du schuldest mir zwanzig Dollar.« »Vergiss Knight.« Ich war bei der dritten Dose Tunfisch im eigenen Saft. »Wir haben etwas zu erledigen. Warum schulde ich dir Geld?«

»Rothaarige aus Sag Harbor hat Haar an gewissen Furcht einflößenden Dmitri K. ausgeliefert.« Er schwenkte ein Büschel flammenden Haars vor meiner Nase.

»*So* hast du nach Knight gesucht?«

Dmitri hob zwei Hände, in denen ein Pfund Nudeln Platz gefunden hätte. »Ich besitze unternehmerischen Geist.«

Ich sah zu dem Dutzend weißer Rosen hinüber, die Jim geschickt hatte, und erzählte Dmitri von Dodos Beobachtungen.

Dmitris Gesicht verfinsterte sich. »Pah. Ich nicht glaube. Ich mag Jim!«

»Das hab ich auch getan.«

»Er ist kein Mörder!«

»Warum hat er versucht, das Haus abzubrennen? Weil Bud irgendwas hatte, das Jim haben wollte. Vielleicht irgendwas, das die Beamten vom Internal Revenue Service auch gewollt haben. Denk dran, die beiden waren Partner bei diesem Restaurant.«

»Zeit, mit Polizei zu reden.« Er spülte die Tunfischdosen aus.

»Zeit für die italienische Rache.«

Eine dicke schwarze Augenbraue schnellte nach oben. »Knoblauch?«

Ich rief Jim im Restaurant an. Ich musste warten. Freitagmittag zur Essenszeit herrscht Hochbetrieb. Eine Menge Leute aus Manhattan fahren am Donnerstagabend oder früh am Freitag hinaus.

Er brauchte fünf endlose Minuten, um ans Telefon zu kommen. Ich bedankte mich für die Blumen. »Ich würde mich furchtbar gern heute Abend mit dir treffen.«

»Phantastisch. Mein Laden?«

Nein! »Du hast doch gesagt, du wolltest mir die heißesten Läden der Hamptons zeigen?«

»Stimmt.« Jetzt hörte er sich nicht mehr ganz so begeistert an. »Wie wär's mit Della Femina's? Ich wollte mir die neue Speisekarte dort ansehen. Ich kenne jemanden, der seine Reservierung stornieren will.«

»Eine späte, hoffe ich.« Nach Einbruch der Dunkelheit.

»Bleib dran, ich frage nach.« Er legte den Hörer fort und nahm ihn ein paar Sekunden später wieder auf. »Leg nicht auf.«

Ich horchte eine halbe Minute lang auf murmelnde Stimmen und das Klicken von Eiswürfeln, während Sabrina den Schnauzbart ihres Herrn und Meisters mit einer nassen Zunge säuberte. Champanski, Kaviar und Borschtsch schliefen in der Sonne auf Dmitris kostbarem violettem Hemd. Dmitri tätschelte sie der Reihe nach, während ihm die Tränen in die Augen traten. Die Vaterrolle überwältigte ihn völlig.

Jim ging wieder ans Telefon. »Neun Uhr dreißig?«

»Wundervoll. Bis dann.« Ich legte auf.

»Was ist italienische Rache?«, fragte Dmitri.

»Ich verführe. Du stiehlst.«

Wir verbrachten den Nachmittag damit, die Umgebung nach Knight abzugrasen und mit Sabrina samt Familie zum Tierarzt zu gehen. Knight war verschwunden. Achtunddreißig Lokalkrankenhäuser in Suffolk und Nassau bestritten, dass ein Mann dieses Namens oder Äußeren sich an sie gewandt hatte. Wir überlegten, ob wir auch bei den New Yorker Krankenhäusern anrufen sollten, und kamen zu dem Schluss, es wäre Zeitverschwendung. Knight war entweder tot, oder er war gekidnappt worden, oder er wollte nicht gefunden werden.

Als ich gerade zu entscheiden versuchte, was ich zu meinem eleganten Abendessen tragen sollte, rief Jim an. Unser gemeinsamer Abend musste verschoben werden. Zwei potentielle Käufer waren aufgetaucht und hatten Interesse an dem Restaurant bekundet. Sie wohnten im Gurney's Inn in Montauk.

»Es tut mir Leid, Simona. Sie wollen beim Essen drüber reden. Sie fliegen morgen zurück nach Europa. Ich glaube, es sind Franzosen.«

»Ich wusste nicht, dass das Restaurant zum Verkauf steht.«

»Tut es auch nicht, aber im Herzen bin ich eben Händler. Sie haben eine große Summe genannt. Pass auf, wir sehen uns morgen bei der Beerdigung, und komm doch morgen Nachmittag zu dem Autoren-Künstler-Softballspiel. Ich brauche dich als Trösterin. Ich spiele für die Autoren. Wir verlieren immer. Danach können wir uns in mein Boot setzen und auf und davon fahren. Wir besprechen die Dinge über Hummer, Pinot Grigio und Schokoladenganachetorte. Klingt das gut?«

»Besprechen welche Dinge?«

»Eure Ermittlungen. Ich habe eine Vorstellung, warum Polly umgebracht wurde.«

»Was für eine?«

»Das kriegst du am Telefon mit Sicherheit nicht aus mir raus. Betrachte es als Erpressungstaktik. Außerdem muss ich mich erst noch bei einem alten Kumpel nach etwas erkundigen. Es tut mir Leid wegen heute Abend.«

Ich öffnete die Badezimmertür. Dmitri war dabei, seinen Schnauzbart zu föhnen. Er bevorzugt den bauschigen Look. »Aus dem Plan wird nichts«, schrie ich. »Jim weiß, was wir vorhaben.«

Dmitri föhnte weiter. »Gut, du kommst mit mir. Geht schneller. Kleidung ist schwarz.«

Ich zog den Stecker aus der Dose. Mir war nicht nach Brüllen. »Das ist zu riskant.« Ich erzählte ihm vom plötzlichen Auftauchen der potentiellen Käufer. Franzosen, ausgerechnet. »Er hat sich sogar einen Grund einfallen lassen, warum Polly umgebracht wurde. Den er mir natürlich nicht gesagt hat. Entweder spielt er auf Zeit, oder er stellt eine Falle.«

Dmitri schnüffelte. »Er Wahrheit gesagt. Du kommst mit mir. Vertrau mir.«

»Das habe ich hinter mir.« Dann dämmerte es mir. Ich piekte ihn in die Brust und brach mir fast den Finger dabei. »Du hast das eingefädelt!«

»*Da.*«

»Warum? Mein Plan hätte doch wunderbar funktioniert. Während wir im Della Femina's sitzen, durchsuchst du sein Haus und findest das, was er aus dem Boot gestohlen hat.«

»Und nach eurem Dinner und zu viel Wein, was passiert? Vielleicht er will Intimitäten? Was machst du? Jim sehr attraktiv. Stan würde mir nie verzeihen.« Er bauschte seinen Schnauzbart mit den Fingern auf und sah auf die Uhr. »Zwanzig Minuten, nachdem Sonne fort ist, gehen wir.«

»Ich sage immer noch, es ist zu riskant.« Wenn Jim erst in Montauk angekommen war und festgestellt hatte, dass es keine potentiellen Käufer gab, hatten wir keine Möglichkeit abzuschätzen, wie lang er für den Rückweg brauchen würde.

»Heute Abend«, sagte Dmitri, während er einen Kamm durch sein dickes Haar zerrte, »Jim isst Hummer und gedämpfte Muscheln tropfend von Butter und trinkt eisgekühlten Wodka, bis er Sonne sieht und glaubt, es ist noch Mond.«

Ich rammte ihn wieder, diesmal mit der Faust. »Diese Typen sind keine Franzosen!«

»Du kannst wetten. Hundert Prozent Russen.«

»Mike und Phil?«

Dmitri strahlte. »Die Brüdder K haben Fall übernommen.«

Möge Gott es gut senden.

46

Wir verließen unser Cottage um neun Uhr fünfzehn mit leeren, nervösen Mägen. Der Mond, ziemlich rund, aber noch nicht sehr hell, war keine große Hilfe beim Beleuchten der Bucht und ihrer Umgebung. Wir schlichen hintereinander her, beide in schwarzen Hosen und T-Shirts und rosa Gummihandschuhen – Letztere ein Sonderangebot des A&P-Supermarkts. Dmitri hatte die Einkäufe erledigt.

Als wir Jims Terrasse erreicht hatten, überprüfte Dmitri den Grill. Nichts außer Kohlenasche. Ich blieb vor Jims Küchentür stehen, die auf das Wasser hinaussah. Nur Fische, Vögel und nächtliche Segler hätten uns sehen können. Und vielleicht Leon Gardiner, wenn Leon auf seiner Insel ein Fernrohr in NASA-Stärke hatte. Ich sah nach Osten. Unser Cottage versperrte den Blick auf den Rest von The Pynes. Im Westen schützte uns eine Gruppe von Zedern.

Ich zog am Türknauf. Die Tür war abgeschlossen. »Wo ist das Werkzeug?«, flüsterte ich. Dmitri hatte behauptet, ein Meister im Schlösserknacken zu sein. Er würde das Schloss aufbrechen und mir den Rest überlassen. Ich hatte dreißig Sekunden, um einzutreten, die zwei Schritte zur Alarmanlage hinüber zu tun und den Code einzugeben, den Jim mir am Strand gesagt hatte.

Dmitri holte eine Karte aus der Hosentasche und hielt sie zwischen dicken rosa Fingern hoch. »Visa. AA. Advantage. Deine.« Er schob sie in den Spalt unmittelbar über dem

Schloss. »Du bekommst Bonusmeilen für jedes Schloss, das du öffnest.« Er lockerte sein Handgelenk und schob die Karte nach unten. Klick. Der Riegel glitt zurück. So einfach war das.

Dmitri öffnete die Tür und begann zu zählen. »Eins und zwei …«

Ich stürzte ins Innere, rannte in die Fliegengittertür, trat zurück, öffnete sie und wandte mich nach links.

– »zehn, elf« –

Die Alarmanlage. Da war sie, neben einem World-Wildlife-Kalender. Fünf mal zehn Zentimeter groß mit Reihen beleuchteter Zahlen. Winziger Zahlen.

– »fünfzehn, sechzehn« –

Mäusedreck, danach sahen sie aus. Ich kniff die Augen zusammen, legte den Kopf in den Nacken. Tat zwei Schritte rückwärts. Es half nichts.

– »zweiundzwanzig« –

Dio, blind mit neununddreißig!

– »dreiundzwanzig« –

»Du zählst zu schnell!« Ich holte Atem. Luft und Logik. Mir fiel ein, dass Zahlen in der Regel der Reihe nach angeordnet sind.

Eins. Oben links.

Langsam. Die Handschuhe waren mir viel zu groß. Am Ende drückte ich noch auf zwei Tasten gleichzeitig.

Null. Die Null war unten rechts.

– »sechsundzwanzig« –

Eins, wieder oben links. Neun, links von der Null.

»Ich hab's!« Der neunzehnte Oktober. Der Schwarze Montag der Börsen. Gott sei Dank hatte Jim das Jahr weggelassen.

Ich winkte Dmitri ins Innere. Er öffnete die Gittertür.

Die Alarmanlage ging los.

Mein Herz sprang bis an die Decke. Mein Hirn schaltete ab.

Die Alarmanlage heulte weiter.

Dmitri schob mich zur Seite. »Was ist Zahl?«

»Neunzehnter Oktober.«

»Zahl!«

»Zehn. Zehn, neunzehn.«

Er tippte schnell und zielsicher. Die Sirene brach mitten im Heulton ab. Die Ohren fielen mir fast ab vor Erleichterung.

Das Telefon klingelte.

»Geh nicht dran«, befahl Dmitri.

Das Telefon klingelte weiter.

»Ich muss aber.« Ich ging hinüber zur Anrichte. »Das ist die Sicherheitsfirma. Ich brauche bloß das Passwort, dann ist alles in Ordnung.«

Passwort. Oder ich schieße.

Was würde ein ehemaliger Börsenmakler als Passwort wählen? Wall Street, Solomon Brothers, NASDAQ, Quotron? Schweinemagen?

Ich nahm ab.

»Hamptons Security.« Eine ältere, höfliche Stimme.

Neben dem Telefon lag der Grundriss eines Hauses. Vier Schlafzimmer. »Tut mir Leid. Ich hätte gedacht, ich bin zu jung, um eine Brille zu brauchen.«

»Das Passwort?« Gelangweilt.

Ein Name stand groß auf dem Plan. Ein berühmter Name. Das Passwort als Ausdruck eines Herzenswunsches? Warum eigentlich nicht?

»Richard Meier«, sagte ich fest.

Eine Pause, durch die man einen Herzinfarkt hätte steuern können.

Hamptons Security sagte schließlich: »Sie haben Glück,

dass Sie bloß eine Brille brauchen.« Er legte auf, ausgesprochen freundlich. Ich stürzte mich auf den Plan, um ihn zu küssen.

Dmitri riss ihn mir fort. »Kein Speichel. DNA!«

Ich küsste stattdessen Dmitri. »*Ho un gran culo.* Ich habe einen dicken Hintern.« Das bedeutet, ich habe Glück.

Wir ließen die Jalousien herunter. Wir hatten Taschenlampen mitgebracht, aber die Deckenlampen würden uns die Arbeit erleichtern. Das Haus war klein – Gott sei Dank. Auf der Höhe der Terrasse war der größte Raum die Küche; sie öffnete sich auf ein kombiniertes Wohn- und Esszimmer, von dem aus man einen Blick auf die Terrasse, die dahinter liegende Bucht und die Zederngruppe im Westen hatte. Neben dem kleinen Flur ein winziges Bad mit einem Fenster zur Auffahrt.

Unten lagen ein großes Schlafzimmer, ein kleineres Gästezimmer und zwei Bäder. Die Zimmer waren nur mit dem Nötigsten möbliert, als wartete Jim nur darauf, es wieder an die Spitze zu schaffen, in ein Haus südlich der Straße, außen Richard Meier und innen Mark Hampton.

Dmitri war für die Küche. »Pavels Frau versteckt meine Briefe in Ofen.« Er zwinkerte. »Heißer Ort für heiße Prosa.«

Ich begann mit dem größeren der beiden Badezimmer im Untergeschoss. Im Bad hebe ich meine Wertsachen auf – die antiken Emailohrringe meiner Großmutter, die goldene Pisces-Brosche, die Stan mir zu Weihnachten geschenkt hat. Man soll nie etwas im Schlafzimmer verstecken. Dort sehen Diebe als Erstes nach. Ob Jim das wusste?

Das Badezimmer ergab nur, dass Jim Angst hatte, kahl zu werden. Sein Vorrat an *Rogaine* hätte für ein Jahr gereicht. Ich ging zum Schlafzimmer über.

Ich ging hastig die Bücher durch. Eine Menge Thriller. *Den of Thieves*, *Free to Trade*, der neueste Ridley Pearson. Auf dem Bett, mit einer Papierserviette von Jim's Pit als Lesezeichen, lag *Liar's Poker*, ein Wall-Street-Roman. Ich öffnete das Buch an der markierten Stelle und fand ein höchst passendes Zitat von Samuel Johnson: ›Wer sich selbst zum Tier macht, erspart sich den Schmerz, ein Mann zu sein.‹

Ich überprüfte Jims Kommode und ging zum Kleiderschrank über. Ich wurde es müde. Vor allem fiel es mir schwer, mir Jim als Brandstifter vorzustellen – oder als Mörder. Auf einer Seite des Kleiderschranks hing eine schmutzige orangefarbene Rettungsweste, die aussah, als sei sie schon lange nicht mehr getragen worden. Ich sah mir das Etikett an. Die Weste war kein Produkt von Sport4Life.

Ein unheilvolles Summen erfüllte den Raum. Ich fuhr herum. Es war nicht der Wecker. Ich warf einen Blick auf das Radio im Bad. Nichts. Ich stand noch draußen im Flur, als das Summen plötzlich abbrach. Etwas Tröstlich-Verführerisches kitzelte mich in der Nase. Ich rannte zum Fuß der Treppe.

»Dmitri! Kochst du etwa?« Ich nahm die Treppe immer zwei Stufen auf einmal.

Mein Partner stand vor der Mikrowelle, ein seliges Leuchten im Gesicht. Die Tür stand offen. »Perfectissimo!«

Ich spähte unter seinem Arm hindurch. Ein Plastikteller voller Cannelloni – sechs Stück, bedeckt von sacht köchelnder weißer Sauce mit einer feinen Marmorierung aus Tomate. An einer Ecke war papierdünner Pastateig zu erkennen. Der Geruch teilte mir mit, dass die Füllung aus Hummer mit einer Spur Estragon bestand.

»Keine gute Idee.« Mir lief das Wasser im Mund zusammen. »Und du hast alles voll Sauce gespritzt.«

»Ich suche nach Beweismitteln in Tiefkühltruhe. Ich sehe Paket von Jim's Pit. Ich sehe auch Mikrowelle. Ich überrasche dich mit gutem Essen.«

Ich griff nach einem nassen Schwamm und begann Schubladen zu öffnen. »Selbst wenn Jim sein Essen nicht vermisst, er wird es in dem Moment riechen, in dem er hier hereinkommt.«

»Du weißt, warum russische Frauen keine Mikrowellen kaufen?«

»Das ist jetzt nicht der richtige Moment!« Ich öffnete die letzte Schublade und fand einen roten Topflappen. Ich warf ihn Dmitri zu, zusammen mit dem Schwamm.

Er nahm die Cannelloni aus der Mikrowelle, als handele es sich um seinen Erstgeborenen. »Mikrowelle erinnert Russin an Ehemann mit Wodka. Dreißig Sekunden, und er ist gar. Jim, nach einem Abend mit Mike und Phil, er ist gegrillt. Einzige Sache, die er riechen wird, ist Wodka.« Er begann den Ofen zu säubern.

»Was ist das?« Ich schob in der Schublade einen weiteren Topflappen zur Seite und brachte eine Akte ans Tageslicht. In der oberen rechten Ecke stand Buds Name in seiner hingeworfenen Handschrift. In der Akte lag Buds Kopie des WSK-Gesellschaftervertrags. »Das ist es wahrscheinlich, was Jim in der Hand hatte, als Dodo –«

»Stalingrad!«, verkündete Dmitri. »Wir besiegen Feind!«

Ich rannte zu ihm hinüber. Er war dabei, vorsichtig eine Plastiktüte zu entfernen, die mit Klebeband an der Rückseite des Besenschranks befestigt war.

Ebenso behutsam öffnete ich die Tüte und fand dreißig bis vierzig einzeln gefaltete Lieferscheinkopien. Die Firma Bear & Bull Distributors in Long Island City, Weine und Spirituosen. Beliefert worden war jedes Mal Jim's Pit. Jims Kunden hatten allein in den letzten paar Monaten wahre Ozeane an Alkohol konsumiert.

»Warum nötig, dies zu verstecken?«, fragte Dmitri.

»Pazienza.«

Beim letzten Lieferschein wurden wir belohnt. Zusammen mit ihm war ein Kontoauszug einer Bank in Riverhead, Long Island, gefaltet. Im Verlauf des Monats Juli hatte die Firma Bear & Bull Distributors fünfunddreißigtausend Dollar eingezahlt und achtundzwanzigtausend Dollar abgehoben.

Dmitri griff nach dem Lieferschein und drehte ihn um. Sein Gesichtsausdruck verdüsterte sich schlagartig. Wahrscheinlich hatte auch er bis zum letzten Augenblick gehofft. Aber der Name war nicht zu verkennen. Ich warf einen Blick auf die anderen Scheine.

Jeder einzelnde davon war von Jim Molton abgezeichnet.

47

Wir aßen die Cannelloni im Kerzenlicht auf unserer eigenen Veranda, während wir über die silbrige Bucht hinsahen. Es war beinahe Mitternacht. Wir hatten die Lieferscheine wieder dort angebracht, wo wir sie gefunden hatten, und nur einen Scheck behalten – sowie die Adressen der Bank in Riverhead und der Firma Bear & Bull Distributors. Buds Akte hatte ich wieder in die Schublade gelegt.

»Excellentissimo«, verkündete Dmitri nach dem letzten Bissen, aber es klang nicht sonderlich enthusiastisch. Das Essen war gut, aber die Einzige, die es wirklich zu würdigen wusste, war Sabrina.

»Jim hat eine Scheinfirma eingerichtet, die sein Restaurant beliefert hat«, sagte ich. »Alkohol hat er deshalb genommen, weil ein Restaurant daran am meisten verdient. Irgendwas an den Rechnungen von Bear & Bull muss Bud misstrauisch gemacht haben. Und wenn's der Name gewesen wäre. Jim kommt anscheinend nicht von den Börsenmärkten los.«

Dmitri schnalzte mit den Fingern. »State Liquor Authority. Einer von vier Anrufen, die ich überprüfen sollte.«

»Bud hat dort angerufen und rausgefunden, dass die Firma nicht eingetragen ist. Jims Verrat hat ihn so wütend gemacht, dass er bereit war, das Restaurant zu ruinieren und seinen eigenen Anteil zu verlieren.«

»Er hat Termin mit Finanzbeamten ausgemacht.« Ich

nickte. »Und dann hat er Jim angerufen, um ihm zu sagen, was er getan hatte. Bud hat ihm damit Gelegenheit gegeben, sich selbst zu stellen.«

»Telefongespräch, das Laurie gehört hat«, sagte Dmitri. »Aber warum Polly umbringen?«

Darauf wusste ich keine Antwort.

Jim fiel um vier Uhr morgens krachend in einen Busch. Sabrina bellte. Dmitri ging hinaus, um ihm aufzuhelfen. In seinem gegenwärtigen Zustand wäre Jim niemals in der Lage gewesen, seinen Code in die Alarmanlage einzugeben. Ich war wieder eingeschlafen, bevor Dmitri die Tür geschlossen hatte.

La notte porta consiglio. Die Nacht bringt Rat. Manchmal sogar in Träumen.

Ein Schwarm grellgelber Rettungswesten tanzt auf dem Wasser der Bucht. Bud in seinem Ruderboot schwankt mit ihnen. Sein Oberkörper ist nackt. Er trinkt aus seiner Thermosflasche und liest seine Verdächtigenliste. Im Hintergrund brennt sein Haus, und Dodo zitiert: »»Hinterm Spiegel ist alles verkehrt herum.««

Ich wachte schlagartig auf. Es war Morgen, und der Duft von Kaffee und Donuts hing in der Luft. Ich setzte mich auf und schlurfte vom Bett zum Fenster, um einen Blick auf die Bucht zu werfen. Der Tag war klar, der Himmel rosa und orange gestreift. Möwen schossen in Paaren umher. Ein Segelboot fuhr vor dem Fenster vorbei. Die Flügel der weißen Windmühle auf Gardiner's Island standen wieder in ihrer X-Stellung.

Alles schien zum Besten zu stehen in diesem Winkel des Himmels.

»Ich finde raus über Knight«, sagte Dmitri, während er mir Kaffee anbot. »Frau auf anderer Straßenseite hat letzte Nacht gesehen, wie Mann aus Eiche in ihrem Garten gefallen ist. Schwarzes Leder, großer Helm und rotes Bandanna am Knie. Muss Knight gewesen sein.«

»Wohin ist er gegangen?«

»Er zum Wasser gehumpelt. Bonacker wissen von gestohlenem Boot.«

Und dabei kam mir ein Gedanke.

Die presbyterianische Kirche in all ihrer puritanischen Schmucklosigkeit begann sich gegen drei viertel zehn zu füllen. Die Hälfte der New Yorker Werbebranche war anwesend, darunter auch mein eigener Boss, um William Morris Warren die letzte Ehre zu erweisen. In der vordersten Bank saß Laurie zwischen Lester und Amanda und kämpfte mit den Tränen. Auf der anderen Seite neigte sich Steve in ihre Richtung, das gebräunte Gesicht zerklüftet vor Sehnsucht. Rebecca und Dodo saßen steif neben Charlene mit ihrem flammenden Haar. Jim saß zusammengesunken auf seinem Platz und ließ den Kopf hängen – ob es Reue war oder der Kater, wusste ich nicht.

Im Licht eines hohen Fensters stand Captain Comelli und beobachtete die Menge durch seine Sonnenbrille.

Als Lester Kennelly von den vielen wundervollen Anzeigen sprach, die sein Freund und Partner geschaffen hatte, schlich Dmitri sich ins Freie, und ich schrieb einen Zettel.

Später, als sich in dem großen Haus die Trauergäste um den Tisch mit den Getränken drängten und Dmitri Hummerbrötchen unter seinem Schnauzbart verschwinden ließ, empfahl ich mich, um ein paar Besorgungen für das Softballspiel zu erledigen. Nicht allerdings, ohne vorher den Zettel in eine Tasche geschoben zu haben.

Die Frage, wer Bud und Polly ermordet hatte, war zu einer Frage des Vertrauens geworden.

48

»Das Softballspiel der Künstler und Autoren hat hier seit 1962 jedes Jahr stattgefunden«, erzählte Lester mir. »Alle Einnahmen gehen an wohltätige Einrichtungen.« Wir saßen nebeneinander im Gras des Herrick Park am Rand eines staubigen Spielfelds hinter dem A&P-Supermarkt.

»Früher war es wirklich mal ein Wettkampf zwischen den Künstlern und den Autoren hier in der Gemeinde«, fuhr Lester fort. »Dann hat sich vor ungefähr zehn Jahren Hollywood angemeldet. Du hättest hören sollen, was Bud dazu zu sagen hatte.«

Eine dicht gedrängte Menge von Fans und Prominentenjägern redete, aß, trank und drängelte, um einen besseren Blick zu haben. Die Sonne begann zu sinken und schien uns direkt in die Augen. Trotz der angenehmen dreißig Grad sammelte sich Schweiß in meinem Nacken.

»Er war nicht gerade angetan«, sagte ich, um meinen Teil der Unterhaltung nicht zu vernachlässigen.

»Sodom und Gomorrha ziehen gen Osten.« Lester zog sich den Schirm seiner Baseballkappe als Sonnenschutz in die Stirn. »Saure Trauben meiner Meinung nach. Er hatte Ärger mit der Schulter und musste aufhören. Vorher hatte er den Werfer für die Künstler gemacht. Das war die Zeit, als die Autoren gewonnen haben. Vierzehn Spiele hintereinander.« Der Gedanke schien Lester Spaß zu machen. Der britische Ansager hatte uns gerade mitgeteilt, dass wir unsere Eintrittskarten behalten sollten, weil sie zugleich als Lose für die Tombola dienten. Der glückliche Gewinner des dritten Preises würde einen zweiwöchigen Aufenthalt im Citadel-Zentrum gewinnen. Ein neues Inning hatte begonnen, das neunundneunzigste Inning – so kam es mir jedenfalls vor. Auf einen vollkommen unschuldigen Ball einzudreschen entspricht nicht meinen Vorstellungen von Vergnügen. Dabei zuzusehen ist langweilig. Dabei zuzusehen, während man darauf wartet, dass Buds und Pollys Mörder aktiv wird, ist potentiell tödlich.

Der zweite Preis war *eine* Woche im Citadel.

George Plimpton machte Anstalten, den Ball Alec Baldwin zuzuwerfen. Rattiner von *Dan's Paper* und sein Strohhut machten den Schiedsrichter. Ken Auletta war auf Base 1, Ben Bradlee auf Base 2, und Jim war auf Base 3 und damit mir am nächsten. Er winkte mir zu; er sah fürchterlich aus. Ich nickte zurück.

Der erste Preis war ein romantisches Wochenende für zwei in der Luxussuite des New York Mayfair Hotel mit einem Champagnerlunch im Le Cirque.

Ich begann mich am Knie zu kratzen, um die Finger von meiner Brust fern zu halten. Ich hatte einen nagelneuen, fünf Zentimeter großen Kassettenrecorder mit Klebeband zwischen meinen Brüsten befestigt in der Hoffnung, brauchbares Beweismaterial zu Tage zu fördern, zum Beispiel ein vollständiges Geständnis irgendwann gegen Ende des neunten Inning, alle Basen besetzt und zwei Spieler draußen. Das Klebeband juckte.

Das Mikrofon war hinter einer Ansteckssonnenblume aus den vierziger Jahren versteckt, die ich, zusammen mit einer schwarzen Bomberjacke, an diesem Nachmittag in einem karitativen Second-Hand-Laden erstanden hatte. Was konnte jetzt noch schief gehen?

Dodo und Rebecca saßen zwei Plätze weit von Lester entfernt. Laurie und Steve standen bei der linken Spielfeldbegrenzung, die einfach aus einer Reihe von Metallpfosten und einem zwischen ihnen gespannten Seil bestand. Sie waren vollkommen in ihr Gespräch vertieft.

Charlene mit dem Sonnenuntergangshaar war damit beschäftigt, ein Souvenir-T-Shirt zu kaufen. Captain Comelli war damit beschäftigt, ihre Oberschenkel zu studieren. Sie hatte nach der Trauerfeier Shorts angezogen.

Mike, Dmitris Kumpel, der Kokosnüsse gern mit den Achselhöhlen knackt, saß auf meiner anderen Seite, mit einem Cowboyhut und einer riesigen Sonnenbrille verkleidet. Wir konnten nicht riskieren, dass Jim in ihm den Restaurantkäufer von gestern Abend wieder erkennen würde. Mike flüsterte letzte Anweisungen für Phil, den dritten Mann der Brüdder K, in sein Handy.

Hinter mir, drei Meter entfernt, stand Dmitri am Imbissstand, eine Sporttasche zu Füßen. Amanda neben ihm sah kühl und frisch aus in Diamantohrsteckern und einem grasgrünen, leinenen Hosenanzug. Dmitri hatte versprochen, nicht zu essen, nicht zu trinken und nicht auf die Toilette zu gehen. Ich brauchte ihn, und er musste die Hände frei haben. Er musste mich außerdem im Auge behalten. Stattdessen erzählte er gerade einen Witz. Laut.

»In heutigem Russland, kennen Sie Unterschied zwischen Pessimist und Optimist?«

Mein Witz.

»Pessimist glaubt, in Russland kann nichts mehr schlimmer werden. Optimist glaubt, alles kann.«

Alec Baldwin schlug den Ball. Der Ball beschrieb einen hohen Bogen. Wurde von Jim aufgefangen, fiel auf den Boden. Alec schaffte es bis zur zweiten Base. Die Zuschauer applaudierten.

Lester schob sich näher an mich heran. »Was zum Teufel weißt du über meine geschäftlichen Aktivitäten?«

Auf dem Zettel, den ich ihm in die Tasche gesteckt hatte, stand: »Der Firmenzusammenschluss wird platzen.«

»Und warum zum Teufel müssen wir hier reden?« Er hielt die Stimme leise.

»Ich mag Menschenmengen«, antwortete ich. »Ich weiß, wie Bud und Polly gestorben sind. Wie und warum. Sobald das allgemein bekannt ist, werden Chass/Dayton einen Rückzieher machen, wenn sie nicht riskieren wollen, eine Menge wichtiger Kunden zu verlieren.«

»Was faselst du da eigentlich?« Er wusste es ganz genau. Seine Augen waren so hart wie Pistolenkugeln. Lester Kennelly würde alles verlieren, für das er gearbeitet hatte, der Dinge wegen, die Bud als die ›hässlichen Klischees‹ bezeichnet hatte. Habgier und Eitelkeit.

Lester packte mich am Arm. »Würde es dir viel ausmachen, mich auf den neuesten Stand zu bringen?« Ich zuckte zusammen. Hinter mir stand Mike langsam auf. Die Menge ließ ein kollektives Aufstöhnen hören. Chevy Chase war draußen.

Ich erklärte. Wie Bud im vergangenen Jahr den lukrativen Zusammenschluss mit Chass/Dayton verhindert hatte, wie er deshalb hatte eliminiert werden müssen. »Aber die unangenehme, schwierige Polly war auch gegen den Zusammenschluss, und sie hätte hundert von Buds Anteilen geerbt, obwohl die beiden geschieden waren. Bud hatte dir erzählt, dass er sein Testament nicht ändern würde, dass er nicht eingestehen wollte, dass die Scheidung stattgefunden hatte.«

Lesters Griff wurde noch fester. »Du hast diese Anteilseignerakte genommen, die Charlene nicht finden kann! Du bist deinen Job los, Simona, und ich sorge dafür, dass du nie wieder in der Werbebranche arbeitest.« Er hielt jäh den Atem an.

»Es funktioniert nicht, Lester. Du kannst den Zusammenschluss nicht retten.«

»Ich muss mir diesen Dreck doch nicht anhören!« Er ließ meinen Arm los, rührte sich aber nicht von der Stelle.

»Wenn Polly die Erbin war«, sagte ich, »warum nicht sie zuerst umbringen und künftigen Problemen zuvorkommen? Mit Laurie als Alleinerbin wäre viel leichter umzugehen gewesen. Warum also Polly nicht mit Valium abfüllen, sie ertränken und es nach einem Selbstmord aussehen lassen.«

»Die ganze Stadt hat geglaubt, Bud hätte sie umgebracht!«

»Nur hat Bud eben gewusst, dass Polly gegen Valium allergisch war.« Aus dem Augenwinkel sah ich zu Dmitri hinüber. Amanda fütterte ihn gerade mit einem Hot Dog. »Bud und Polly hatten sich am Abend zuvor fürchterlich gestritten. Du hast es von deinem Jaguar aus mitbekommen. Der Streit hat Pollys Leben wahrscheinlich um ein, zwei Wochen verkürzt. Und dann hat die Glücksfee beinah noch nachgeholfen. Nach Pollys Tod hatte Bud einen Herzinfarkt. Er hätte sogar von allein sterben können. Dann wäre kein zweiter riskanter Mord mehr nötig gewesen.«

Die Menge jubelte jetzt wieder. Diesmal hatte Roy Scheider es bis zur dritten Base geschafft. Ich hob die Stimme. »Stattdessen hat Bud sich wider alle Erwartungen erholt. Du musst versucht haben, ihn dazu zu bringen, dem Zusammenschluss zuzustimmen. Du hättest eine Menge Geld daran verdient. Deine Ehe war am Ende, du wolltest raus da. Bei Amandas Vorlieben hast du genau gewusst, das wird teuer. Vor vier oder fünf Monaten bist du wieder bei Chass/Dayton vorstellig geworden. Du warst dir sicher, du kannst Bud noch rumkriegen. Und wenn nicht, dann würde Bud eben sterben müssen.«

»Ihm war's völlig egal inzwischen! ›Verkauft die Firma meinetwegen doch an die Japaner!‹, hat er gesagt.«

»Zu dumm, dass das außer dir keiner gehört hat.«

»Wir haben versucht, den Zusammenschluss vorläufig noch geheim zu halten.«

»Samstagabend«, sagte ich, »als Bud in The Pynes sein alljährliches Barbecue veranstaltet hat, hat sich jemand in sein Haus geschlichen und gemahlenes Valium in die Kaffeemaschine geschüttet. Der Hitze wegen waren die letzten zwei Morgen neblig gewesen. Man konnte damit rechnen, dass der nächste Morgen es auch wieder sein würde.«

»Rede doch leiser!« Er sagte nicht, ich sollte den Mund halten.

»Dieser Jemand hatte das Probestück dieser neuen Sport4Life-Weste und hat sich in der Bucht zu Bud gesellt. Wenn man seine Gewohnheiten gekannt hat, war er sogar im Nebel nicht schwer zu finden. Oder vielleicht hattet ihr zwei auch verabredet, dass ihr euch am Hog Creek Point oder am Lion's Head Rock treffen und ein bisschen zusammen trainieren würdet. Und als der Killer sicher sein konnte, dass sonst niemand in der Nähe war, hat er sein Boot nah rangebracht, das Paddel gehoben und gesagt: ›Hey, zieh mal diese alte Weste aus, Kumpel, und probier die Neue aus. Du kannst nicht einfach Anzeigen produzieren, wenn du das Produkt nicht getestet hast. Mal sehen, wie weit die in dieser Erbsensuppe noch zu sehen ist.‹ Bud hat die alte rote Weste ausgezogen und den Arm nach der Neuen ausgestreckt und wurde ins Wasser gezogen. Wenn das eine Anzeige wäre, müsste der Firmenslogan sein: ›Sport4Life ends lives.‹«

»Was hast du eigentlich für Beweise?« Lesters Augen waren schmal geworden vor Abscheu, als sei ihm die Fäulnis der beiden Todesfälle in die Nase gestiegen.

Ich stand auf und bahnte mir meinen Weg zwischen Schößen und Schultern hindurch zum Imbissstand hinüber. Lester folgte mir. Dmitri ließ Amanda mit einem halb gegessenen Hot Dog in der Hand stehen und schob die Hand in seine Sporttasche.

Er zog die gelbe Rettungsweste heraus.

Amandas Augen wurden weit. »Das hast du aus unserem Haus gestohlen! Ich sorge dafür, dass du ins Gefängnis –«

»Halt den Mund, Amanda!« Lester schlug ihr den Hot Dog aus der Hand.

Kein Mensch achtete auch nur im Geringsten auf uns. An der Ausgangsbase küssten sich Alec Baldwin und Kim Basinger.

So viel zum Thema *Im Schutz der Menschenmenge*.

»Was für Beweise?« Lesters Stimme war ein entsetztes Krächzen.

»Jemand hat gelbe Weste in Bucht gesehen!«, behauptete Dmitri lügnerischerweise. »Sonntagmorgen.«

»Hättest du wohl gern«, sagte die Anwältin der Familie. »Liebling, sag kein Wort.« Amanda wischte sich Senf von den Händen.

»Nicht mal zu einer Freundin?«, erkundigte ich mich.

Dmitri pfiff die ersten Töne von Beethovens Fünfter und griff in die Hosentasche. Mike wippte auf den Fußballen.

Hinter der Popcornmaschine trat eine Erscheinung hervor. Ein schwarzer Helm mit heruntergelassenem Visier, gefolgt von einer gut gefüllten schwarzledernen Bomberjacke, schwarzen Chinos und einem roten Tuch, von dem rote Farbe troff.

Wir warteten ab, ob der Trick funktionieren würde.

»Knight kommt mit uns, oder Simona stirbt.« Etwas Hartes stieß mich auf der rechten Seite in die Rippen, bevor Mike sich von der Stelle rühren oder Dmitri den Griff seiner Waffe finden konnte.

»Der Revolver ist echt.« Amandas Stimme war frisch und kühl wie ihre Kleidung. »Sag's ihnen, Lester. Lass sie in den Genuss deines Wahrhaftigkeit-in-der-Werbung-Slogans kommen.«

»Glaubt ihr einfach.« Sein Gesicht war zu einer Masse resignierter Falten geworden. »Kaliber zweiundzwanzig. Ich hab ihn ihr gekauft.«

»Als es für ihn noch einen Unterschied gemacht hat, ob ich lebe oder sterbe. Du hättest eben nicht die Scheidung verlangen sollen, Liebling. Dann wäre das alles nicht passiert.«

»Du hast Polly und Bud umgebracht, damit der Zusammenschluss über die Bühne geht.« Ich schloss die Augen vor der Möglichkeit, dass sie abdrücken würde. »Um bei der Scheidung ein größeres Stück vom Kuchen zu bekommen.«

»Was bist du doch für eine schlaue kleine Ermittlerin. Und jetzt machen wir einen Spaziergang. Dafür solltest du die Augen lieber aufmachen.« Ich öffnete sie und holte Atem. Ich sah zu Dmitri hinüber. Er sah vollkommen fassungslos aus. Mike ebenfalls. Wir hatten alle erwartet, dass Amanda sich auf Knight konzentrieren würde. Sie hatte versucht, ihn umzubringen. Er war der Beweis.

Amanda krümmte die Finger. »Los, Knight. Diesmal entwischst du nicht.«

Phil mit seinem hinter dem Visier verborgenen Gesicht tat, was von ihm verlangt wurde, und trat hinkend neben Lester. Er war fünf Zentimeter größer als Knight, aber genauso untersetzt. Den O-beinigen Gang beherrschte er bis zur Vollendung.

Mike tat einen Schritt auf Amanda zu und lachte leise. »Sie wollen in Gegenwart von all diesen Bonzen schießen?«

»Ich lass mich von Cochran verteidigen.« Ihre Diamantstecker glommen rot im Sonnenuntergang. Ich dachte an Blut. Meins. Unseres. Amanda schubste mich mit ihrer 22er. Dmitri umklammerte seinen Schnauzbart. Phil und ich setzten uns in Bewegung.

Warum bemerkte eigentlich kein Mensch die gigantische *merda*, in der wir steckten? Weil Regis Philbin gerade einen Flugball an die rechte Feldbegrenzung geschlagen hatte. Paul Simon jagte hinterher.

»Woher hast du gewusst, dass ich's war?«, fragte Amanda. Mörder sind eitel.

»Lester hatte das beste Motiv – den bevorstehenden Firmenzusammenschluss. Und die beste Methode – die Weste. Dann ist mir aufgegangen, dass das beides genauso gut zu dir passt.«

»Und warum hast du dich für mich entschieden?«

»Es ist auf eine Frage des Vertrauens rausgelaufen«, sagte ich. »Die beiden anderen Kandidaten haben auf Buds Verdächtigenliste gestanden. Er hätte gemerkt, was los ist, wenn einer von ihnen zu ihm gesagt hätte, er sollte die Weste ausziehen. Dir hat er vertraut.«

Amanda lächelte. »Und dabei hat er auf Habgier so empfindlich reagiert.«

Wir hatten die Strecke bis zum Ende des Spielfelds inzwischen zur Hälfte hinter uns – im Krebsgang, weil ich versuchte, Phils Blick hinter dem Visier aufzufangen. Ich wollte ihm mitteilen, dass er sich auf sie stürzen sollte. Sie konnte nicht gleichzeitig auf uns beide schießen. Einer von uns würde Glück haben. Die Alternative war, dass wir beide starben.

Paul Simon rannte immer noch rückwärts in Richtung

Spielfeldbegrenzung. Sein Handschuh griff in die leere Luft. Ein sehr weiter Flugball.

Er stieß gegen das Seil und fuhr herum. Sein Gesicht rammte den Metallpfosten. Vereinzeltes Keuchen aus dem Publikum. Er beugte sich vor, die Hand über dem Mund. Leute begannen zu rennen.

»Jetzt!«, schrie ich und riss Amandas rechten Arm zur Seite. Ein Tarzanbrüllen kam aus dem Himmel. Vor meinen Augen ein Aufblitzen von Rot und dann Schwarz. Ein schweres Gewicht traf mich an der Schulter. Die Knie gaben unter mir nach. Ein Ast landete auf meinem Kopf. Ein Schuss löste sich. Ich fiel.

Ich lag platt auf dem Bauch und kaute Staub. Ein Tritt schleuderte mich zur Seite.

Stöhnen. Ein halb verschluckter Schrei. Das Knirschen von Leder. Bis ich mir den Staub aus den Augen gewischt hatte und wieder sehen konnte, war alles vorbei.

Amanda lag auf dem Rücken. Phil hatte sie an den Füßen gepackt. Der echte Dick Knight hatte sie an der Kehle gepackt.

Über den Lautsprecher gab der Ansager den Gewinner des romantischen Wochenendes bekannt.

Dmitri K.

Epilog

Ich bin wieder bei HH&H und schlage mich mit Fototerminen und knappen Etats herum. Dmitri ist wieder auf der Straße – im Taxi seines Cousins, mit Sabrina und ihren Welpen auf dem Beifahrersitz. Er bremst nach wie vor für langes Haar. Stan hat sich erboten, als Fürsprecher für seine dauerhafte Aufenthaltsgenehmigung zu dienen. Dmitri hat das Angebot ausgeschlagen. Wenn man den Antrag einmal gestellt hat, darf man das Land vorerst nicht mehr verlassen. Der gesamte Prozess kann über ein Jahr dauern. Dmitri sagt, er kann so lange nicht leben, ohne Pavels Frau zu sehen.

Auch Mike und Phil sind wieder in der Stadt. Ihr Sommerjob bei Ron Perelman ist vorbei. Sie sind zurzeit auf der Suche nach Leuten, die Kokosnüsse geknackt haben wollen, und warten darauf, dass Borschtsch und Kaviar alt genug werden, um ihre Mutter zu verlassen. Willy wird sich Champanski mit Stan und mir teilen.

Knight ist nach Florida gezogen. Sowohl sein Knie als auch seine Harley-Davidson Bad Boy sind so gut wie neu, steht auf seiner Postkarte. Er freut sich auf den Prozess, dessen Starzeuge er sein wird.

Buds Sport4Life-Kampagne macht sich im ganzen Land auf den Plakatwänden und in den Zeitschriften breit. Ich sehe die Windmühle von Gardiner's Island auf dem Foto, und mir fällt dazu Nebel ein. Es macht mich traurig. Letzte

Woche hat das *Wall Street Journal* den Zusammenschluss von WSK und Chass/Dayton angekündigt. Charlene hat mir erzählt, Lester sei glücklicher als jemals zuvor – und seine Schulter, die die Kugel abbekommen hat, als Amandas Pistole losging, ist verheilt. Amanda steht unter Anklage; der Prozess beginnt im Dezember.

Dmitri hat das romantische Wochenende an Steve und Laurie weitergegeben. Während des Champagnerlunchs im Le Cirque hat Steve ihr den nächsten Antrag gemacht. Die Hochzeit findet im Oktober statt. Wir sind alle nach New Hope, Pennsylvania eingeladen.

Steve hat erfahren, dass Bud einen ansehnlichen Trust für ihn eingerichtet hat, um Pollys Benehmen seinem Vater gegenüber wieder gutzumachen. Den Termin am Montag hatte Bud mit ihm ausgemacht, um ihm davon zu erzählen. Steve wird sich das Geld mit der East Hampton Baymen Association teilen.

Laurie hat sich als durchaus geschäftstüchtig erwiesen. Sie will ihre Investition in Jim's Pit schützen. Im Austausch dafür, dass sie ihn nicht anzeigt, verkauft Jim ihr seinen Anteil. Sie hat auch schon einen neuen Namen für das Lokal gefunden: Faith's Landing.

Der Internal Revenue Service wird überleben.

Jim ist von der Bildfläche verschwunden. Das Richard-Meier-Haus ist von jemand anderem gekauft worden.

Rebecca hat Buds Haus zum Verkauf ausgeschrieben. Sie will das Geld als Altersvorsorge für Dodo und sich selbst verwenden. »Das ist noch lange hin«, sagt sie. Von dem Geld, das Laurie mir gezahlt hat, habe ich Rebeccas Pastellbild mit den weißen Pfingstrosen in der blauen Schale gekauft. Es ist noch beim Rahmen.

Dodo war mittlerweile schon bei seinem vierten Treffen des Tierschutzbundes. Es macht ihm Spaß, seine Carrollzitate einem neuen Publikum vorführen zu können. Sein aktuelles Lieblingszitat ist allerdings: ›Ich wünschte, ich hätte nicht so viel getrunken.‹ Er hat Dmitri und mir ein Gedicht zukommen lassen.

Ihr seid nett, sprach der Trinker, wer hätte gedacht,
dass Verbrecherjagd euer Geschick wär;
trotzdem habt ihr Amanda zur Strecke gebracht –
wo nehmt ihr nur so viel Geschick her?

Und Stan?

Stan ist am Montagabend nach Hause gekommen. Er hatte Ahornsirup, Ahornsirupbonbons und einen ahorngeräucherten Schinken im Gepäck, ganz als wollte er meine Stimmung versüßen. Davon abgesehen hatte er noch einen grauen Einwochenbart und das Bedürfnis nach einer Erklärung mitgebracht.

Wir setzten uns Hand in Hand aufs Sofa. Ich hörte zu.

»Zwei Tage nach meiner Beförderung habe ich einen Anruf vom Bürgermeisteramt gekriegt. Ich soll die Leitung einer neuen Spezialeinheit zur Prävention von Jugendkriminalität übernehmen.«

»Das ist eine große Ehre.«

Stan lehnte sich zurück und zog mich mit sich. Ich legte den Kopf an seine Brust und hörte sein Herz schlagen. »Es ist eine Ehre, Sim, aber es bedeutet auch, dass ich mich beurlauben lassen muss. Und für den Fall, dass etwas draus wird, wollen sie mein Versprechen, dass ich bei der Polizei kündige. Wie könnte ich das tun? Detective First-Grade. Das ist doch grandios.«

»Du bist seit zweiundzwanzig Jahren dabei. Vielleicht ist das lang genug.«

Zunächst hatte er das Gefühl gehabt, das Angebot anzunehmen mache ihn zu einem Verräter an seinen Kollegen, an seinem Vater, dessen nie aufgeklärte Ermordung ihn seinerzeit dazu bewegt hatte, zur Polizei zu gehen. Dann war er sich wie ein Feigling vorgekommen, als ihm klar wurde, dass er fort wollte. Er war es müde, sich Tote anzusehen, nach Mördern zu suchen.

»Ich liebe Kids. Das wäre meine Chance, mit ihnen zu arbeiten, den Anfängen zu wehren.«

»Du hast deine Entscheidung getroffen.«

»Wenn du meiner Meinung bist.«

»Ich finde, es ist eine phantastische Idee. Ich wünschte bloß, ich hätte früher davon gewusst.«

Er nahm mich fest in den Arm. »Herrgott, Sim, ich hab den ganzen Sommer drüber nachgegrübelt. Es tut mir Leid. Ich muss grauenhaft schlechte Gesellschaft gewesen sein.«

Ich atmete seinen warmen Geruch ein. »Es hätte schon geholfen.«

Er rieb seinen Bart an meiner Stirn. Er fühlte sich seidig an. »Du hättest das schlechte Gewissen beruhigt, mich ermutigt, die Zweifel weggeküsst, mich gefüttert, bis ich nicht mehr klar denken kann.«

»Hört sich ja grässlich an.«

Er griff nach meinen Händen. »Wundervoll, aber ich habe mich immer noch nicht dran gewöhnt, dass du da bist. Ich hab meine Entscheidungen den größten Teil von vierundvierzig Jahren über allein getroffen.«

Ich strich mit den Fingern über seine aufgesprungenen Lippen. »Damit werden wir uns wohl befassen müssen.«

»Wenn es das nächste Mal passiert, tritt mich einfach.«

»Dann findest du dich aber im Treppenhaus wieder.«

Stan ließ ein langes, entspanntes Lachen hören. Ich küsste ihn, während sein Mund noch offen stand. Dies war der Mann, den ich liebte, dieser und kein anderer.

Stan zog mich hinunter auf das Sofa; unsere Lippen waren immer noch vereint. Die Befürchtungen dreier Monate zerstreuten sich wie loses Kleingeld, das aus einer dunklen Tasche fällt.

Ich begann ihm das Hemd aufzuknöpfen.

Und jetzt, wie Dodo sagen würde – »›Es ist aus. Adieu‹.«

Cool Pasta

(für vier Personen)

4 frische Maiskolben
4 große reife Tomaten
2 Bund Frühlingszwiebeln
4 EL Olivenöl
1 Tasse frisches Basilikum, locker gefüllt
5 große frische Minzeblätter
500 g Abissini oder Farfalle
Salz und Pfeffer

Die Maiskörner mit einem scharfen Messer vom Kolben schneiden. Kolben aufheben. Tomaten würfeln und entkernen. Frühlingszwiebeln putzen und einschließlich der hellgrünen Teile in dünne Ringe schneiden.
Olivenöl in der Pfanne erhitzen. Frühlingszwiebeln dazugeben und bei mittlerer Hitze 3 Minuten lang andünsten. Maiskörner hinzufügen und 2 Minuten garen. Tomaten hinzufügen und das Gemüse mit Salz und Pfeffer

würzen. Weitere 5 Minuten lang garen.

Basilikum- und Minzblätter zerreißen. Pfanne vom Herd nehmen und Kräuter hinzufügen. In einer großen Schüssel bis auf Zimmertemperatur abkühlen lassen.

Die Maiskolben in einem großen Topf Salzwasser zum Kochen bringen. Nudeln hinzufügen und *al dente* kochen. Die Nudeln abschütten, die Maiskolben entfernen. Nudeln gut mit dem Gemüse mischen, eventuell nachwürzen und servieren.

Buon appetito!